KB235228

한국문학의 탈식민과 디아스포라

한국문학의 탈식민과 디아스포라

한국문학의 탈식민과 디아스포라

The Postcolonial and Diaspora in Korean Literature

구재진

박사학위를 받고나서 미국에서 공부할 기회를 갖게 되었을 때가 생각
난다. 미국에서의 시간은 타인의 말을 충분히 이해할 수도, 내 생각을 마
음껏 말할 수도 없는 갑갑함과 고통으로 가득 찬 시간이었지만 한편으로
는 나 자신을 문학 연구자로 정립하고 앞으로의 문학 연구 방향을 모색하
는 시간이기도 했다. 그 때 들어갔던 대학원 수업의 테마가 탈식민주의론
과 정신분석학이었다. 수업을 들으면서 박사논문을 준비할 때 악수를 해
두었던 에드워드 사이드와 호미 바바, 그리고 자크 라캉과 슬라보예 지젝
의 논의를 본격적으로 공부할 수 있었다. 강의실에서는 투명인간처럼 존
재감 없이 있을 때가 많았지만 그 문학 없는 문학 수업이 내 가슴을 뛰게
했다. 그 때부터였던 것 같다. 이론이 문학의 깊이와 넓이를 헤아리는 길
이 될 수 있다고 생각하게 된 것이.

여러 이론 가운데서도 탈식민주의론은 나의 문학 연구에 가장 큰 영향
을 주었다. 이미 박사논문을 쓰면서 한국의 근대와 식민성에 대해서 문제
의식을 갖게 되었고 그 문제를 해명해줄 방법론을 모색하고 있었다. 그러
한 모색의 과정에서 만난 탈식민주의론은 식민주의가 국가와 민족, 역사
와 전통, 정치와 경제, 그리고 문화와 인간의 심리에까지 각인되어 있다
는 것을 깨닫게 해주었다. 식민주의가 경제적, 정치적 식민 지배뿐이 아
니라 식민 이후에도 계속 작동하는 사회적, 심리적 기제를 포함하고 있기
때문이다. 그런 관점에서 볼 때 세계의 역사는 이미 식민의 시대를 지나
온 것처럼 보이지만 식민의 문제는 결코 끝나지 않은 문제라고 할 수 있
다. 탈식민주의론은 식민과 탈식민의 동시대성, 탈식민과 탈근대의 복합

성 등 한국 현대문학에서 나타나고 있는 근대성과 식민성의 문제를 해명할 수 있는 가능성을 가지고 있다.

탈식민주의론의 한 장을 차지하면서도 그와는 일정한 거리를 가지고 있는 것이 디아스포라(diaspora)문학이다. 고국을 떠나 이국에서 살아가는 디아스포라는 고국과 이국이라는 두 개의 국가와 연결되어 있지만 동시에 이 두 개의 국가로부터 배제되는 모순적인 위치에 처해 있다. 민족과 국가를 경계로 삼는 세계 속에서 디아스포라는 이 경계의 외부에, 또는 경계의 사이에 존재하는 타자로서 경계 자체에 대한 회의와 부정을 내포하고 있다. 코리안 디아스포라 문학은 다양한 삶의 모습을 통하여 이러한 디아스포라의 본질을 보여준다. 그리고 민족 국가 중심의 공식 담론에서 망각되고 억압된 기억을 불러내어 타자의 시각에서 새로운 역사를 구성해낸다.

그간 발표한 논문 가운데 탈식민주의적인 관점에서 한국 현대문학을 연구한 논문들과 디아스포라 문학에 대한 논문들을 모아 하나의 책으로 만들었다. 책은 3부로 구성되어 있다. 제1부는 일제하 식민지시대와 해방 직후 문학에서 탈식민적인 무의식과 욕망을 발견한 논문들로 이루어져 있다. 첫 논문인 강경애 소설에 대한 연구는 강경애 소설에 나타난 서발턴 여성의 모습에서 은유로서의 '어머니'의 의미를 발견하고 서발턴 여성의 주체화의 가능성을 가늠해본 논문이다. 1930년대 '조선적 특수성'론에 대한 논문은 임화와 안함광의 '조선적 특수성'론에서 나타나는 인식론적 지형을 분석하고 이를 일제협력의 문제와 연결시킨 연구이다. 이태준의 〈해방전후〉에 대한 논문에서는 기억과 망각의 문제를 중심으로 탈식민적 열망이 서사전략에 미친 영향이 무엇인가를 분석하였다. 허준의 〈잔등〉에 대한 연구는 정치성과 윤리성의 연관성과 대립성을 분석하여 탈식민적 욕망이 허무주의로 귀결되는 과정을 고찰하고 해방직후라는 시공간에서 허무주의가 지니는 의미가 무엇인가를 구명한 논문이다.

제2부에서는 1960년대 한국의 근대에 대하여 치열한 문학적 성찰을 보여주었던 최인훈의 문학을 탈식민주의적인 관점에서 연구한 논문들을 모았다. 〈회색인〉에 대한 연구는 탈식민적인 욕망이 어떻게 근원에 대한 환상으로 이어지는가를 밝힌 논문이고 〈서유기〉에 대한 연구는 이 작품에 나타난 기억하기의 양상과 '문화형'의 시각을 탈식민적 시각에서 분석한 논문이다. 〈총독의 소리〉 연작에 대한 논문과 〈태풍〉에 대한 논문은 식민지적 (무)의식과 식민주의적 (무)의식을 고찰한 연구이다. 〈총독의 소리〉 연작에 대한 연구는 타자화 전략의 의미와 식민담론의 전유양상을 중심으로, 〈태풍〉에 대한 연구는 탈식민적인 다시쓰기의 의미와 '흉내내기'의 문제를 중심으로 이루어졌다. 제2부의 마지막 논문은 최인훈 소설의 구조와 노스텔지어를 분석하여 상징계를 부정하고 상상계적인 동일성을 동경하는 정치적 무의식을 밝힌 연구이다.

디아스포라 문학에 대한 연구인 제3부는 가장 최근에 발표한 논문들로 이루어졌다. 주로 재미여성작가와 재일작가의 작품을 중심으로 디아스포라의 본질적 성격이 무엇인가를 연구한 논문들이다. 이 논문들을 통해서 국가의 외부에 존재하는 디아스포라의 본질과 디아스포라 정체성의 혼종적 성격을 구명하고자 하였다. 노라 옥자 켈러의 〈종군위안부〉에 대한 연구에서는 디아스포라의 노스텔지어를 중심으로 디아스포라 여성이 쓰는 타자의 역사의 의미와 한계를 논하였다. 현월의 〈그늘의 집〉에 대한 연구는 아감벤이 말한 호모 사케르(homo sacer) 개념을 원용하여 디아스포라의 본질을 밝힌 논문이다. 차학경의 〈딕테〉에 대한 연구에서는 이 작품 전체를 애도의 제의로 봄으로써 새로운 작품 해석을 시도하였다. 양석일의 〈피와 뼈〉를 연구한 논문에서는 크리스테바의 아브젝트(abject)의 개념을 원용하여 디아스포라의 타자적인 성격이 어떻게 괴물 남성성으로 극단화되는가를 밝혔다.

독립적으로 발표했던 논문들을 모아 하나의 책으로 묶다보니 서로 모순되거나 중복되는 논의가 없지 않다. 각 논문의 완결성을 해치지 않는 범위에서 다소 수정을 하였다. 각 논문에는 논문을 쓸 당시의 나의 상황과 모습이 새겨져 있는 것 같다. 어떤 상황에서든 논문을 쓰는 일은 내게 가장 고통스러운 일이면서 동시에 가장 행복한 일이었다. 나의 고통과 행복의 결과인 이 논문들이 한국현대문학 연구에 작은 보탬이라도 되었으면 한다.

세상을 살아가면서, 문학을 연구하면서 정말 많은 분들에게 넘치는 사랑을 받아왔다. 삶의 고비에서 그분들이 주신 위로와 격려가 내게 얼마나 큰 힘이 되었는지 모른다. 그분들께 진심으로 감사의 마음을 전하고 싶다. 출판을 허락해주신 푸른사상사 한봉숙 사장님과 부족한 원고를 멋진 책으로 만들어주신 푸른사상사 편집부 여러분께도 감사드린다.

그리고 하늘나라에 가신 나의 아름다운 어머니, 오순례의 영전에 이 책을 바친다.

2011년 봄

구재진

제1부
정전(正典) 속의 무의식과 욕망

제2부
탈식민과 기억 – 최인훈에 대한 주석

제3부

디아스포라의 안과 밖

정전(正典) 속의 무의식과 욕망

제1장

강경애 소설의 서발턴 여성과 은유로서의 어머니

1. 서론

근대 국가를 통하여 형성되고 유지되어 온 단일한 국민성 혹은 민족성은 한편으로는 많은 사람들을 동일화시키고 일치시키는 역할을 수행하고 있지만 다른 한편으로는 많은 사람들을 억압하고 배제하는 역할을 수행하고 있다. 디아스포라(diaspora)가 주목받게 된 것은 국민성 혹은 민족성이 지니고 있는 이러한 성격에 대한 발견과 폭로, 그리고 그것을 넘어서기 위한 과정과 깊은 관련을 지닌다. 현재 문학과 문화 담론에서는 민족이나 국민이라는 경계를 넘어서고자 하는 시도가 활발하게 이루어지고 있다. 이러한 시도 역시 사회의 다양한 대립을 단일한 국민성의 이름으로 조정해온 국가에 저항하면서 국민성 혹은 민족성이라는 개념이 지니고 있는 억압적인 성격을 폭로하려는 시도라고 할 수 있다.[1] 이러한 과정과

---

1 강상중·요시미 순야, 임성모·김경원 역, 『세계화의 원근법─새로운 공공공간을 찾아서』,

함께 최근 한국현대문학 연구에서도 디아스포라 문학이 새롭게 주목을 받고 있다. 디아스포라 문학은 이미 존재하고 있는 실체로서의 민족문학의 경계를 허물고 언제나 형성의 과정 중에 있는 새로운 민족문학의 가능성을 보여주고 있기 때문이다.

고국을 떠나 이방의 땅에서 생활하는 디아스포라 문학은 소수자의 문학이자 경계인의 문학이다. 유동적이며 불안정한 경계인적인 상황 속에서 그들은 자신이 떠나온 기원의 땅과 자신이 이주한 새로운 땅이라는 두 개의 공간에 대해 모두 소수자라는 위치에 서게 된다. 고정되고 안정된 것처럼 보이는 대상도 그것을 보는 편이 불안정하게 움직일 때는 달리 보인다. 다수자들이 고정되고 안정적이라고 믿는 사물이나 관념이 실제로는 유동적이며 불안정한 것이라는 사실이, 소수자에게는 보인다는 것이다.[2] 디아스포라 문학이 지니는 의미는 바로 이 점에서 발견된다. 디아스포라 문학은 기원의 땅과 새로운 땅 모두에 대해 다수자가 보지 못한 것을 다수자가 생각하지 못한 시각으로 보여줌으로써 기원의 땅과 새로운 땅 모두에 존재하는 억압과 배제의 메커니즘, 그리고 균열과 파열의 상황들을 보여준다.

코리안 디아스포라 문학 가운데서도 일제하 만주를 중심으로 하는 경우는 현재의 경우와는 다른 독특한 의미를 지니고 있다. 그것은 일제치하에서 간도 지방이 지녔던 공간적 성격과 깊은 관련을 지닌다. 간도협약 이후 중국의 땅이 된 간도는 중국과 조선, 그리고 일본 삼국의 대립과 갈등의 공간이 된다. 간도에 이주한 조선인들은 민족적 정체성으로는 조선인이지만 중국의 국민 혹은 일본의 국민으로서의 지위를 가지면서 중

이산, 2004, 186면 참조.
2 서경식, 김혜신 역, 『디아스포라 기행―추방당한 자의 시선』, 돌베개, 2006, 15면.

국의 땅에서 살아가게 된다. 즉 간도에서 살아가는 조선인들은 국적으로는 중국인이지만 중국인이 아닌, 혹은 국적으로는 일본인이지만 일본인이 아닌, 디아스포라로서 살게 되는 것이다. 또한 지주들의 반 이상이 중국인이고 농민들의 3분의 2 이상이 조선인이었기 때문에 만주는 계급적인 모순이 민족적인 모순과 중첩되는 특수한 지역이라는 의미를 지니게 된다.[3]

또한 만주로의 이주가 현재의 디아스포라와 다른 의미를 지니는 것은 일제치하라는 역사적 상황 때문이기도 하다. 주로 일제의 토지조사사업과 식량수탈정책 등 착취적인 식민지 경제정책으로 인하여 파탄에 이른 농민들은 농사를 지을 수 있는 새로운 땅을 찾아서 간도로의 이주를 감행하였다. 만주로의 이주는 근본적으로는 일본 제국주의의 지배와 관련을 지니는 것이다. 그 이유가 경제적인 것이든 정치적인 것이든 만주로 이주하는 조선인들은 더 이상 조선땅에서는 살아갈 수가 없어서 새로운 땅을 선택한 사람들이다. 간도로의 이주가 돌아갈 곳을 갖지 못하는, 일종의 망명적 성격을 띠게 되는 것은 이러한 이유 때문이다. 그러므로 간도로 이주한 조선인들을 단순한 유랑민이 아니라 디아스포라로 바라보는 관점이 필요하다.

본고가 일제하 디아스포라 문학에 관심을 지니게 된 것은 이러한 관점에서이다. 일제하 디아스포라 문학 가운데서도 강경애의 소설은 디아스포라 문학과 여성문학이 만나는 지점에 위치해 있다는 점에서 주목된다. 본고가 연구의 대상으로 강경애 소설을 선택한 것은 강경애의 소설이 간도로 이주한 하층의 조선인 여성의 삶을 다룸으로써 민족담론과 계급담

---

3 만주라는 공간이 지니는 역사적 의미에 대해서는 정종현, 「근대문학에 나타난 '만주' 표상— '만주국' 건국 이후의 소설을 중심으로」, 『한국문화연구』 28집, 2005, 233~236면; 하상일, 「식민지 여성의 현실과 사회주의 여성서사」, 『비평문학』 22호, 2006, 273~274면 참조.

론 속에서 텅 빈 것으로 지워져있던 식민지 하층 여성의 모습을 재현해내고 있기 때문이다. 강경애 소설에서 나타나는 여성은 주로 하층민 여성으로서 민족, 계급, 젠더에 의한 삼중의 지배에 예속된 피지배자들이다. 식민지 하의 여성들은 지배제국에 의하여 식민화되었을 뿐만 아니라 동시에 가부장적인 젠더적 질서에 의하여 식민화됨으로써 이중의 식민화를 겪었다.[4] 그러나 이 여성들은 자신의 모습과 목소리를 드러내지 못하였다. 그들은 제국주의의 이데올로기와 토착적 및 외래의 가부장제 양자에 의하여 예속되어 있었지만 민족주의 담론 속에서도 계급주의 담론 속에서도 누락되고 지워졌기 때문이다. 강경애 소설은 바로 이러한 여성들의 모습과 목소리를 담아내고 있다는 점에서 주목된다. 일제하 간도로 이주하여 살아가는 하층 여성들의 모습을 재현하고 그들의 목소리를 들려줌으로써 민족담론이나 계급담론 속에서 사라져버렸던 그들의 의미에 다가가고 있기 때문이다.

이제까지 강경애 소설에 대하여 많은 관점의 논의가 있었다. 강경애 연구의 초석을 다져놓은 이상경[5]은 강경애 소설이 하층 여성의 목소리를 공식 기록으로 끌어올리고 식민지 하층 여성을 대변하고 있다고 평가하면서 강경애 소설을 긍정적으로 평가해온 반면, 박혜경[6] 등의 연구자들은 강경애 소설이 남성중심의 가부장적인 젠더 이데올로기를 재생산하고 있다고 비판하기도 하였다. 실제로 강경애 소설 가운데서 남성 중심의 가부장적인 젠더 이데올로기가 직접적으로 드러나는 경우가 없는 것은 아니다. 그러나 강경애 소설 가운데 특히 식민지 하층 여성의 삶을 다룬 작

---

4 식민지 여성이 겪는 이중의 식민화에 대해서는 L. Gandhi, 이영욱 역, 『포스트식민주의란 무엇인가』, 현실문화연구, 2000, 106면 참조.
5 이상경, 「강경애의 시대와 문학」, 『강경애 전집』, 소명출판, 2002.
6 박혜경, 「강경애 작품에 나타난 여성인식의 문제」, 『민족문학사연구』 23호, 2003.

품들의 경우에는 그러한 젠더 이데올로기를 재생산하기보다는 민족과 계급 그리고 젠더라는 삼중의 지배에 놓여 있는 하층 여성의 상황을 재현하는 데 보다 집중되어 있는 경우가 많다. 물론 그러한 작품들에서는 지식인으로서 작가가 지니고 있던 이념과 그러한 담론 속으로 편입되지 않는 하층 여성의 삶의 모습이 공존하고 있다.

본고는 강경애 소설의 이러한 측면에 주목하여 강경애 소설에서 디아스포라 문학으로서의 의미와 여성문학으로서의 의미가 만나는 지점을 발견하고자 한다. 이러한 관점에서 강경애 소설을 고찰하기 위하여 차용하는 개념은 스피박(G. C. Spivak)의 '서발턴(subaltern)'으로서의 여성이다.[7] 그람시에 의하여 사용되었던 서발턴은 인도의 서발턴 연구 집단에 의하여 현재적인 의미를 부여받게 되었다. 특히 스피박은 서발턴 여성에 주목하여 이 개념을 사용하고 있는데, 본고에서는 스피박의 관점에 입각하되 민족, 계급, 그리고 젠더에 의한 중첩된 지배와 억압 속에 놓여 있는 식민지의 피지배 하층 여성을 지칭하는 개념으로 서발턴이라는 개념을 사용하고자 한다.[8] 본고가 이 개념을 사용하고자 하는 것은 이 개념이 민족이나 계급, 혹은 젠더로 환원될 수 없는, 식민지 하층 여성들의 복합적이고 다층적인 성격을 보여줄 수 있는 개념이기 때문이다.

---

7 서발턴은 하위계급이나 하위주체로 번역되어 소개되는 경우가 많다. 그러나 하위계급이나 하위주체라고 했을 경우 서발턴을 본질주의적인 선험적인 존재로서 상정하게 될 위험성을 지닌다. 이렇게 될 경우 서발턴이 지니고 있는 불안정성과 복합성이 지워질 가능성이 있다. 때문에 본고에서는 하위계급이나 하위주체로 번역하지 않고 서발턴이라는 용어를 그대로 사용하기로 한다.

8 스피박으로 인하여 탈식민주의 담론에서 피식민 여성에 대한 담론이 활성화되었다는 의미에도 불구하고 스피박이 서발턴을 생산관계에 의해서가 아니라 본질주의적 선험적 존재로서 설정하였다는 점과 서발턴이 말할 수 없음을 전제함으로써 서발턴이 주체가 될 수 있는 가능성을 배제시켰다는 점 등으로 비판을 받고 있기도 하다.(박경화, 고부응 편, 「탈식민주의와 페미니즘」, 『탈식민주의─이론과 쟁점』, 문학과지성사, 2003, 152면.)

스피박은 "서발턴은 말할 수 있는가?"라는 글을 통해서 민족주의, 마르크스주의, 페미니즘 등의 담론 속에서 서발턴 자신의 목소리는 사라지게 되고 오직 각 담론에서 부여한 의미만이 남게 된다고 비판하고 있다. 만주 체험을 바탕으로 한 강경애의 소설 역시 서발턴 여성의 삶을 재현하고 있으나 그 재현은 지식인 여성으로서 강경애 자신의 시각으로 이루어지고 있기 때문에 서발턴 자신의 것이라고 볼 수는 없다. 그러나 일제 하 디아스포라 문학에서 강경애 소설만큼 서발턴 여성의 삶을 구체적으로 그려낸 소설은 많지 않다. 서발턴 자신의 글쓰기에 의하여 재현된 것은 아니지만 강경애의 소설에서 재현되고 있는 서발턴 여성의 모습은 결코 민족주의나 마르크스주의 혹은 페미니즘으로 사라지지 않는 자신의 목소리를 담고 있다는 점에서 주목된다. 본고는 우선 이러한 그들의 모습을 고찰하고 그 모습이 지니고 있는 의미가 무엇인가를 밝히고자 한다. 그러나 한편으로 서발턴 여성의 모습은 강경애라는 작가의 시각과 조화를 이루지 못한 채 일종의 얼룩처럼 나타나기도 한다. 본고는 이러한 상황에 주목하여 강경애의 소설에서 나타나는 서발턴 여성의 의미를 중심으로 강경애 소설의 의의와 한계를 구명할 것이다.

2. 서발턴 여성과 모성

식민지 디아스포라 문학에서 서발턴 여성은 민족문제와 계급 문제, 그리고 젠더의 문제가 복잡하게 얽혀 있는 존재로서 나타난다. 서발턴으로서의 조선인 여성은 최서해의 〈홍염〉이나 안수길의 〈새벽〉 등 간도를 배경으로 한 많은 소설에서 나타나듯이 무엇보다도 남성 중심의 세계에서 교환가치를 지닌 재산으로 나타나고 있다. 즉 식민지라는 조국의 현실에서 기인하는 궁핍과 디아스포라의 경험에서 가장 궁극적인 희생물로 등장하는 것이 여성인 것이다.[9] 〈소금〉에서의 봉염이 어머니의 경우는 재산으로서 거래된 것은 아니지만 중국인 지주가 자신의 집에 봉염이 어머니를 머물게 한 것 자체가 이미 여성의 몸을 담보로 한 호의였다는 점에서 〈홍염〉이나 〈새벽〉의 경우와 다르지 않다. 이 점은 〈지하촌〉이나 〈마약〉 등의 소설에서도 동일하게 나타난다. 〈지하촌〉에서 불구인 칠성이가 사랑하는 큰년이는 '첩을 여나믄두 넘어 얻'은 읍내 장사꾼에게 첩으로 팔려가고 〈마약〉에서 보득이 어머니는 마약 중독자인 남편에 의해 중국인에게 팔려가 도망쳐 나오다가 죽음을 맞는다.[10]

그러나 강경애 소설에서 여성이 단지 남성들에 의해서 거래되는, 교환가치를 지닌 재산으로서만 나타나는 것은 아니다. 강경애 소설에서 여성을 둘러싼 가장 중요한 화두는 모성이다. 〈소금〉, 〈마약〉, 〈모자〉 같은 소설들에서 모성은 소설의 서사를 이끄는 원동력이 되고 있으며 소설의 주인공인 서발턴 여성의 삶을 지속시키는 원동력이 되고 있다. 강경애 소설에서 모성이 가지고 있는 의미를 가장 잘 보여주는 소설은 〈소금〉이다. 〈소금〉에서 온갖 고난을 겪게 되는 봉염이 어머니의 삶을 지속시킨 것은 아이들을 지키고자 하는 모성이다. 봉염이 어머니는 남편이 팡둥(중국인 지주)을 만나러 갔다가 죽고나서 아들마저 집을 나가자 용정으로 팡둥을 찾아 나선다. 하지만 팡둥의 집에서도 아들 소식을 듣지 못한다. 갈 곳이 없던 봉염이 어머니는 거기서 더부살이를 하다가 팡둥의 아내가 없던 날, 팡둥에게 강간을 당한다. 그후 아들이 공산당이었다는 이유로 팡둥의 집

---

9 박진임, 「포스토콜로니얼리즘과 여성－안수길의 〈새벽〉, 〈북간도〉, 〈원각촌〉을 중심으로－」, 『한국현대문학연구』 17, 2005, 301~302면.
10 강경애 소설에서 여성의 몸이 지니고 있는 이러한 의미에 대해서는 김민정의 연구에서 구체적으로 논의되고 있다.(김민정, 「강경애 문학에 나타난 지배담론의 영향과 여성적 정체성 형성에 관한 연구」, 『어문학』 85집, 2004, 321~325면.)

에서 쫓겨나게 된다. 그리고 마침내 아주 비참한 상황에서 그의 아이를 낳게 된다. 그렇지만 그녀는 그렇게 만신창이가 되어서도 결코 삶을 포기하지 않는다. 아기를 낳자마자 목 졸라 죽이려고 하였지만 '전신을 통하여 짜르르 흐르는 모성애!' 때문에 죽일 수가 없었던 것이다.

> 그는 애기를 그의 뛰는 가슴 속에 꼭 대며 자기가 아무렇게라도 살아야 할 것 같았다. 내가 왜 죽어, 꼭 산다. 너희들을 위하여 꼭 산다 하고 중얼거렸다. 애를 낳기 전에는, 아니 보다도 이 아픔을 겪기 전에는 죽는다는 말이 그의 입에서 떠나지 않았고 또 진심으로 죽었으면 하고 생각도 많이 하였다. 그러나 마침 죽음과 삶의 경계선에서 아차아차한 고비를 넘기고 겨우 소생한 그는 어쩐지 죽고 싶지는 않았다. 오히려 삶의 환희를 느꼈다.[11]

인용문은 모성애가 봉염이 어머니의 삶에서 어떠한 부분을 차지하고 있는지를 보여주는 부분이다. 비록 중국인 지주에 의하여 욕을 보고 얻은 아기였지만 아기는 봉염이 어머니에게 삶의 의욕을 심어주고 있다. 남편도 아들도 잃고 중국인 지주에게 강간을 당하고 결국에는 남의 헛간에서 하룻밤 머물며 혼자 아기를 낳는 봉염이 어머니의 모습은 식민지 서발턴 여성이 보여줄 수 있는 가장 극단적인 모습일 것이다. 이러한 상황에서 봉염이 어머니를 살게 한 것이 모성이다. 이 부분은 매우 중요한 부분인데 식민지 서발턴 여성에게 있어서 모성이 어떠한 의미를 지니는가를 보여주는 부분이기 때문이다. 봉염이 어머니는 아기를 낳고 죽으려다가 아기를 위하여 죽음을 포기하고 삶을 선택하면서 '삶의 환희'를 느낀다. 이때 모성은 단지 아기에 대한 사랑이라는 본능적인 차원을 넘어선다. 여기서 모성은 한 여성이 자신의 생명을 포기하지 않고 자신의 삶을 지속시키

---

11 강경애, 〈소금〉, 앞의 책, 515면.

게 하는 근원적인 힘으로 나타나는 것이다.

그러나 아이들을 살리기 위해 명수를 키우는 유모 자리로 들어간 봉염이 어머니는 그로 인해 자신의 아이들을 돌볼 수 없게 되고 결국 어머니가 없는 사이 아이들은 모두 병에 걸려 죽게 된다. 또한 아이들이 죽은 뒤 명수 어머니로부터 온갖 멸시와 천대를 받으면서 유모 자리에서 쫓겨났지만 젖을 먹여 키운 명수에 대한 모성애 때문에 괴로워하기도 한다. 이렇게 모성은 봉염이 어머니의 삶을 추동시키는 힘이었지만 궁핍과 가난의 현실은 봉염이 어머니가 그 모성마저 온전히 실현시킬 수 없도록 만들고 있다. 이 점은 〈지하촌〉에서도 발견된다.

> "글쎄 살지도 못할 것이 왜 태어나서 어미만 죽을 경을 치게 하것니. 이제 가보니 큰년네 아기는 죽었더구나. 잘되기는 했더라만…… 에그 불쌍하지. 얼마나 밭고랑을 타고 헤매이었는지 아기 머리는 그냥 흙투성이더라구나. 그게 살면 또 병신이나 되지 뭘 하것니. 눈에 귀에 흙이 잔뜩 들었더라니. 아이구 죽기를 잘했지, 잘했지!" (중략)
> "사는 게 뭔지 큰년네 어머니는 내일 또 김 매러 가겠다더구나. 하루쯤 쉬어야 할 텐데. 이게 어느 때냐, 그럴 처지가 되어야지. 없는 놈에게 글쎄 자식이 뭐냐. 웬 자식이냐."[12]

인용문은 〈지하촌〉에서 칠성 어머니가 칠성이에게 큰년 어머니가 아이를 사산했다는 소식을 전하는 대목이다. '없는 놈에게 글쎄 자식이 뭐냐, 웬 자식이냐'라는 말 속에서 지독한 궁핍 속에서 아이들을 키우고 있는 칠성이 어머니가 더 이상의 아기는 사치나 다름 없다고 느끼고 있음을 보여준다. 자식들과 먹고 살기 위하여 온갖 고생을 하고 있는 칠성이 어머

---

12 강경애, 〈지하촌〉, 앞의 책, 613면.

니나 큰년이 어머니의 모습은 모성을 추구하지만 그 모성을 실현시킬 수 있는 기회마저 박탈 당하는, 서발턴 여성의 비극적인 상황을 보여준다. 아이들을 먹여 살리기 위해서 일을 하지만 바로 그 일로 인하여 아이들을 돌볼 수가 없게 되어 아이가 죽게 되는 〈소금〉의 상황이나 어머니 몸안에서 열달 동안 자라던 아기가 사산되었음에도 불구하고 '죽기를 잘했지'라고 말할 수밖에 없는 〈지하촌〉의 상황은 식민지 서발턴 여성에게는 모성의 실현마저 어렵다는 것을 말해준다.

이렇게 볼 때 강경애의 소설에서 나타나는 모성은 가족 로맨스 안에 갇힌 폐쇄적인 욕망으로서의 모성이나 가부장적인 제도 속에서 이념화된 모성, 여성의 자아실현을 방해하는 질곡으로서의 모성이 아닌, 새로운 의미의 모성이라고 할 수 있다. 강경애 소설에 등장하는 서발턴 여성에게 모성은 생존과 거의 동일한 의미를 지닌다. 극단의 상황에서 자신의 삶을 추동하고 지속시킬 수 있는 유일한 힘으로서 나타나고 있기 때문이다. 식민지의 현실, 궁핍한 디아스포라의 경험은 그러한 모성마저도 실현될 수 없게 만들고 이들을 죽음의 상황으로 내몰지만 모성은 이들이 계속 삶을 지속시킬 수 있는 근원적인 힘으로서 작용하고 있는 것이다.[13] 때문에 강경애 소설에서 나타나는 모성을 이중의 식민화 상태에 놓여 있는 여성들을 가부장적인 질서로 옭아매는 기제로서만 파악하는 것은 바람직하지 않다.[14] 또한 강경애의 소설이 디아스포라의 경험을 구여성의 낡은 자질

---

13 하상일은 1930년대 식민지 모순구조는 모성의 상실로 귀결되는데, 이는 모성의 자발적 포기가 아니라 강요된 억제요 거세이므로, 당시 모성의 절대적 강조는 또 다른 억압의 계기로 심화되는 현실적 구조에 갇힐 수밖에 없다는 근본적 한계 상황을 강조하기 위한 것(하상일, 앞의 글, 276면.)이라고 보고 있다. 이러한 생각에 동의하기는 하지만 보다 중요한 것은 그러나 근본적인 한계상황에서 모성이 어떠한 의미를 지니는가라는 문제일 것이다.

14 이러한 시각이 나타나 있는 연구로 박혜경의 연구를 들 수 있다. 박혜경은 강경애 소설에서 "남성중심적 사회에서 여성의 가장 긍정적인 자질로 간주되는 모성에 대해 작가가 전

과 수동성으로 담아내고 있다[15]고 보는 시각 역시 타당하지 않다. 강경애 소설에서 모성은 가부장적인 이념을 대변하거나 구여성의 낡은 자질을 보여주는 것이 아니라 오히려 서발턴 여성의 생명력을 보여주는 것이기 때문이다.

강경애 소설의 서발턴 여성의 삶에서 발견되는 모성은 결코 이미 존재하는 것으로 전제된 본질주의적인 것으로서의 모성이 아니다. 또한 그것은 여성이라면 누구나 가지고 있는 본능으로서의 모성도 아니다. 그것은 어머니가 되어가는 과정(becoming) 속에서 나타나 서발턴 여성의 삶을 지속시켜줌으로써 이후 서발턴 여성이 어머니가 아닌 또 다른 무엇이 될 수 있는 과정을 예비해주는 것이다. 즉 모성에 의하여 추동된 에너지를 통해서 서발턴 여성은 스스로를 주체화할 수 있는 가능성을 얻게 되는 것이다.

3. 모성의 확대와 우연한 연대

강경애 소설에서 서발턴 여성들의 삶은 극단의 억압과 궁핍으로 점철되어 어떠한 희망도 가질 수 없는 절망적인 상황이다. 이러한 상황 속에서 살아가고 있는 이들에게 주체화의 가능성은 존재하는가? 서발턴 여성의 주체화는 어떻게 가능할 것인가? 스피박이 서발턴 여성은 스스로 말하지 못한다고 했을 때 그것은 서발턴 여성의 주체화가 불가능하다는 것을 의미하는 것은 아니다. 그것은 오히려 민족주의나 마르크스주의 혹은 페미니즘이라는 이념이 아닌 서발턴 여성 자신의 목소리를 내는 것의 중

폭적인 신뢰의 시선을 보내고 있다는 점"은 작가가 근본적으로 남성중심적 사회에서 형성된 젠더 이데올로기 속에 있다는 것을 말해준다고 평가한다. (박혜경, 260면.)

15 김양선, 「강경애 후기 소설과 체험의 윤리학－이산과 모성 체험을 중심으로－」, 『여성문학연구』 11호, 2004, 213면.

요성을 말하는 것이다. 이렇게 볼 때 서발턴 여성이 기존의 이념적인 담론에 의한 것이 아닌 자신의 목소리를 내는 것이 서발턴 여성 주체화의 핵심이라고 할 수 있을 것이다.

강경애 소설은 지배와 억압 속에 놓여 있는 서발턴 여성들의 고통스런 삶을 제시하는 데 머물지 않고 그들이 그러한 지배와 억압에 저항하고 주체화할 수 있는 가능성을 제시하고 있다. 예를 들어 〈소금〉의 결말은 여성 서발턴으로서 온갖 수난을 겪은 봉염이 어머니가 민족적 계급적 지배에 맞서는 존재로서 주체화할 가능성을 보여준다. 아이들을 모두 잃고 살아갈 방도가 없게 된 봉염 어머니는 소금 밀수를 하게 된다. 조선에서 소금 밀수를 해오는 과정에서 봉염이 일행은 산 속에서 공산군들을 만나게 되고 어둠 속에서 "여러분! 당신네들이 웨 이 밤중에 단잠을 못 자고 이 소금짐을 지게 되었는지 알으십니까!"라는 연설을 듣게 된다. 그리고 간도에 와서 양복쟁이 순사에게 소금을 빼앗기고 붙잡히게 되었을 때 봉염이 어머니는 산마루에서 무심히 들었던 공산군의 연설을 생각하고 벌떡 일어나게 된다.[16] 이 부분은 봉염이 어머니가 그간 그녀를 겹겹이 에워싸고 있던 모순과 억압에 맞서 저항할 수 있는 가능성을 보여주는 부분이다.

그러나 이러한 주체화가 외부의 개입에 의한 각성, 특정한 이념에 의한 각성을 매개로 하고 있다는 점을 간과할 수 없다. 이 점은 〈소금〉 이외의 만주를 배경으로 하지 않은 다른 소설들에서도 동일하게 나타난다. 〈어

---

16 〈소금〉의 마지막 부분은 거의 다 복자로 처리되어 있어서 그 온전한 의미를 알기가 어렵다. 다만 중간 중간에 노출된 부분을 통해서 봉염이 어머니가 산 속에서 들은 이야기를 떠올리고 벌떡 일어났다는 것을 짐작할 수 있을 뿐이다. 이에 대해서는 한만수, 「강경애 〈소금〉의 '붓질복자' 복원과 북한 '복원' 본의 비교」, 『강경애, 시대와 문학』, 랜덤하우스, 2007, 28~43면 참조.

머니와 딸〉에서도 노동운동을 하다 구속된 영실오빠와의 우연한 만남이라는 외적 계기에 의하여 옥이의 각성이 이루어지고 있으며 〈인간문제〉에서 선비와 간난이를 각성시키는 것 역시 계급주의 또는 사회주의라는 이념이다. 강경애 소설에서 서발턴 여성의 각성과 주체화는 계급주의 또는 사회주의라는 이념의 개입을 통해서만 이루어지고 있는 것이다.[17] 이것은 물론 사회주의, 계급주의를 지향했던 강경애 자신의 이념의 투영에 의한 것이다. 그러나 그것은 결국 서발턴 여성의 주체화 가능성이 사회주의 혹은 계급주의 담론 속으로 사라져버리는 것이기도 하다. 그리하여 서발턴 여성 자신의 모습과 목소리는 지워지고 강경애라는 작가 자신의 이념과 목소리만이 전면에 드러나게 된다.

그렇다면 서발턴 여성의 진정한 주체화는 어떻게 이루어질 수 있는가? 19세기 중엽 인도의 가부장적인 지배구조에 맞섰던 찬드라라는 서발턴 여성의 저항과 다른 여성들과의 연대는 여성 서발턴의 주체화의 방식과 의미에 대하여 중요한 시사점을 제공한다. 카스트의 최하층 바지스 신분인 찬드라는 어떤 남성의 아이를 임신하게 되자 불법적으로 임신한 여성의 출산을 금지하고 강제 추방하는 법에 맞서 낙태를 시도하고 주변의 여성들이 찬드라의 낙태를 도왔다. 이 사건에 대하여 서발턴 연구자 구하 (R. Guha)는 이 과정에서 찬드라는 결국 사망했지만 그렇게 함으로써 그녀와 다른 여성들은 남성들의 소유물이었던 자신들의 신체의 진정한 주인이 바로 자기들 자신임을 선언할 수 있었다고 평가하고 있다.[18] 찬드라 사건은 외적인 이념의 개입 없이도 서발턴 여성이 자신들을 억압하는 모

---

17 강경애 소설이 주체화를 외부적인 이념의 개입에 의하여 이루어지는 것으로 그리고 있다는 것은 이상경을 비롯하여 많은 강경애 소설 연구자들이 지적한 바 있다.

18 김택현, 「'서발턴의 역사'와 제3세계의 역사주체로서의 서발턴」, 『역사교육』 72집, 1999, 114~115면.

순적인 상황에 저항하며 스스로 주체화할 수 있는 가능성을 보여준다.

그들의 저항 과정에서 가장 주목되는 것은 가부장적인 지배구조에 맞섰던 찬드라라는 서발턴 여성과 주변 여성들 간의 연대이다. 그런데 이들이 보여주는 연대는 낙태를 하고자 하는 서발턴 여성 찬드라와 같이 다른 여성의 도움을 필요로 하는 여성을 돕고 돌보는 과정에서 이루어진 연대라는 점에서 특징적이다. 일반적인 연대가 특정한 이념을 중심으로 목적의식적이고 지속적으로 이루어지는 것이라면 찬드라와 주변 여성들 간의 연대는 특정한 상황을 중심으로 우연적으로 이루어진 것이다. 때문에 이들의 연대를 일반적인 연대와 구별하여 '우연한 연대'라고 명명하고자 한다.

강경애의 소설에서도 이러한 우연한 연대가 나타나고 있다. 〈소금〉에서 용애 어머니가 봉염 어머니를 만나 그녀를 돕는 과정은 이러한 우연한 연대가 어떻게 이루어지게 되는가를 구체적으로 보여준다. 용애 어머니 역시 극심한 궁핍 속에 놓여 있는 서발턴 여성으로서 봉염 어머니와 같이 남편과 아들을 잃지는 않았지만 생존이 어려운 상황에 놓여 있다는 점에서는 봉염 어머니와 다르지 않다. 용애 어머니가 죽을 위기에 처한 봉염 어머니를 만나 그녀를 돕게 되는 과정은 서발턴 여성들의 연대라는 것이 얼마나 우연하게 이루어지게 되는가를 보여준다. 용애 어머니가 봉염 어머니를 만나게 될 즈음 중국인 집의 헛간에서 팡둥의 아기를 해산한 봉염 어머니는 파뿌리를 씹어 먹으며 허기를 달래고 있었다. 그러던 중에 봉염이가 해산한 어머니의 피빨래를 하러 빨래터에 갔다가 우연히 용애 어머니를 만나게 되는 것이다. 그러나 봉염 어머니를 만나자 "그들의 참담한 모양에 반가움이란 다 달아나고" 용애 어머니에게는 "내가 어째서 여기를 왔던가 하는 후회가 일었다." 도와 달라는 봉염 어머니의 말에도 용애 어머니는 "한참 동안이나 난색을 띠우다가 한숨을 푹 쉬고서" 어쩔 수 없이 응하게 된다. 자신과 가족의 생존조차 겨우겨우 이어가고 있는 서발턴 여성이 다른 서발턴 여성을 돕는 일은 결코 기꺼이 이루어질 수가 없다. 그것은 서발턴 여성이 자신의 생존을 걸고 다른 이의 생존을 돕는 것이기 때문이다.[19]

또한 봉염이가 이전에 한 동네에서 한 집안같이 가까이 지냈던 용애 어머니와 우연히 만날 수 있었던 것은 서발턴 여성들의 삶이 얼마만큼 우연에 의하여 규정되고 있는가를 말해주는 것이기도 하다. 그러나 그것은 언제나 예견될 수 있는 우연이라는 점에서 단순한 우연과는 구별된다. 봉염이 어머니가 중국인 집의 헛간까지 오게 된 과정도 그렇거니와 이전 동네에 토벌이 이루어져 용애 어머니네가 밤도망을 쳐서 이 동네에 온 과정도 크게 다르지 않다. 그들의 삶은 우연적인 상황의 연속 속에서 더욱 더 궁핍하고 열악하게 변해가고 있지만 그러한 우연적인 상황은 서발턴이라는 존재에게는 이미 운명적으로 예정된 상황인 것이다. 이런 점에서 볼 때 서발턴 여성들의 삶에서 우연이란 외재적이라기보다는 차라리 내재적인 것이라고 할 수 있다.

그런데 이렇게 서발턴 여성 간에 이루어지는 우연한 연대는 다른 관점에서 보면 모성이 확대되는 과정이기도 하다. 엘렌 식수는 "여성 안에는 항상 타자를 생산하는 힘, 특히 다른 여자를 생산하는 힘이 유지된다."고 말한다. 또한 여자 안에는 타자를 위한 장소가 있으며 "여자는 자기 자신이 어머니이며 아이이고, 딸이며 자매"라고 말하고 있다.[20] 이러한 말은

---

19 이들의 우연한 연대는 〈소금〉에서 봉염 어머니가 중국인 팡둥의 아내에게 모욕을 당하고 쫓겨났던 것이나 〈모자〉에서 남편을 잃은 승호 어머니가 약국을 하는 시형의 집을 찾아갔다가 시형의 아내에게 모욕을 받고 그 집을 뛰쳐나온 것과 비교해 볼 때 좀 더 명확하게 드러난다. 이러한 경우 계급적인 차이가 여성의 연대를 가로막고 있는 것이다.
20 엘렌 식수, 박혜영 역, 『메두사의 웃음/출구』, 동문선, 2004, 22면.

출산과 양육을 매개로 하는 여성들의 모성이 여성 간의 돌봄과 연대로 확대된다는 것을 보여준다. '어머니는 은유'라는 엘렌 식수의 말은 어머니란 실제의 어머니만을 의미하는 것이 아니라 타자를 위한 장소를 지닌 모든 여성을 의미한다고 볼 수 있다. 스피박은 '다른 여성에게 어머니를 주기'라는 식수의 개념에서 인간에 대한 인간의 책임이라는 규정을 읽어내고 이를 여성이 역사를 위한 주체로서 지니는 책임의식과 연결시키기도 한다.[21] 모성의 확대, 돌봄의 확대란 이렇게 여성이 역사의 주체로서 주체화될 가능성으로 해석될 수 있는 것이다.

〈소금〉에서의 봉염 어머니를 만난 용애 어머니는 그녀를 자신의 집에 데려와 며칠 동안 돌봐주고 유모 자리를 알아봐 준다. 그리고 봉염과 봉희, 두 아이를 열병으로 잃고 절망하고 있는 봉염 어머니에게 밥을 주면서 위로해주고 살 도리를 하라며 소금 밀수업을 소개해준다. 용애 어머니가 봉염 어머니를 돌보고 도와주는 과정은 또 다른 어머니 되기라고 할 수 있다. 엘렌 식수가 말했듯이 여성이 지니고 있는, 타자를 생산하는 힘의 실현인 것이다. 〈소금〉에서 다른 여성에 대한 모성적인 돌봄을 바탕으로 하는 우연한 연대는 〈어머니와 딸〉 등에서 나타나는 어머니와 딸의 연대와는 근본적으로 다르다. 서발턴 여성들 사이의 우연한 연대는 혈연에 기반한 연대가 아니라 서발턴 여성들의 삶이 지니고 있는 본질적인 유사성과 내재성으로서의 우연을 기반으로 하는 것이기 때문이다.

이렇게 서발턴 여성의 모성의 확대와 우연한 연대가 지니고 있는 힘이 제시됨으로써 강경애 소설에서 서발턴 여성은 단지 억압되고 예속된 수동적인 존재로서가 아니라 스스로를 세울 수 있는 힘을 지닌 존재로서 나

---

21 태혜숙, 「탈식민주의적 페미니스트 윤리를 위하여: 가야트리 스피박과 프랑스 페미니즘」, 『영어영문학』 43권 1호, 1997, 161~163면.

타나게 된다. 이 점은 만주를 배경으로 서발턴 여성을 그리고 있는 다른 소설들, 예컨대 안수길이나 최서해의 소설들에서는 발견하기 어려운 점이다. 안수길이나 최서해의 소설에서 나타나는 서발턴 여성들이 단지 가부장제적 질서 속에서 남성들에 의해 교환되는 육체로서 이중의 식민화 속에서 억압받는, 개별화된 존재로서만 그려지고 있다면 강경애의 소설에서 서발턴 여성들은 자신의 생존을 담보로 다른 여성의 생존을 돕는 연대 가능성을 지닌 존재로서 그려지고 있다고 볼 수 있다. 이러한 모습이야말로 작가 자신의 계급주의 혹은 사회주의 이념에도 불구하고 그 이념 속으로 사라지지 않는 서발턴 여성 자신의 모습이라고 할 수 있을 것이다.

4. 디아스포라적 상황과 향수 부재의 의미

고향에 대한 그리움은 디아스포라 문학 문학 전반이 보여주고 있는 특징이다. 디아스포라에게 고향은 자신들이 과거에 살았던 현실적인 공간이라기보다는 자신들이 뿌리를 내리고자 하는 이곳과의 차이에 구성되는 심상 공간이라고 할 수 있다. 때문에 그들이 고향에 대하여 가지고 있는 기억은 현재의 공간과의 차이에 의하여 구성되며 고향에서 살았던 시간과 현재의 시간의 차이에 의하여 부조된다. 다시 말해서 과거 자체에 대하여, 고국에 대하여, 그리고 그 시공간의 인물들에 대하여 느끼는 강렬한 향수는 이전의 자신과 현재의 자신이 분리되고 단절되어 있음에 대한 깨달음의 결과이다. 다시 돌아갈 수 없는 과거와 그리운 고국의 이미지는 서로 중첩되어 심상적인 시공간이 되며 그리움의 대상이 되는 것이다.[22]

---

22 심상공간으로서의 고향에 대해서는 김태준, 「고향, 근대의 심상공간」, 『한국문화연구』 31집, 2006, 7~11면 참조.

해방 직후 발표된 허준의 〈잔등〉에서 조선으로 귀환하는 인물들이 조선의 자연을 보고 감격하는 모습은 일제 치하 만주로 이주해간 조선인들이 지니고 있었던 향수가 어떠한 것이었던가를 여실히 보여준다. 만주와는 다른 조선의 맑은 하늘과 물에 대한 감동의 표현은 만주의 자연과의 차이에 의하여 조선의 자연이 향수의 대상으로 자라잡게 되고 그를 통하여 향수가 이미 존재했었던 것으로 전제되는 과정을 보여준다. 허준의 〈잔등〉의 경우를 생각해본다면 일제하 만주를 배경으로 하고 있는 디아스포라 문학에서도 고향에 대한, 조선에 대한 향수가 중요한 요소가될 것으로 예상되지만 일제하의 소설들에서는 〈잔등〉에서와 같은 강렬한 향수가 나타나는 경우가 많지 않다.

강경애의 소설에서는 이러한 향수가 드러나는 부분을 찾아보기 어렵다. 물론 조선에 대한 기억, 혹은 조선에서 있었던 일에 대한 기억이 드러나지 않는 것은 아니지만 그러한 기억이 조국에 대한 그리움이나 과거에대한 그리움을 불러일으키지 않는 것이다. 고향과 고국에 대한 기억은 있지만 그것이 향수를 불러일으키지 않는다면 실제의 고향이 디아스포라가추구하는 심상공간으로서의 고향과 동일한 모습이 아니기 때문일 것이다. 〈소금〉의 다음 부분은 강경애 소설에서 향수의 부재가 지니는 의미가무엇인가를 암시해준다.

'올해는 저기다 조를 갈아볼까. 그리고 가녘으로는 약간 수수도 갈고……'
그때 그의 머리에는 뜻하지 않은 고향이 문득 떠오른다. 무릎을 스치는 다복솔
밭 옆에 가졌던 그의 밭! 눈에 흙 들어가지 전에나 어찌 차마 그 밭을 잊으랴!
아무것을 심어도 잘되던 그밭! "죽일놈!" 장죽을 물고 그 밭머리에 나타나는 참
봉 영감을 눈앞에 그리며 그는 이렇게 중얼거렸다. 그리고 가슴이 울렁거리며
손발이 가늘게 떨리는 것을 깨달으며 그는 고향을 생각지 않으려고 눈을 썩썩
비비고 정신을 바짝 차리었다. 그때 뜰 한구석에 쌓아둔 짚낟가리에서 조잘대

는 참새 소리를 요란스러이 들으며 우두커니 섰는 자신을 얼핏 발견하였다.
(중략) 그리고 군데군데 뚫어진 갈자리 구멍을 손끝으로 어루만지며 '잘살아
할 터인데 그놈 그 참봉놈 보란 듯이 우리도 잘살아야 할 터인데……' 하며 그
의 눈에는 눈물이 글썽글썽해졌다. 아무리 맘만은 지독히 먹고 애를 써서 땅을
파나 웬일인지 자기들에게는 닥치느니 불행과 궁핍이었던 것이다.[23]

인용문에서 〈소금〉의 주인공 봉염이 어머니는 '간도 온지 십여년 만에
내 땅이라고 묽을 짓게 된 붉은 산', 화전을 일구어서 이제 감자나마 심
는 밭이 된 붉은 산을 보며 고향의 밭을 생각한다. 그러나 봉염이 어머니
는 이내 참봉영감을 떠올리며 '고향을 생각지 않으려고 눈을 썩썩 비비
고 정신을 바짝 차리'게 된다. 봉염이 어머니에게 고향은 돌아가고픈 그
리운 공간이 아니다. 그곳은 '아무것을 심어도 잘되던' 밭이 있지만 결코
밭을 온전히 내 것으로 삼을 수 없는 공간이며 참봉영감으로 대표되는 지
주에게 작물을 수탈당하고 궁핍 속에서 살아가야 했던 공간이다. 봉염 어
머니에게 고향은 만주로 이주해왔기 때문에 돌아갈 수 없는 곳이 된 것이
아니라 이미 고향에서 살아가던 그 순간에도 이미 고향의 의미가 상실된
공간이었다고 할 수 있다.

여기서 〈소금〉의 봉염이 어머니에게 조선의 고향은 만주와 차이를 지
니지 못하는 공간으로 인식되고 있음을 알 수 있다. 두 개의 공간은 자연
적으로는 상이한 공간이지만 '불행과 궁핍'의 공간이라는 점에서는 동일
한 공간으로 나타난다. 향수의 부재는 이러한 공간의 동일성에서 기인하
는 것이다. 참봉영감이 버티고 서 있는, 수탈과 억압의 공간인 고향과 중
국인 지주에게 수탈당하고 여러 가지 정치적 집단에 의하여 공격 받는 간

---

23 강경애, 앞의 책, 493~494면.

도는 봉염이 어머니에게 큰 차이를 지니지 않는 것이다. 봉염이 어머니의 과거에 존재하는 고향이 더 이상 미래의 의미를 지니는 고향일 수가 없는 이유가 여기에 있다. 그것은 디아스포라가 지향하는 고향과는 너무나도 다른 공간이기 때문이다.

고향에 대한 향수가 전면화되지 않는 것은 강경애 소설만의 특징은 아니다. 일제하에 발표된 만주 배경 소설, 만주 이주의 초기를 다룬 소설들에서 공통적으로 나타나는 특징이기도 하다. 이 점은 일차적으로는 당시의 식민지가 자기가 태어난 땅마저도 자기 땅이 아닌 고향 상실, 즉 실향의 공간을 만들었다는 점과 관련을 지닌다. 그러나 강경애의 소설에서 발견되는 향수의 부재는 단지 식민지 공간이라는 문제와만 관련을 지니는 것은 아니다. 이 점은 오히려 강경애 소설의 주인공이 서발턴 여성이라는 점과 더 깊은 관련을 지닌다. 민족이나 계급, 그리고 젠더라는 삼중의 억압 속에 존재했던 서발턴 여성에게 있어서 행복했던 시공간으로 표상되는 고향이란 애초에 존재할 수 없는 것이기 때문이다.

이 대목에서 디아스포라에게 조국은 향수 속에 있는 것이 아니라는 서경식의 이야기를 주목할 필요가 있다. 서경식에 의하면 '조국'이란 국경에 둘러싸인 영역도 아니고 '혈통'과 '문화'의 연속성이라는 관념으로 굳어버린 공동체도 아니다. 그것은 식민지배와 인종차별이 강요하는 모든 부조리가 일어나서는 안 되는 곳을 의미한다.[24] 이러한 관점에 서면 디아스포라 문학에서 향수는 단지 과거에 대한 그리움, 혈통적 문화적 뿌리에 대한 그리움을 넘어서 모든 지배와 억압을 넘어 행복하게 살아갈 수 있는 시공간에 대한 열망을 의미하게 된다. 강경애 소설에서 향수가 전면화되지 못하는 것은 일제하 만주의 서발턴 여성에게는 진정한 고향이 부

---

24 서경식, 앞의 책, 7면.

재하다는 것을 보여주는 것이라고 할 수 있다.[25] 식민지 서발턴 여성에게
모든 지배와 억압을 넘어 행복하게 살아갈 수 있는 시공간이란 오직 미래
로서만 존재할 수 있는 것이다.

5. 결론

이제까지 만주를 배경으로 하고 있는 강경애의 소설들을 대상으로 서
발턴 여성이 어떠한 모습으로 재현되고 있는가를 고찰하였다. 강경애의
소설은 민족주의 담론이나 계급주의 담론에서 지워지거나 억압된 서발턴
여성의 모습을 재현함으로써 그들이 겪고 있는 이중의 식민화 문제를 보
여주고 있다는 점에서 주목된다. 그러나 서발턴 여성에 대한 재현이 지식
인 여성으로서의 강경애 자신의 이념의 시각 위에서 이루어짐으로써 서
발턴 여성 자신의 목소리는 사라져버리게 된다는 문제점을 드러낸다. 때
문에 소설에서는 서발턴 여성이 계급주의 이념에 의하여 각성되고 주체
화된다든가 하는 무리한 전개가 나타나기도 한다. 작가는 자신이 지닌 이
념의 담론의 내부에서 서발턴 여성을 표현함으로써 그들이 가지고 있는
내재적인 주체화의 가능성을 포착하지 못하게 되는 것이다.

그러나 이러한 작가의 시각에도 불구하고 강경애의 소설에는 서발턴
여성 자신의 모습과 목소리가 얼룩처럼 퍼져서 나타나고 있다. 서발턴 여
성들의 모습은 궁핍과 억압의 식민지 공간의 서발턴 여성에게 모성이 삶
을 지속시킬 수 있는 힘으로서 작용한다는 것을 보여준다. 그것은 가부장
적인 젠더 이데올로기에 의하여 규정된 이념화된 모성과는 다른 것이다.

---

25 이 점은 최서해의 소설에서도 유사하게 나타난다. 〈탈출기〉에서 역시 조선과 만주는 그
   공간의 차이에도 불구하고 모두 궁핍과 억압과 수탈의 공간이라는 점에서 동일하다는 점
   이 강조되고 있다.

나아가 여성들 간의 우연한 연대에 의한 모성의 확대를 통하여 서발턴 여성들이 내재적으로 주체화할 가능성을 지니고 있다는 것을 드러낸다. 그리하여 서발턴 여성이 민족과 계급 그리고 젠더의 모순에 복합적으로 얽혀 있는 식민화의 상태에 놓여 있다는 것만이 아니라 서발턴 여성이 생명력과 힘을 지니고 있다는 점이 드러나고 있다. 한편 서발턴 여성은 조선과 만주라는 두 개의 공간을 비추는 거울로서 나타나기도 한다. 그녀들에게 식민지 조선과 만주는 동일한 불행과 궁핍의 공간이다. 소설은 서발턴 여성에게는 진정한 고향도 향수도 존재하지 않음을 보여줌으로써 두 개의 공간 모두에 대한 비판을 수행하고 있는 것이다.

서발턴은 자신을 둘러싸고 있는 민족, 계급, 그리고 성의 지배와 억압 속에 존재하면서 그러한 지배와 억압 속에서 침묵하고 있는 것처럼 보이지만 오히려 그러한 지배 구조에 틈새를 만들고 그 틈새를 통하여 전복의 가능성을 마련할 수 있는 존재이기도 하다. 그러나 그 가능성이 민족주의나 계급주의 혹은 가부장적인 남성 이데올로기에 의하여 해석됨으로써 서발턴 여성 자신이 스스로 주체화될 가능성은 고려되지 않았던 것이 사실이다. 강경애의 소설 역시 식민지 조선에서 이주해온 디아스포라 서발턴 여성의 삶을 보여주고 있지만 그들의 삶을 강경애 자신의 이념인 계급주의 담론의 내부에서 그림으로써 서발턴이 지닌 진정한 주체화의 가능성을 보여주는 데까지 나아가지는 못하고 있다. 그러나 서발턴 여성들 간의 돌봄과 연대의 가능성을 보여줌으로써 단지 계급주의적인 시각에 머물지 않고 서발턴 여성만의 새로운 주체화 가능성을 드러내고 있다는 점에서 중요한 의미를 지닌다.

디아스포라 문학이 민족문학 외부의 내부 혹은 내부의 외부라고 한다면 우리는 디아스포라 문학이 이곳과 저곳을 비추는 이중의 거울의 역할을 수행하고 있다는 사실에 주목하지 않을 수 없다. 강경애 소설에서도 서발턴 여성의 모습은 조선과 만주를 동시에 비추는 거울의 기능을 한다고 볼 수 있다. 일제하에서 서발턴 여성에게 경험되는 불행과 궁핍, 지배와 억압은 만주라는 공간만의 것이 아니라 바로 식민지 조선의 것이기도 하다는 점, 어떠한 담론이든지 간에 그 안에서 서발턴 여성은 지워지고 억압되고 있다는 점. 여러 가지 문제점과 한계에도 불구하고 그 점에 다가갈 수 있었다는 것이 바로 강경애 문학의 의의가 아닐까 한다.

1930년대 '조선적 특수성' 론의 인식론적 지형

1. 1930년대 문학과 '조선적인 것'

한국의 현대사에서 '근대' 에 대한 논의는 언제나 '식민지성' 에 대한 문제를 동반한다. '식민지성' 이란 단지 식민지의 경험만을 의미하는 것이 아니라 왜곡된 경제발전의 문제에서부터 타자화된 자기인식에 이르기까지 식민지 경험으로부터 유래하는 모든 것을 포괄할 수 있는 개념이다. 우리가 '근대' 의 문제를 이야기할 때 일제하의 담론에 주목하는 것은 바로 한국 '근대' 의 성격을 규정하는 근본적인 변화가 바로 일제하 식민지의 경험 속에서 이루어졌기 때문일 것이다. 문학사의 경우도 예외가 아니어서 일제하의 문단은 '근대문학' 의 성격과 특성을 구명하는 데 가장 중요한 토대가 되고 있다. 특히 1930년대의 문학은 식민지 근대에 대한 첨예한 문제의식을 담고 있다는 점에서 문제시되어왔다.

이미 알려져 있듯이 1930년대 문학은 프로문학과 민족주의 문학, 그리고 모더니즘 문학이라는 진영으로 나누어져 있었지만 각 진영의 담론은 모두 '근대'에 대한, 혹은 '근대'를 향한 담론이라는 점에서 동일성을 지니는 것이었다. 이러한 각 진영의 문학 담론들은 1930년대 후반에 오면서 급속한 변화를 겪게 된다. 1935년 그간 지도적 중심으로 자리잡고 있었던 카프의 해소와 이후 프로문학의 퇴조, 1936년 12월 '조선사상범보호관찰령'으로 대표되는 좌우익 민족해방 운동가에 대한 탄압과 전향의 강요, 그리고 1937년의 중일전쟁 발발, 1938년의 '국가 총동원법'의 발령 등의 일련의 상황으로 인해 모든 문학 진영은 위기에 처하게 된다. '전형기'라는 이름이 말해주듯이 대부분의 문학인들에게 1930년대 후반은 이제까지의 문학을 돌이켜보고 이후의 방향을 모색하는 시기가 될 수밖에 없었다.

'조선적인 것'에 대한 발견과 고찰이 이루어지게 된 것은 바로 이러한 이유에서이다. 때로는 '전통'이나 '고전'이라는 이름으로, 때로는 '조선적 특수성'이라는 이름으로 명명되면서 '조선적인 것'에 대한 논의는 새로운 모색의 중심으로 떠오르게 된다. 그 논의가 어떠한 이름으로 진행되었든지 그것이 보편으로서 받아들여져 왔던 근대 자체에 대한 성찰과 관련되어 있다는 점에서는 동일하다. '조선' 혹은 '조선적인 것'에 대한 논의는 '식민지 조선'이라는 특수한 상황에 새롭게 주목하고 '근대' 혹은 '보편'에 대하여 새롭게 인식하게 되는 계기가 되고 있었던 것이다.

'조선적인 것'에 대한 논의 가운데서도 사회주의 문학 비평에서 나타나는 '조선적 특수성'에 대한 논의는 특히 중요한 의미를 지닌다. 그동안 코민테른을 중심으로 프롤레타리아 국제주의에 입각한 '보편주의'의 문학을 지향해왔었던 사회주의 문학이 '조선'에 대한 논의를 통해서 '특수' 혹은 '개별'에 대한 문제의식을 보여주기 시작했기 때문이다. 사회주의 문학 비평에서 나타나는 '조선'에 대한 논의는 문화의 영역에서 나타나는 조선의 고유성을 구명하기 위해서 이루어진 것이 아니라 조선 현실의 특수성에 주목함으로써 이후의 사회주의 문학의 방향을 모색하기 위한 시도로서 이루어진 것이라는 점에서 여타의 담론과 구별된다. 즉 1930년대 고전 부흥론을 비롯한 '조선적인 것'에 대한 담론이 과거의 것, 전통적인 것에서 조선 고유의 특성을 찾아 이것을 복원하고 부흥시키려는 입장, 즉 현재 속에서 과거를 재현하고자 하는 것이었다면, 사회주의 문학비평에서 이루어진 '조선적 특수성'에 대한 논의는 조선의 현재와 '사회주의'라는 이념의 관계에 주목하면서 현재 속에서 미래의 가능성을 찾고자 하는 것이었다. 즉 지향점으로서의 소비에트 러시아의 근대, 즉 사회주의적 근대라는 기준에 입각해 볼 때 현재의 '조선'에 내재해 있는 특수성의 의미는 무엇인가, 사회주의적 지향과 사적 유물론적인 역사 발전이라는 이념 속에서 식민지 조선의 특수성은 어떻게 인식되어야 하는가를 묻고자 했던 것이다.

이렇게 1930년대 후반 사회주의 문학 비평에서 이루어진 '조선'에 대한 담론에서 본고가 특히 주목하고 있는 점은 이것이 '조선'을 둘러싸고 이루어지는 보편과 개별, 그리고 특수에 대한 인식론적 지형을 드러내고 있다는 사실이다. 우선 그러한 지형은 일제 파시즘에 대한 저항과 협력의 복합성을 드러내는 것이라는 점에서 문제적이다. 주지하다시피 일제 파시즘은 중일전쟁 이후, 특히 태평양전쟁으로의 확전 이후 서구 중심 세계사를 부정하고 동양을 중심으로 하는 새로운 세계사라는 인식론적 기획을 내세웠다. 즉 일제 파시즘의 인식론적 기반은 서구적 근대를 중심으로 하는 보편성에 대한 거부, 혹은 보편성에 대한 회의에 바탕을 두고 있었다고 할 수 있다. 때문에 '조선'을 두고 나타나는 개별과 보편, 그리고 특수에 대한 인식의 지형은 결국 일제 파시즘에 대한 저항과 협력이라는 문제와 관련될 수밖에 없었다.

한편 그러한 지형이 해방 이후의 문학 진영의 재편 및 민족문학론의 향방과 긴밀하게 연관되어 있다는 점도 주목을 요하는 부분이다. 실제로 해방 이후에 나타난 사회주의 문학자들의 분열 및 박태원, 김기림 등의 모더니스트의 사회주의 문학 진영으로의 합류는 1930년대 후반에 이미 논리적으로 준비된 것이라고 볼 수 있다. 물론 해방 이후의 문학 진영의 대대적인 개편이 해방이라는 시공간적인 특수성 속에서 민족문화 건설에 대한 환상에 의하여 이루어졌다는 것을 부인할 수는 없다. 그러나 그와 함께 1930년대 후반에 이루어진 '조선적인 것'을 둘러싼 인식과 밀접하게 관련되어 있다는 것도 고려되어야 한다. 실제로 사회주의 문학 진영의 형성과 변화는 홀로 이루어진 것이 아니라 민족문학이나 모더니즘 문학 등 이웃한 진영과의 부분적인 동일성과 차이 속에서, 즉 차이를 구조화하는 운동 속에서 이루어졌다. 특히 1930년대 후반에는 '조선적인 것'에 대한 논의를 통해서 각 문학 진영의 논리가 변형되고 해체되면서 문학 진영의 변화가 이루어지고 있었던 것이다.

본고는 1930년대 후반 사회주의 문학 비평에서 나타나는 '조선'에 대한 담론이 이러한 의미를 지니고 있다는 점에 주목하고 '조선'에 대한 담론이 지닌 인식론적인 함의를 밝히고자 한다. 이를 위해 본고가 연구의 대상으로 삼은 것은 안함광과 임화의 비평이다. 1930년대 사회주의 문학 비평에서 가장 중심적인 자리를 차지하고 있는 이들의 담론이 당대 조선 현실에 대한 인식론적인 유형들을 보여주고 있기 때문이다. 본고는 안함광과 임화의 비평 담론 속에서 '조선적 특수성'이 어떻게 이해되고 있는가, 그리고 보편과 개별, 그리고 특수라는 인식론적 개념이 어떻게 결합되어 있는가 등을 고찰할 것이다. 이를 통해 본고가 궁극적으로 밝히고자 하는 것은 1930년대 후반 사회주의 비평에서 나타나는 이러한 인식론적 유형이 이후의 문학적 지형과 어떻게 연결되고 있는가의 문제로서 이것이 일제 후반기의 친일의 문제, 그리고 해방 이후의 민족문학론과 어떻게 연결되어 있는가를 구명하도록 할 것이다.

2. 개별로서의 조선과 이념의 위상

1930년대 사회주의 문학비평계에서 '조선적 특수성'의 문제를 가장 강력하게 제시한 문학인은 안함광이라고 할 수 있다. 안함광의 문학론에서 '조선적 특수성'의 문제는 이미 '농민문학론'에서부터 맹아적으로 나타나고 있다. 안함광의 농민문학론에서 가장 중요하게 내세우고 있는 것이 '프롤레타리아 의식'의 문제였는데 이것은 프로문학의 볼세키화로의 방향전환 과정에서 대두된 '전위의 관점'에 상응하는 것이었지만 프롤레타리아 계급의식과 역사인식 일반을 강조하고 있다는 점에서 그것과는 차이를 보인다. 그가 이러한 '프롤레타리아 의식'을 강조한 것은 그의 문예관이 '모든 의식형태—예술, 과학, 종교, 철학 등등—는 경제적 조건에 의하여 규정'된다는 경제결정론적인 기반 위에서 형성되었기 때문이다.[1] 문예를 경제적 발전과정에 조응하여 변천하는 것으로 바라보았기 때문에 그는 사회주의 경제단계로서의 소련과 식민지 반봉건 단계로서의 조선이 동일한 문예를 가질 수 없다고 판단한다. 그리고 이러한 차이와 간극을 메울 수 있는 방법을 그는 프롤레타리아 계급의식에서 찾고 있다.

---

1 안함광은 '예술도 시대의 추이를 따라 경제적 조건의 변천을 따라 변동되는 것은 기다란 요설을 기다릴 바 못된다'고 말하면서 '모든 의식형태—예술, 과학,종교, 철학 등등—는 경제적 조건에 의하여 규정된다'고 단언하고 있다.(「조선 프로예술운동의 현세와 혼란된 논단」, 『조선일보』, 1931.3.20.) 이를 통해서 안함광이 경제결정론적인 문예관을 지니고 있음을 확인할 수 있다. 또한 이러한 문예관은 예술성과 계급성에 대한 동일시로 이어지는데, 이는 아지프로의 예술성은 이미 아지프로 그 자체에 내재해 있다는 주장(「조선 프로예술운동의 현세와 혼란된 논단」, 『조선일보』, 1931.3.24.)을 통해서 드러난다.

1930년대 초반 도입된 유물변증법적 창작방법을 받아들이면서 안함광이 주장했던 '프롤레타리아 의식'은 유물변증법적 세계관으로 대체된다. 안함광은 볼세비키화 단계의 문학이 보인 공식주의적 경향의 원인을 계급성에 대한 소박한 이해에서 찾았다. 그리고 계급성에 대한 유물론적 해석과 변증법적 인식을 가능하게 해주는 유물변증법적 세계관에 의해서 이러한 경향의 극복이 가능하다고 하면서 유물변증법적 세계관에 대한 강조로 나아간다. '프로문학의 기능 및 사회적 의의를 수행하기 위하여는 작자는 맑스주의적 세계관 내지는 세계관의 把持를 절대 필요하게 되는 것이다'[2]라는 말은 안함광에게 있어서 유물변증법적 세계관 내지는 맑스주의적 세계관이 어떠한 자리를 차지하고 있었는가를 잘 보여준다.

유물변증법적 창작방법의 논의과정에서 안함광은 창작과정에서의 세계관의 역할과 의미가 아니라 창작 이전의 세계관의 선취와 완성의 문제에 주목하는데, 그가 이러한 세계관의 선취를 위한 방법으로서 제시하는 것이 '실천'이다. 그는 '우리가 말하는 맑쓰주의 세계관 — 유물변증법적 세계관 — 의 파악하라는 것은 무조건적으로 XX(혁명)적 실천에 의하여서만 가능하다'고 하면서 '문제는 오직 변혁자로서의 실천'에 있다고 주장하고 있다.[3] 한편 실천은 안함광의 논리 속에서 사상성과 예술성을 통일시켜주는 매개로서 기능하기도 한다. 그에게 예술성과 사상성의 통일은 창작상에서의 형상성을 통하여 이루어지는 것이 아니라 작가의 정치적 실천을 통하여 창작 이전에 이미 전제되어야 할 것으로 인식되고 있다.

사회주의 리얼리즘이 제기되기 이전까지의 안함광 문학론의 핵심은 세

---

2 안함광, 「문예시평 — 극좌적 편향과 그 비판의 우익적 관념으로서의 전향」, 『비판』, 1932.8, 91면.
3 안함광, 「1932년 문단의 개관과 신년 문단의 전망」, 『비판』, 1933.1, 115면.

가지 정도로 요약될 수 있다. 우선, 문학이 경제적 토대에 상응한다는 것과 둘째, 아직 자본주의 단계도 완전히 이루어내지 못한 조선에서 중요한 것은 유물변증법적 세계관이라는 것, 셋째, 프로문학적 예술적 성취의 관건이 되는 것이 바로 이 세계관이며 이 때 중요한 것이 작가의 사회적이고 혁명적인 실천이라는 것이다. 이후의 안함광의 문학론은 많은 변화를 보이고 있음에도 불구하고 문학론의 기반이 되고 있는 기본 인식은 그대로 유지되고 있는 것으로 보인다. 요컨대 안함광에게 있어서 가장 절박한 문제는 조선의 경제적 토대와 사회주의의 간극이라는 문제였던 것이다.

1930년대에 사회주의 리얼리즘론이 제기되었을 때 안함광이 즉각 반대를 표하고 '유물변증법적 리얼리즘' 이라는 독자적인 노선을 주창했던 것도 이 때문이다. 물론 이후 안함광은 사회주의리얼리즘을 받아들이고 그 부분에 대해서 자기비판을 하였다. 그러나 '유물변증법적 리얼리즘' 이라는 창작방법론은 이전에 안함광이 보여준 바 있는 토대와 세계관에 대한 기본 인식을 다시 확인시켜준다는 점에서 주목된다. 안함광이 사회주의 리얼리즘을 거부하고 '유물변증법적 리얼리즘' 이라는 창작방법을 제기했던 이유가 바로 '조선적 특수성' 에 있기 때문이다. 그는 사회주의 리얼리즘이 '조선의 객관적 현실에 대한 사회적 적응성은 전연 가지고 있지 못한 것' 이라고 판단하는데 그 판단의 근거가 러시아 현실과 조선의 현실의 본질적인 차이이다.

① (중략) 헌데 이 문제에 관하여 이야기하게 되는 경우에 가장 많이 범한 과오로서는 러시아의 현실과 조선의 현실의 現段性과의 본질적 차이에 대한 충분한 인식의 결여다.
　이와 같이 질적으로 상이한 객관적 현실을 갖고 있는 한에 있어서 그가 대상으로 하는 특정된 문제－창작방법 문제에 있어서도 동일한 척도를 가지고 논

의할 수는 없는 것이다.

　② 그러나 문제를 가까이 조선의 현실면과 결부시켜 생각하여 볼 때, '사회주의적 리얼리즘'이란 슬로건은 조선의 객관적 현실에 대한 사회적 적응성은 전연 가지고 있지 못한 것이어서 그것을 곧 그대로 襲用할 수는 없다는 것을 생각하지 않을 수 없다. 그렇다고 해서 '프로 리얼리즘'의 원시적 서식에로 복귀하자는 견해에 대해서도 찬동할 수 없는 것은 물론이다.[4]

첫 번째 인용문에서 안함광은 '러시아의 현실과 조선의 현실의 현단성과 본질적 차이'를 문제 삼고 창작방법의 문제에 있어서도 질적으로 상이한 객관적 현실이 문제가 될 수밖에 없다고 주장한다. 그리고 상이한 창작방법이 상이한 객관적 현실을 대상으로 한다고 봄으로써 '사회주의 리얼리즘'이 러시아의 사회주의 경제체제에 대응하는 창작방법이라는 것을 분명히 한다. 두 번째 인용문에서 러시아의 현실과 조선의 현실의 차이로 인하여 사회주의 리얼리즘이 조선에서는 창작방법으로서 기능할 수 없다고 주장한다. 여기서 말하는 현실의 차이가 자본주의와 사회주의라는 경제단계의 상이함을 의미하는 것은 물론이다.

안함광의 이러한 조선적 특수성론은 소비에트 이론에 대한 맹목적인 추수로 일관하였던 프로문학에 대한 하나의 반성적 의미를 지니고 있다는 점에서 중요한 의미를 지닌다. 이로부터 그간의 프로문학에 대한 비판과 성찰 또한 가능하게 된 점도 간과할 수 없는 부분이다. 더 나아가 현실에 토대를 두지 않은 관념적인 예술에 대한 문제제기를 통하여 프로문학이 노정하고 있던 관념적이고 국제주의적인 지향으로부터 거리를 확보하기 시작했다는 점에서도 의미를 지닌다. 즉 조선적 특수성의 발견은 관념주의적 국제주의에서 벗어나는 계기가 되었던 것이다.

---

4 안함광, 「창작방법 문제의 토의에 寄하여」, 『문학창조』 1호, 1934.6.

그러나 안함광의 '조선적 특수성'론은 보편과 개별을 잇는 진정한 특수성론으로 나아가지 못한 채 일종의 개별성론으로 향하게 된다. 사회주의 이념이라는 보편적인 이념이 상이한 경제단계 속에서 어떻게 관철될 수 있는가를 밝히는 것이 진정한 조선적 특수성론의 핵심이 되어야 했지만 안함광의 논리는 더 이상 발전하지 못한 채 유물변증법적 창작방법으로 귀착하고 만다. 사회주의 이념은 역사적 합법칙성에 입각한 보편성을 지니고 있다는 점을 제대로 인식하지 못한 결과이다. 안함광의 논의에서 사회주의 이념의 문제는 유물변증법이라는 세계관 속에서 해소되어 버리고 사회주의란 질적으로 새로운 경제체제로서의 의미만을 지니게 된다. 또한 역사의 발전 과정에 대한 이해 역시 단계적이어서 러시아 현실과 조선 현실의 차이는 결코 채워질 수 없는 간극으로서 인식되고 있다. 안함광은 사회주의적인 이념의 의미와 역할을 간과한 채 경제적 토대만을 중심으로 사고하였으며[5] 경제적 토대의 변화와 발전 과정에 대해서도 단절적으로 이해하고 있었던 것으로 보인다.

요컨대 안함광의 문제의식은 보편적 이념의 특수한 관철에 놓여 있는 것이 아니라, 보편과 개별 사이의 괴리 자체에 고정되어 있었다고 할 수 있다. 때문에 안함광의 논리 속에서 사회주의 경제체제로의 변화는 이러한 간극을 넘어서는 본질적인 도약을 통해서만 가능할 수밖에 없게 되는

---

5 조정환은 안함광의 조선적 특수성론이 사회주의라는 보편적 이념을 전제로 한 것이 아니라 토대환원론적인 것이었다고 평가하고 있다.(조정환, 「1930년대 현실주의 논쟁과 프로레타리아문학의 독자성 문제 - '미적 주체성' 개념을 중심으로」, 『민주주의 민족문학론과 자기비판』, 연구사, 1989, 330면.) 반면 이현식은 이러한 평가가 하나의 이론이 싹트고 발전하는 사회적 근거를 중요시한다는 점에서 외래이론의 급급한 이식을 경계하는 안함광 특유의 문제의식을 간과한 평가라고 비판한다.(이현식, 「1930년대 후반 안함광 문학론의 구조」, 『민족문학사연구』 5권, 민족문학사학회, 1994, 172면.) 그러나 안함광 특유의 문제의식이 지니고 있는 의미를 인정한다 하더라도 당시에 안함광이 사회주의를 보편적 이념으로서가 아니라 하나의 경제체제로서 인식하고 있었다는 점은 부인하기 어렵다.

데, 이 때 이 도약을 가능케 해주는 것으로서 강조하는 것이 바로 유물변증법적 세계관이다. 안함광은 유물변증법에 대하여 그것이 '단순한 세계관이 아니라 또한 현실 인식의 한 개 훌륭한 방법'이라는 점을 강조하면서 창작 이전에 세계관이 완성되는 것이 중요하다는 점을 강조한다.

이후 안함광은 카프 해체 후인 1936년 6월에 「창작방법문제 논의의 발전과정과 전망」을 통해서 유물변증법적 리얼리즘이라는 슬로건에 대하여 자기비판을 단행하고 사회주의 리얼리즘을 받아들이게 된다. 안함광은 주체의 능동성, 사회발전에 대한 주체의 반작용에 대한 인식을 통하여 가능성으로서의 사회주의와 현실성으로서의 사회주의의 괴리에 대한 그간의 고민에 대한 해결책을 발견한 것으로 보인다.

> 사회주의리얼리즘은 (중략) 사회적 발전의 행정에 있어서의 사회적 의식의 반작용을 인식하며 그가 사회발전의 객관적 법칙을 정당히 반영하면 할수록 사회적 의식의 역할은 증대한다는 사회 발전 행정에 대한 변증법적 이해, 즉 유물론적 모사론을 그의 철학적 기저로 하고 있는 것이다. 따라서 사회발전의 의식의 능동성(!) 그것은 다름아닌 사회주의 현실주의의 본질적 특성인 XX(혁명)적 로맨티시즘을 의미하는 것이 아닐 수 없다고 나는 생각한다.[6]

여기서 주목되는 것은 안함광이 반영과정에서 나타나는 주체의 능동성을 사회주의 리얼리즘론에 있어서의 혁명적 로맨티시즘에 곧바로 대응시키고 있다는 것이다. 그럼으로써 사회주의 리얼리즘론에 있어서 혁명적 로맨티시즘을 '본질적 속성'으로서 간주하게 된다. 그러나 주체의 능동성은 사회주의 리얼리즘을 이전의 리얼리즘과 구별시켜주는 표지라고 볼 수가 없다. 주체의 능동성은 사회주의 리얼리즘에서만이 아니라 모든 예

---

6 안함광, 「창작방법문제 논의의 발전과정과 전망」, 『조선일보』, 1936.6.4.

술에서 나타나는 것이기 때문이다. 실제로 사회주의 리얼리즘이 이전의 리얼리즘과 구별되는 지점은 사회주의 이념에 입각한 리얼리즘이라는 창작방법을 제시하였다는 점에 있었으나 안함광의 논리에서는 주체의 능동성이 사회주의 리얼리즘의 본질로서 나타나고 있는 것이다.[7]

여기서 간과해서는 안 되는 것은 안함광이 유물변증법적 리얼리즘을 제기했던 것에 대해서 자기비판을 감행하고 그를 폐기하였다고 해서, 그리하여 사회주의 리얼리즘론을 받아들이고 제 나름의 체계를 형성해갔다고 해서 조선적 특수성론에 대해서도 자기비판과 폐기를 감행한 것은 아니라는 것이다. 안함광은 자신이 '의식의 능동성'으로서 받아들인 혁명적 로맨티시즘을 통해서 러시아와 조선의 현실이 지니고 있는 본질적 차이를 넘어설 수 있는 계기를 마련하였을 뿐이다. 때문에 '창작방법의 진실한 구상화를 위하여 조선의 특수한 조건, 문학적 현실 등이 진지한 탐구의 대상이 되'어야 함을 지속적으로 강조하고 있다. 그런 의미에서 이 시기 안함광이 강조하고 있는 주체의 능동성, 의식의 능동성이란 이전에 그 자신이 강조했던 프롤레타리아의식이나 유물변증법적 세계관과 본질상 동일한 것이라고 하겠다. '세계관' 혹은 '의식의 능동성', 그것은 러시아와 조선 사이에 존재하는 경제적 토대의 질적 차이를 뛰어넘을 수 있게 해 주는 계기로서 계속 강조되었던 것이다.

중일 전쟁 이후 1938년 8월에 발표된 「조선문학 정신검찰」에서는 세계관의 주체화 문제를 제기하면서 리얼리즘의 근거로서의 '생활적 현실'에 대한 논의를 전개한다. 안함광의 경우 초기부터 '혁명적 실천' 혹은

---

7 그런 의미에서 의식의 능동성이 곧 혁명적 낭만주의라는 그의 논리가 역으로 사회주의 리얼리즘을 수동성의 차원으로 하강시키는 오류에서 자유로울 수 없다는 비판(하정일, 「1930년대 후반 사회주의 리얼리즘론의 발전과 반파시즘인민전선」, 『창작과비평』, 1991.봄, 329면.)은 경청할 만한 것이다.

'정치적 실천'이 개별과 보편과의 괴리를 메워줄 수 있는 계기로서 논의되고 있었지만 이것은 노동자계급 및 농민계급 전체의 혁명적 실천을 의미하는 것이 아니라 작가 혹은 문학자 자신의 정치적 실천을 의미하는 것이었다. 「조선문학 정신검찰」에 오면 '주체의 생활적 근거'라는 것이 강조되는데 이것은 객관적으로 존재하는 현실적 조건과는 다른 의미를 지닌다. '주체의 생활적 근거'란 객관적으로 존재하는 현실을 의미하는 것이 아니라 주체의 실천과 관련된 현실만을 의미하게 됨으로써 협소화된다. 더불어 실천 역시 작가의 개별적이고 경험적인 실천으로 한정되고 만다. 안함광에게 있어서 실천은 작가의 창작 행위 이전의 실천으로 인식되었지만 당시 조선에서 이루어진 다양한 형태의 사회주의적이고 혁명적인 실천은 고려되지 않았다. 그는 실천의 영역을 작가의 생활적 실천으로 축소시킴으로써 결국 경험주의적인 실천론에 빠지게 되는 것이다.

안함광이 1930년대 후반에 내세운 픽션의 논리, 초극의 의식 등에 관한 논의 역시 이러한 경험주의적이고 개인적인 실천론과 짝을 이루는 논리라고 할 수 있다. 결국 안함광의 논리는 결국 객관적인 상황에 대한 타협과 관념적이고 추상적인 '역사적 필연성에 대한 주체적 신념'의 기계적인 결합으로 나아가게 된다. 1939년에 발표된 「조선문학의 진로―문학과 생활」에서 안함광이 현실이라는 개념을 '생활의 현재면을 말하는 추상적(보편적) 현실'과 '생활의 의욕면을 말하는 가능적 현실'로 나누고 '생활적 종합의 세계'를 이야기했던 것 역시 이와 다르지 않다. 일제 말기에 그의 비평에서 '사실'과 '사실정신'의 관계도 이와 같은 맥락에서 해석될 수 있다. 사회주의라는 보편적 이념이 식민지 조선이라는 개별적인 상황에서 특수로서 현실화된다고 할 때, 안함광의 논의에서는 보편과 개별, 특수의 관계에서 특수의 매개를 찾을 수가 없다. 안함광에게 현실은 의식과 괴리되어 있는 것이며 조선의 현실은 보편과는 질적으로 다른 개별성으로서의 현실이었다. 사회주의라는 이념은 현실과 결합할 수 있는 계기를 찾지 못한 채 '유물변증법적 세계관'과 함께 '의식의 능동성'이나 '초극의 원리'를 가지고 '조선적 특수성'의 담론 주위를 선회하고 있었던 것이다.

다소 극단적으로 말하자면 안함광은 추상의 수준에서는 보편성을 부정했다고 볼 수도 있다. 그의 '조선'은 보편으로부터 고립된 것, 결코 보편화될 수 없는 것, 따라서 이념이나 세계관이라는 '비약'으로써만 돌파할 수 있는 난관이었기 때문이다. 위험한 발언이기는 하지만, 이런 논리적 구조 자체는 1930년대 이후 파시즘의 강화 속에서 제기되었던 '조선 = 지방성'이라는 문제 제기와도 통한다. 역설적이게도 '조선'을 고립적이고 개별적인 것, 즉 지방성으로 인식함으로써 일제 파시즘의 압박과 타협하면서 동시에 그 타협을 피하고자 했던 인식 구조라고도 할 수 있기 때문이다. 이 점은 민족의 특수성과 고유성을 부각시키고자 했던 문화 전략이 가져온 결과에서도 나타난다. 그러한 문화전략은 일본의 국가주의에 맞서 조선의 민족주의를 대치시킨 것이지만, 일본적 예외주의의 이론구조에 조선적 특수주의를 그대로 대입한 것으로, 일제 말기 전시체제하에서 군국주의와 파시즘이 고양되어감에 따라 양자의 차별성은 희석화되고 만다.[8] 이와 같이 '조선적 특수성'을 강조하는 인식론적 경향은 일제에 대한 저항과 타협이라는 이중성을 공유하고 있었던 것이다.

물론 상동적인 인식구조는 상동적인 실천구조를 낳는다는 사고 하에

---

8 김경일, 「좌절된 중용―일제하 지식 형성에서의 보편주의와 특수주의」, 『사회와 역사』 51권, 한국사회사학회, 1997.6, 81면.

안함광의 문학론에서 친일적 혐의를 문제 삼으려고 하는 것은 아니다. 안함광의 인식 구조가 후일 친일문학론 구조와 일부 유사하다 해도, 이에 근거해 안함광의 논리와 친일 사이의 연계를 자동적으로 설정할 수는 없다. 다만 '조선'을 보편과 괴리된 개별로서 바라보는 안함광의 인식틀이 '동양', 아니 일본이라는 또 다른 보편을 상정한 일제 파시즘과 논리적으로 맞닿을 수 있다는 것이며 그런 점에서 협력과 저항의 복합적인 지형의 한 단면을 보여준다는 것이다. 친일이냐 아니냐가 아니라 일제에 대한 저항과 협력의 복합적인 지형을 밝히는 것이 중요하다고 할 때 안함광의 비평에서 나타나는 인식론에서 바로 그러한 저항과 협력의 복합성을 찾을 수 있다는 점을 지적할 필요가 있겠다.

3. 보편을 향한 지향과 특수로서의 조선

안함광에게 있어 '조선적 특수성'이 러시아와는 본질적으로 다른 조선의 현실을 의미하는 것이었다면 임화에게 있어서 '조선적 특수성'이란 역사적 발전 법칙이 특수하게 관철되는, 아시아적 정체성을 의미하는 것이었다. 물론 임화가 인식하고 있는 '조선적 특수성'의 내용이 처음부터 구체적으로 나타난 것은 아니다. 이미 잘 알려져 있듯이 임화는 누구보다도 계급문학의 프롤레타리아 국제주의에 투철한 문학인이었고 때문에 적어도 1930년대 초반까지의 비평에서는 '조선적 특수성'에 대한 고민을 찾아보기 어려운 것이 사실이다. 임화가 '조선'에 주목하기 시작한 것은 '사회주의적 내용에 민족적 형식'이라는 스탈린적 테제와 함께 민족어 문제를 사유하기 시작하면서인 것으로 보인다.

다시 말하면 계급사회가 그 정치생활에 있어 집약하는 국가라는 것이 대립의 존재와 함께 존재한다는 사실은, 계급사회에 있어서의 생활양식, 풍속, 문화, 예술 등의 민족적 양식이 실로 불가분의 것이라는 것이다.

즉 계급적인 문학으로서의 프로문학의 민족적 형식은 고유의 것이란 말이다.

그러므로 어떠한 의미로서이고 민족적이 아닌 국제주의적 문화는 오늘날에 있어서는 추상계에 있어서만 존재할 수가 있다.[9]

인용문은 프롤레타리아 국제주의에 입각하여 계급문학을 이끌어온 임화가 이제 '민족'의 문제를 상정하기 시작했음을 보여주고 있다. 이는 한편으로는 국제주의를 추상적이고 관념적으로만 인식했던 이전의 프로문학 전반에 대한 반성을 시작하였음을 의미하는 것이기도 하며 다른 한편으로는 '민족적 양식'의 문제를 통하여 조선문학의 특수성을 성찰하기 시작했음을 의미하는 것이기도 하다.[10] 언어를 중심으로 한 '민족적 양식'에 대한 사유는 일련의 이식문학론을 통하여 한국 근대문학의 특수성을 밝히는 데로 나아가게 된다.

이 과정에서 그간 연구자들에게 오해를 불러일으켰던 부분이 사회주의 리얼리즘을 둘러싼 '조선적 특수성'론에 대한 임화의 비판 부분이다. 당시 임화는 조선적 현실의 특수성을 이유로 사회주의 리얼리즘의 수용을 반대하고 있었던 안함광 등의 논리에 대해서 '특수조선'의 '멘세비키'들의 강령이라고 강하게 비판한다. 기존의 연구에서는 임화의 이러한 관점을 극좌적인 관점으로 보고 이것이 임화가 '조선적 특수성에 대하여 얼

---

9 임화, 「언어와 문학」, 『문학창조』, 1934.6, 25~26면.

10 임화가 조선의 특수성에 대해서 관심을 갖게 된 것은 중일전쟁 이후 스스로 조선의 특수성을 인식할 필요성을 강하게 느끼기 시작할 무렵이라고 보는 것(김재용, 「민족주의와 관념적 국제주의를 넘어서─한국근대문학사에서 민족문학의 의미」, 『한국근대문학연구』 1호, 한국근대문학회, 2000, 38면.)은 지나치게 이식문학론에만 치중한 판단이다. 물론 이식문학론에서 임화가 조선의 특수성을 어떻게 인식하고 있었는가가 집약적으로 나타나기는 하지만 조선의 특수성에 착목하기 시작한 것은 '조선어'의 문제를 중심으로 민족적 양식의 문제에 접근하고 있었던 1930년대 중반부터라고 보는 것이 타당하다.

마나 무지하였는가 하는 것을' 드러내는 것이라고 평가하면서 임화의 조선적 특수성에 대한 인식이 중일전쟁 이후에나 가능했다고 보아왔다.[11]

그러나 기존의 연구는 임화의 비판이 '조선적 특수성' 론이나 '조선적 특수성'에 대한 사유 자체에 피해서 행해진 것이 아니라 조선적 특수성에 의하여 리얼리즘의 XX(사회)주의적 내용을 거부했다는 것을 두고 행해진 것임을 간과하고 있다. 즉 사회주의 리얼리즘에서의 사회주의란 이념적 지향성을 의미하는 것임에도 불구하고 조선적 현실의 특수성을 근거로 그것을 거부하는 것은 사회주의적 이념성을 거부하는 것과 다르지 않다는 것이 임화의 판단이었던 것이다. 임화가 '특수조선'의 '멘세비키' 들의 강령이라고 비판한 것은 그들이 '조선의 특수성, 조선 현실의 독자성을 가지고 문화와 정치의 XX(사회)주의적 내용을 거부하고 개량하려' 한다고 보았기 때문이다. 조선적 특수성을 주창한 사회주의 문학자들의 논리가 '하등의 과학적 내용을 명시치 안는 〈모스코에서 조선으로〉라는 위험한 슬로—간에 의하여 일층 조장' 되고 있다고 비판했던 것[12]도 같은 맥락에서이다. 요컨대 임화가 부정한 것은 조선적 특수성 자체가 아니라 러시아와는 다른 조선의 특수성을 구실로 사회주의적 내용을 거부하는 것이다.[13]

여기서 임화가 지니고 있는 중요한 문제의식을 읽을 수 있다. 임화는

---

11 이러한 관점을 보이는 대표적인 연구로는 김재용의 「임화의 이식문학론과 조선적 특수성 인식의 명암—프로문학 부정론과 민족문학 수립의 전제」(문학과 사상연구회, 『임화문학의 재인식』, 소명출판, 2004, 95~96면.)를 들 수 있다. 이 연구는 임화가 아시아적 정체성을 통해서 비로소 조선적 특수성을 인식하게 되었다고 설명하고 있으나 필자가 보기에 임화는 아시아적 정체성을 통해서 조선적 특수성을 발견하거나 인식하게 된 것이 아니라 해명할 수 있게 된 것이다.

12 임화, 「역사적 반성에의 요망」, 『조선중앙일보』, 1935.7.6.

13 이 점은 임화의 「조선문학의 신정세와 현대적 제상」(『조선중앙일보』, 1936.2.4)에 잘 나타나 있다.

조선적 특수성이 절대화되어 유물론적인 역사발전이나 사회주의적 이념
과는 다른 새로운 보편으로 나아가는 근거가 될 가능성을 경계하고 있었
던 것이다. 임화에게 조선적 현실의 특수성이란 보편으로서의 사회주의
적 이념, 유물론적인 역사발전 과정이 실현되는 과정에서 나타나는 것이
지 보편적인 것과의 괴리나 간극으로서 나타나는 것이 아니었기 때문이
다. 이러한 임화의 논리에서 조선경제사학자인 백남운의 관점을 발견할
수 있는데, 특수성은 사회구성 단계에서 나타나는 특수성일 뿐 보편성을
일탈하는 특수성은 존재하지 않는다는 관점이 그것이다.[14] 임화와 백남
운의 논의에서 공통적으로 발견되는 이러한 논리는 소위 '조선특수사정'
의 이데올로기, 즉 일본적 특수성을 보편주의적인 것으로, 그리고 이에
대조되는 다른 아시아 국가들의 정체성을 특수주의로 파악하는, 식민지
에 대한 특수주의적 인식에 대한 저항의 의미를 지닌다는 점에서 중요성
을 지닌다.[15]

이러한 인식은 이식문학론에서 '아시아적 정체성'에 대한 논의를 통해
서 보다 구체화적으로 확인된다. 임화가 생각한 '아시아적 정체성'이 무
엇이었는가가 가장 잘 나타나 있는 것은 〈개설신문학사〉[16]이다. 임화는
하야카와 지로(早川二郎)의 책을 참조하여 아시아적 정체성이 '역사과정
중 어느 임의의 지점에서 돌연히 배태되는 것이 아니라' '원시사회 붕괴
의 비전형성에서 유래'하였으며 그것이 이후의 역사 발전의 단계마다
'비전형성'을 초래하게 되었다고 본다. 결국 '서구의 근대 사회 제도를
수입 이식하지 않고는 봉건 사회로부터 근대 사회제에의 전화를 불가능

---

14 방기중, 『한국근현대사상사연구─1930 · 40년대 백남운의 학문과 정치경제사상』, 역사비
   평사, 1995, 365면.
15 김경일, 앞의 글, 91면.
16 임화, 「개설신문학사」, 『조선일보』, 1939. 9. 2~1940. 5. 10.

케 한 조건'을 만들었고 이로 인해 '동양 제국은 공통으로 서구 근대 사회의 촉발과 수입과 이식으로 근대화될 운명 아래 놓여 있었다' 는 것이다.[17]

여기서 주목되는 것인 '비전형성' 이라는 개념이다. 임화는 아시아의 정체성이 역사의 어느 한 단계에서 갑자기 나타난 것이 아니라 원시사회의 붕괴과정에서부터 역사 발전의 각 단계마다 비전형성이 축적되면서 형성된 것이라고 보고 있다. 이것은 원시사회의 붕괴과정에서부터 역사 발전의 각 단계에서 존재하는 '전형성' 을 상정하지 않고서는 설명될 수 없는 방식의 내용이다. 즉 역사 발전의 비전형성이란 '전형성' 을 상정하지 않으면 설명될 수 없는 개념이며 아시아적 정체성이라는 비전형성의 강조는 역설적으로 역사 발전의 전형성에 대한 지향을 바탕으로 하고 있다는 것이다.

이 점은 內地에 대한 언급에서도 다시 한 번 확인할 수 있다.

> 그러므로 만일 서구 자본제의 동점이 없이 장구한 동안 동양 혹은 조선 봉건제를 그대로 내버려 두었다면 먼 장래에 독자적으로 근대사회로의 전화를 수행했을지도 모른다.
>
> 예를 들면 적어도 內地의 봉건제는 이러한 가능성을 가장 많이 가졌던 사회라고 말할 수가 있다.
>
> 동양 제국에 있어 가장 일찍이 서구 자본제의 이식을 완료하고 獨自한 근대 사회는 서구와 필적함을 보아 이 점은 한번 수긍할 만하다.
>
> 그러나 역사는 더구나 근대 사회는 결코 한 국가나 지방의 폐쇄적 독존을 허락하는 것은 아니다. 상업과 화폐에 의한 모든 지방의 세계화가 이 시대의 특징이다.
>
> 요컨대 동양 제국은 내부 조건이 미처 성숙치 못하고 시기가 상조한 채로 근대화의 길로 들어선 것이다.[18]

---

17 위의 글, 『조선일보』, 1939.9.14~15.(임화, 김외곤 편, 『임화전집 – 문학사』, 박이정, 87~89면.)
18 위의 글, 1939.9.15.(위의 책, 88면.)

　인용문은 동양제국의 정체성을 다시 한 번 강조하는 부분이라고 할 수 있다. 또한 인용문에서 내지의 봉건제가 독자적인 근대사회로 전화될 수 있는 가능성을 가장 많이 가졌던 사회라고 말하는 부분은 소위 동양 내부에 타자를 설정함으로써 스스로를 특권화시키는 일본식 오리엔탈리즘의 담론을 재현하는 것처럼 보이기도 한다. 그러나 ‘근대 사회는 결코 한 국가나 지방의 폐쇄적 독존을 허락하’지 않으며 ‘상업과 화폐에 의한 모든 지방의 세계화’가 이 시대의 특징이라고 함으로써 근대사회 자체가 세계를 전일화시키는 기제로 되어 있음을 강조하고 있음을 볼 때 일본의 개별적인 가능성보다는 동양 전체의 정체성을 논의의 중심으로 삼고 있다고 판단된다. 물론 아시아적 정체성에 대한 논의가 서구의 시선으로 동양을 바라보는 오리엔탈리즘적인 혐의에서 자유로울 수는 없다.[19] 그러나 앞서 말했듯이 서구의 근대를 보편으로 하는 이러한 사유가 오히려 동양을 특수화하고 일본을 중심으로 또 다른 세계사를 만들고자 했던 일본 제국주의에 대해서는 저항적일 수 있다는 점을 간과해서는 안 된다.

　그런 관점에서 볼 때 임화의 이식문학론이 서구의 고전적 근대와는 다른 조선적 근대의 특수성에 착목함으로써 보편주의적 근대관을 넘어서 근대의 다양성에 주목하는 ‘복수의 근대관’을 지니고 있다[20]고 평가하는 것은 받아들이기 어려운 평가이다. ‘아시아적 정체성’론이나 그에 기반한 이식문학론은 서구와는 또 다른 근대의 지향성을 보여주는 것이 아니라 오히려 서구적인 근대를 보편으로 하는 입론으로서 나타나고 있기 때

한국문학의 탈식민과 디아스포라

---

19 임화의 논리가 오리엔탈리즘적인 사유에 근거하고 있음을 비판하고 있는 대표적인 연구로는 박희병의 연구와(「임화의 이식문학론 비판」, 『한국문화』 22, 서울대 한국문화연구소, 1998.), 김외곤의 연구(「임화의 ‘신문학사’와 오리엔탈리즘」, 『한국문화이론과 비평』 5집, 한국문학이론과 비평학회, 1999.)를 들 수 있다.

20 하정일, 「1930년대 문학비평과 ‘이식’ 논의」, 『한민족어문학』 42권, 한민족어문학회, 2003, 99~100면.

문이다. 임화는 서구를 보편으로 하는 근대, 사적 유물론에 의한 역사 발전을 상정하고 그에 대한 특수한 양태로서 조선을 바라보고 있다. 때문에 임화의 관심은 조선의 특수성을 살려 조선이 제3의 길로 발전해나가는 데에 있는 것이 아니라 조선의 현실에서 나타나는 개별성을 '아시아적 정체성' 이라는 특수성을 바탕으로 보편의 관점에서 이해하는 데에 있는 것이다.

신문학의 물질적 기반을 논의하는 부분에서 첫 번째로 '아시아적 정체성' 에 대한 논의가 등장하는 것은 그것이 바로 보편과의 관계에서 개별을 이해할 수 있도록 해주는 특수성이기 때문이다. 임화가 '자주적 근대화 조건의 결여' 를 말할 때 '자주적 근대화' 란 다름 아닌 일반적인 서구적 근대화를 모델로 하는 것이다. 임화가 비록 당시 조선사에 대한 연구에서 핵심적인 사안으로 등장한 '아시아적 정체성' 을 바탕으로 자신의 논리를 펴나갔을지라도 임화가 주목한 것은 보편이 드러나는 특수로서의 조선이었다.[21] 원시 공산제−고대 노예제−중세 봉건제−근대 자본제를 거치는 보편적 인류사가 조선에서 어떻게 관철되어 왔는가, 그 관철이 오늘날 조선의 상황에서 어떤 과제를 요구하고 있는가, 그리고 그것은 문학에서 어떻게 나타나고 있는가야말로 임화가 말하고자 하는 지점이었다. 특수를 철저히 다루는 일이 더 높은 단계에 도달하기 위한 하나의 수단이라는 점[22]에서 조선적 특수성, 아시아적 정체성을 바탕으

---

21 임화가 이식문학론을 세우는 데에는 일본사학보다는 백남운의 이식자본주의론이 보다 큰
   영향을 미친 것으로 보인다. 우선 '이식' 이라는 명칭이 공유되고 있거니와 아시아적 정체
   성 내지는 조선적 특수성을 보편과 괴리된 특수성이 아니라 보편의 실현 과정에서 나타나
   는 특수성으로 본 것, 그리고 '독자적인 조선자본주의 발전의 길' 을 상정하고 그것이 억
   압 차단되면서 자본주의의 이식화과정이 진행되었다고 보는 것 역시 동일하다.(백남운의
   이식자본주의론에 대해서는 방기중, 앞의 책, 202~224면 참조.)
22 게오르그 루카치, 홍승용 역, 『미학서설−미학범주로서의 특수성』, 실천문학사, 1987, 114면.

로 이식문학론을 논한 임화의 문제의식은 보편을 향해 있다고 보아야 할 것이다.

이 점은 이식문학론의 '이식'이라는 개념에서도 동일하게 나타난다. '이식'이란 개념 역시 보편적인 것을 전제하지 않고서는 성립될 수 없는 개념이다. 조선에서의 신문학의 역사를 이식과 모방의 역사로 바라보는 임화의 관점은 아시아적 정체성에 대한 논의를 바탕으로 하는 것이며 그 논리의 전개 방식 역시 그와 다르지 않다. 더구나 임화는 「조선문학연구의 일과제─신문학사 방법론」에서 조선의 신문학이 이식 문화, 모방 문화에서 그치지 않고 새로운 문화 창조로 나아가게 됨을 역설하고 있다. 이는 그의 논리가 나아가고 있는 바를 확연하게 보여주는 부분이다.

> 동양 諸國과 서양의 문화 교섭은 일견 그것이 순연한 이식 문화를 형성함으로 종결하는 것 같으나, 내재적으로는 또한 이식문화사를 해설하려는 과정이 진행되는 것이다. 즉 문화 이식이 고도화되면 될수록 반대로 문화 창조가 내부로부터 성숙한다.
> 이것은 이식된 문화가 고유의 문화와 심각히 교섭하는 과정이요, 또한 고유의 문화가 이식된 문화를 섭취하는 과정이다. 동시에 이식 문화를 섭취하면서 고유 문화는 또한 자기의 舊態의 자태를 변화해 나간다.[23]

문화 이식이 고도화되면 될수록 문화 창조가 내부로부터 성숙하여 이식문화사를 해설하려는 과정이 진행된다는 것은 문화에서의 이식과 창조의 변증법[24]을 이야기하는 것일 뿐만 아니라 임화가 보편으로서의 근대

---

23 임화, 「조선 연구의 일 과제─신문학사 방법론」, 『동아일보』, 1940.1.18.(임화, 앞의 책, 380면.)

24 신승엽, 「이식과 창조의 변증법」, 『민족문학을 넘어서』, 소명출판, 2000 참조. 한편 김외곤은 신승엽의 관점을 비판하면서 오히려 임화의 조선 신문학사에서는 조선 신문학을 일본 근대문학에 대한 모방과 반발로서 바라보는 사유를 발견할 수 있는데 그것이 아시아

와 아시아적 정체성의 관계를 어떻게 설정하고 있는가를 보여주는 것이기도 하다. 임화의 논리를 적용하면 정체성 속에서 근대의 이식을 경험한 아시아의 역사 역시 근대의 이식에서 종결되는 것이 아니라 이식된 근대와 그 나라의 특수한 현실의 교섭과정을 거쳐 정체성을 벗고 보편으로서의 근대의 한 형태로서 나타나게 된다고 할 수 있다. 이를 보편의 구체화라고 말할 수 있을 것이다.

결국 임화는 아시아적 정체성이나 조선적 특수성의 문제를 현재의 조선의 현실에서 나타나는 일회적인 문제가 아니라 보편과의 관계에서 특수성을 구명하고 보편을 향해갈 수 있는 계기로서 사유하고 있다고 할 수 있다. 임화가 지니고 있는 이러한 보편주의적 지향은 임화의 문학론의 중심이 계급문학에서 민족문학으로 변화하고 그의 문학론에서 반영론이 성숙해가는 등 많은 변화에도 불구하고 임화의 논리를 지탱해주고 있는 가장 중심적인 부분으로 보인다. 1940년대에 들어서서 많은 사회주의 문학인들이 일본 파시즘으로 전향하거나 그에 협력하게 되었을 때 임화가 그러한 전향의 논리로부터 비교적 거리를 유지할 수 있었다면 그것은 하나의 보편을 거부하고 스스로를 또 하나의 보편으로 세우고자 한, 일제의 파시즘과의 논리적인 거리가 크게 작용했기 때문일 것이다. 이렇게 볼 때 임화에게 있어서 조선적 특수성은 역설적으로 역사에 있어서 보편의 실현과정을 확인하고 보편을 향한 지향을 유지할 수 있게 하는 계

이면서 아시아가 아니기를 열망한 일본식 사고와 유사하다고 평가하고 있다.(김외곤, 앞의 글, 89면.) 이러한 평가는 일본식 오리엔탈리즘의 핵심적인 부분인 자기식민지화의 문제를 간과한 채 임화의 글을 무리하게 그것과 연결시키고 있는 것이 아닌가 하는 의구심을 자아낸다. 필자가 보기에 임화는 '창조'의 문제를 제기함으로써 '자기식민지화'의 문제로부터 자유롭게 되기 때문이다.(일본의 자기식민지화의 문제에 대해서는 고모리 요이치, 송태욱 역, 『포스트콜로니얼─식민지적 무의식과 식민주의적 의식』, 삼인, 2002, 22~26면 참조.)

기였다고 할 수 있겠다.

4. '조선적 특수성'을 둘러싼 인식론적 지형의 의미

이제까지 안함광과 임화의 비평을 중심으로 1930년대 사회주의 비평에 나타난 '조선적 특수성'에 대한 논의를 고찰하였다. 안함광의 조선적 특수성론은 그것이 소비에트 이론에 대한 맹목적인 추수로 일관하였던 프로문학에 대한 하나의 반성적 의미를 지니고 있다는 점에서 중요한 의미를 지닌다. 나아가 이것은 현실에 토대를 두지 않은 관념적인 예술에 대한 문제제기를 통하여 관념주의적 국제주의에서 벗어나는 계기를 마련하였다는 의미를 지니기도 한다. 그러나 안함광의 '조선적 특수성'론이 보여주고 있는 인식은 사회주의 이념이라는 보편적인 이념이 상이한 경제 단계 속에서 어떻게 관철될 수 있는가를 밝히는 데로 나아가지 못하였다. 안함광의 문제의식은 보편적 이념의 특수한 관철에 놓여 있는 것이 아니라, 보편과 개별 사이의 괴리 자체에 고정되어 있었던 것이다. 안함광에게 있어서 특수한 조선은 개별로서 인식되고 보편으로서의 사회주의 이념이나 사적유물론적인 역사 발전은 개별과 기계적으로 결합된 채 추상화된다. 그리하여 안함광의 조선적 특수성에 대한 인식은 조선이라는 개별 자체에 집중됨으로써 개별주의로 흐르게 된다.

임화는 아시아적 정체성이나 조선적 특수성의 문제를 현재의 조선의 현실에서 나타나는 일회적인 문제가 아니라 보편과의 관계에서 특수성을 구명하고 보편을 향해갈 수 있는 계기로서 사유하고 있다. '이식문학론'에서 임화는 '이식'을 극복할 수 있는 변화와 창조의 가능성을 모색함으로써 보편이 현실화되는 특수한 방식으로 조선적 특수성을 사유하고 있음을 보여준다. 이러한 보편주의적 지향은 임화 문학론의 중심이 계급문학에서 민족문학으로 변화하고 그의 문학론에서 반영론이 성숙해가는 등 많은 변화에도 불구하고 임화의 논리를 지탱해주고 있는 가장 중심적인 부분이다. 아시아적 정체성을 바탕으로 한 조선적 특수성에 대한 인식은 임화에게 있어서 역설적으로 역사에 있어서 보편의 실현과정을 확인하고 보편을 향한 지향을 유지할 수 있게 하는 계기로 기능했던 것이다.

결국 안함광의 경우 보편은 전제되지만 동시에 절연되는 것이었고 '조선'은 '보편과 괴리된 개별성'으로 인식되었다면, 임화의 경우 '조선'은 보편성과 함께 하는, 혹은 그 구체화인 특수성으로서 인식되었다고 볼 수 있다. 그들의 전략은 모두 '보편성'을 향한 열망과 '조선적 특수성'의 결합과 조화였으나 그 결과는 같지 않았던 것이다. 이들 가운데 누가 당시의 조선을 더 올바르게 이해하고 있었는가는 섣불리 판단할 수 있는 문제가 아닐 것이다. 이보다는 1930년대 후반의 정치 사회적 현실과 관련시켜 볼 때, 이 양자가 모두 저항과 타협으로서의 면모를 갖고 있었다는 점이 더 문제적이라고 할 수 있다. 임화 식 보편주의의 경우, 일제가 '특수성' 논의를 바탕으로 새로운 보편주의를 내세울 때 일종의 버팀목이 될 수도 있는 것이었다. 반면 안함광 식 개별주의의 경우, 보편과 개별 사이의 거리를 전제하고 비약으로서의 이념 및 실천을 강조함으로써, 보편이 붕괴할 때의 인식론적 위기에 저항하고 실천 자체의 입지를 옹호할 수 있는 것이었다.

다시 말하면 이 두 입장은 모두 차이가 있었을지언정, 일제에 대한 저항에서 타협에 이르기까지의 복합적인 스펙트럼을 보여주고 있다고 할 수 있다. 이 스펙트럼 중에서 무엇이 현실화되었는가, 저항과 타협 가운데 어느 것이 보다 우위에 있었는가의 문제는 논리의 문제인 동시 현실의 문제, 역사의 문제이기도 한데, 이를 통해서 이론—실천에 대한, 나아가 보편—특수—개별에 대한 새로운 문제 제기 자체가 요청되기도 할 것이다. 또한 임화의 보편주의와 안함광의 개별주의는 이러한 복합적인 스펙트럼 속에서 사회주의 진영이 다른 진영과 교차되고 중첩되는 지점을 보여주는 것이기도 하다. 임화의 보편주의가 김기림 등의 모더니즘계의 일각과 논리를 공유하고 있다면, 안함광의 개별주의는 민족주의 문학계의 일각과 공유하는 바가 적지 않다.

사회주의 문학의 형성과 발전은 바로 이런, 이웃한 진영과의 부분적 동일성과 차이 속에서, 또한 내부적 차이를 구조화하는 운동 속에서 이루어진다. 그러나, 임화의 논리를 보편주의라는 도식에 입각해 최재서 등의 근대주의자와 동일시하거나, 안함광의 논리를 개별주의라는 도식에 입각해 조선주의적 입장과 동일시하는 것은 지극히 경계해야 할 일이다. 본고가 주목하고자 한 것은 이들 논리의 동일성 자체가 아니라 이들 논리의 중첩과 교차의 지점이 1930년대 후반의 저항과 협력의 지형을 밝혀주는 고리가 될 수 있다는 점이며 1930년대 후반의 '조선적인 것'에 대한 논의가 기존의 문학적 지형의 변형 속에서 새로운 문학적 진영을 예고하는 논의가 되었다는 점이다. 실제로 해방 이후에 나타난 사회주의 문학자들의 분열 및 박태원, 김기림 등의 모더니스트의 사회주의 문학 진영으로의 합류는 1930년대 후반에 이미 논리적으로 준비된 것이라고 볼 수 있다. 물론 해방이라는 시공간적인 특수성에 기반을 둔 민족문화 건설에 대한 환상이 문학 진영의 대대적인 개편을 불러온 중요한 요소라는 것을 부인할 수는 없지만 그와 함께 1930년대 후반에 보편주의와 개별주의로 문학자들의 논리가 이분화되었던 현상도 이와 무관할 수 없기 때문이다.

본고는 이와 같이 1930년대 사회주의 문학비평에서 나타나는 '조선적 특수성'에 대한 담론에서 보편과 개별, 그리고 특수에 대한 인식론적 지형을 분석하였다. 그러나 논의 과정에서 안함광은 개별주의로, 임화는 보편주의로 파악하면서 그들의 논리 전개 과정 내부에서 이루어지는 미세

한 변화와 발전을 충분히 고려하지 못하였다. 또한 안함광과 임화의 입론이 사회경제사적인 논의를 바탕으로 하고 있음에도 불구하고 그 부분에 대한 구체적인 연구가 충분히 뒷받침되지 못하였다는 것도 지적될 일이다. 하지만 1930년대 사회주의 비평에서 '조선적 특수성'에 대한 담론이 지니는 중요성을 제기하고 그를 보다 근본적인 인식론적 관점에서 해석하여 1930년대와 일제 말기의 문단의 지형을 복합적인 것으로 바라볼 수 있는 시사점을 제공했다는 점에서 연구의 의의를 찾을 수 있을 것이라고 본다.

제3장

〈해방전후〉의 기억과 망각

1. 서론

갑작스럽게 해방을 맞이한 조선인들에게 환희의 순간과 함께 첫번째로 제기된 것은 아마 일제 청산의 문제였을 것이다. 이에 대해서는 수많은 논의가 있었지만 실상 당시 누구에게나 일제 청산의 가장 중요한 대상은 자기 자신이 아니었을까? 즉 일제에 협력한 자신의 행적, 일제와 공모한 자신의 내면, 그리고 자신의 내부에 남아 있는 피식민지인으로서의 잔재 등에 대한 청산 문제는 해방을 맞은 지식인들에게 가장 당면한 문제였을 것이다. 그러나 민족국가 건설의 과제로 인해 이러한 일제 청산의 실행은 완전하게 이루어지기 어려운 상황이었다. 해방직후의 상황에서는 새로운 민족국가의 건설이라는 과제가 무엇보다도 절대적인 명분을 지니고 있었기 때문이다.

실제로 '이 순간에 내 마음 속 어느 한 귀퉁이에 강렬히 숨어 있는 생명욕이 승리한 일본과 타협하고 싶지 않았던가?' 까지를 생각하고 자기

비판의 양심을 문제 삼았던 임화의 논리보다도 지금은 적극적 건설의 시기이므로 보다 절실한 것은 소시민적 이데올로기에 대한 자기비판이라는 한효의 논리가 큰 목소리를 낼 수 있었던 이유가 여기에 있다. 한효의 자기비판론은 민족 전체의 부일협력을 전제로 삼음으로써 '일제 잔재의 청산' 자체를 문제 삼지 않으려는 의도를 내포하고 있었음에도 불구하고 말이다.[1] 이렇게 새로운 국가의 건설이라는 명분이 일제잔재의 청산 혹은 자기비판의 필요성을 압도함으로써 진정한 의미의 자기비판은 이루어지기가 어렵게 된다. 해방직후에 많은 자기비판 소설이 발표되었음에도 불구하고 그것이 진정한 자기비판에 이르지 못했던 것은 작가 개개인의 철저하지 못한 성찰에서 기인하는 것만이 아니라 해방 직후 새로운 민족국가 건설에 대한 맹목적인 열망에서 기인하는 것이기도 하다.

이것이 우리나라의 해방직후에만 나타나는 특수한 현상은 아니다. 식민지 상태에서 독립을 이룬 대부분의 국가들에서 공통적으로 나타나는 욕망이 바로 '망각의 욕망' 이기 때문이다. 식민주의 이후 '독립' 민족 국가들이 출현할 때는 흔히 식민 과거를 망각하려는 욕망이 수반되었다. 이 '망각하려는 의지' 는 여러 역사적인 형태를 취하며, 이것들은 다양한 정치적 및 문화적 동기들에 의해 추동된다. 이 결과 탈식민적 기억상실 (amnesia)이 나타나는데, 이는 역사를 스스로 창안하려는 충동이나 새롭게 출발하려는 욕구─식민 종속에서 비롯된 고통스러운 기억들을 지워버리려는 욕구─의 징후라고 할 수 있다.[2] 알베르 멤미에 의하면 식민 직후는 근본적으로 자기기만 상태에 빠져 있다. 새로운 세계의 건축이 식민주의

---

1 정호웅, 「해방공간의 자기비판소설 연구」, 서울대 박사논문, 7면.
2 Leela Gandhi, 이영욱 역, 『포스트식민주의란 무엇인가』, 현실문화연구, 2000, 16면.

의 물리적 폐허에서 마술적으로 나타날 것이라고 기대하고 있기 때문이다.[3] 이러한 유토피아주의는 언제나 역사적 기억 상실이 행하는 침묵과 생략을 통해 자신의 미래상을 그리게 된다.[4] 식민 직후의 상황에서 이루어지는 기억하기의 문제를 미래에 대한 희망과 환상이라는 문제와 관련시켜보려는 이유가 여기에 있다.

물론 우리의 해방직후 자기비판소설은 식민지 시기 자신의 행적을 고백하는 고백적인 글쓰기의 결과였고 일차적으로 식민지 시기 자신의 행적에 대한 '망각' 보다는 '기억' 의 서사라고 할 수 있다. 그러나 기억은 과거를 복원하는 것이 아니다. 과거의 내용은 그 자체로 기억을 통해 재현되는 것이 아니라 기억 행위에 의해서 구성되며, 이렇게 구성된 과거는 바로 현재의 상태를 지시한다. 이러한 기억의 구성적인 차원, 즉 현재적인 관점에서의 변형, 굴절, 왜곡은 과거의 진정한 체험의 소멸을 뜻하기 때문에 망각의 또 다른 이름에 해당한다.[5] 더구나 그것이 새로운 시작을 위해서 과거를 털어내기 위하여 시도된 기억하기의 결과일 때 우리는 무엇을 기억하고 있는가보다 오히려 무엇을 망각하고 있는가에 대해서 관심을 가질 필요가 있다. 기억 속에서 제외된 망각의 내용과 구성된 기억의 내용이 기억하는 자의 현재를 말하고 있기 때문이다.

본고가 해방직후의 자기비판 소설 가운데서도 이태준의 〈해방전후〉를 주목하는 것은 바로 이러한 관점에서이다. 〈해방전후〉에서는 식민 직후 피식민지인들에게서 드러나는 망각의 욕망이 역설적이게도 해방 전의 행적에 대한 '기억하기' 라는 방법을 통해서 나타나고 있다. 그리고 그것은

---

3 위의 책, 19면.

4 위의 책, 20~21면.

5 조경식, 「망각의 담론, 기능, 그리고 역사」, 『기억과 망각－문학과 문화학의 교차점』, 책세상, 2003, 271면.

해방 후의 시점에서 해방 전의 행적의 의미를 드러내는 것이기도 하다. 〈해방전후〉는 해방기에 발표된 소설 가운데서 가장 많이 연구된 소설이다. 이제까지 〈해방전후〉에 대한 연구는 주로 해방 전 행적에 대한 자기비판이나 해방 후 상황에서의 이념 선택의 문제를 중심으로 연구되어왔다.[6] 그러나 아직 탈식민 시기의 작품으로서 〈해방전후〉가 지니고 있는 의미는 정확하게 밝혀지지 않았다.

본고는 〈해방전후〉가 자기비판 소설이라는 전제에 대한 회의에서부터 출발하고자 한다. 과거의 행적에 대한 자기비판이란 자신의 과거 행적 중에서 가장 부정적인 것을 밝히고 그에 대해 책임을 지려는 자세를 통해서만 제대로 이루어질 수 있다. 따라서 진정한 자기비판에는 부정적인 행위에 대한 뼈 아픈 후회와 '만일 다시 그러한 상황에 처하게 된다면 결코 그러한 행위는 하지 않으리라'는 의지가 동반되어야 한다. 그러나 〈해방전후〉에서는 후회나 책임의식, 의지 같은 것을 찾기가 쉽지 않다. 때문에 〈해방전후〉에서 나타나는 해방 전의 행적에 대한 기술이 자기비판을 위한 것이었다고 판단하기가 쉽지 않다. 따라서 본고는 〈해방전후〉를 이 작품이 발표된 1946년의 시점에서, 즉 현재의 관점에서 해방 전의 과거 행적을 기억함으로써 현재의 상황을 필연적인 것으로 만들고자 하는 의도의 결과로 보고자 한다. 즉, 〈해방전후〉의 중심은 해방 전의 행적에 대한 기

---

6 해방직후의 소설을 연구하는 자리에서 이미 많은 논의가 있어왔으며 〈해방전후〉를 단독으로 연구한 작품론들도 많이 발표되었다. 작품론 가운데 최근의 것들은 다음과 같다.
최정주, 「이태준의 〈해방전후〉 연구」, 『한국언어문학』 32집, 1994, 363~385면.
유순영, 「〈해방전후〉의 사소설적 성격 연구」, 『한민족문화연구』, 1997, 165~186면.
노상래, 「해방기 자기고백 소설 연구(1)」, 『한민족어문학』 32집, 1997, 229~256면.
김은정, 「이태준의 〈해방전후〉 연구」, 『배달말』 30권, 2002, 221~243면.
최용석, 「이태준의 〈해방전후〉에 나타난 글쓰기 전략 고찰」, 『현대소설연구』 24권, 2004, 209~229면.

억과 회고에 있는 것이 아니라 해방 후 상황에 대한 정당화에 있으며 해방 전의 행적은 그러한 정당화의 근거가 되고 있다고 보는 것이다. 본고가 먼저 해방 후의 상황을 기술한 후반부를 분석하고 그 분석을 바탕으로 하여 해방 전의 행적을 기술한 전반부에 대한 분석을 기도하는 것은 이러한 이유에서이다. 이러한 분석 방법을 통하여 기억과 망각의 이중적 작용에 의하여 과거, 현재, 그리고 미래가 어떠한 관계에 놓이게 되는가를 밝힐 것이다.

기억과 망각, 그리고 그것의 현재적 의미 등을 중심으로 하여 본고가 궁극적으로 밝히고자 하는 것은 〈해방전후〉가 탈식민 시기의 작품으로서 지닌 의미이다. 그것은 결국 과거의 망각과 미래에 대한 환영이라는 기만 상태로 이루어진 식민직후의 상황이 문학에서 어떠한 모습으로 나타나는가를 밝히는 일이 될 것이다. 그를 통해 본고는 해방 직후 상황에서의 지식인의 '윤리성'이라는 문제를 제기하고자 한다.

2. 〈해방 전후〉의 글쓰기 전략

이태준의 〈해방전후〉가 1946년 8월에 〈문학〉지에 발표될 당시 이 소설에는 '어느 작가의 手記'라는 부제가 달려 있었다. '수기'란 '자신의 체험을 자신이 직접 적은 글'을 말하는 것으로서 '어느 작가의 수기'라는 부제는 〈해방전후〉를 이태준 자신의 체험을 그린 자전적인 소설로 인식하도록 해준다. 더구나 주인공인 '현'의 해방 전과 해방 후의 행적이 이태준 자신의 행적과 대부분 동일하고 해방 전에 발표된 이태준의 자전적인 소설에서도 주인공이 '현'이라는 이름으로 명명된 경우가 있었다는 점은 이 소설을 해방 전후 시기의 행적에 대한 이태준의 자기고백으로 받아들이도록 해주었다.

그러나 해방 전에 '현'이라는 이름의 주인공이 등장했던 소설들을 살펴보면 이 소설의 내용이 결코 이태준 자신의 삶과 일치하지 않고 있음을 발견할 수 있다. 물론 소설 내부의 주인공과 외부의 작가를 동일한 인물로 인식하게 해주는 여러 장치들이 존재한다. 〈패강랭〉과 〈토끼 이야기〉에서 주인공 '현'은 모두 작가이며 그로 인해 '현'이 이태준일 뿐만 아니라 두 작품의 주인공이 동일인이라는 지시성을 창출한다. 그로 인해 이들 작품은 작중 이야기가 작가 자신의 이야기 그대로라는 사소설적인 독법을 가능하게 한다.[7] 그러나 작중의 '현'과 이태준이 완전한 동일인물이라고 보기에는 '현'과 '이태준'의 행적 사이에 간과하기 어려운 차이가 존재한다. 이태준은 이처럼 사소설적인 창작방법 속에 허구적인 부분을 첨가함으로써 자신만의 스타일의 소설을 구성해낸다. 이는 자신의 생활자적 면모를 '삭제'하고 사상적 지향성을 '첨가'함으로써 새로운 유형의 '사소설'을 창출해낸 것으로 해석될 수 있다.[8] 이를 통해서 이태준은 독자가 받아들여주길 원하는 '진정한 자기'상을 구축해나간 것이다.[9]

해방 전 '현'을 주인공으로 했던 소설들에서 나타나는, 이러한 특징은 〈해방전후〉에서도 그대로 나타난다. 행적의 시간적인 순서가 뒤바뀐 경우도 있으며 일제 말기 이태준의 행적 가운데 일부가 소설에서는 나타나지 않는 경우도 있다.[10] 소설 내부에는 이태준의 행적과 주인공 '현'의

---

7 방민호, 「일제말기 이태준 소설의 '사소설' 양상」, 『상허학보』 14집, 2005, 246면.

8 위의 글, 255면.

9 정종현, 상허학회 편, 「제국/민족 담론의 경계와 식민지적 주체」, 『이태준과 현대소설사』, 깊은샘, 2004, 144면.

10 주인공 '현'의 행적과 이태준의 행적 사이에 일정한 차이가 있다는 것을 구체적으로 증명한 것은 호테이 토시히로, 「일제말기 일본어 소설 연구」, 서울대 석사논문, 1996, 102~109면이며 이 내용은 정종현의 연구(위의 글, 144~146면.)에서 다시 한 번 자세히 거론

행적이 완벽하게 일치하는 부분이 많이 존재하기 때문에 이러한 불일치
는 실제로 크게 주목되지 못하였다. 때문에 그간 대부분의 연구들은 〈해
방전후〉의 이야기를 이태준 자신의 이야기와 일치하는 것으로 바라보는
관점에서 진행되어왔다.[11] 그러나 이러한 관점의 연구로는 〈해방전후〉가
지니고 있는 의미를 정확하게 포착하기 힘들다. '현'과 이태준의 행적 사
이에서 나타나는 불일치는 '사소설적인 독법 속에 허구적인 부분을 수용
하는', 특별한 방법의 결과이기 때문이다.

　〈해방전후〉에서 이 특별한 방법이 어떠한 의미를 지니고 있는가는 이
작품이 해방직후에 이루어진 자기비판의 소설적 결과로서 받아들여지고
있었다는 점에 주목할 때 밝혀질 수 있다. 자기비판에서 중요한 것은 자
기 자신에 대한 근본적인 성찰과 반성일 것이다. 근본적인 성찰과 반성은
자기비판이 외부적으로 강요된 것이 아니라 자발적으로 이루어졌을 때에
만, 그리고 진실성을 동반할 때에만 가능한 일이다. 〈해방전후〉에서 소설
속 주인공인 '현'과 작가 자신을 동일한 인물로 만드는 여러 가지 이야기
와 장치들은 〈해방전후〉에서 이루어지는 자기비판을 진실한 것으로 받아
들이도록 만드는 효과를 생산한다. 더구나 '어느 작가의 수기'라는 부제
는 '현'의 이야기가 곧 작가 이태준의 이야기라는 환상을 불러일으킨다.
이러한 환상은 현실과 소설의 관계를 도치시켜 소설 속의 이야기를 현실

된 바 있다. 그러나 호테이 토시히로와 정종현 모두 〈해방전후〉에서 나타나는, 작가와
주인공의 행적의 차이가 무엇인가를 밝히고 있을 뿐 그 차이가 나타나게 된, 보다 근본
적인 원인을 밝히는 데까지 나아가지는 않았다. 이에 관한 구체적인 내용은 3장에서 서
술하겠다.

11 많은 연구들이 있으나, 예를 들어 유순영은 〈해방전후〉가 형식적으로는 작중인물과 작가
사이의 완전한 일치를 보이기 때문에 사소설의 요건을 충족시키나 내용적으로는 '갈고 닦
은 작가의 내면세계' 대신에 자기변명으로 일관하기 때문에 사소설이라고 볼 수 없다고
본다.(유순영, 앞의 글.)

로 받아들이게 만드는 결과를 초래한다. 즉, '현'의 이야기에 나타나는 행적만을 이태준의 행적으로 생각하게 되며 '현'의 이야기에 나타나는 내면만을 당시 이태준의 내면으로 생각하게 되는 것이다.

이와 함께 〈해방전후〉에서는 진실성의 환상을 불러일으키는 또 다른 서술전략이 존재하는데 그것은 시간적인 구성과 관련된 것이다. 〈해방전후〉는 해방 전과 해방 후의 행적을 과거에서 현재라는 순차적인 흐름에 따라서 보여주고 있다. 때문에 각각의 행위들은 선적인 연쇄의 형태로 나타나게 되고 이전의 행위는 이후의 행위에 대해서 원인으로서 나타나게 된다. 그리하여 해방 전과 해방 후에 보여주는 행적들의 연쇄가 일종의 필연적인 연쇄로서 나타나게 된다. 또한 순차적인 시간 구성은 실제로 기억의 대상인 해방 전의 행적을 현재 진행되고 있는 상황으로 인식되도록 만들기 때문에 '현재성'의 환상을 불러일으키게 된다. 실제로 해방 전의 행적에 대한 기억이란 과거와 그 과거를 회상하는 현재의 상호관계 속에서 구성되는 것임에도 불구하고 〈해방전후〉에서 서술되고 있는 기억에는 '현재'가 은폐되어 있는 것이다.

이러한 서술 전략이 지니는 의미는 당시에 발표된 다른 자기비판 소설과의 비교를 통해서 보다 명확하게 이해될 수 있다. 해방직후 자기비판 소설 가운데 가장 대표적인 소설에 해당하는 지하련과 〈도정〉과 채만식의 〈민족의 죄인〉의 경우 〈해방전후〉와는 전혀 다른 시간 구성을 보이고 있다. 지하련의 〈도정〉은 해방직후의 상황에서 주인공이 겪게 되는 자기비판과 반성을 담고 있기 때문에 해방 전의 상황은 단편적인 기억에 의해서만 등장할 뿐이다. 해방 직후라는 현재의 상황에서 해방 전의 행적과 생각들이 기억되고 판단되는 것이다. 때문에 해방 전의 행적은 필연성을 지닌 것으로서가 아니라 비판되어야 하는 것으로서 나타나고 있다. 채만식의 〈민족의 죄인〉은 해방직후에서 시작되어 해방 전의 '나'의 행적이

기술되고 다시 해방직후로 돌아오는 현재―과거―현재의 시간 구성을 보이고 있다. 해방 전의 행적이 현재의 시점에서 이루어지는 반성적 회고의 대상으로서 나타나게 되는 것은 이러한 시간 구성과 무관하지 않다.

다른 소설들과는 달리 〈해방전후〉가 해방 전과 해방 후를 일직선상에 놓고 서술하는 시간 구성을 보이는 것은 〈해방전후〉가 자기비판소설 혹은 자기고백 소설임에도 불구하고 진정한 자기고백이나 자기비판을 이루어내지 못하였다는 사실과 밀접한 관련을 지닌다. 해방 전 행적에 대한 진정한 자기비판은 그로부터의 상황적인 거리와 시간적인 거리를 두고 있는 해방 후의 관점에서가 아니라면 가능하지 않기 때문이다. 아니 〈해방전후〉는 사실 진정한 자기비판이나 자기고백을 이루어내지 '못한' 것이 아니라 '비켜간' 것이다. 왜냐하면 '어느 작가의 수기'라는 부제를 통하여 작가와 등장인물의 동일성을 강조한 것이나 해방 전과 해방 후를 나란히 놓음으로써 해방 전 행적에 필연성을 부여하는 시간 구성을 사용한 것 등은 모두 일종의 글쓰기 전략에 해당하는 것이기 때문이다. 그리고 그 글쓰기 전략의 목표는 적어도 해방 전 행적에 대한 자기비판을 향하고 있는 것으로 보이지는 않는다. 직선적인 시간 구성에서 중요한 것은 지나간 과거가 아니라 지금, 현재의 상황이며 미래에 대한 전망이기 때문이다.[12]

---

12 〈해방전후〉가 발표되기 몇 달 전에 이태준이 쓴 「시대성과 예술성」은 이 논의에 시사해주는 바가 크다. 이 글에서 이태준은 작품 창작의 기준으로 첫째, 취재는 민족 공통의 문제일 것, 둘째, 사상면과 국어 국문의 보급면에서 계몽적일 것, 셋째, 예술적일 것을 제시하면서 '因은 이 時局이되 果는 永遠한 生命의 誕生이어야 藝術'일 것이라고 하고 있다.(이태준, 「시대성과 예술성」, 『서울신문』, 1946.1.25.) 이는 〈해방전후〉가 시국문제를 다루되 계몽적이고 예술적이어야 한다는 창작 기준에 맞추어져 있으며 여기서 나타나는 글쓰기 전략 역시 이러한 기준에 의해서 마련되었음을 말해주는 것이다. 이렇게 볼 때 〈해방전후〉는 해방직후의 시국문제, 즉 문건의 문제와 신탁의 문제를 다루기 위해 쓰인 소설임을 알 수 있다.

3. 환상과 열망으로서의 미래

"눈에 보이는 자유의 장치들과 은폐되어 있는 부자유의 지속"으로 특
징지어지는 역사적 조건 아래 있는 식민 직후는 도래와 결별, 독립과 의
존 '사이에' 존재한다. 그리하여 료타르의 판단대로 "과거를 억압하거나
망각하는 방식" 속에서, 역사적 기억 상실이 행하는 침묵과 생략을 통해
서 미래상을 그린다. 그것은 과거라는 것이 실체가 없고 언제든지 처분할
수 있다는 잘못된 믿음에서 만들어진다.[13] 〈해방전후〉에 나타나는 해방
직후의 상황과 그 상황에서의 '현'의 행적은 식민 직후에 존재하는 이러
한 유토피아주의와 밀접하게 관련되어 있다.

아무것도 모른 채 8월 15일을 보낸 뒤 이튿날 친구로부터 '급히 상경하
라'는 전보를 받고 버스를 타고 철원으로 가던 '현'은 두 운전수들의 이
야기를 듣고 그제서야 전쟁이 끝났다는 것을 알게 된다. 정전이 되었음에
도 불구하고 조선의 독립을 입에 올리지 못하는 동포들의 모습에 슬픔을
느끼기도 하였으나 전쟁의 종결, 그리고 조선의 독립이라는 사실은 '현'
을 흥분과 감격 속으로 몰아넣었다.

> 〈이게 나 혼자 꿈이나 아닌가?〉
> 현은 철원에 와서야 꿈 아닌 《경성일보》를 보았고 찾을 만한 사람들을 만나
> 굳은 악수와 소리나는 울음을 울었다. 하늘은 맑아 박꽃 같은 구름송이, 땅에
> 는 무럭무럭 자라는 곡식들, 우거진 녹음들, 어느 것이고 우러러 절하고 소리
> 지르고 날뛰고 싶었다.[14]

---

13 L. Ghandi, 앞의 책, 20~21면.
14 이태준, 〈해방전후〉, 『한국현대문학대계 4』, 민음사, 1994, 465면. 앞으로 〈해방전후〉의
　인용에서는 인용 면수만 표기.

　인용문은 철원에 와서 신문을 보고서 전쟁의 종식과 조선의 독립이 '꿈' 이 아님을 확인한 '현' 의 심리를 여실하게 보여주는 부분이다. '굳은 악수', '소리나는 울음', '어느 것이고 우러러 절하고 소리지르고 날뛰고 싶었다' 는 표현을 통해서 '현' 이 느끼는 감격과 흥분이 얼마나 컸던가를 알 수 있다. 더구나 '소리지르고 날뛰고 싶' 은 욕망은 소개하여 낚시질이나 하면서 주재소의 눈치를 보며 살던 '현' 의 모습과는 전혀 다른 것으로서 '현' 의 모습이 보다 적극적으로 변화할 것임을 시사한다. 이제 현은 해방 전의 '처세적' 인 태도에서 벗어나 해방 직후의 상황에 적극적으로 참여하게 되는데, 그가 이러한 변화를 보이게 된 것은 바로 새로운 국가의 건설과 조선문화의 건설에 대한 열망 때문이라고 할 수 있다.

　　조선문화의 해방, 조선 문화의 건설, 문화전선의 통일, 이것이 전진구호였던 것이다. 좌우를 막론하고 민족이 나아갈 노선에서 행동통일부터 원칙을 삼아야 할 것을 현은 무엇보다 긴급으로 생각한 것이요, 좌익작가들이 이것을 교란할까 보아 걱정한 것이며 미리부터 일종의 증오를 품었던 것인데 사실인즉 알아볼수록 그것은 현 자신의 기우였었다. 아직 이 이상 구체안이 있을 수도 없는 때이다. 이들로서 계급혁명의 선수를 걸지 않는 것만은 이들로는 주저나 자중이 아니라, 상당한 자기 비판과 국제노선과 조선민족의 과계를 심사숙고한 연후가 아니고는, 이처험 일견 단순해 보이는 태도나 원칙만에 만족할 리가 없었을 것이다. 현은 다양한 일이라 생각하고 즐겨 그 선언에 서명을 같이하였다. (468~469면)

　해방이 되고 이틀 후 '현 자신도 그의 꿈인가 생시인가도 구별되지 않는 이 현혹한 찰나에' 간판을 내건 조선문화건설중앙협의회를 찾아가 좌익 중심의 협의회가 만든 선언문을 검토한 현은 '그들의 태도와 주장에 알고 보니 한 군데도 이의를 품을 데가 없었다' 고 하면서 그 선언에 서명을 한다. 인용문에서 나타나듯이 현이 서명을 한 가장 중요한 이유는 계급 혁명의 선수를 걸지 않고 '통일'을 내세웠기 때문이다. 그리하여 현은 조선문화건설중앙협의회에서 일하게 되었고 해방 전에 함께 문학을 논했던 벗들은 현이 조선문화건설중앙협의회에서 일하는 것은 좌익에게 이용당하는 것일 뿐이라고 현을 말리게 된다. 그럼에도 불구하고 현은 이 단체로부터 벗어나고자 하지 않는데, 이는 조선문화건설중앙협의회가 현에게 있어서는 계급적, 좌익적인 단체가 아니라 민족적인 단체로서 인식되고 있었기 때문이다.

여기서 놀라운 것은 해방 전에는 좌익 단체들이 '계급'만을 내세웠는데 해방 후에는 왜 '민족'을 내세우게 되었는가에 대하여 '현'이 전혀 숙고하지 않는다는 점이다. 그러한 변화가 '상당한 자기비판과 국제 조선과 조선민족을 심사숙고'한 결과일 것이라고만 추측할 뿐 그에 대하여 깊이 생각하지 않고 조선문학건설의 선언문을 있는 그대로 받아들인다. '계급보다 민족의 비애에 더 솔직했던 그'이기 때문에 '계급에 편행했던 좌익엔 차라리 반감'이었던 '현'이 어떻게 해방 후에는 좌익이 내세우는 방향을 의심 없이 받아들였는가 하는 것은 주목을 요하는 부분이다. 거기에는 미래를 위하여 과거도 현재도 생략되거나 침묵되는 식민직후의 상황적인 특수성이 개입되어 있기 때문이다.

이와 관련해서 중요성을 지니는 인물이 김직원이다. '현'이 강원도 어느 산읍으로 이사를 하여 만난 김직원은 향교직원으로 있는 인물로서 '모시어 볼수록 깨끗한 노인이요 이 고을에선 엄연히 존경을 받아야 옳을 유일한 인격자요 지사였다'. 결코 일본의 권력에 굴복하지 않는 그에 대하여 현은 '기인여옥(基人如玉)'이란 이런 이를 가리킴이라고 느끼게 된다. 그리하여 '불행한 족속으로서 억천 암흑 속에 일루의 광명을 향해 남몰래 더듬는 그 간곡한 심정의 촉수만은 말하지 않아도 서로 굳게 합하고도 남아 한두 번 만남으로 서로 간담을 비추는 사이가 되었다.' 주재소 부장으로부터 낚시질을 금지 당하고 나서는 김직원과 시국 이야기를 하면서 조선 독립의 날을 꿈꾸곤 했다. 굴욕적인 현재를 감내해야 하는 상황은 김직원과 '현'의 차이를 무화시키고 조선 독립의 희망만을 공유하도록 하였기 때문에 김직원과 '현'은 '서로 간담을 비추는 사이'가 될 수 있었던 것이다.

그러나 해방이 되고 난 이후 김직원은 '현'과는 전혀 다른 자리에 서 있는 인물로서 나타나기 시작한다. 이미 해방 전에도 '난 그전대로 국호도 대한, 임금도 영친왕을 모셔내다 장가가 조선 부인으로 다시 듭시게 해서 전주이씨 왕조를 다시 한 번 모셔보구 싶'다고 말했거니와 해방 후 김직원은 조선문학건설본부에 뛰어든 '현'과는 달리 '이런 데는 어울리지 않는 웬 갓 쓴 노인', 과거에 사로잡혀 있는 인물에 불과하게 된다. 이제 '현'과 김직원은 서로 대비되는 존재가 되는데 김직원은 봉건적이고 과거지향적인 경향을, '현'은 현대적이고 미래지향적인 경향을 보여주는 존재로서 나타난다. 이에 대해 『문학』지의 1946년도 문학상 수상작으로 선정된 〈해방전후〉에 대한 심사평에서는 '現代에 있어 가장 根本的인 意義를 갖는 主題를 解明'한 작품이라고 하면서 '民族과 國家에 대한 愛情을 갖이고 있으면서도 封建的意識 때문에 國粹主義者로 轉落하는 一老人과 民族과 國家를 사랑하는 現代의 길은 오직 人民의 편이 됨으로서만 可能하다는것을 提示하고 있는 主人公의 關係가 現代朝鮮의 愛國心의 眞實과 虛僞를 典型的으로 表現하였'다고 평가하고 있다.[15]

중요한 것은 '현'을 찾아온 김직원과 '현'의 대화가 일방적으로 '현'이 자신의 논리를 내세우는 방식으로 이루어졌다는 것이다. 김직원에게 현상황과 조선문학건설본부의 정책방향을 설명하던 '현'은 결국 김직원을 '역사적, 또는 국제적인 이해가 없이 단순하게, 독립전쟁을 해 얻은 해방

---

15 「1946년도 문학상 심사경과 급 결정이유」, 『문학』 9호, 1947.4, 55면.

으로 착각하는 사람'으로 규정하고 이러한 사람에게는 여간 기술로는 계몽이 불가능하다고 말하고 있다. 또한 '이전에는 현 자신이 기인여옥이라 예찬한 김직원에 대하여, 지금에 와서는 돌과 같은 완강한 머리로 조금도 현의 말을 이해하려 하지 않'는 고집센 노인에 불과하다고 말하기까지 한다. 청조말의 학자 왕국유까지 논하면서 '현'은 김직원이 '일제시대에 그처럼 구박과 멸시를 받으며서도 끝내 부지해 온 상투 그대로, 〈대한〉을 찾아 삼팔선을 모험해 한양성(漢陽城)에 올라왔다가' '이 세계사의 대사조 속에 한 조각 티끌처럼 아득히 가라앉아' 간다고 표현한다.

봉건적인 것과의 결별을 선언하는 이 대목은 〈해방전후〉의 결말이자 〈해방전후〉에서 가장 중요한 부분 가운데 하나이다. 이것은 마치 '현'이 해방 전의 행적들을 망각하기 위하여 기억했던 것과 마찬가지로 봉건적이고 국수적인, 과거 지향적인 경향이 사라져야 함을 보여주기 위해서 그러한 경향을 보여준 것이라고 할 수 있다. 과거가 사라져야 하듯이 과거지향적인 경향 역시 사라져야 한다는 것이다. 이러한 의식적인 망각과 단절의 태도는 미래만을 향한 것으로서 일종의 다시 시작하기(re-commencement)를 위한 것이라고 할 수 있다. 이는 한 마디로 과거를 망각하면서 미래를 되찾으려는 시도로서 다시 찾아야 할 미래는 아직 형태를 지니지 못한 상태이지만 현재에 대한 起動의 형태로서 나타날 수 있다.[16]

결국 식민 직후에 나타나는 미래에 대한 열망과 환상이 과거를 모두 사라지게 하고 현재마저 텅 비게 만드는 형국인 것이다. 미래에 의해서만 의미를 부여받을 수 있는 현재는 그 미래가 아직 형태를 지니지 못하고 있던 해방 직후에는 어떠한 의미도 생성할 수 없는 텅 빈 것으로서 존재

---

16 Marc Auge, 김수경 역, 『망각의 형태』, 동문선, 2003, 59면. 여기서 막 오제는 망각을 귀환의 형태, 기대의 형태, 다시 시작하기의 형태 등 세 가지 형태로 나누어서 설명하고 있다.

할 수밖에 없었던 것이다. 때문에 〈해방전후〉의 시간이 과거/현재 · 미래
의 이분법에 폐쇄되어 있다고 보기는 어렵다.[17] 〈해방전후〉에서 이분법
적인 시간이 나타나고 있기는 하지만 그것은 과거/현재 · 미래의 이분법
이 아니라 과거/미래의 이분법이다. 현재는 그 대립의 사이에서 텅 빈 것
으로서 존재하고 있기 때문이다. 과거와 미래가 직접적으로 대립하고 있
는 이러한 이분법적 시간은 미래에 대한 열망과 환상이 과거 자체를 기억
상실의 상태로 몰고 가는 식민 직후의 특수한 상황이 아니라면 나타나기
어려운 것이다.

과거에 대한 부정이나 대립하는 것에 대한 부정(negation)이 아니라 과
거에 대한, 그리고 대립하는 것들에 대한 교섭(negotiation) 혹은 전이
(translation)가 이루어질 때 현재는 과거와 미래의 중개자로서 의미를 지닐
수 있게 될 것이다.[18] 미래에 대한 열망은 과거뿐만이 아니라 현재의 의
미마저 상실케 함으로써 결국 알 수 없는 미래에 모든 것을 기투하는 결
과를 초래한다. '현'의 이념 선택이 지닌 위험성이 여기에 있다. 유토피
아적인 환상 속에서 그가 선택한 이념은 이념이라기보다는 미래 그 자체
가 아니었을까? 김윤식은 현이 김직원과 사상토론을 하는 자리에서 공산
당의 기본노선의 정당성만을 계속 고집한 것은 박헌영 노선의 반복이며
이를 볼 때 이태준은 정치적 운동가로서 전락한 것이라고 한 바 있다.[19]
이태준이 표면적으로 정치적 운동가로서 전락했다 하더라도 그것은 엄밀

---

17 정호웅은 이에 대해 과거와 현재, 미래의 연속성을 부정하려는 단절의식으로 설명하고 있
으며 이태준이 과거/현재, 미래의 이분법적 시간의식에 폐쇄되어 있다고 비판한다.(정호
웅, 앞의 글, 45면.)
18 교섭이나 전이는 반복하는 중에 변화를 일으키는 특성을 말하는 반복변화성의 구조를 강
조하고자 하는 바바가 사용한 용어이다. (Homi Bhabha, 나병철 역, 『문화의 위치』, 소명출
판, 2003, 72~73면 참조.)
19 김윤식, 「해방공간의 문학」, 『해방전후사의 인식 2』, 한길사, 1985, 483면.

한 의미에서는 정치적 운동가의 모습은 아닐 것이다. 현에게 이념은 정치적인 노선이나 전술의 차원에서가 아니라 미래를 담보해줄 수 있는 매개체로서 선택된 것이기 때문이다.

4. 기억의 이중성과 과거의 재구성

1) 망각을 위한 기억과 기억을 위한 망각

〈해방전후〉는 주재소의 호출장에 관한 사건으로 시작한다. 이 호출장 사건이 '현'이 지닌 지사적 면모를 강조하기 위해서 배치된 것임은 물론이다. 이 소설에서 해방 전의 행적들을 서술할 때에는 친일적인 행적 앞에는 항상 주재소의 호출장 사건이나 주재소의 재촉이나 압력 등을 배치하여 '현'의 친일적인 행위가 자발적이거나 적극적인 것이 아님을 시사한다. 그러나 그러한 사건의 순서들은 이태준 자신이 해방 전에 보여준 행적과 정확히 일치하는 것이 아니다. 전술한 바 있듯이 해방 전 행적의 서술 순서나 사건들의 배치는 실제 과거에 의한 것이 아니라 기억을 통해서 기억되지 않은 것을 망각하고 기억된 것의 논리성을 갖추기 위하여 구성된 것이다.

그 가운데서도 가장 주목을 요하는 것은 〈해방전후〉에서 해방 전의 '현'의 행적을 서술할 때 1년 6개월 정도의 기간의 행적이 완전히 생략되어 있다는 사실이다. 바로 이 기간이 이태준의 행적 가운데 가장 친일적이라고 할 만한 일들이 있었던 시기라는 점을 생각할 때 〈해방전후〉가 비교적 가벼운 친일 행적만을 보여주고 결정적인 의미를 지닐 수 있는 친일 행적에 대해서는 침묵함으로써 망각을 유도하고 있다는 것을 알 수 있다. 다음은 바로 그 1년 6개월 기간에 현의 심리 상태를 표현한 부분인데, '붓을 들 수도', '남의 것을 읽는 것조차'도 가능하지 않았다고 서술되어

있다. 그러나 이 기간 실제로 이태준이 보여준 행적은 이와는 상반되는
것이었다.

> 그렇다고 현은 붓을 들 수는 없었다. 자기가 쓰기는커녕 남의 것을 읽는 것
> 조차 마음은 여유를 주지 않았다. 강가에 앉아 관서제조리 청소 낙화전은 읊조
> 릴망정, 태서 대가들의 역작, 명편은 도무지 머릿속에 들어오지 않아, 다시 읽
> 은 [전쟁과 평화]를 일 년이 걸리어도 하권은 그예 못다 읽고 말았다. (461면)

국민의용대법령이 나온 1943년 8월 1일부터 '적을 오키나와까지 맞아
들일 때' 인 1945년 3월에서 6월까지 거의 1년 6개월간의 행적은 전혀 나
타나지 않고 있다. 〈해방전후〉에서 나타나지 않고 있는 이 기간에 이루
어진 이태준의 행적은 매우 문제적이다. 1944년 4월 20일에 이태준은 문
인보국회의 증산제일선 파견이라는 '문예동원' 의 일환으로 운보 김기창
과 함께 목포의 조선창을 방문했다. 이 방문은 "木浦造船現地紀行"이라
는 보고기로 『新時代』에 실렸고 이 내용이 바탕이 되어 1944년 9월 1일
『국민총력』지에 〈第一號船의 挿話〉라는 일본어소설이 발표되었다.[20] 물
론 『국민총력』지에 발표한 〈제일호선의 삽화〉를 이태준 자신이 직접 일
본어소설로 쓴 것인지, 이태준이 조선어로 쓴 것을 누군가가 일본어로
번역해준 것인지, 아니면 완전히 다른 인물에 의해서 쓰인 것에 이태준
이라는 이름만 빌려준 것인지는 분명하지 않다. 실제로 세 번째의 가능
성은 거의 희박해보이지만 이태준의 일본어가 유창하지 않았음을 고려
할 때 이태준이 쓴 일본어 소설을 누군가가 교정해주었을 가능성이 크
다. 그러나 여기서 문제되는 것은 실제로 어떠한 경우였던가 하는 것이
아니라 이태준이라는 이름으로 발표된 이 일본어소설과 이 소설을 둘러

---

20 이태준의 행적에 대해서는 호테이 토시히로의 글과 정종현의 앞의 글 참조.

싼 행적이 〈해방전후〉에서는 완전히 누락되어 있다는 사실이다. 오히려 소설의 앞머리에 '소위 시국물이나 일문(日文)에의 전향이라면 차라리 붓을 꺾어버리려는 현'이라는 서술을 통하여 자신의 당당함을 내세우고 있다는 사실이다.

만일 〈제일호선의 삽화〉가 조선어로든 일본어로든 이태준이 직접 쓴 소설이 아니라 이태준이 자신의 이름만 빌려준 소설이라면 〈해방전후〉에서 이 부분에 대해서 침묵할 이유가 없다. 〈해방전후〉에는 이태준 자신이 〈대동아전기〉를 번역한 일이나 문인보국회의 문인궐기대회에 참가한 일 등도 제시되어 있기 때문이다. 물론 어쩔 수 없었음을 몇 번이고 강조하면서 제시하고 있기는 하나 〈해방전후〉에서 해방 전 행적 가운데 친일적인 부분을 이렇게 제시하고 있기 때문에 〈해방전후〉가 진실한 자기고백으로 오인될 수 있었던 것이다. 그러나 제시되고 있는 친일적인 행적은 미미한 것들뿐이다. 다시 말해서 〈해방전후〉에서 제시되고 있는 친일적 행적들은 타인들에게나 자기 자신에게나 이해되고 용서될 수 있을 정도의 것들에 한정되어 있는 것이다. 〈해방전후〉에서 〈제일호선의 삽화〉와 관련된 모든 이야기가 누락되어 있다는 사실은 오히려 〈제일호선의 삽화〉가 이태준 자신의 것이며 이 소설을 발표한 행위가 〈해방전후〉에 제시된 어떠한 친일적 행적보다도 훨씬 친일적인 것이었음을 말해준다. 〈제일호선의 삽화〉가 실린 『국민총력』이라는 잡지가 국민정신총동원조선연맹이라는 친일단체의 기관지 『총동원』의 뒤를 잇는 것이었다는 점도 그렇거니와 무엇보다도 일본어로 쓴 소설이었다는 점이 문제적이다. 해방 후에 이태준이 떳떳할 수 있었던 것이 일본어로 작품을 쓰지 않았다는 것 때문이었다면 이태준의 이름으로 발표된 일본어 소설의 누락이야말로 〈해방전후〉를 발표한 이태준의 욕망을 가장 잘 드러내는 부분이 아닐 수 없다. 기억하고 싶은 것만을 기억하고 잊고 싶은 것들을 망각함으로써 기억된 것만을 실재했던 것으로 만들고자 하는 욕망이 〈해방전후〉를 지배하고 있는 것이다.

해방 전의 행적들의 순서를 실제와는 다르게 배치한다거나 가장 친일적인 행적을 누락시킨다거나 하는 이러한 모습은 고백과 비판의 형식을 빌어 해방 전에 이루어진 행위에 대한 망각의 욕망을 드러낸 것이라고 할 수 있다. 〈해방전후〉의 전반부를 구성하고 있는 기억하기는 망각하기의 다른 이름인 것이다. 기억된 것만을 과거로서 인정받고자 하는 것이기에 〈해방전후〉에서의 기억은 고백이나 비판을 위한 것이 아니라 역설적이게도 망각을 위한 것이 되고 만다.

2) 생존의 논리의 사후성

해방이 도둑처럼 왔다는 함석헌의 말에 과장이 있다 하더라도 당시에 해방이 준비된 것으로서 다가오지 못했음은 주지의 사실이다. 그렇다면 일제 말기 지식인의 마음속에는 임화의 말대로 일제의 지배가 이대로 영원히 계속 된다면 나는 어떻게 할 것인가, 결국 일제에 협력하지 않을 수 없는 것이 아닌가에 대한 질문이 제기되었을 것이다. 아니 그러한 구체적인 질문이 제기되지는 않았더라도 일제의 지배가 계속될 가능성에 대한 두려움이나 공포가 이들을 짓눌렀을 것이다. 실제로 이광수는 해방 후에 자신의 적극적 친일이 민족을 위한 것임을 강변하면서 일제의 지배가 계속된다고 할 때 우리 민족의 살 길은 오직 적극적인 친일뿐이었다고 주장하였다. 물론 이광수의 이러한 말이 궤변에 불과하다고 치부할 수도 있으나 적어도 우리 민족의 해방과 새로운 민족국가 건설을 꿈꾸기에는 일제 말기의 상황이 너무 열악했다는 것은 분명하다.

그런데 〈해방전후〉에서는 주인공 현에게서 일제의 지배가 영원할 수도

있을 거라는 공포와 두려움을 찾아볼 수가 없다. 주인공 현에게 존재하는
두려움은 구체적이고 직접적인 것뿐이다. 호출장을 받았을 때의 뒤숭숭
함이나 낚시를 가려다가 순사부장과 맞닥뜨렸을 때의 당황과 두려움, 문
인궐기대회에서 자기의 순서를 앞두고 대회장을 빠져나와 화장실로 숨었
을 때의 두려움 등이 그것이다. 이렇게 현이 근본적인 두려움과 공포로부
터 자유로운 것은 오래지 않아 일본이 망할 것이라는 확신이 있었기 때문
이다.

> 〈자, 인젠 무엇을 어떻게 쓸 것인가? 일본이 망할 것은 정한 이치다. 미리 준
> 비를 하자! 만일 일본이 망하지 않는다면 조선은 문학이니 문화니가 문제가 아
> 니다. 조선말은 그예 우리 민족에게서 떠나고 말 것이니 그때는 말만이 아니라
> 민족 자체가 성격적으로 완전히 파산되고마는 최후인 것이다. 이런 끔찍한 일
> 본 군국주의의 음모를 역사는 과연 일본에게 허락할 것인가?〉 (중략) 그러나
> 파시즘의 국가들이 이기기나 하면 어쩌한 하는 불안은 이내 사라졌다. 무솔리
> 니의 실각, 제이전선의 전개, 사이판의 함락, 일본 신문이 전하는 것만으로도
> 전쟁의 대세는 이미 결정되어 있었다. (460면)

'현' 은 '무엇을 어떻게 쓸 것인가' 라고 자문하면서 '일본이 망할 것은
정한 이치' 라고 생각한다. 더구나 '무솔리니의 실각, 제이전선의 전개,
사이판의 함락, 일본 신문이 전하는 것만으로도 전쟁의 대세는 이미 결정
되어 있었다' 라고 함으로써 일본은 곧 패망할 것이라는 확신을 드러낸
다. 이러한 확신이 제시되고 있는 부분에 뒤이어 '징용도 아직 보장이 되
지 못하였는데 남자 육십 세까지의 국민의용대 법령이 나왔다' 는 서술이
이어지고 있는 것을 보면 국민의용대 법령이 나온 1943년 8월1일 이전에
이미 일본은 패망할 것이라는 확신을 가졌다는 이야기가 된다.

일본이 망할 것이라는 확신, 조선이 해방될 것이라는 확신이 〈해방전
후〉에서 중요한 것은 그러한 확신이 현으로 하여금 삶의 목적과 의미를

미래에 두도록 만들기 때문이다. '현'은 친일적인 행위를 할 때마다 '정말 살고 싶었다. 살고 싶다기 보다는 살아 견디어내고 싶었다'라고 절규한다. 살아남아 일본이 패망한 이후의 미래를 도모하고 싶다는 것이다. 오직 사회주의에 나치스의 타도를 기대하던 독일의 한 시인이 모로토프와 히틀러의 악수, 독소중립조약의 성립에 절망하여 자살한 일에 대하여 현이 다음과 같이 생각하고 있는 것은 살고 싶다는 현의 욕망의 본질이 무엇인가를 잘 보여준다.

> 그 시인의 판단은 경솔하였던 것이다. 지금 독소는 싸우고 있지않은가! 미영중(美英中)도 일본과 싸우고 있다! 연합군의 승리를 믿자! 정의와 역사의 법칙이 인류를 배반한다면 그때는 절망하여도 늦지 않을 것이다! (451면)

그런데 이러한 생존의 욕망의 이면에는 또 다른 논리가 도사리고 있음을 간과할 수가 없다. 삶의 목적과 의미를 미래에 두었을 때 현재의 모습이 어떠한가는 문제되지 않게 되고 어떠한 모습으로라도 현재를 견디어내는 것 자체만이 중요하게 된다. 즉 '어떠한' 모습으로 견디어내는가가 중요한 것이 아니라 '견디어낸다'는 것만이 중요하게 되는 것이다. 어떠한 모습이든지간에 일본이 망하고 조선이 해방이 될 때까지 살아남는다면 그 미래의 시간에 자신을 기투할 수 있을 것이라는 논리가 친일에 대한 변명, 혹은 합리화의 논리로 변질 될 수 있는 이유가 여기에 있다.

> 우리 따위 노혼한 것들이야 새 세상을 만난들 무슨 소용이리까만 현공 같은 젊은이는 어떡하든 부지했다가 그예 한몫 맡아주시오. 그러자면 웬만한 일이건 과히 뻗대지 맙시다. 징용만 면헐 도리를 해요. (455면)

문인보국회에서 주최하는 문인궐기대회에 참석하라는 전보를 받은 뒤

주재소의 눈치를 보면서 망설이다가 독촉전보까지 받은 사실을 알고 김직원이 '현'에게 했던 말이다. '새 세상'을 만나면 '한몫' 맡아야하는 젊은이로서 '웬만한 일이건 과히 뻗대지' 말라는 김직원의 말을 통해서 해방 이후의 미래를 위해서는 지금 살아남는 것이 중요하다는 점이 강조되고 있다. 결국 '현'의 살아남아야 한다는 논리나 김직원의 '새 세상'에서 '한몫' 하기 위해서 '뻗대'서는 안된다는 논리는 지금 이루어지고 있는 미미한 협력 따위는 큰 문제가 아니라는 것, 그것이 김직원의 조카가 저지른 밀고와 같이 부도덕한 일이 아니라면, 그렇게까지 표나게 적극적으로 친일을 한 것이 아니라면 큰 문제가 아니라는 것, 중요한 것은 살아남아서 해방된 이후를 준비해야 한다는 것을 의미한다. 해방 전의 상황이 현재의 시점으로 서술되고 있다 하더라도 해방 전의 행적에 대해서 그 죄를 물을 수 없다는 논리를 해방 전에 생각했던 논리로 보기는 어려울 듯하다. 이러한 논리는 이미 해방 전 자신의 행적에 대해서 이미 '현' 자신의 용서가 이루어졌음을 보여주는 것이기 때문이다.

왜 '어떤 모습'으로 살아남는가가 아니라 '살아남는 것' 자체가 중요한 것인가에 대한 대답은 해방 후의 상황을 서술하는 부분에서 나타난다.

> 전 그렇진 않습니다. 지금 이대에선 이하(李下)에서라고 비두러진 갓을 바로 잡지 못하는 것은 현명이기보단 어리석음입니다. 처세주의는 저 하나만 생각하는 태돕니다. 혐의는 커녕 위험이라도 무릅쓰고 일해야 될 민족의 가장 긴박한 시기라고 생각합니다. (477면)

그에 대한 '현'의 대답은 해방 후 '현'을 찾아온 김직원과의 대화에서 나타난다. 해방 직후는 '혐의는 커녕 위험이라도 무릅쓰고 일해야 될 민족의 가장 긴박한 시기'라는 것이 바로 그 이유이다. 다시 말하면 현재는 '민족이 가장 긴박한 시기'이기 때문에 일제 말기를 잘 견뎌 살아남아 새로운 민족국가 건설에 이바지하는 것으로 이미 해방 전의 행적에 대해서는 용서받을 수 있다는 것이리라. 여기서 해방 전 '현'의 '살아견뎌내고 싶다'는 생존의 욕망과 논리가 해방 전 당시의 것이 아니라 해방된 이후에 마련된 것임을 확인하게 된다. 친일적인 행위를 할 때마다 어쩔 수 없음을 말하기 위하여 여러 번 강조되고 있었던 '생존'의 의미는 행위가 이루어지던 당시에 존재했던 것이 아니라 해방 후의 관점에서 구성된 것이다. 해방 직후에 부여된 '새로운 민족국가 건설'이라는 사명과 그 사명을 완수해야 하는 '민족의 가장 긴박한 시기'라는 판단이 해방 전의 상황과 행적에 대한 판단을 규정하고 있다. 일제의 패망에 대한 확신도, 살아견대내야 한다는 절절한 절규도 사후적으로 마련되었던 것이다.

〈해방전후〉에서는 시간적인 순차성에 의해 해방 전과 해방 후의 행적이 기술되고 있지만, 모든 행적은 해방 후의 관점에서 배치되고 구성되고 있음을 알 수 있다. 이것은 해방 전의 행적에 대한 기억하기가 자기비판이나 자기고백의 차원에서가 아니라 과거와의 단절과 망각을 위한 것이라는 점을 말해주는 것이다. 해방 전 행적에 대한 기억이나 그 행적을 합리화하는 생존의 논리는 모두 해방 전의 관점에서 이루어진 것이 아니라 해방 후의 관점에서 덧씌워진 것이기 때문이다. 결국 〈해방전후〉가 향하고 있는 것은 해방 후 이루어지고 있는 민족국가건설, 그리고 민족문학건설이라는 이념이라고 할 수 있지만, 그 이념은 정치적인 노선이나 구체적인 전술로서가 아니라 미래에 대한 열망과 환상의 다른 얼굴로서 나타나고 있다는 것을 알 수 있다. 〈해방전후〉에서 해방 전의 행적을 기억하고 평가하는 기준은 구체적인 이념의 내용이 아니라 민족국가가 건설될 미래였던 것이다.

5. 결론

　본고의 목적은 식민 직후에 나타나는 공통적인 특징인 과거에 대한 망각의 욕망과 미래에 대한 열망이 해방직후에 어떻게 소설화되었는가를 밝히는 것이다. 이를 위해 해방직후를 대표하는 소설 가운데 하나인 이태준의 〈해방전후〉에 나타난 글쓰기 전략과 이념 선택의 문제, 그리고 기억과 망각의 문제 등을 고찰하였다. 〈해방전후〉의 글쓰기 전략은 두 가지로 나타난다. 첫 번째는 사소설적 전략이다. 소설 속의 주인공과 작가가 일치하는 듯한 환영을 심어줌으로써 작가가 원하는 자기상을 주조하는 것이다. 이러한 글쓰기 전략이 해방 전의 친일적인 행적에 대한 자기비판이라는 형식을 사용하여 친일적 행적을 합리화하는 것을 가능하게 해주었다. 두 번째 전략은 시간적인 순서에 의한 순차적인 구성방식이다. 해방 전에서 해방 후의 행적을 차례로 배치하여 앞선 사건을 이후 사건의 원인으로 제시되도록 함으로써 해방 전의 친일적 행적이 피할 수 없는 것으로 나타나게 한다. 이러한 서술방식 속에서 해방 전의 일들이 해방 후의 관점에서 기억되고 있다는 사실은 감춰지게 된다.

　이러한 글쓰기 전략과 더불어 〈해방전후〉에서 가장 주목되는 것은 미래에 대한 열망이라고 할 수 있다. 주인공 '현'이 해방 전 굴욕적인 상황을 함께 감내한 김직원이라는 인물을 봉건적이고 과거지향적인 인물로 폄하하면서 그와의 단절을 선언하는 것은 과거와의 단절이 미래에 대한 열망의 다른 모습임을 보여준다. 이 때 현재는 과거와 미래를 연결하는 매개체로서가 아니라 텅 빈 것으로서 나타나게 된다. 과거와 미래가 대립하고 있는 상황에서 현재는 아직 도래하지 않은 미래에 의해서만 의미를 부여받을 수 있는 것이 될 수밖에 없기 때문이다.

　해방 전 행적에 대한 기억과 망각의 이중적 욕망은 이러한 미래에의 열망의 다른 모습이다. 해방 전 행적에 대한 기억하기는 그 가운데 가장 친일적인 행적을 생략함으로써 과거를 재구성하는 결과로서 나타난다. 해방 전 행적을 지지해주는 '생존의 논리' 역시 해방 전의 시점에서 이루어진 것이 아니라 해방 후에 사후적으로 마련된 것이다. 이렇게 해방직후 나타나는, 미래에 대한 열망은 과거를 미래와 대립시키고 은폐하거나 생략하도록 만든다.

이러한 고찰 결과로 볼 때 〈해방전후〉의 소설사적 의미는 해방직후의 자기비판소설이라는 점에 있는 것이 아니라 식민 직후의 상황, 즉 폐허 위에서 유토피아가 건설될 듯한 기만적인 상황을 가장 잘 드러내주는 소설이라는 점에 있다고 할 수 있다. 진정한 의미의 자기성찰과 비판은 가능하지 않았던 것이 〈해방전후〉의 한계이자 이태준이라는 작가 개인의 한계이지만 오히려 그 점으로 인하여 미래에의 열망이 모든 것을 압도하는 해방직후의 시대적 상황이 여실히 드러나고 있기 때문이다.

제4장

허준의 〈잔등〉에 나타난
두 개의 불빛과 허무주의

1. 서론

식민 직후(colonial aftermath)에 나타나는 열망과 환상, 즉 억압이 종식되고 식민주의의 물리적 폐허에서 새로운 세계가 마술처럼 나타날 것을 기대하는 낙관주의는 식민지적인 상황에서 해방된 직후 모든 나라에서 나타나는 공통적인 현상이다.[1] 과거로 돌아가 식민지적인 상황에서의 경험을 회고하고 그 속에서 자신이 행했던 친일적 행적과 자신의 내밀한 친일적 의식에 대한 자기비판을 보여주고 있는 소설이 진정한 의미의 자기비판에 도달하지 못하고 있음도 이와 무관하지 않다. 미래에 대한 열망과 환상이 과거에 대한 자기비판의 문제를 압도했던 것이다.[2] 이러한 상황

---

1 L. Gandhi, 이영욱 역, 『포스트식민주의란 무엇인가』, 현실문화연구, 2000, 17~20면 참조.
2 이에 대해서는 졸고, 「〈해방전후〉의 기억과 망각－탈식민적 상황에서의 서사전략」, 『한중인문학연구』, 2006.4. 참조.

에서 해방 직후의 문학은 한편으로는 일제하에 겪었던 경제적, 문화적 그리고 정치적인 손상들, 혹은 일본제국이 남겨놓은 물리적, 정신적인 폐허 상태에 주목하고 한 편으로는 새로운 민족국가와 민족문화 건설이라는 과제에 주목하면서 문학적 지형을 그려갔다. 그러나 일본 제국이 남겨 놓은 잔재들에 주목하는 경우에도 그것이 기억을 위한 것이라기보다는 망각을 위한 것이었다는 점에서 볼 때 실제로 해방 직후의 문학적 경향은 새로운 민족국가와 민족문화의 건설이라는 과제, 혹은 새로운 미래에 대한 지향을 공유하고 있었다고 할 수 있을 것이다.

해방직후의 많은 소설들 가운데서 허준의 〈잔등〉이 주목받아온 이유는 〈잔등〉이 해방의 환희나 감격으로부터 거리를 두고 해방의 모습을 그리고 있기 때문이다. 〈잔등〉은 만주로부터 조선으로 귀환하는 과정에서 만나는, '지금', '여기'의 모습을 충실히 그림으로써 환희나 감격의 해방이 아니라 삶에서의 해방의 의미를 탐구하고 있다. 또한 〈잔등〉은 일제 치하에서 주체를 지켜낼 수 있도록 해주었던 지식인의 자의식, 또는 고독이 해방 직후라는 새로운 상황에서 어떠한 의미를 지닐 수 있는가를 보여주고 있다는 점에서도 주목되고 있다. 그런데 이러한 두 가지 문제는 해방 직후의 나라 만들기와 밀접한 연관을 지닌다. 〈잔등〉은 이념적인 내용을 중심으로 하고 있지는 않지만 나라 만들기라는 정치적 과제에 대한 문학적 성찰을 보여주고 있다. 해방 직후 소설의 정치와 윤리에 대한 감각을 논하기 위하여 본고가 연구대상으로 〈잔등〉을 선택한 것은 이러한 이유에서이다. 〈잔등〉은 나라 만들기를 이념적으로가 아니라 개개인의 삶의 모습에서 바라봄으로써 해방직후의 시공간에서 '어떻게 살아갈 것인가'의 문제가 지닌 정치적 의미와 윤리적 의미를 포착해내고 있다.

그동안 허준의 〈잔등〉에 대한 연구는 우선 〈잔등〉이 해방직후 만주에서 서울로 귀환하는 과정을 그리고 있다는 점에 주목하여 진행되어 왔다.

〈잔등〉의 귀환소설로서의 의미를 밝힌 연구들은 '귀향'의 역사적 의미를 밝히거나[3] 〈잔등〉에 나타난 길에 주목하여 그 역사철학적 의미를 밝히거나[4] 크로노토프적인 의미를 밝히는[5] 방향으로 진행되어 왔다. 이 연구들은 〈잔등〉에서 '여로'가 소설의 내적 구조를 이루고 있을 뿐만 아니라 해방직후 상황에서의 역사적 의미를 함께 지니고 있다는 점을 밝히고 있다. 이와는 달리 허준 소설의 특징이나 변모양상을 논하는 자리에서 〈잔등〉의 의미를 고찰하는 연구도 꾸준히 진행되어 왔다. 이 연구들은 허준 소설의 본질적인 특징을 '미학적 현대성'[6], '존재론적 자아탐구'[7], 그리고 '타자성'[8] 등에서 찾으면서 작가론의 차원에서 볼 때 〈잔등〉이 해방 전과 해방 후의 소설들을 이어주는 연결점이 되고 있음이 밝히고 있다. 이러한 연구 성과를 바탕으로 하여 최근에는 특정한 방법론적 관점을 바탕으로 〈잔등〉을 개별적으로 고찰한 연구가 꾸준히 이어지고 있다.[9]

---

3 권영민, 『해방직후의 민족문학운동연구』, 서울대출판부, 1986.

4 김윤식, 「소설의 내적 형식으로서의 '길'」, 『근대 리얼리즘작가 연구』, 문학과지성사, 1988.

　채호석, 「허준론」, 『한국학보』 15권 3호, 일지사, 1989.

5 이병순, 「허준의 〈잔등〉 연구」, 『현대소설연구』 6, 한국현대소설학회, 1997.

6 권성우, 「허준 소설의 미학적 현대성 연구」, 『한국학보』 19권 4호, 1993.

7 황　경, 「허준소설연구-존재론적 자아 탐구의 여정」, 『현대문학이론연구』 11, 현대문학이론학회, 1999.

8 김혜영, 「허준 소설에 나타난 타자 인식의 서사적 기능과 의미 연구」, 『현대소설연구』 14, 1996.

　홍혜준, 「허준 문학 연구」, 서울대 석사논문, 1998.

9 김종욱, 「식민지 체험과 식민주의 의식의 극복-허준의 〈잔등〉 연구」, 『현대소설연구』 22, 한국현대소설학회, 2004.

　신형기, 「허준과 윤리의 문제-〈잔등〉을 중심으로」, 『상허학보』 17, 상허학회, 2006.

　윤애경, 「해방기 삶의 탐색 태도와 그 의미-허준의 〈잔등〉론」, 『한국문학이론과 비평』 26, 한국문학이론과 비평학회, 2005.

　이영미, 「〈잔등〉의 서사 미학 고찰」, 『현대문학이론연구』 21, 현대문학이론학회, 2004.

　이 가운데서도 탈식민주의론의 관점에서 〈잔등〉을 분석한 김종욱의 연구와 윤리의 측면에서 〈잔등〉을 분석한 신형기의 연구가 주목된다. 김종욱의 연구는 〈잔등〉에서 나타나는 식민주의적 의식과 식민지적 무의식을 고찰하고 이를 바탕으로 식민주의 의식의 극복 가능성을 발견함으로써 〈잔등〉의 탈식민주의적 측면을 밝혀냈다는 점에서 의의를 지닌다. 신형기의 연구는 〈잔등〉에 나타나는 도덕과 윤리의 내용에 주목하여 그것을 해방 이후 허준의 문학적 선택과 정치적 선택으로 연결시킴으로써 해방 후 허준 자신의 '민족적 주체화'의 과정을 설명했다는 점에서 의의를 지닌다. 그러나 이 두 연구 모두 〈잔등〉에서 나타나는 소년과 할머니의 의미를 두 가지의 의식이나 도덕 혹은 윤리의 대립으로 바라봄으로써 소년과 할머니의 의미 사이의 내적인 관계를 고려하지 않아 아쉬움을 남긴다. 그리고 이 소설의 귀결점인 '제삼자정신'의 의미를 명확하게 해명하지 않은 점도 아쉬움으로 남는다.

　본고는 허준의 〈잔등〉에서 제기하고 있는 것을 두 가지 도덕이나 두 가지 윤리의 대립이 아니라 해방 직후 상황에서의 정치성 대 윤리성이라는 문제로 바라봄으로써 이 소설이 지니고 있는 내적 논리와 그 귀결점을 밝히고자 한다. 실제로 해방 직후 소설에서 윤리의 문제는 가장 근본적이고 본질적인 화두 가운데 하나라고 할 수 있다. 이태준의 〈해방전후〉, 채만식의 〈민족의 죄인〉, 이석징의 〈한계〉, 그리고 지하련의 〈도정〉을 비롯한 많은 소설들이 해방직후 자기비판의 문제, 나아가 윤리의 문제에 대한 고민의 문학적 결과를 보여주고 있다. 각 소설마다 윤리적 판단의 기준은 상이하게 나타나고 있지만 이 소설들은 윤리의 문제가 해방직후의 소설에서 얼마나 중요한 의미를 지니고 있었는가를 짐작할 수 있게 해준다.

　윤리적인 문제를 제기하고 있다는 점에서 〈잔등〉 역시 이들 소설과 같은 자리에 놓일 수 있을 것이다. 그러나 〈잔등〉이 제기하는 윤리의 모습은 앞서 제시한 소설들과는 다소 차이를 보인다. 해방 직후 많은 소설에서 윤리의 문제는 민족적이고 정치적인 민족적인 주체화의 과정에서 제기되었다. 해방된 조선에서 스스로를 조선 민족의 주체로 자리매김하기 위해서는 해방 전 자신이 식민지인으로서 행했던 행위에 대한 윤리적 판단이 선결되어야 했던 것이다. 이런 점에서 해방직후 소설에서 제기되고 있는 윤리의 문제는 사실상 정치의 논리에 의해 지배되고 있다고 말할 수 있다. 해방직후의 많은 소설에서 진정한 의미의 '윤리'의 모습을 발견하기 어려운 것은 그것이 윤리라기보다 윤리의 모습을 한 정치의 논리, 민족적 주체화의 논리이기 때문이다. 극단적으로 말하자면 윤리와 정치의 공모인 것이다. 반면 〈잔등〉에서 나타나는 윤리는 이와는 다른 모습이다. 〈잔등〉에서 윤리가 제기되는 것은 정치의 논리가 지닌 문제성을 깨달은 자리, 즉 정치적 논리에 절망한 자리에서이다. 때문에 〈잔등〉에서의 윤리는 정치와 공모하기보다는 정치와 대립하며 민족적 주체화의 논리를 향하기보다는 보편적 인간으로서의 책임을 향하고 있다.

　본고는 바로 이 점에 주목하여 〈잔등〉을 고찰하고자 한다. 〈잔등〉이 제기하고 있는 정치성 대 윤리성이라는 문제가 해방직후의 조선이라는 시공간 속에서 특수한 역사적 의미를 지닐 뿐만 아니라 이를 통하여 〈잔등〉이 정치성과 윤리성의 본질에 다가서고 있기 때문이다. 본고는 〈잔등〉에서 제기되는 이러한 문제에 착목하여 정치성과 윤리성이라는 문제가 함축하고 있는 의미를 밝히고 이러한 문제의 역사적인 의미를 밝히고자 한다. 나아가 이러한 정치성과 윤리성에 대한 탐색의 결과로서 나타나는 제삼자정신의 허무주의적 성격을 밝히고자 한다. 이를 위해 본고는 우선 정치와 윤리의 문제가 제기되는 배경과 상황에 대한 분석, 그리고 〈잔등〉에서 제시된 두 개의 불빛에 해당하는 정치성 대 윤리성이라는 문제의 구체적인 내용과 그 의미에 대한 분석, 그리고 마지막으로 화자이자 주인공의 자기규정인 '제3자 정신'의 귀결점인 허무주의에 대한 분석 등 세 가지의 분석을 시도할 것이다. 이러한 분석을 통하여 궁극적으로 해방직후 문학에서 〈잔등〉이 지니고 있는 의미가 무엇인가를 구명하도록 하겠다.

2. 망각된 과거와 상상된 조선

〈잔등〉은 주인공인 천복이 해방이 된 후 장춘에서 회령, 그리고 청진을 거쳐서 서울로 돌아오는 귀환 혹은 '피난'의 과정을 그린 소설이다. 그러나 〈잔등〉이 귀환 또는 '피난'의 여정을 모두 보여주는 것은 아니다. 〈잔등〉의 서사를 근원적으로 추동하는 것이 '길'임에도 불구하고 소설에서 '길'이 중요한 의미를 지니지 못하는 것도 이 때문이다. 〈잔등〉의 내용은 주인공의 여정 가운데 회령에서 청진까지의 여정과 청진에서 경험한 일에 집중되어 있으며, 그 때 길은 이미 지나온 장춘에서 회령, 그리고 앞으로 가야할 청진에서 서울이라는 공간까지의 길과 직접적으로 연결되어 있지 않다. 물론 실제의 길은 연결되어 있으나, 소설의 내용은 길에 집중되어 있는 것이 아니라 회령에서 청진, 좀 더 구체적으로 청진이라는 공간에 고정되어있다. 그런 점에서 볼 때 이 소설에서 길은 공간적인 의미의 길이라기보다는 시간적인 의미의 길에 가깝다. '길'은 여정의 '길'로서 드러나기 보다는 과거와 현재, 그리고 미래로 향하는 시간적인 길, 일종의 역사적인 길로서 나타나고 있기 때문이다.[10]

〈잔등〉에서 만주에서 조선으로 향하는 천복의 여정은 그것이 천복 개인만의 여정이 아니라 해방 직후 이루어진 만주 이주민들의 귀환 여정이

---

10 이에 대해서는 김윤식의 앞의 글 참조.

라는 점에서 보다 큰 의미를 지닌다. 그러나 만주 이주민의 귀환을 보여주고 있음에도 불구하고 이 소설에서는 만주에서의 행적과 귀환의 이유 등이 제시되지 않는다. 주인공 천복의 경우를 보더라도 그의 해방 전의 행적은 구체적으로 드러나지 않고 있다. 천복이 만주에서 살았다는 사실 이외에는 소설에서 해방 전 천복의 삶에 대해서 말해주고 있는 부분이 거의 없다. 청진에 도착하여 강가에 륙색을 풀고 그 안에 있던 물건들을 모래 위에 내던졌을 때, 그 가운데 '어떤 구상 중의 그림을 위한 사생첩 두 권'과 '일기'가 있어 그가 그림을 그리는 화가임을 짐작케 해줄 뿐이다. 천복이 자신에 관해서 말하고 있는 부분이 없는 것은 아니나 그것은 대부분 자신의 자의식에 관한 것이며 과거의 행적에 관한 것은 거의 없다. 소설 속에서 천복의 과거 행적은 완전히 망각된 채 드러나지 않고 있다.

만주에서 귀환하는 다른 이주민들의 경우도 다르지 않다. 천복과 함께 귀환하고 있는 '방'이라는 인물 역시 만주에서 어떠한 삶을 살았는지, 귀환의 이유가 무엇인지 전혀 알 수가 없다. 귀환의 과정에서 만난 사람들의 경우 역시 그렇다. 일제 강점기에 조선을 떠나 만주로 이주한 사람들의 대부분은 정치적 억압이나 경제적 궁핍으로 인하여 조선을 떠났던 사람들일 것이다. 그러나 소설에서는 천복이나 그의 동행 '방'은 물론이고 서울로 향하고 있는 다른 사람들의 경우에도 만주로 갔던 이유, 만주에서의 삶, 그리고 조선으로의 귀환의 이유 등이 제시되지 않는다. 온갖 어려움에도 불구하고 조선으로의 귀환이라는 힘든 여정을 선택한 사람들에게서 '한 방향으로만 향하는 마음'이 나타나고 있을 뿐이다.[11]

---

11 '해방된 고국'을 유토피아적 공간으로 설정하는 것은 해방기 대부분의 귀환소설에서 나타나는 공통적인 현상이다. 이에 대해서는 정종현, 「해방기 소설에 나타난 '귀환'의 민족 서사 — '지리적' 귀환을 중심으로」, 『비교문학』 40호, 한국비교문학회, 2006, 148면에서 구체적으로 설명되고 있다.

　이러한 〈잔등〉에서 우리는 '시작 혹은 다시 시작하기' 라는 망각의 한 형태를 발견하게 된다. 그것은 과거를 망각하면서 미래를 되찾으려는 열망과 관련되어 있는데, 이 때 다시 찾아야할 미래는 아직 형태를 지니지 못하거나, '현재에 대한 기동(起動)' 의 형태로 드러난다.[12] 이러한 망각의 상태 속에서는 과거와 현재, 그리고 미래가 모두 현재에서 나온 시제가 된다. 그래서 현재는 복합과거의 현재("나 돌아왔어"), 순수한 현재("나 여기 있어"), 그리고 미래로 통하는 기동의 현재("나 떠날거야") 등으로 나타난다. 〈잔등〉에서도 과거는 현재와 구분되지 않은 채 현재 속으로 수렴되고 있다. 그리하여 과거는 '만주' 라는 공간으로 대체되고 과거의 구체적인 삶의 기억들은 망각된다. 조선에서 새로운 미래를 되찾으려는 열망이 과거를 지우고 있는 것이다.

　망각된 과거의 자리를 대신하고 있는 것은 만주라는 공간이다. 그러나 그 공간 역시 구체적인 삶의 공간이 아니라 추상화된 공간으로 나타나고 있다. 만주에 살았던 사촌매부 가족에 대한 기억을 통하여 기억되는 만주는 일본 제국주의의 횡포에서 자유로울 수 없었던 억압의 공간이며 온갖 고생 속에서 겨우 생존할 수 있었던 곤궁의 공간이다. 그런 점에서 해방 전의 만주 역시 조선과 마찬가지로 조선인이 살아가기에 힘겨운 공간이었다고 할 수 있다. 그러나 소설 속에서 만주는 조선과는 다른 자연을 지닌, 조선과는 전혀 다른 공간으로 그려진다. 때문에 만주의 의미는 조선과의 대조 속에서 더욱 추상화되고 만다. 과거가 만주라는 공간으로 대체되고 있음에도 만주에서의 구체적인 삶의 내용은 망각되고 그리운 공간으로서의 '조선' 만이 강조되고 있는 것이다.

---

12 막 오제는 망각의 형태를 귀환의 형태, 기대의 형태, 그리고 시작 혹은 다시 시작하기의 형태 등 세 가지로 구분하고 있다. 이 세 가지 망각의 형태는 과거, 현재, 미래를 다른 형태로 주조하게 된다. 막 오제, 김수경 역, 『망각의 형태』, 동문선, 2003, 59~60면.

성장하여 취처(娶妻)하여 손자 보고, 일 잘하고, 외도를 모르는 자기 자신과 호말도 틀림이 없는 진실한 아들을 둔, 보통 무난하다 할, 행복의 무슨 자랑 같기도 하고, 또는 굴강한 의지에 엄호(掩護)를 힘입어 별 감상(感傷)을 드러내지 아니하려는 이 평범한 술회가 일종의 한탄 같기도 하였지마는 그렇지만 어찌 되었든 그 심저에 가라앉아서 흔들릴 길이 없는, 한 방향으로 쏠리는 일정한 정서를 그 외의 무슨 방법으로 표현할 수가 있었겠는가.
  '향수(鄕愁)란 이렇게 근본적인 것일까.'[13]

인용문은 만주에서 살고 있던 사촌 매부에 대한 천복의 회상 내용 가운데 일부분이다. 만주로 건너가 좋은 땅을 골라 정착하여 살던 사촌 매부 가족은 '일본 심단개척에게 전지를 빼앗기고 살던 데를 빼앗'기고 '만척에 강제수용을 당'하여 북안에서 살아가고 있었다. 만주에서 지낸 세월을 술회하던 사촌 매부는 조선에 있는 일가친척의 안부를 세세히 묻고 나서는 '봄 가을 한참 때에 부는 그 하늘이 빨개서 뒤집혀 들어오는 흙바람'과 '잿빛' 하늘이 딱 싫어진다는 말을 통해 조선에 대한 그리움을 표현하고 있다.[14]

만주에 이주해서 살아가던 사람들에게 '그 심저에 가라앉아서 흔들릴 길이 없는, 한 방향으로 쏠리는 일정한 정서', 즉 향수가 얼마나 근본적인 것이었는가는 '시(詩)의 대화'라고 명명한 것에서 여실히 드러난다. '시의 대화'란 남양에서 회령으로 가는 차를 타고 가다가 '연선을 따라

---

13 허준, 〈잔등〉, 『한국소설문학대계 23』, 동아출판사, 1995, 307면. 이하 인용 면수만 기재.
14 이와 관련하여 〈잔등〉이 귀환의 실제적인 원인이었던 '추방'을 '향수'로 대체함으로써 만주국에서 있었던 식민의 기억을 억압하거나 은폐하고 있다고 보고 그것이 일본 제국주의에 의한 피해의 민족사로 재구성하는 결과로 귀결된다고 하는 김종욱의 지적은 매우 흥미롭다.(김종욱, 앞의 글, 6면.) 그러나 김종욱의 연구는 주로 만주국에서의 과거 인식과 '향수'의 관련성에 주목할 뿐 〈잔등〉에서 '향수'가 조선에 대한 인식에 미치는 영향에 대해서는 언급하지 않고 있다.

흘러내려가는 맑은 물’을 물끄러미 바라보던 간호부가 열두어 살이나 났
을 소학생에게 “너 만주서 이런 물 봤니?”라고 묻자 소학생은 “못 봤어
요”라고 대답했던 짧은 대화를 말한다. 이 대화에서뿐만이 아니라 소설
의 다른 부분에서도 조선은 ‘청량한 맑은 물’과 ‘눈허리가 시근거리도
록’ ‘찬란하게 반사되는’ ‘가을 햇볕’으로 표상되고 있다. 이를 통해서
과거의 행적이 망각되고 만주라는 공간이 추상화된 것처럼 조선 역시
‘맑고 순수한 자연을 지닌 공간’으로서 추상화되고 있음을 알 수 있다.[15]

이렇게 과거의 기억을 지우고 만주라는 공간을 추상화시키는 기제는
바로 조선에 대한 ‘향수(nostalgia)’이다. 그리고 이 향수를 통해서 조선은
만주에서의 삶보다 더 한 경제적 궁핍과 정치적 억압 속에 놓여 있던 식
민지 공간이 아니라 훼손되지 않은 채 순수하게 남아 있는 공간으로 상상
되고 있다. 이것은 ‘상상된 조선’의 이미지라고 할 수 있는데, 조선이 이
렇게 훼손되지 않은 공간으로 상상되는 것은 역사를 지워버리고 그것을
사적이고 공동체적인 신화로 돌려놓는 향수의 성격 자체에서 연유하는
것이기도 하다.[16] 향수에 의해서 매개된 ‘상상된 조선’의 이미지 속에는
정치적 혼란과 경제적 궁핍, 그리고 이념적 투쟁 속에 놓여 있는 구체적
이고 현실적 모습이 존재하지 않는다. 마치 목가적인 전자본주의 사회에
대한 향수적 이미지가 전자본주의 사회에 존재했던 계급투쟁을 숨기고

---

15 신형기 역시 〈잔등〉에서 ‘모든 것이 다시 시작되어야 할 새로운 출발점’으로 고향이 제시
   되고 있다고 본다. 그리고 귀환을 조선인으로서의 새로운 주체화의 욕망이라는 문제와 연
   결시킨다.(신형기, 앞의 글, 176면.) 그러나 〈잔등〉에서 향수가 불러일으키는 고향 혹은
   조선에 대한 ‘환상’에 주목하기보다는 ‘풍토’의 문제에 논의의 초점을 맞추고 있다.

16 향수의 이러한 성격에 대해서는, Svetlana Boym, *The Future of Nostalgia*, Basic Books, 2001,
   introduction ⅹⅴ 참조.

17 슬라보예 지젝, 주은우 역, 『당신의 징후를 즐겨라!: 할리우드의 정신분석』, 한나래, 1997,
   149면.

있는 것처럼[17] 향수에 의하여 상상된 조선의 이미지는 식민지적 억압과 투쟁, 그리고 경제적 수탈과 궁핍의 기억을 숨기고 있다.

주지하듯이 향수는 단지 과거를 향한 것이 아니라 미래를 향한 것이기도 하다. 〈잔등〉에서 향수에 의하여 주조되고 있는 조선의 이미지 역시 미래라는 시간적 이미지를 대신하는 것이다. 앞서 말했듯이 〈잔등〉에서의 길은 공간적인 의미의 길이 아니라 시간적인 의미의 길에 가깝다. 만주에서 조선으로 향하는 〈잔등〉의 여정은 과거에서 미래로 향하는 여정이며 상상된 조선의 이미지 속에는 조선에 도착해서 일구어낼 미래에 대한 기대가 내포되어 있다. 그러나 실제의 조선은 어떠한 모습이며 천복과 조선으로 귀환하는 사람들이 가진 '가슴 속 깊이 묻히어 있는' '열렬한' 감정은 어떤 식으로 현실화될 수 있을 것인가? 이에 대한 해답은 천복이 청진에서 경험한 것을 통하여 암시되고 있다. 〈잔등〉에서 청진은 미래의 현재를 보여주는 공간으로 나타난다.

3. 두 개의 불빛 — 정치성과 윤리성

〈잔등〉은 장춘에서 회령을 거쳐 청진까지의 여정을 바탕으로 하고 있지만 실제로 장춘에서 회령까지의 여정은 소설에서 거의 제시되지 않고 있다. 소설의 도입 부분에서 회령에서 청진으로 들어가는 과정을 보여주고 있을 뿐이다. 소설의 중심은 청진에 놓여 있다. 청진에 들어서자마자 천복이 조선의 자연에 대하여 감격을 토해내는 것에서 알 수 있듯이, 청진은 일제 치하의 만주와는 다른 공간, 즉 해방된 조선의 공간으로서 나타나고 있다. 즉 〈잔등〉에서 청진은 맑은 물과 청아한 하늘의 이미지를 통해 순수한 공간으로 상상된 조선의 축도이자, 앞으로 조선에서 펼쳐질 미래가 현실화되고 있는 공간이다.

청진에서 천복이 처음으로 만난 인물은 한 소년이다. 주인공 천복은 '방'과 헤어져 혼자 청진에 도착하여 맑은 물에 가을 햇빛이 찬란하게 반사되는 모습을 보고 '눈허리가 시근거리도록' 찬란하다고 말하면서 감격에 겨워한다. 그리고 여행 중에 만났던 소년과 만주에서 만났던 사촌매부의 어린 넷째 아들을 떠올린다. 남양서 회령 오는 기차에서 만주에서는 보지 못한 '물'을 보고 있던 소년의 모습에서 비추어지는 '압박과 고독과 공포의 오랜 습성'과 그로부터 나오는 '막연한 불안'의 모습이 '영하 사십도의 쨍쨍히 얼어붙은 겨울 하늘 아래서, 눈물을 얼리우며 십리 길을 왕래하던 어린 조카'를 떠올리게 한 것이다. 이 두 소년들에 대한 연상들 속에서 '조선이 그처럼 그리울 수가 없는 나라인 것을 다시금 깨달'은 그는 이 두 소년과는 전혀 다른 소년을 만나게 된다. 강가에서 뱀장어를 잡고 있는 이 소년은 만주의 소년들이 가지고 있던 공포와 고독, 그리고 억압과 불안 대신 원시적이라고 할 정도의 생명력을 지니고 있었다. '진한 구릿빛으로 탄 얼굴'과 '해를 받아' 벗은 몸이 '번쩍번쩍 빛나는' 소년에게 천복은 강한 인상을 받는다. 천복의 눈에 '열 사오 세밖에 아니 나 보이는' 그 소년에게는 '직선적인 굵기와 부러울 만한 열렬함', 그리고 '자아 중심의 황홀'이 있는 듯이 보인다. 소년과 이야기를 나눈 천복은 '고국 산수의 맑고 정함과, 이 맑고 정한 물을 마시고 자라나는 사람의 잡티가 섞이지 아니한 신선한 촉감이 혼연 일치'가 되어 마음에 심상치 않은 울림을 남긴다고 말하고 있다.[18]

직정적이고 강렬한, 새로운 세대의 모습을 보여주는 이 소년은 천복에

---

18 이와 관련하여 신형기의 연구에서는 소년을 '풍토', '향토' 등과 연관시켜서 설명하고 있다.(신형기, 앞의 글, 179~180면.) 그러나 '풍토' 또는 '향토'라는 개념이 지방성(locality)과 관련되는 것으로서 일종의 제국의 관점을 내재하고 있다는 것을 생각할 때 〈잔등〉에 등장하는 이 소년을 '풍토' 혹은 '향토'와 연관시키는 태도는 바람직해보이지 않는다.

게 조선의 가능성을 보여주는 존재로 인식되고 있다. 십사오 세 되는 나이의 이 소년은 식민지 조선에서 태어나 자라났지만 어린 나이였기 때문에 대일협력 등 식민지 체험과 관련된 문제에서 상대적으로 자유로운 존재일 것이다. 순수한 자연으로 상상되고 있는 조선에 상응하는 '때' 묻지 않은 순수한 존재, 그러면서도 열정과 생명력을 지닌 존재. 천복이 소년과의 첫 만남에서 격정적인 어조로 소년에 대한 인상을 쏟아놓은 것은 이러한 새로운 세대에 대한 천복의 기대를 보여주는 것이리라. 소년에 대한 이끌림에 대해 '잊어버렸던' '그리운 고혹(蠱惑)'이라고 명명한 것은 그러한 기대가 열망의 차원으로까지 확대되고 있음을 말해준다.

천복은 소년을 세 번 만나게 된다. 첫 만남에서 느낀 소년에 대한 감격과 기대는 두 번째 만남에서까지 지속되지 않는다. '카키빛 목으로 된 새 군인복에 짚신을 신고' 삼지창을 든 모습의 소년에 놀라워하면서도 소년의 '강인한 촉지(觸指)가 언제든지 한 번은' '능동적으로 와 작용할 날이 있을 것을 은연중에 기대하'고 있었다. 그러나 소년과의 대화를 통해서 소년이 위원회 김선생님의 영향으로 자신이 잡은 뱀장어를 이용해서 잔류 일본인을 잡아들이는 일을 하고 있다는 것을 알게 된다. 소년이 숨어 있거나 도주하는 잔류 일본인을 잡아들이는 일을 하게 된 것은 위원회 김선생으로부터 다음과 같은 이야기를 들었기 때문이다. 그것은 초상집에서 죽은 사람이 벌떡 일어나는 것을 지키기 위해서 사람들이 날을 새듯이 죽어가는 일본인들 가운데 벌떡 일어나는 자가 없도록 잘 지켜야 한다는 이야기이다. 소년이 잔류 일본인을 고발했던 일을 자랑스럽게 이야기하는 과정에서 소년에 대하여 천복이 느꼈던 감흥은 점점 자취를 감춘다. 다만 소년의 이야기와 그 이야기를 하는 소년의 모습만이 서술되고 있을 뿐이다.

두 번째 만남에서 제시되고 있는 소년의 모습은 어떠한 것에도 물들지 않은 신선하고 직정적이며 순수한 생명력이 해방 직후의 정치적 상황 속에서 어떻게 변모해가게 되는가를 드러낸다. 〈잔등〉에서 소년은 식민지에서 해방된 새로운 조선의 새로운 세대를 대표하는 인물이라고 할 수 있다. 이러한 소년마저 잔류 일본인을 잡아들이는 데 앞장서도록 이용되는 모습은 해방 직후의 새로운 조선 역시 '정치성' 의 틀에서 벗어날 수 없다는 것을 말해준다. 일본 제국에서 해방되었다 해도 조선은 지배와 피지배라는 정치적 질서에서 벗어나 새로운 질서를 만들 수는 없음을, 그리고 소년조차 그 질서에서 예외가 될 수 없음을 암시하고 있는 것이다.

　세 번째 만남은 천복과 그의 일행인 방이 청진을 출발하기 직전에 청진 역전에서 이루어진다. 천복은 칠팔인의 포박된 일행의 앞장을 서 나가고 있는 소년을 만나게 되는데, 방이 전하는 말에 의하면 소년은 서울로 도망가려는 썩어빠진 전직자들을 잡아가는 중이었다. 소년의 모습을 보고도 천복은 그의 '가슴 속에 엉기어진 그 소년에 대한 형용하기 힘든 모든 인상은 그걸로 말미암아 어떻게 될 성질은 것은 못 되는 것' 이라고 하고 있다. 그러나 연이어 제시된 다음의 인용문은 이 세 번째 만남으로 인하여 천복이 소년에게 가졌던, 그리고 다시 돌아온 조선에 대해 가졌던 기대와 열망이 어떻게 변해가고 있는가를 보여준다.

> 다시 쳐다보는 밤하늘은 이미 이제는 이마가 선뜻할 겨를도 없이 어느 틈엔가 일면 진한 칠빛이 되어 있다가 쳐다보는 내 가슴 위를 불현듯이 무거웁게 내려덮고 말았다. 양복바지 무릎을 뚫고 팔소매 끝과 목덜미 너머로 숨을 돌이킨 밤바람이 스며들기 시작한다.
>
> 소년으로 말미암아 머릿속에 켜진 아주 꺼지지 아니하려는 현황한 불길들에 시달리어 가며, 나는 그러안은 두 무릎들 틈에 머리를 박고 허리를 꾸부리어 댄 채, 오직 꾸부리고 옹크린 덕분을 빌려 억지스러운 잠을 청하기로 하였다. (361면)

　천복이 청진에 도착했을 때 청진의 맑은 물 속에 가을 햇빛이 눈부시게 반사되고 있었던 것과는 달리 천복이 청진을 떠날 때는 어둠만이 가득 한 '그믐밤' 아니면 '그믐 전날 밤'이다. 그리고 소년을 마지막으로 만난 뒤 바라본 밤하늘의 '칠빛' 어둠은 천복의 마음을 '무거웁게 내리덮고' 있다. 가을 햇빛이 칠빛 어둠으로 변했듯이 소년으로 표상되는 새로운 조선, 새로운 세대에 대한 기대 역시 절망으로 변해가고 있었으리라. 그것은 이 소년에 대한 절망이라기보다는 아직 세워지지 않은 새로운 나라에 대한 절망이며 지배와 피지배의 질서에 의해서만 지탱되는 정치에 대한 절망이기도 하다. 잔류일본인이나 일제에 협력했던 전직자들을 색출하여 잡아들이는 소년의 모습은 나라 만들기를 위한 정치적 움직임의 결과이다. 소년이 숨어 있는 잔류일본인을 찾아내서 잡아가도록 하거나 전직자들을 잡도록 한 것은 '증오'나 '원한(ressentiment)'[19]에 의한 것이라기보다는 나라 만들기를 둘러싼 정치적 논리에 의한 것이다.

해방 직후 새로운 조선을 위한 나라 만들기의 수행과정에서 결국 조선은 모든 사람들을 '조선인'으로 주체화하고 민족의 이름, 혹은 국민의 이름으로 그들을 소환하게 된다.[20] 실제로 소년은 잔류일본인에 대한 직접적인 증오나 원한을 가지고 있는 것이 아니었음에도 불구하고 잔류일본인이나 전직자들을 잡아들인다. 이러한 소년의 모습에는 새로운 나라 만

---

19 〈잔등〉에 대한 많은 연구가 소년의 행동을 '원한'에 바탕을 둔 노예의 도덕에 의한 것으로 보고 있다. 그러나 노예의 도덕이 가장 대표적인 예인 그리스도교의 교리에서 나타나듯이 노예의 도덕에 내재한 '원한'은 증오와 복수로 나타나는 것이 아니라 노예와 주인의 가치를 전도시키는 모습으로 나타난다. 비참한 자, 가난한 자, 무력한 자만이 오직 착한 자라는 가치 전환이야말로 도덕에서의 노예반란인 것이다.(프리드리히 니체, 김정현 역, 「도덕의 계보」, 『선악의 저편·도덕의 계보』, 책세상, 2006, 362~370면.) 그런 점에서 볼 때 소년의 행동을 '원한'을 바탕으로 하는 노예의 도덕에 의한 것으로 보는 관점에는 동의하기 어렵다.

20 사람이 어떻게 국가로 회수되는가에 대해서는 니시카와 나가오, 윤대석 역, 『국민이라는 괴물』, 소명출판, 2005, 302~310면 참조.

들기를 위한 정치적 논리가 새겨져 있다. 소년은 이러한 과정을 거쳐서 조선 민족의 소환에 응답하고 조선의 일원으로 주체화되는 것이다. 이러한 소년의 모습은 천복에게 '현황한 불길'로 받아들여지고 있다. 그러나 그 불길은 천복의 앞길과 조선의 앞길을 밝혀주는 전망으로서의 불길이 아니라 오히려 '칠빛' 밤의 어둠을 더 어둡게 느끼도록 만드는 불빛이다. 그것이 바로 〈잔등〉이 제시하는 '정치성'의 역설적 의미였을 것이다.

〈잔등〉은 '향수'를 통하여 상상된 조선의 이미지를 제시하면서 해방 직후의 시기에 대한 가능성과 기대로 시작된다. 그것은 일제로부터 해방된 조선이 이제까지와는 다른, 새로운 나라를 만들게 될 것이라는 희망의 표출이다. 그러나 해방 직후가 '혁명의 시대'라면 혁명 역시 타인을 수단으로 삼고 나의 지배 아래 두고자 하는 욕망을 바탕으로 하는 것이며[21] 새로 만들 나라가 조선 민족의 국가라면 그 나라 역시 하나의 국민국가가 지니고 있는 정치성의 논리를 따라갈 수밖에 없다. 천복은 러시아 장교들에 대한 기억을 떠올리며 민족주의적 국민국가를 넘어선 새로운 나라 만들기를 희망하고 소년을 통해 그 가능성을 보고자 했다. 그러나 소년의 모습은 그것이 환상이었음을 일깨우고 있다. 천복이 가지고 있었던 조선의 새로운 나라 만들기에 대한, 그리고 소년에 대한 기대와 열망은 한갓 환상이었음을……. 이렇게 〈잔등〉은 원시적 생명력으로 빛나던 소년조차 '민족'과 '국민'의 이름으로 수행되는 정치와 폭력에 가담하지 않을 수 없다는 것을 보여줌으로써 지배와 억압의 논리를 바탕으로 하는 정치성의 본질을 암시하고 있다.

〈잔등〉에서 윤리성은 바로 이렇게 정치성에 절망한 자리에서 솟아오른

---

21 혁명 역시 전쟁과 동일한 성격을 지니고 있다고 볼 수 있다. 전쟁의 이러한 성격에 대해서는 강영안, 「책임으로서의 윤리─레비나스의 윤리적 주체 개념」, 『철학』 81집, 한국철학회, 2004, 59~60면 참조.

다. 전쟁에는 윤리가 들어설 자리가 없듯이 정치적 질서 역시 윤리와는 무관한 자리에서 형성되고 있기 때문이다. 〈잔등〉에서의 소년의 모습이 정치성의 향방을 보여주고 있다면 천복이 청진에서 만났던 또 다른 인물인 할머니는 윤리성의 향방을 보여주고 있다. 물론 소설 속에서 소년의 모습과 할머니의 모습이 직접적으로 대조되고 있는 것은 아니다. 그러나 소설의 전개과정을 보면 소년과의 두 번의 만남 이후에 할머니와의 만남이 서술되고 있으며 다시 세 번째 만남 이후에 소설의 말미에서 할머니의 모습에 대한 감회가 서술되고 있다. 즉 소년의 모습에서 정치성의 불빛이 강렬하게 나타남에 따라서 할머니의 존재 역시 중요한 의미를 띠게 되는 것이다.

소년과의 만남 이후에 청진 시내로 들어와 여관방을 잡고 있던 천복은 '방'이 먼저 타고 갔던 기차가 돌아왔는가 하여 역전에 나갔다가 낮에 밥을 먹었던 할머니의 가게를 찾아간다. 할머니는 남편도 자식도 모두 잃고 혼자서 국밥집을 하면서 살아가고 있다. 공장살이를 하던 셋째 아들은 해방되기 한 달 전에 결국 감옥에서 죽고 마는데, 아들을 죽인 원수라고 할 수 있는 일본인에 대하여 할머니가 보여주고 있는 태도는 천복을 놀라게 한다.

> 부질없는 말로 이가 어째 안 갈리겠습니까―하지만 내 새끼를 가두어 죽인 놈들은 자빠져서 다들 무릎을 꿇었지마는, 무릎 꿇은 놈들의 꼴을 보면 눈물밖에 나는 것이 없이 되었습니다그려. 애비랄 것 없이 남편이랄 것 없이 잃어버릴 건 다 잃어버리고 못 먹고 굶주리어 피골이 상접해서 헌 너즐대기에 깡통을 들고 앞뒤로 허친거리며, 업고 안고 끌고 주추 기고 다니는 꼴들―어디 내매가 갑니까. 벗겨놓고 보니 매 갈 데가 어딥니까. (348면)

죽은 아들을 생각하면 '이가 갈리'게 분하고 원통하면서도 할머니는 잔류 일본인들에 대하여 동정과 연민을 느끼고 있다. 잔류 일본인들의 모습은 호모 사케르(homo sacer)와 같이 주권 권력에 의하여 배제된 '벌거벗은 생명'으로 나타나고 있기 때문이다. 살해는 가능하되 희생물로 바칠 수는 없는 생명, 호모 사케르와 같이 잔류 일본인들은 조선인의 폭력과 살해가능성 앞에 그대로 노출되어 있는 것이다.[22] 이러한 존재의 고통에 대한 할머니의 연민을 통해서 〈잔등〉은 정치의 논리로는 설명될 수 없는 새로운 영역을 제시한다. 연민은 우리에게 타인을 향한 길을 열어 주고, 타인을 우리의 동포, 형제로 인식하여 그들에게 가까이 다가갈 수 있도록 해준다. 굶주림으로 인해 '꺼풀을 뒤집어 쓴 혼령' 같은 모습을 하고 할머니의 국밥집을 찾아오는 잔류일본인들에게 할머니는 국밥 한 그릇을 말아주곤 한다. 이러한 할머니의 모습은 연민이 어떻게 타인과의 거리를 무화시키고 자기 이외의 타자와의 상호 생존을 지향하게 하는가를 보여준다.[23] [24]

그러나 할머니의 모습은 연민 그 이상의 의미를 지니고 있다. 우선 잔

---

22 호모 사케르의 개념과 의미에 대해서는 조르조 아감벤, 박진우 역, 『호모 사케르─주권 권력과 벌거벗은 생명』, 새물결, 2008, 173~182면 참조.

23 연민은 각 개인이 동시에 모든 타인이라는 보편적인 공감대가 형성될 때에만 가능하다. 그리고 궁극적으로 연민은 인류의 상호생존을 지향한다. 연민이 지니고 있는 이러한 성격에 대해서는 크리스티앙 로슈·장자크 바레르, 고수현 역, 『도덕에 관한 에세이』, 동문선, 2002, 71~73면 참조.

24 홍혜준의 연구(홍혜준, 앞의 글, 46~60면.)와 신형기의 연구(신형기, 앞의 글, 187면.)는 잔류일본인의 모습과 레비나스가 말한 '타자의 현현'을 연결시키고 할머니의 윤리를 레비나스가 말한 타자에 대한 책임의 윤리로 보고 있다. 할머니가 타자와의 관계 속에서 윤리적인 영역을 향하게 되는 것은 사실이나 〈잔등〉에 나타나는 잔류일본인의 모습을 레비나스가 말하고 있는 '타자'로 보는 것은 다소 비약이 아닌가 한다. 레비나스가 말하는 '타자'는 '절대적 의미'를 지니는 타자이며 죄의 '대속'을 함축하는 타자로서 〈잔등〉에 등장하는 잔류일본인과 동일한 성격을 지니는 존재로 보기 어렵기 때문이다.(강영안, 『타인의 얼굴─레비나스의 철학』, 문학과지성사, 2005, 76~193면 참조.)

류 일본인에게 온정을 베푸는 할머니는 조선의 민족 혹은 국민으로서의 주체화라는 해방 직후의 정치적 논리를 배제한 자리에 서 있다. 해방 직후의 정치적 논리는 개인이 민족 혹은 국가의 일원으로서 주체화되도록 만드는 것으로서, 칸트 식으로 말하자면 주체가 '이성의 사적 사용'에 머물도록 하는 것이다. 그러나 할머니가 서 있는 자리는 민족 혹은 국가의 일원으로서가 아니라 보편적인 인간으로서, 칸트 식으로 말하자면 '세계시민(코스모폴리탄)'으로서 주체화되고 있는 자리로서, '이성의 공적 사용'이 이루어지는 자리라고 할 수 있다. 물론 할머니 역시 조선 민족의 일원이며 조선이 새롭게 만들 국가의 국민이 될 것이다. 할머니는 그것을 부정하는 것이 아니라 그것을 '괄호에 넣'음으로써 스스로를 세계시민으로 위치하게 만든다.[25]

할머니가 이렇게 세계시민적인 모습을 보이게 된 것은 해방 전 죽은 아들과 함께 투옥되었던 가토라는 일본 사람의 존재와 깊은 관련을 지닌다. 할머니의 아들은 할머니에게 가토가 '집은 있으되 집이 없어서 온 사람이 아니요 먹을 것이 있으되 제 먹을 것 때문에 애쓸 수 없던 사람'이라고 말하면서 가토의 죄는 '일본 사람은 일본 바다에서 나는 멸치가 잡아 먹어도 넉넉히 살아갈 수 있다고 한 것'이라고 설명했다. 일본 민족의 일원이자 일본 제국의 국민이면서 가토가 조선 혹은 조선의 노동자들을 위해서 싸웠던 것, 그것은 바로 자신이 일본의 국민임을 괄호 치고 세계 시민으로서 스스로를 주체화한 결과일 것이다. 할머니는 잔류 일본인의 비참

---

25 가라타니 고진은 칸트가 일반적으로 공적이라고 생각되는 '국가적 차원'의 것을 '사적'인 것으로 보고 오히려 거기서 벗어나 세계시민으로서 존재하는 것을 '공적'인 것으로 규정하고 있다고 설명한다. 그리고 이러한 '이성의 공적 사용'을 통하여 공통감각을 지니지 않은 타자와의 합의를 지향하는 것이 바로 세계시민적인 태도임을 말하고 있다.(가라타니 고진, 송태욱 역, 『윤리21』, 사회평론, 2003, 81~91면.)

한 모습에 대해서 '저 불쌍한 것들이 가도의 종자인 것을 모른다고 할 수 없겠으니 어떻게 눈물이 아니' 날 수가 있겠느냐고 말하고 있다. 할머니가 민족을 중심으로 하는 정치의 논리를 넘어설 수 있었던 것은 가토와 같은 존재가 있었기 때문이다. 할머니의 모습은 윤리란 민족의 일원이나 국민이라는, 집단 공동체적의 가치를 넘어서서 개인이 스스로를 보편적인 인간으로서, 세계시민으로서 자리매김할 때 비로소 성립할 수 있는 것임을 암시하고 있다.

또한 할머니의 모습은 해방 직후의 상황에서 칸트가 말했던 윤리적 명령이 어떠한 의미를 지닐 수 있는가를 생각하도록 만든다. 순수실천이성의 원칙에 부합하는 실천명령으로 칸트가 제시하고 있는 것이 '네가 너자신의 인격에서나 다른 모든 사람의 인격에서 인간(성)을 항상 목적으로 대하고, 결코 한낱 수단으로 대하지 않도록, 그렇게 행위하라'[26]는 것이다. 칸트는 이렇게 행위하는 것이 인간이 인간으로서 인간에게 해야 하는 의무임을 명시하고 있다. 이 의무는 두 가지로 대별되는데 그 하나는 주체 자신과 관련한 것으로 '자신의 완전함'을 제고하는 일이고, 다른 하나는 타인과 관련한 것으로 '타인의 행복'을 증진하는 일이다.[27] 〈잔등〉에서 자신의 아들을 죽게 만든 일본인들에게 할머니가 베푸는 자선은 바로 이러한 명령의 실천이라고 할 수 있다. 할머니의 모습은 타인을 목적으로 대하라는 명령을 이행하는 것이 어떻게 '자신의 완전함'을 제고하고 '타인의 행복'을 증진시킬 수 있는가를 보여주고 있다.[28]

---

26 임마누엘 칸트, 백종현 역, 『윤리형이상학 정초』, 아카넷, 2005, 148면.

27 백종현, 「『실천이성비판』 연구」, 『실천이성비판』, 아카넷, 2004, 481면.

28 나아가 할머니의 행위를 칸트가 말한 보편적 윤리와 연결시켜볼 수도 있겠다. 민족과 같은 집단 공동체의 공리주의적 가치와 규범이나 개인의 행복이라는 기준으로 설명할 수 없는 할머니의 행위는 자신이 처한 존재 조건을 뛰어넘어 인간이 지니고 있는 보편적 가

할머니의 모습에 대하여 천복이 일종의 경외심을 갖는 것은 이러한 이유 때문일 것이다. 정치적 논리에 대한 절망 속에서 천복이 새로이 발견한 것은 할머니의 윤리적인 모습이었다. 천복에게 있어서 '가혹하기만한' '혁명'의 상황에서 나타나는 할머니의 모습은 '크나큰 경이'가 아닐수 없었다. 해방 직후의 정치의 논리가 조선 민족과 국가를 바탕으로 펼쳐지는 지배의 논리임을 깨달을 때 그러한 민족과 국가를 넘어서 보편적인간으로서, 세계시민으로서 인간이 스스로를 실현할 수 있는 윤리의 의미는 더욱 커질 수밖에 없다. 그러나 소년의 모습이 '현황한 불길'로 나타났던 것과는 달리 할머니의 모습은 '잔등'의 불빛으로 나타나고 있다. 윤리성은 인간을 가장 인간답게 고양시켜주는 것이지만, 그것은 언제나 인간 주체의 개인적인 선택을 통해서만 실현될 수밖에 없기 때문이다. '잔등'의 불빛은 할머니와 잔류 인본인과 천복에게 '희망'으로 빛나고 있지만 그 불빛은 천복 자신의 갱신으로 이어져 천복 자신의 불빛이 되지못한다. 천복은 소년과 할머니가 비추는 정치성의 불빛과 윤리성의 불빛, 그 어느 쪽으로도 다가가지 못하고 만다.

4. '제삼자' 정신과 허무주의의 향방

〈잔등〉이 해방의 감격과 열정에서 어느 정도 거리를 유지하며 해방 직후의 상황을 담담하게 그려나갈 수 있도록 해준 소설적 기제는 천복이 강

치를 실현하는 모습이기 때문이다. 물론 할머니 자신이 인간의 보편적인 윤리를 실현하고자 하는 의식을 가지고 있었던 것은 아니다. 그러나 할머니의 모습은 '너의 의지의 준칙이 항상 동시에 보편적 법칙 수립의 원리로서 타당할 수 있도록, 그렇게 행위하라'는 정언명령이 결코 당위적이고 추상적인 것이 아니라 삶에서 구체적으로 실현될 수 있는 것임을 보여주고 있다.(윤리의 이러한 성격에 대해서는 가라타니 고진, 송태욱 역, 『트랜스크리틱』, 한길사, 2005, 188~206면 참조.)

조하고 있는 '제삼자 정신'이라고 평가되어 왔다. '제삼자 정신'은 현실을 관찰하고 체험하되 그 현실에 깊숙하게 개입하지 않는 태도로서, 해방 전 허준 소설에서 나타났던 고독의 자세, 지식인적 자의식의 연장선상에 있는 태도라고 할 수 있다.[29] 그러나 〈잔등〉이 전개되는 동안 천복이 계속 제삼자적인 태도를 보인 것은 아니다. 조선에 대한 향수, 훼손되지 않은 순수한 공간으로서의 조선에 대한 상상을 담고 있는 소설의 시작 부분에서는 현실을 냉정하게 관찰하며 현실에 개입하지 않는 제삼자적 정신을 찾아보기 어렵다. 소년을 만났을 때 천복은 소년에게 적극적인 태도를 보이며 소년의 이야기를 이끌어내기 위해서 노력한다. 천복이 '제삼자정신'을 언급하는 것은 소년과의 두 번째 만남을 통해서 원시적인 생명력을 지닌 이러한 소년조차도 정치적 논리에 휩쓸리고 있다는 것을 깨달은 이후이다. 천복은 소년과의 두 번째 만남 이후 '방'을 찾기 위해 역전에 도착한 기차에 올라 거기 타고 있는 사람들을 바라보면서 그들과 자신을 분리시키면서 '제삼자정신'을 언급한다. '제삼자정신'은 기대와 희망 속에서 돌아간 조선의 해방 직후 상황에 대한 절망과 회의 속에서 나타나게 되는 것이다.

기름 기름이 쌓아 얹힌 각재들 사이에 끼인 사람, 부서지다 남은 걸상과 책상을 쓰고 자는 사람, 째어진 장막의 한끝을 잡아당겨 뼈가 들추이는 어깨를 가리운 사람, 이 사람들은 한 특수한 개념을 형성하는 사람들이었다. 그리고 이 특수한 개념을 한 독자적인 완전무결한 개념으로 응고시키렴에는, 방은 그 중에서는 무용한 사람일 수밖에는 없었다. 그는 아니 우리는 아무리 다 회신화

---

29 해방 전 허준 소설에서 나타나는 '고독' 혹은 '자의식'의 의미에 대해서는 권성우의 연구(권성우, 앞의 글)와 황경의 연구(황경, 앞의 글), 그리고 김민정의 연구(김민정, 「1930년대 후반기 모더니즘 소설 연구—최명익과 허준을 중심으로」, 서울대 석사논문, 1994) 등에서 보다 구체적으로 분석되고 있다.

하였다 하더라도 그래도 어딜는지 덜 회신화한 곳이 남아 있는 사람이었다. 회
신화하지 아니하였으면서도 회신화를 체험할 수 있는 대신에는 회신화하고 있
는 자기 자신을 떠나 더욱더 완전한 회신화가 올 줄을 알면서까지 일층 높은
처소에서 회신화하고 있는 자기 자신을 내려다보고 방관하고 있을 수 있는 부
류의 사람이었다.
　'애꿎은 제삼자의 정신!' (339~340면)

인용문은 제삼자 정신이 의미하는 것이 무엇인가를 잘 보여준다. 〈잔
등〉이 시작될 때 조선으로 귀환하는 사람들과 마찬가지로 '한 방향으로
쏠리는 일정한 정서'를 느끼고 '조선이 그처럼 그리울 수가 없는 나라' 임
을 깨달았던 천복은 이제 '특수한 개념을 형성하는 사람들'로부터 자신
과 '방'을 분리시키고 있다. 자신과 '방'은 '일층 높은 처소에서 회신화
하고 있는 자기 자신을 내려다보고 방관하고 있을 수 있는 부류의 사람'
이라는 것이다. 천복은 이를 '제삼자정신'으로 명명하고 있다. 결국 '제삼
자정신'이란 자기 자신의 삶마저 대상화하는 자의식이며 현실의 상황과
가치에 회의를 품는 태도일 것이다. 이후 국밥집 할머니를 만나 할머니가
보여주는 윤리적 세계를 발견하고 경이로움을 느끼지만 소년과의 세 번째
만남은 다시 정치적 논리에 대한 절망과 회의를 느끼게 만든다. 그 절망과
회의가 청진을 떠나는 천복에게 '제삼자정신'을 불러일으킨다.

　오래간만에 막히었던 가슴이 뚫려 내려가는 활연함을 나는 느끼었으나 그러
나 이 소리는 또한 나에게 내 가슴속에 고유(固有)하니 본성으로 자복해 있는
내 구슬픈 제삼자의 정신을 불러일으키었다. 두터운 구름이 내려덮인 그믐밤
중, 언제나 복구될는지 모르는 광야와 같이 골고루 어둔 어두움 속에 싸여서
그것이 응당 차지하고 있을 만한 위치를 머릿속에 그려 보며, 나는 뒤떨어지는
청진의 거리들을 내 흉중에 어루만지는 것이었다. 방은 이 땅이 우리들 여정의
절반이라고 하였지마는, 설혹 지나 온 것이 절반이 못 된다 하더라도 내게는

이미 내 가슴 가운데 그려지는 이번 피난의 변천굴곡은 여기서 다 완결된 거나
조금도 다름이 없었다. 그리고 앞으로, 이 이상 고생스러운 험로를 몇 갑절 더
연장해 나간다 하더라도 나로서는 이외의 더 색다른 의미를 찾기는 어려운 일
일 듯하였다.
　앞으로 무슨 일이 생기든 내 피난행은 여기서 완전히 끝이 난 모양으로 나는
쌀쌀한 충분히 찬[冷] 나로 돌아왔다. (363~364면)

　인용문에서는 더 이상 해방 직후의 조선에 대한 기대와 희망을 찾아볼
수 없다. 청진에는, 나아가 조선에는 '두터운 구름이 내려덮인 그믐밤중,
언제나 복구될는지 모르는 광야와 같이 골고루 어둔 어두움'만이 있을
뿐이다. '뒤떨어지는 청진의 거리들을' '흉중에 어루만지는' 천복은 '피
난의 변천굴곡이 여기서 다 완결된 거나 조금도 다름이 없었다'고 말한
다. '이외의 더 색다른 의미를 찾기는 어려운 일'이기 때문이다. '색다른
의미'란 청진에서 만났던 두 명의 인물, 그들이 체현하고 있었던 정치성
의 논리와 윤리성의 가치일 것이다. 그러나 천복에게는 정치성의 논리의
현황한 불꽃도 윤리성이라는 잔등의 불빛도 자신이 의탁할 만한 것이 되
지 못하였던 것이다. 천복이 결국 '쌀쌀한 충분히 찬[冷] 나'로 돌아온 것
은 이 때문이 아닐까.
　'제삼자정신'이 단지 현실과 거리를 두고 현실을 객관적으로 바라보는
태도가 아니라 해방직후 현실에 대한 절망과 회의의 결과로 빚어지는 태
도라고 한다면 '제삼자정신'은 결국 허무주의와 연관될 수밖에 없다. 허
준의 해방전 소설의 주인공들이 그러했듯이 〈잔등〉에서 천복은 자신의
상황을 '체관'하며 자신의 삶이 우연과 운명에 의해서 움직이고 있다는
인식을 보이곤 했다. 삶이 자신의 의지와는 무관한 자리에서 생성되고 있
다는 인식을 바탕으로 하고 있다는 점에서 이를 운명론이나 숙명론이라
고 말할 수 있을 것이다. 그러나 자신의 삶이 자신의 의지와는 무관한 자

리에서 생성되고 있다는 인식을 오히려 자신의 의지로 삶을 이끌어가고 싶다는 열망의 반영으로 볼 수도 있다. 해방직후의 상황에서 소년과 할머니의 모습을 통해서 정치성과 윤리성의 가치를 탐색하는 천복에게서 우리는 이러한 열망을 발견할 수 있다. 그러나 결국 천복은 소설의 끝에서 '제삼자정신'을 통해서 다시 자신의 삶을 이끌 것은 '운명'이나 '우연' 이외는 아무 것도 없다는 인식을 드러낸다.

이러한 천복의 태도는 정말로 주변에 아무 것도 없는 것이 아니라 주변에 있는 것들 가운데서 아무 것도 우리의 의지나 욕망을 끌어들일 힘이 없다는 것을 의미하는 '수동적 허무주의'에 가깝다.[30] 수동적 허무주의는 기존의 확신들에 대해서는 실망하였지만 그를 파괴할 적극적인 힘도, 스스로를 방어할 힘도 갖추지 못한 '창조의지의 무기력'을 의미한다.[31] 이러한 수동적 허무주의는 니체가 말한 운명애(amour fati)[32]를 통해서 능동적 허무주의로 전화되어 허무주의의 극복에 이르는 완전한 허무주의로 전화될 수 있다. 그러나 〈잔등〉에서 천복은 기존의 질서를 부

---

[30] 수동적 허무주의의 이러한 성격에 대해서는 알렌카 주판치치, 조창호 역, 『정오의 그림자 ─ 니체와 라캉』, 도서출판 b, 2005, 101면 참조.

[31] 니체는 허무주의를 불완전한 허무주의와 완전한 허무주의로 나누고 불완전한 허무주의를 다시 능동적 허무주의와 수동적 허무주의로 나눈다. 능동적 허무주의는 상승된 정신력의 징후로서 기존의 확신들에 대한 무효를 선언하지만 아직 새로운 가치를 설정하고 자기 자신을 가치의 창조자로 인식하기에는 힘이 미약한 상태를 의미한다. 반면 수동적 허무주의는 정신적 능력이 하강하는 징후이다. 수동적 허무주의에 머물고 있는 주체는 기존의 지배적 확신에 대해서는 실망하지만, 절대적 무의미함의 느낌 속에 머물고 만다.(백승영, 『니체, 디오니소스적 긍정의 철학』, 책세상, 2006, 207~210면.)

[32] '운명애'는 니체의 힘에의 의지라는 사상과 영원회귀 사상을 연결해주는 매개역할을 한다. 운명애를 통하여 주체가 힘에의 의지의 무한한 반복을 긍정하고 자신의 운명을 적극적으로 수용하고 사랑하게 됨으로써 영원회귀 사상은 힘에의 의지와 조화롭게 결합할 수 있게 된다.(서광열, 「니체에 있어 신화적 사유를 통한 새로운 삶의 모색」, 『니체연구』 13집, 한국니체학회, 2008, 165면.)

정할 힘도, 파괴할 힘도 가지지 못한 채 실망과 무의미한 느낌 속에 사로
잡히는 수동적 허무주의에 머물게 된다. 현황한 불빛의 정치성은 그가
의탁할 가치가 될 수 없고 보편적 인간의 가치를 실현하는 윤리성의 불
빛은 천복에게는 너무 희미했기에 천복은 '운명애'에 이르지 못했던 것
이리라. 그러나 천복이 보여주고 있는 태도는 기존의 질서나 확신에 대
한 수동적인 허무와 함께 주체 자신을 변화시킬 수 있는 힘마저 포기하
고 있는 데에 문제가 있다. 이는 자유로운 존재로서 인간을 자리매김하
고 인간의 행위의 원인을 자기 원인으로 돌리는 것이 아니라 우연이나
운명이라는 타율적인 원인으로 돌림으로써 자기 책임으로부터 벗어나는
것이기 때문이다.

천복은 자신의 '피난굴곡'이 여기서 끝난 것이나 마찬가지라고 말하고
있다. 그러나 이 '피난굴곡'의 끝에 천복에게 남은 것은 수동적인 의미의
허무뿐이다. 일제하 식민지 조선에서는 고독과 자의식을 바탕으로 하는
제삼자정신이 주체가 현실로부터 자신을 지켜나갈 수 있는 기제로서 작
용할 수 있었고, 그 때문에 수동적 허무주의도 중요한 의미를 지닐 수 있
었다. 그러나 해방 직후의 현실은 주체가 현실로부터 거리를 취한 채 수
동적 허무주의에 빠져있도록 허락하지 않는다. 〈잔등〉은 바로 이 수동적
허무주의에서 끝난 채, 천복이 보여주는 제삼자정신, 그리고 허무주의의
향방이 무엇인가에 대해서 말해주지 않는다. 기차가 청진을 떠나자 할머
니의 국밥집 잔등을 향해 '한없이' 손을 내젓는 천복의 모습을 보여주고
있을 뿐이다. 그믐밤에 명멸해가는 잔등의 희미한 불빛은 천복이 수동적
허무주의에서 벗어날 수 있는 희미한 가능성을 보여준다. 그러나 그 가능
성이 현실화되기 위해서는 그 불빛을 하나의 정경으로서가 아니라 스스
로를 변화시킬 수 있는 계기로 인식해야 하며 그 불빛이 표상하는 가치를
자신의 가치로 받아들여 실현해나가야 한다. 이를 통해서만이 수동적 허

무주의는 능동적 허무주의를 거쳐 완전한 허무주의로까지 나아가 생에 대한 디오니소스적 긍정에 도달할 수 있게 될 것이다.

5. 결론

이제까지의 논의를 통하여 본고는 허준의 〈잔등〉에서 탐색되고 있는 정치성과 윤리성의 의미를 밝히고 이러한 탐색의 결과로서 나타나는 제삼자정신의 의미를 구명함으로써 이 소설이 해방기의 문학으로서 지니고 있는 의미를 재조명하고자 하였다. 허준의 〈잔등〉은 '향수' 속에서 조선을 정치적·역사적으로 훼손되지 않은 순수한 공간으로 상정하고 그 공간의 현실적인 가능성을 청진에서 만난 소년과 할머니라는 두 인물을 통해 확인한 뒤 결국 허무주의로 귀결되는 구조로 이루어져 있다. 본고는 '상상된 조선'에 대한 기대와 희망이 절망 속에서 '제삼자정신'으로 변화하여 허무주의로 귀결되는 내적 과정을 고찰함으로써 〈잔등〉이 도달한 허무주의의 내용과 의미를 고찰하였다.

우선 〈잔등〉에서 나타나는 공간과 시간의 문제를 고찰하였다. 〈잔등〉에서는 시간이 공간으로 전화되어 나타나고 있다. 만주라는 공간이 망각된 과거를 대체하고 훼손되지 않은 순수한 공간으로 상상되고 있는 조선이 미래를 대체한다. 공간이 시간을 대체하는 이러한 모습은 '다시 시작하기' 위한 망각의 기제와 향수에 의해 주조된 것이라고 할 수 있다. 소설의 중심이 되고 있는 청진은 상상된 조선의 미래가 현재화되고 있는 공간이다. 이 공간을 배경으로 〈잔등〉은 정치성과 윤리성이라는 두 가지의 가능성을 제기하고 있다. 그러나 '현황한 불길'인 정치성의 논리는 새로운 나라 만들기의 논리이지만 새로운 세대의 생명력마저 지배와 피지배의 논리로 몰아가는 결과를 초래한다. '잔등'의 불빛으로 나타나는 윤리성은 크고 경이로운 가치로 나타나지만 윤리성은 주체 자신의 결단과 선택에 의해서 담보되기 때문에 현실적인 힘을 발휘하기 어렵다.

〈잔등〉이 보여주고 있는 정치성과 윤리성에 대한 탐색의 귀결점인 '제삼자정신'은 일종의 허무주의이다. 정치성에 회의하지만 윤리성을 실현하지 못하는 주체는 기존의 가치에 대해 절망하고 회의하지만 그것을 쇄신하고자 하지 못하는 수동적 허무주의로 나아간다. 그것은 새로운 가치를 창조하는 적극적이고 완전한 의미의 허무주의가 아니라 자신을 의탁할 만한 가치를 찾지 못하는 소극적인 의미의 허무주의이다. 이러한 허무주의가 1930년대 후반에 문학적 모습으로 나타났을 때, 그것은 일제하의 현실로부터 주체를 지키는 보다 긍정적인 의미를 얻을 수 있었으나, 해방 직후의 상황에서의 허무주의란 역사에 대한 책임과 자유로운 존재로서의 주체의 윤리를 포기하는 모습으로 귀결될 위험을 내포하고 있다. 이런 점에서 기존의 평가와는 달리 〈잔등〉에서 제시되는 윤리는 불완전한 것이라고 할 것이다.

그러나 이러한 허무주의로의 귀결은 오히려 〈잔등〉이 해방직후 소설에서 지니는 의미를 보여주는 것이기도 하다. 해방 역시 주체가 새로운 가치를 찾고 그 가치를 실현하는 시기가 되지 못한다는 것을 제시함으로써 해방 이후 나라 만들기를 넘어서는 보다 보편적인 가치에의 지향이 필요함을 암시하고 있기 때문이다. 〈잔등〉에서 제시되고 있는 허무주의는 불완전한 것이었기에 주체가 나아갈 방향이 될 수 없다. 〈잔등〉에서 주인공 천복은 청진을 떠나면서 '피난굴곡'의 여정이 종결되었다고 말하고 있지만 바로 그 자리에서 작가 허준의 여정이 다시 시작될 수밖에 없는 이유가 여기에 있다. 허준 소설에서 미약하나마 완전한 허무주의의 한 가능성이 제시되는 것은 〈속 습작실에서〉를 통해서이다. 이 소설의 결말에서 타인이 보여주는 책임의 윤리 혹은 삶의 가치를 자신의 것으로 받아들이는 주인공의 모습은 허무주의의 완성의 가능성을 제시하며 동시에 자기 혁신을 통한 윤리의 실현 가능성도 제시하고 있다. 그러나 그것이 구체적인 현실성으로가 아니라 가능성으로만 제시되고 있다는 점에서 〈속 습작실에서〉 역시 역사와 삶의 향방을 탐색하는 여정의 완결을 보여주는 것은 아니다. 작가 허준의 여정은 계속 되고 있었던 것이다.

탈식민과 기억 – 최인훈에 대한 주석

제1장

상상계로의 망명과 근원에 대한 환상-〈회색인〉

1. 1960년대 소설과 최인훈

소설이 생산된 시대가 어떠한 시대이든지 '기억'은 소설을 구성하는 중요한 요소이다. 서사 양식 자체가 서술자에 의해서 서술되는 것이거니와, 화자에 의해서 서술되는 이야기는 바로 서술자의 기억을 토대로 하여 구성된 것이라고 할 수 있다. 때문에 프루스트의 〈잃어버린 시간을 찾아서〉로부터 드러나듯이 현대 소설에서 '기억'의 문제는 주체, 시간, 공간과 더불어 현대 소설의 본질적인 요소로서 자리잡고 있다. 더구나 소설 속에서 다루어지고 있는 기억이 단지 개인적인 차원의 기억이 아니라 역사와 관련된 기억일 때, 그 기억은 주체의 정체성, 나아가서는 주체가 속한 공동체의 정체성의 구성에 있어서 결정적인 역할을 하게 된다. 물론 순수하게 개인적인 기억이란 오직 감각과 지각에 관련된 것일 뿐, 우리의 모든 기억은 직접적으로든 매개적으로든 공동체적인 기억의 틀을 통과하는 과정을 통해서만 기억으로 기능한다.[1] 소설이 일종의 기억의 서사라고 할 때, 소설 역시 이러한 공동체적인 기억, 나아가 역사와의 관련성 속에 놓여 있음을 부인할 수 없다. 더구나 소설이 생산된 시대가 역사적으로 중대한 시기일 때, 그 소설에는 어떤 식으로든 역사와 기억의 문제가 개입될 수밖에 없다.

이런 관점에서 볼 때 1960년대 소설에서 기억의 문제, 특히 외상적 기억(traumatic memory)[2]의 문제는 중요한 의미를 지닌다. 1960년대 4·19 혁명의 발발과 이후의 5·16 쿠데타, 제3공화국 출범으로 현상화된 혁명의 실패는 그 시대를 살았던 사람들에게 결정적인 트라우마을 남겼을 것이다.[3] 그러나 1960년대 소설을 4·19로 인한 트라우마라는 시각에서만 바라본다면 일면적인 고찰을 면하기 어렵다. 왜냐하면 한국 전쟁의 경험과 기억이 1960년대 소설에도 강하게 각인되어 있기 때문이다. 실제로 1960년대 전반기에 발표된 소설 가운데 상당수가 한국 전쟁을 다루고 있으며, 특히 한국 전쟁을 시공간적 배경으로 하고 있는 몇몇 장편 소설들은 1950년대와는 상이한 지평을 가지고 한국 전쟁에 대한 역사적인 해석을 시도하고 있다. 최인훈의 〈광장〉, 박경리의 〈시장과 전장〉, 그리고 이

---

1 J. Assmann, "Collective Memory and Cultural Memory"(J. Czplicka trans.), *New German Critique* 65, pp.126~128.

2 본래 외상(trauma)이란 외과적인 상처에 대한 용어이지만 그것의 심리학적인 의미는 예기치 않은 갑작스런 정서적 충격으로 인한 마음(mind)의 상처이다.(R. Rey, *Trauma: a Genealogy*, The University of Chicago Press, 2000, p.4) 외상적 기억이란 그러나 외상에 대한 기억을 말한다.

3 1950년대 소설에서 전쟁이 다루어지듯이 4·19가 1960년대 소설에서 직접적인 방식으로 다루어진 예는 드물지만 1960년대 소설에서 4·19는 시간이 지날수록 그 의미가 확연해지면서 더욱 더 강한 영향을 미치게 되는 외상적 기억으로 작용하고 있다. 물론 그 기억의 그림자는 소설마다 다른 방식으로 드러난다. 황순원의 『나무들 비탈에 서다』에서는 주인공 현태의 '죽지 않음'을 통해서, 최인훈의 『광장』에서는 이데올로기와 현실에 대한 비판을 통해서, 이호철의 『소시민』에서는 소설 속 주체들의 자기 혐오로, 김승옥의 『서울 1964년 겨울』에서는 비주체화를 추구하는 주체들의 환멸과 허무로서 나타나고 있다.

호철의 〈소시민〉 등의 소설에서 한국 전쟁은 한국 현실의 특수한 상황을 발견해 가는 매개가 되고 있는 것이다.[4] 결국 1960년대 소설에는 한국 전쟁에 대한 기억과 4·19에 대한 기억이라는 두 가지 외상적 기억의 내재화와 역사화의 문제가 놓여 있다고 할 수 있다.

　기억은 언제나 주체의 '기억하기'와 '망각하기'의 변증법 속에서 이루어진다. 때문에 기억 자체가 주체의 정체성과 공동체의 정체성을 형성하는 기반이기도 하지만,[5] 역으로 보면 객관적으로 존재하는 사건이나 경험은 주체라는 매개를 통해서만 기억으로서 존재할 수 있다. 때문에 '기억'의 문제는 언제나 '주체' 혹은 주체화(subjection)의 문제를 동반한다. 주체의 '기억하기'와 '망각하기'의 과정이란 주체의 정체성, 동일성(identity)을 형성하는 과정인 주체화의 과정과 분리될 수 없기 때문이다. 주체화란 사회적 구조인 상징계(the Symbolic)에서 하나의 자리를 위임받는 과정을 의미한다. 더불어 그것은 곧 사회적 구조, 혹은 상징계의 질서에 대한 종속이라는 의미를 함축한다.[6] 주체의 문제를 논할 때, 상징계에서의 '자리(place)'가 중요한 의미를 지니는 것은 이 때문이다.

---

4 자세한 내용은 졸고, 『1960년대 장편 소설 연구: 주체 구성 양상을 중심으로』, 서울대 박사 논문, 1999 참고.

5 특히 문화적 기억은 그 사회에 속한 이들과 그렇지 않은 이들을 날카롭게 구분하도록 만들며 한 사회의 자아 이미지를 형성하고 공고화하는 데 봉사한다.(J. Assmann, *op.cit.*, pp.130~132.) 그럼으로써 한 사회의 공동체적 정체성과 문화정 정체성을 형성하고 지속시켜준다.

6 라캉에 의하면 주체는 오인(misconception)의 구조로 형성된 에고에서 시작하여 상상계에서의 동일화 과정을 거쳐 상징계로, 즉 문화와 언어의 상호 주관적 구조로 진입, 욕망의 변증법적 운동을 통해 형성된다. 늘 '과정 중에 있는 주체'라고 할 수 있는 이러한 주체는 사유 주체로서 절대 주체의 위치에 있는 것이 아니라, 사회적 구조에 대하여 이차적인 지위에 있다. (윤효녕 외, 『주체 개념의 비판』, 서울대 출판부, 1999, 100면.)

본고는 1963년 6월부터 1964년 6월까지 『세대』에 '회색의 의자'라는 제목으로 연재되었던 최인훈의 〈회색인〉을 '주체'와 '기억'이라는 두 축을 중심으로 분석하고자 한다.[7] 최인훈은 무엇보다도 전후 문학을 종결짓고 1960년대라는 문학사적 시대를 열었다고 평가받는 〈광장〉의 작가이다. 그러나 〈광장〉 이후의 문학적 도정을 볼 때, 최인훈 소설이 지니고 있는 문학사적 의의를 결코 〈광장〉에만 한정해서 말할 수는 없다. 1960년대만을 한정한다고 하더라도 최인훈의 소설 세계는 〈회색인〉, 〈서유기〉와 여러 작품으로 이어지면서 변화를 거듭하고 있기 때문이다. 물론 그러한 변화를 어떻게 평가할 것인가의 문제는 또 다른 문제이지만, 최인훈 소설의 변화 양상이 1960년대라는 역사의 흐름과 밀접하게 연관되어 있다는 것은 분명하다. 예를 들어 〈광장〉이 4·19 혁명과 연결된다면 〈회색인〉은 4·19 실패와 한일 국교 수립이라는 역사적 사건과 연결된다. 요컨대 최인훈의 1960년대 소설은 역사의 안과 밖을 오가면서 역사와 기억의 공간을 만들고 있는 것이다.

본고가 〈회색인〉을 논의의 대상으로 선택한 것은 〈회색인〉이 최인훈 소설 전체에서 반복적으로 제시되고 있는 주체의 양상과 W시의 경험으로 명명되는 원체험, 그리고 근대에 대한 사유의 유형을 가장 집약적으

---

7 〈회색인〉에 대한 비평이나 연구는 기대한 것만큼 많지 않다. 그러나 이것이 최인훈의 다른 작품에 비해서 〈회색인〉이 상대적으로 주목받지 못했음을 의미하는 것은 아니다. 작품론의 성격을 지니는 것은 많지 않지만, 최인훈 소설을 논하는 자리에서 〈회색인〉은 항상 주목의 대상이 되고 있기 때문이다. 그러한 연구들을 모두 제시할 수는 없으므로, 〈회색인〉에 대한 독립된 연구 가운데 대표적인 것들 몇 편만을 제시하면 다음과 같다.
권보드래, 「최인훈의 『회색인』 연구」, 『민족문학사연구』 10, 민족문학사연구소, 1997.
김치수, 「자아와 현실의 변증법을 위하여」, 『문학사회학을 위하여』, 문학과지성사, 1979.
유종호, 「소설과 정치적 함축」, 『세계의 문학』, 1979.가을.
이동하, 「관념과 삶」, 『집 없는 시대의 문학』, 정음사, 1989.
이태동, 「'사랑과 시간' 그리고 고향」, 『현대문학』, 1993.3.

로 보여주고 있기 때문이다. 우선 다른 작품들에서 반복적으로 제시되고 있는 W시에서의 경험이 주인공 독고준의 유년 시절에 대한 기억을 중심으로 매우 구체적으로 제시되고 있다는 점이 주목된다. 이 작품을 통해서 원체험으로서 W시에서의 경험이 지니고 있는 의미가 무엇인가를 밝힐 수 있기 때문이다. 그러나 그보다 더 중요한 의미를 가지는 것은 〈회색인〉에서 나타나고 있는 근대에 대한 인식의 내용이다. 최인훈은 이미 〈광장〉에서부터 서구의 주변부로서의 자기 인식과 그로 인한 절망을 제시하였는데 이러한 인식은 〈회색인〉, 〈서유기〉, 〈소설가 구보씨의 일일〉 등 이후의 작품으로 이어지고 있다. 물론 각 작품이 모두 동일한 인식 내용을 제시하고 있는 것은 아니다. 그러나 한국의 근대가 노정해온 식민지성과 타자성의 문제에 대한 극복을 모색하고 있다는 점에서는 동일하다.

〈회색인〉은 서구적 근대와 한국의 근대의 차이를 구명하고 그 차이를 넘어서기 위한 방법으로서 전통, 민족, 동양 등의 문제에 대한 사유를 보여주고 있다는 점에서 다른 작품들과 구별된다. 물론 그러한 사유는 1960년대의 역사적 상황에 의하여 추동되고 발전된 것이지만, 근대성과 식민지성의 문제는 여전히 현재적인 의미를 지닌다는 점에서 보다 큰 의미를 지닐 수 있을 것이다. 이러한 근대 인식의 내용을 구명하고 그것이 지닌 의미를 밝히는 것이 본고의 궁극적인 목표이다. 이를 위해서 우선 〈회색인〉에 나타나는 주체의 성격과 양상을 분석하고 W시에서의 경험에 대한 기억의 의미를 고찰할 것이다. 그리고 마지막으로 이 작품에서 나타나는 근대와 관련된 사유의 내용을 분석함으로써 〈회색인〉에서 나타나는 근대 인식의 의미와 한계를 제시하고자 한다.

2. 상상계적 주체와 망명자 의식

　최인훈의 소설은 흔히 '관념소설'로 명명된다. 그의 소설이 현실보다
는 관념을, 행위보다는 사유를, 그리고 사건보다는 기억을 중심으로 구
성되고 있기 때문이다. 최인훈의 다른 소설들과 마찬가지로 〈회색인〉 역
시 등장인물들의 관념적인 사유의 내용이 소설의 중심을 형성하고 있다.
소설이 시작되는 것은 국문학도인 주인공 독고준과 그의 친구인 정치학
도 김학의 논쟁을 통해서인데 논쟁의 주제는 한국의 혁명 가능성이다.
김학은 혁명이 가능했던 시대는 어디에도 없었으며 오히려 그 때문에 혁
명이 일어나는 것이라고 주장하지만 독고준은 한국의 혁명 불가능성을
역설하며 '사랑과 시간'이라는 명제를 제시한다. 이 대목에서 지적되어
야할 것은 〈회색인〉이 1963년부터 1964년까지 연재되었던 소설이라는
점이다. 그 시기는 4 · 19 혁명의 발발에 이어 5 · 16 군사구테타가 일어
나고 마침내 제3공화국이 들어선 시기이다. 이러한 시기에 발표된 〈회색
인〉에서 '혁명의 가능성'에 대한 논쟁이 소설의 가장 첫 머리를 차지하
고 있다는 것은 이 소설이 4 · 19 혁명에 대한 성찰의 의미를 지니고 있
다는 것을 의미한다. 즉 이미 혁명이 실패한 시점에서 혁명 직전의 상황
에 대하여 사유함으로써 혁명 자체의 의미를 성찰하고자 하는 것이다.
그러나 혁명에 대한 성찰은 충분히 이루어지지 못한다. 소설의 중반 이
후 독고준과 김학이라는 대립축에서 김학이 사라지게 되면서 소설은 혁
명이 아니라 문학과 예술을 중심으로 전개되기 때문이다. 이 점은 소설
의 구조적인 불안정성으로 나타나지만, 그 불안정성이 실상 당시 사회의
불안정성을 보여주는 것이라는 점에서 문제적이다.
　〈회색인〉에서 있는 이러한 불안정성을 야기시키는 존재가 주인공 독고
준이다. 이 불안정성은 그가 주체로서 보여주고 있는 특징적인 성격과 밀

접하게 관련되어 있는 것이다. 독고준이 지니고 있는 주체로서의 특성을 밝히기 위해서 우선 '주체화'의 문제를 살펴볼 필요가 있다. 본래 주체화의 과정은 두 가지의 동일화 과정을 통해서 이루어지는데, 상상계적인 동일화(imaginary identification)와 상징계적인 동일화(symbolic identification)가 그것이다. 거울 단계라고 명명되는 상상계적인 동일화는 어린 아이가 거울 속의 이미지를 '이상적인 자아(ideal-ego)'로 삼고 그 '이상적 자아'에 스스로를 동일시하는 단계를 의미한다.[8] 이러한 단계를 통해서 자아는 안정성과 정체성을 얻게 되는 것이다. 그러나 어린 아이는 거울 속의 이미지를 '이상적인 나'로 여기고 환희에 차서 그와 자신을 동일시하지만, 그러한 동일시는 총체적이고 완전한 이미지를 자기 자신으로 인식하는 오인과 환상에 기초한 것이다. 동일시를 통해서 형성된 자아는 언어를 통해서 사회적 구조의 일원으로 자리잡는 상징계적인 동일화를 통해서 주체로서 구성된다. 때문에 주체를 자율성, 통합성, 동일성 등을 갖춘 단일한 주체가 아니라 언제나 형성 중에 있는 주체로 바라볼 필요가 있다.[9]

그렇다면 독고준은 어떠한 성격의 주체로서 나타나고 있는가? 그에 대한 답을 찾기 위해서는 우선 독고준의 유년 시절을 살펴볼 필요가 있다. 중학교에 다니던 독고준은 아버지의 월남 이후 소년단 집회 때마다 이단 심문소에서 자기 비판을 강요받는다. 그리고 급기야는 역사 시간의 발표 때문에 소년단 학급 총회에서 고발까지 당하게 된다. 이러한 과정을 겪게

---

8 거울 단계의 중요성은 양면적이다. 거울 단계는 한편으로는 자아가 기능적인 총체성을 획득하는 첫 번째 단계를 나타내는 것이기도 하지만 다른 한편으로는 주체가 형성되는 허구적인 경로를 보여주는 것이기도 하다.(아니카 르케르, 이미선 역, 『자크 라캉』, 문예출판사, 1994, 260면.)

9 윤효녕 외, 앞의 책, 62~71면 참조.

되면서 독고준은 자아비판을 강요하는 학교와 그러한 학교를 둘러싸고 있는 북한의 사회 질서에 적응하지 못하게 된다. 이 때부터 독고준은 일종의 '망명자' 의식을 갖기 시작하는데, 이러한 '망명자 의식' 이 독고준을 독서의 세계로 이끌게 된다. '책 속의 세계' 는 현실의 사회적 질서에서 인정받지 못한 독고준이 찾은 대안적 세계로서 '거짓말 같은 현실' 보다 더 '현실적인 질서' 로 비춰진다.

> 그는 닥치는 대로 읽었다. 누나가 밭일 속으로 망명(亡命)한 것처럼 그는 책 속으로 망명하였다. 그가 제일 좋아하며 되풀이 되풀이해서 읽은 책은 『프란더즈의 개』였다. 아름다운 사랑, 개와 사람간에 맺어진 우정과 믿음, 어른들의 쓸데없는 겉치레, 소년의 야망, 우연이 빚어낸 모습이 그를 감동시켰다. (중략) 이야기의 세계는 여전히 매력이 있었다. 그것은 일종의 거꾸로 선 세계, 물구나무선 마음의 나라였다. 이야기가 더 현실적이고 현실이 더 거짓말같은 질서였다.[10]

인용문은 독고준이 『프란더즈의 개』의 세계를 자신의 세계로 동일시하며, 『프란더즈의 개』의 주인공을 자신과 동일시하는 상태에 있었음을 말해준다. 책 속의 주인공은 어린 아이가 바라보는 거울 속의 이미지처럼 현실 세계로부터 소외되어 있던 독고준에게 통일성과 안정성을 주었던 것이다. 『프란더즈의 개』 뿐만 아니라 『나나』나 『강철은 어떻게 단련되는가』와 같은 다양한 책들이 독고준에게는 감동의 대상이자 동일시의 대상이었다. '닥치는 대로' 책을 읽는 독고준에게 모든 책들은 동일시의 대상이 되는데, 그 이유는 독고준에게 있어서 '책 속의 세계' 는 '거꾸로 선 세계', '물구나무 선 마음의 나라' 였기 때문이다. 독고준이 그 나라에 사로

---

10 최인훈, 『회색인』, 문학과 지성사, 1988, 25면.

잡히는 것은 마치 몸을 마음대로 움직일 수도 없는 어린 아이가 거울 속
의 완전한 이미지를 자신의 것으로 오인하고 안정감을 느끼는 것과 같다.
이야기의 세계는 상상적 동일시의 공간이 되며, '소설 속의 주인공' 들은
독고준의 '이상적인 자아' 가 되고 있는 것이다. 독고준은 '상사성
(resembalance)' 의 수준에서 '책 속의 주인공' 과 스스로를 동일시함으로써
상상계적 자아의 상태를 지속시키고 있다.[11]

> 그는 여태까지 책 속에서만 살아왔다. 그것은 사람의 세계가 아니라 사람의
> 그림자의 세계였다. 그는 풀이나 나무나 꽃을 보아도 그가 읽은 책 속의 어느
> 것과 겨눠보지 않고서는 그것들을 마음에 새겨둘 수 없었다. 예수교도가 성경
> 을 통해서만 세계를 보듯이, '동무' 들이 볼셰비키 당사(黨史)를 통해서만 역사
> 를 보듯이, 소년 독고준도 그의 주인공들을 통해서만 세계를 받아들였다. 그것
> 은 다 나쁜 것은 아니었으나 그렇다고 다 좋은 것은 아니었다. (46면)

인용문은 독고준이 책 속의 주인공을 이상적인 자아로 여기고 자신을
거기에 동일화시키고 있다는 것과 책 속의 주인공들을 통해서만 세계를
받아들이고 있다는 것을 말해주고 있다. 거울 속의 이미지를 자신의 모습
으로 오인하는 자아는 마침내 책 속의 주인공이 바라보는 시각으로 현실
을 바라보고 있는 것이다. 이러한 독고준의 모습은 상상계적 동일시 단계
에 고착되어 있는 '데카르트적 주체' 의 모습과 유사하다. 사유의 절대성
을 주장하는 데카르트적 주체는 상상계에 고착되어 자신의 그러한 상태
를 대상에 투영함으로써 그 대상을 실재라고 오인한 채 거기에 붙들려

---

11 지젝에 따르면 상상적 동일시는 상사성(resembalance)의 수준에서 타자를 모방함으로써 이
  루어진다. 즉 상상적 동일시란 우리가 닮은 타자의 이미지에 자신을 동일화시키는 것이
  다. 반면 상징적 동일시는 상사성을 벗어난 지점, 즉 모방할 수 없는 지점에서 자신을 타
  자에게 동일화시키는 것이다.(*Ibid.*, p.109.)

있다.[12] 책이라는 상상계적인 관념의 세계를 실재의 세계로 오인하여 그 관념의 시각으로만 세계를 바라본다는 점에서 독고준이 데카르트적 주체의 성격을 지니고 있다고 할 수 있다. 더 나아가 독고준은 자신의 에고가 외부로부터 완전하게 독립되어 존재한다는 환상, 즉 에고의 절대성에 대한 환상을 보여주고 있다. 물론 에고의 절대성에 대한 환상은 상상계적인 고착의 결과일 것이다.

> 고등학교에서 대학 초년에 걸친 시대에 그는 에고에 눈이 떴다. 여러 사람 가운데서 유독 귀여운 자기를 발견한 것이다. 민족의 일원도 국가의 일원도 그리고 가족의 일원이기도 전인 '자기'. 그는 이 발견에 몸이 으스스하도록 감격했다. 그는 자기의 에고를 가꾸고 매끄럽게 다듬고 대뜸 눈에 뜨일 유별난 빛깔을 내게 하고 싶은 욕망에 사로잡혔다. 그는 몇 시간씩 거울에 마주서서 표정을 연구했다. 그것은 계집애들이 화장대 앞에서 소비하는 시간과 다를 것이 없었다. (중략) 그는 닥치는 대로 책을 읽었다. 그에게 있어 책이란 계집애들에게 있어서의 크림이나 로션이나 루즈 같은 것이었다. 속의 얼굴을 단장하는 일을 그는 스스로를 속이는 그럴듯한 대의명분 아래 진행시켰다. 역사든 철학이든 그는 짓이겨서 그 속의 얼굴을 다듬는 데 썼다. 무엇 때문에 그처럼 미친 듯이 읽었을까, 아마 외로워서였다. 외로워서? 아마. (33~34면)

민족의 일원도 국가의 일원도 그리고 가족의 일원이기도 전인 '자기'의 발견에 감격하는 독교준의 모습은 거울단계에서 '이상적 나'를 보고 환희하는 어린 아이의 모습과 다르지 않다. 또한 '민족', '국가', '가족'과의 관련 이전에 존재하는 에고란 결국 사회적 구조의 일원으로 자리 잡기 이전의 상상계적인 에고에 다름 아니다. 지젝에 따르면 상상계적 단계는 주체가 자율적이라고 믿는 환상에 의해서 지지되고 있다. 주체가 대타

---

12 위의 책, 64면.

자, 즉 상징계적 질서로부터 완전히 독립되어 있다는 오인에 의해서 상상적인 단계의 에고가 유지되는 것이다.[13] 이렇게 타자에 의해서 지배받지 않는 자아란 변화와 형성을 인정하지 않는 '절대적인 자아'이다. 이런 점에서 볼 때 독고준이 보여주고 있는 '에고'에 대한 집착이 일종의 나르시시즘으로 귀결되는 것은 당연한 일이다.

그럼에도 불구하고 독고준의 에고에는 이미 타자의 시선이 개입되어 있다. '대뜸 눈에 뜨일 유별난 빛깔을 내게 하고 싶은 욕망'에서 '눈'이란 타자의 시선을 의미한다. 이는 결국 에고를 치장하고 '속의 얼굴'을 다듬는 그의 노력이 타자로부터 인정받고자하는 욕망의 결과임을 보여준다. 인용문의 마지막 부분에서 이 점은 더욱 뚜렷하게 드러난다. '무엇 때문에 그처럼 미친 듯이 읽었을까.'라고 자문하면서 독고준은 '아마 외로워서였다. 외로워서? 아마'라고 대답한다. '외롭다'는 것은 타자로부터 인정받지 못하는 상태를 의미하는 것이리라. 상상계적 동일시와 상징계적 동일화의 차이를 '구성된 동일시'와 '구성하는 동일시'의 차이로 규정하는 지젝의 관점을 따르면, 이는 상징계로부터 자리를 위임받지 못하였거나 그러한 위임이 효과를 발휘할 수 없는 상황에 있음을 말한다. 상징적 동일화는 '우리가 그로부터 관찰되고 있는 그 자리, 즉 우리가 사랑 받을 가치가 있게 되기 위해서 우리 자신을 바라보는 어떤 자리에 대한 동일시'로 규정되기 때문이다.[14]

이렇게 볼 때, 결국 독고준이 보여주고 있는 상상계적인 에고에 대한 집착은 상징계로 진입하지 못한 결과라기보다는 상징계로 진입하였음에도 불구하고 상징계에서의 자리를 정당하게 위임받지 못하거나 또는 그

---

13 S. Žižek, *The Sublime Object of Ideology*, Verso, 1989, p.104.
14 *Ibid.*, p.105.

자리를 거부함으로써 스스로가 상상계로 퇴행한 결과라고 할 수 있을 것이다. 독서는 이러한 퇴행을 가능하게 해준 토대이다. 서술자인 현재의 독고준은 소년 독고준에 대해서 책의 세계가 '사람의 세계'가 아니라 '사람의 그림자의 세계'라고 말하고 책의 주인공을 통해서만 세계를 받아들이는 소년 독고준의 모습이 '나쁜 것은 아니었으나 그렇다고 좋은 것도 아니었다'고 말하고 있다. 이러한 독고준의 말은 자신이 독서를 통하여 상상계적인 에고에 고착되고 있다는 사실에 대한 자의식을 가지고 있었다는 점을 드러낸다. 즉 독고준은 자신의 모습이 상징계로부터 상상계로의 퇴행이었다는 것을 인식하고 있었다는 것이다. 소년 독고준만이 아니라 대학생이 되어 국문학을 공부하고 있는 현재의 독고준 역시 그러하다. 현재의 독고준은 작가가 되기 위해 문학을 공부하고 있지만 독서의 세계, 문학의 세계에 빠져 책 속의 '거꾸로 된 현실'에 기초하여 세계를 바라보고 있기 때문이다.

그러나 한 번 도식(圖式)을 만들어놓으면 사람은 그 값으로 에고를 잃는다. 에고는 보편의 바다에 빠져서 없어진다. 그것은 해결이 아니다. 그것은 퇴화다. 보편과 에고의 황홀한 일치, 그것만이 구원이다. 어떠한 이름 아래서도 에고의 포기를 거부하는 것, 현대 사회에서 해체되어가는 에고를 구하는 것, 그것이 오늘을 사는 작가의 임무일 것이다. 이광수처럼 '살여울'에 가야만 하는가, 허숭은 물론 가도 좋을 것이다. 그러나 예술가는 아니다. 그들은 흙 대신에 종이를 선택한 사람이기 때문에, 그들은 노동하지 않는 대신에 에고의 난파를 막을 책임이 있다. (213~214면)

인용문에서 나타나듯이 독고준에게 있어서 작가의 임무는 '현대 사회에서 해체되어 가는 에고를 구하는 것'으로 규정되고 있다. 그것은 앞에서 인용한 부분에서 '민족의 일원도 국가의 일원도 그리고 가족의 일원이기도 전인' 에고를 추구하는 것에 다름 아니다. '현대 사회에서 해체되어 가는 에고'란 사회나 타자에 의하여 억압되지 않는 '순수한 에고'를 의미하는 것이다. 그러나 그러한 에고가 있다는 것 자체가 오인이고 환상이라고 한다면, 독고준에게 있어서 문학이란 상상계적인 에고를 유지시켜주는 세계로서 자리하고 있는 것이다. 때문에 '보편과 에고의 황홀한 일치'로 명명된 '구원'에 대한 욕망은 여전히 상상계적인 것이다. '거꾸로 선 현실'에 빠져 있던 소년 독고준은 장성하여 이제 '거꾸로 선 현실'을 창조하는 작가가 되고자 한다. 그러나 문학을 통해서 '현대사회에서 해체된 에고를 구한다'는 작가의 임무는 결국 현대사회 자체에 대한 거부와 부정을 통해서만 현실화될 수 있다는 점에서 여전히 상상계적이다.

이렇게 소설에서 독고준은 상상계에 고착되어 있는 주체로서 나타나고 있다. 그런데 독고준이 보여주고 있는 상상계로의 퇴행은 개인적인 정체성 형성의 한 양상을 보여주는 것일 뿐만 아니라 1960년 전후의 사회 현실에 대한 주체의 대응양상 가운데 하나를 보여주는 것이라는 점에서 중요한 의미를 지닌다. 〈회색인〉이 한국의 혁명 가능성에 대한 독고준과 김학의 논쟁으로 시작되고 있다는 것은 전술한 바 있다. 소설 속의 시간은 1958년 가을로 되어 있는데, 이 때 이루어지고 있는 혁명 가능성에 대한 논쟁은 혁명의 필요성에 대한 인식을 전제하는 것이다. 즉 그 시대는 혁명이 일어나지 않으면 안 되는 시대, 그러나 혁명은 일어나지 않고 있는 시대이다. 이러한 시대에 정치학도 김학은 〈갇힌 세대〉의 동인으로 활동하면서 당시의 한국의 정치 현실에 대하여 적극적으로 의견을 개진하고 있지만 독고준은 자신의 세계에 침잠하고 자신을 상상계적 자아의 상태로 퇴행시키고 있는 것이다. 독고준은 자신의 이러한 모습을 '망명자' 의식으로 설명하고 있는데, 이에 대한 서술은 소설에서 여러 번 반복되고 있다. 망명자란 하나의 사회적 질서로부터 이탈하였으면서도 새로운 질서로의 진입을 이루어내지 못한 존재라고 할 수 있다. 이미 중학교 때 자아비판의 강요와 역사 시간의 발언 때문에 당하게 된 고발 등으로 인해 일종의 '고문'을 당하면서 독고준은 '망명자'가 된다. 월남하여 대학에 다니고 있는 현재에도 이 망명자로서의 의식은 사라지지 않는다. 이 망명자 의식이 상징계를 지배하는 질서에 대한 거부와 부정을 함축한다는 점에서 독고준은 혁명이 필요한 시대의 주체 양상의 한 유형을 보여준다고 할 수 있다. 하나의 사회 질서에서 이탈하였지만 자신을 동일화할 새로운 질서로 진입하지 못한 주체는 상징계의 틈새 위에 존재하면서 상징계의 불안정함, 무능함, 사기성 등을 드러낼 수 있는 가능성을 가지게 되는 것이다.

이러한 독고준의 모습은 상징적 사회 질서로부터 부여된 위임을 거부함으로써 자신의 존재 자체를 통해 큰 타자인 상징적 질서 자체의 부조리를 보여주게 된다는 점에서 히스테리적인 주체를 연상시킨다.[15] 독고준이 소설의 후반부에서 '애국자는 싫다. 무슨 수를 쓰든지 애국자가 되는 길만은 피해야 한다. 최소한 애국자는 되지 말아야 한다'라고 말하는 것은 그가 히스테리적인 주체와 같은 성격을 가지고 있음을 명확하게 보여준다. 애국자가 된다는 것이 상징계를 지배하는 질서에 완전히 동일화되는 것이라고 할 때, 당시의 상황에서 그것은 혁명을 필요로 하는 부조리한 현실에 개입하는 것이자 권력의 질서에 공모하는 것이 된다. 독고준은 스스로를 망명자로 규정하고 상상계적인 세계로 퇴행함으로써 부조리한 세계와의 공모를 피해나가고 스스로를 상징계와 상상계 사이에 위치시키고 있다. 깊은 회의와 권태의 의자에서 일어날 수 없는 '회색인'으로서 독고준은 사회에의 편입과 동조를 거부한 채, 그 사회의 무능과 부정을

---

15 *Ibid.*, p.113.

드러내고 있는 것이다.[16]

3. 트라우마적 기억의 역설

독고준의 삶에 강렬한 영향을 미치고 있는 W시에서의 체험은 〈회색인〉에서 뿐만 아니라 〈서유기〉를 비롯한 많은 소설에서도 나타나고 있다. 그런 점에서 W시에서의 체험이 최인훈 소설 전반을 지배하고 있는 일종의 원체험으로 작용하고 있다고 할 수 있다. 〈회색인〉에서 독고준은 그 체험을 통해 '겹겹이 둘러싸인 이야기의 세계에서 처음 이 세계 속으로 밀려나왔다'고 말함으로써 W시 방공호에서의 체험이 지닌 중요성을 시사하고 있다. 〈회색인〉에서 W시에서의 체험이 중요한 것은 우선 그것이 트라우마적 기억 혹은 트라우마적 기억에 대한 이야기가 지니고 있는 역설을 명확하게 보여주고 있다는 점 때문일 것이다. 근본적으로 트라우마에 대한 이야기(the story of trauma)는 일종의 '이중 이야기', 즉 '죽음이라는 위기와 그와 상관된 삶의 위기 사이의 진동(oscillation)'이다. 트라우마 자체가 죽음과 삶의 경계에서, 즉 죽음의 인접성에 대한 인식을 기반으로 형성되는 것이기 때문이다. 즉 트라우마적 체험은 삶과 죽음을

---

16 그러나 현호성의 집에 안주하게 되면서 이러한 망명자적 의식이 위기를 맞는다. 현호성은 월남한 후 독고준의 누이를 배반하고 남한에서 다른 여자와 결혼하여 여당의 국회의원이자 사업가이다. 그는 배신과 축재로 남한 사회에서 정착하여 성공한 인물의 전형을 보여준다. 때문에 누이가 주었던 현호성의 당증을 빌미로 독고준이 현호성의 집에 안주하게 된 것은 부패한 남한 사회의 질서에 편입될 가능성을 보여주는 것이다. 그런 의미에서 현호성은 독고준에게 일종의 '가짜 아버지(pshedo-father)'로서 기능한다고 할 수 있다. '가족'도 '집'도 없기 때문에 자신만의 '근대 선언'을 하고 '망명자'로서 존재했던 독고준은 현호성을 통해서 '가짜 가족'과 '집'을 함께 얻음으로써 망명자의 상태에서 벗어날 수 있게 되기 때문이다. 그러나 현호성이라는 아버지도, 집도 진짜가 아닌 가짜였기 때문에 독고준은 현호성의 집에 들어가서도 망명자 의식에서 벗어나지 못한다.

동시에 깨닫게 하는 순간에 이루어지는 것이다.[17] 독고준의 W시에서의 체험은 트라우마 자체의 이러한 모순적이고 역설적인 성격을 집약적으로 보여준다.

> 그 때 부드러운 팔이 그의 몸을 강하게 안았다. 그의 뺨에 와 닿는 뜨거운 뺨을 느꼈다. 준은 놀라움과 흥분으로 숨이 막혔다. 살냄새, 멀어졌던 폭음은 다시 들려왔다. 준의 고막에 그 소리는 어렴풋했다. 뺨에 닿은 뜨거운 살, 그의 몸을 끌어안은 팔의 힘, 가슴과 어깨로 밀려드는 뭉클한 감촉이 그를 걷잡을 수 없이 헝클어지게 만들었다. 폭격은 계속 되었다. 폭탄이 떨어져 오는 그 쏴 소리와 쿵 하는 진동 소리는 한결 더한 것 같았다. 준은 금방 까무러칠 듯한 정신 속에서 점점 심해가는 폭음과 그럴수록 그의 몸을 덮어 누르는 따뜻한 살의 압력 속에서 허덕였다. 폭음, 더운 공기, 더운 뺨, 더운 살, 폭음, 갑자기 아주 가까이에서 땅이 울렸다. 어둠 속에서 사람들이 한꺼번에 웅성거렸다. 폭음. 또 한번 굴이 울렸다. 아우성 소리, 폭음, 살 냄새…… (50면)

우선 인용문에서 '살냄새'와 '폭음'이 병렬적으로 교차되면서 서술되고 있다는 것에 주목할 필요가 있다. 공습 상황이란 죽음을 넘나드는 극한적인 상황이다. 그러나 독고준은 그러한 상황 속에서 '살냄새'와 '살의 압력'에 허덕인다. '점점 심해가는 폭음과 그럴수록 그의 몸을 덮어 누르는 따뜻한 살의 압력'을 느끼는 독고준의 모습은 공습과 죽음에 대한 공포에 비례해서 '살 냄새'와 '살의 압력'에 대한 감촉 역시 강해졌음을 말해준다. 공습 상황은 인간이 삶과 죽음의 경계에 놓이는 상황이라고 할 수 있다. 그러한 상황에서 이루어진 살의 접촉은 독고준이 아직 살아 있음을 확인하고 실감하게 해주는 계기가 되고 있다.[18] 즉 죽음과 대면하는 트라

---

17 C. Caruth, *Unclaimed Experience—Trauma, Narrative and History*, The Johns Hopkins University Press, 1996, p.7.

우마적인 상황에서 자신이 아직 살아 있다는 것에 대한 자각(awakening)이
여인의 살과의 접촉을 통해서 이루어졌던 것이다. 이는 우리가 준비할 수
없는 죽음을 통해서 삶에 대한 자각이 이루어진다는 것을 보여준다.[19] 삶
에 대한 자각이 죽음을 매개로 해서 이루어진다는 점, 이 점이 바로 트라
우마적 경험 자체가 지니고 있는 근본적인 역설인 것이다.

> 다친 데는 없었으나 까무라쳤다가 살아난 그는 집에 돌아와 누워서도 밤마
> 다 가위에 눌렸다. 겨우 열이 내린 다음에도 그는 누워서 지냈다. 도시에서 폭
> 격은 날이 갈수록 심해져갔다. 한동안 그는 폭음이 들리면 이불을 뒤집어썼다.
> 그 소리가 끝날 때까지 그대로 있었다. 캄캄한 이불 속에 하얀 얼굴이 보였다.
> 따뜻한 팔, 뜨거운 뺨, 살 냄새, 그것들은 누님의 것과 같으면서 달랐다. 집의
> 사람들은 그가 이불을 뒤집어쓸 때마다 폭음이 무서운 때문이라고만 생각했
> 다. 그러나 이불 속의 어둠은 그 방공호의 암흑을 되살려 주었다. (중략) 그것은
> 두려움임에는 틀림없었다. 그러나 찢어지는 쇠뭉치에 대한 것이 아니라, 부드
> 러운 살의 공포였다는 것을 가족들이 알 리 없었다. 하늘과 땅을 울리는 폭음
> 이 아니라 귀를 막아도 들리는 더운 피의 흐름소리 때문에 떨고 있는 것을 아
> 는 사람이 있을 리 없었다. (53~54면)

W시에서의 독고준의 체험, 즉 W시 여인과의 신체적인 접촉이 일상적
인 상황에서 이루어졌다면 그것은 이런 방식으로 반복되지는 않을 것이
다. 폭음이 들려올 때마다 독고준이 이불을 뒤집어쓰고 방공호에서의 체
험을 되살려 반복적으로 체험하려 하는 것은 그 체험이 '공습 상황의 방

---

18 『광장』에서도 이와 비슷한 경우를 찾아 볼 수 있다. 6·25가 터지고 전쟁에 참전한 이명
　준과 은혜는 전투가 이루어지고 있는 와중에 한 동굴에서 만나곤 한다. 이명준은 이를 두
　사람만이 누울 수 있는 '원시의 동굴'이라고 명명하거니와, 이 동굴에서의 이들의 만남은
　바로 전쟁과 공습의 공포 속에서 아직 그들이 살아있음을 확인하고 실감하는 장소(the site
　of awakening)로서 기능하는 것이다.

19 C. Caruth. *op.cit.*, pp.63~65.

공호'에서 이루어졌기 때문이다. 물론 반복, 즉 동일한 어떤 것을 다시 경험하는 것은 그 자체로 쾌락의 한 요소이다. 그러나 어떤 트라우마적 경험을 꿈이나 행위를 통하여 반복하는 것은 강박적인 성격을 갖는 것으로 쾌락의 원칙으로부터 어느 정도 독립해 있다. 이렇게 트라우마적 성격을 지니는 반복은 반복강박(repetition compulsion) 원리에 따라 발생한다고 보아야 한다.[20] 위의 인용문에서 독고준의 행위는 이러한 반복강박적인 성격을 함축하고 있다. 인용문에서 '찢어지는 쇠뭉치'와 '부드러운 살'의 대비는 독고준이 죽음과 삶이라는 양립하기 어려운 두 가지 모순적인 상황을 동시적으로 경험하고 있음을 말해준다. 그런 점에서 '하늘과 땅을 울리는 폭음'과 '귀를 막아도 들리는 더운 피의 흐름 소리'는 죽음과 삶, 그리고 공포와 희열을 나타내는 은유라고 할 수 있다. 요컨대 방공호에서의 체험을 반복적으로 체험하려는 독고준의 몸짓은 죽음과의 대면 속에서 '살아 남았음'에 대한 강렬한 자각과 확인을 반복하고자 하는 행위인 것이다.

> 집 사람들은 비행기 소리가 지나간 다음이면 으레 그의 이불을 벗기려고 했다. 안간힘을 쓰는 그의 노력을 그들은 가시지 않은 무서움 때문이라고만 생각했다. 그런 오해가 또한 그에게 죄(罪)의식을 갖게 하였다. 이렇게 해서 그의 경우에도 섹스는 죄와 비밀의 무대에서 시작했던 것이다. (54면)

그러나 한편으로 독고준은 이러한 자기 자신에 대해서 죄의식을 갖고 있다. 자신의 경험을 '죄와 비밀'로 명명하게 만드는 죄의식의 근원은 무엇인가? 독고준 자신의 말대로 그 죄의식은 '섹스'와 관련된 것인가? 독고준의 경험을 라캉이 말한 '잉여 쾌락(plus-de-jouir)'과 관련시켜 보면

---

20 S. Freud, 박찬부 역, 『쾌락의 원칙을 넘어서』, 열린책들, 1997, 44~50면.

그 해답에 접근할 수 있다. 잉여 쾌락이란 쾌락의 대상인 사물들의 성격을 반대로 역전시키는 힘, 즉 흔히 가장 즐겁고 '정상적인' 성적 경험으로 간주되는 것을 역겨운 것으로 만들고 일반적으로 메스꺼운 행위(사랑하는 사람을 고문한다든지 고통스러운 치욕을 견디는 행위)라고 간주되는 것을 설명할 수 없을 정도로 매혹적인 경험으로 바꾸어 놓는 역설적인 힘을 가지고 있다.[21] 독고준의 방공호에서의 체험의 경우에도 대상들의 특징이 반대로 역전되는 잉여 쾌락의 힘이 작용하고 있다고 할 수 있다. 독고준은 방공호에서 W시의 여인을 통하여 전쟁과 공습의 공포를 오히려 쾌락, 혹은 희열로 받아들였던 것이다.

때문에 독고준의 죄의식의 근원은 독고준의 말대로 '섹스' 혹은 여자의 '더운 피'를 느꼈다는 사실 자체가 아니라 그것이 폭격이라는 극한 상황에서 이루어진 잉여 쾌락이라는 점에서 찾아져야 할 것이다. 거기에는 보다 근본적인 문제, 즉 익명의 '죽음' 한가운데서 '살아 남음'을 자각하였다는 사실이 개입되어 있다. 전술했던 것처럼 이 점은 트라우마 자체가 죽음과 삶에 대한 동시적인 대면을 통해서 형성된다는 점과 깊게 관련되어 있다. 트라우마는 살아남음과 죽음을 동시에 대면함으로써 형성되며[22] 살아 있음에 대한 자각은 죽음과의 인접성 속에서만 이루어질 수 있다. 때문에 그러한 자각은 일반적으로 '죽은 자'에 대한 죄의식, 혹은 막연한 죄의식을 동반하게 되는 것이다. 트라우마적 상황에서의 삶에 대한 자각 자체가 책임감이라는 보다 넓은 문제를 야기하는 것은 이 때문이다.[23] 다음의 인용문은 바로 이 점을 집약적으로 보여준다.

---

21 S. Žižek, 김소연 · 유재희 역, 『삐딱하게 보기』, 시각과언어, 1995, 33면.

22 C. Caruth, *op.cit.*, p.64.

23 *Ibid.*, p.101.

시(市)를 바라보고 있노라면 그곳으로 달려가고 싶은 생각이 불현듯 그의 마음을 스치고 갔다. 그를 안아준 여자는 죽었을지도 모른다. 나는 그 여자 때문에 살아 남았는지도 모른다. 몸으로 막아주었기 때문에. 그러므로 그녀의 생사는 알아야한다는 논리를 어린 마음이 꾸며보는 것이었다. (54면)

실제로 독고준이 자신의 죄의식의 근원을 '섹스'와 관련된 것으로 돌리는 것은 독고준 자신이 W시에서의 체험의 의미를 아직 확실하게 이해하지 못하고 있기 때문이다. 트라우마적 경험은 본질적으로 '뒤늦음(belatedness)', '이해불가능성(incomprehesibility)'을 특징으로 한다. 트라우마적인 경험이 이루어지는 그 순간에는 경험의 의미가 아직 확연하게 밝혀지지 않지만, 그 기억은 때때로 불현듯 되살아나면서 그 의미를 생성하고 축적해가는 것이다.[24] 독고준이 영숙이네 하숙으로 왕국의 말씀을 전하러 다니는 김순임 자매를 만났을 때, 방공호에서의 체험을 다시 떠올리게 되고, 방공호에서의 여인이 독고준에게 새롭게 각인되기 시작하는 것이 이 점을 말해준다. 독고준은 김순임을 만난 뒤 '시간을 거꾸로 달려서 그 여름으로 돌아' 가게 되고 W시에서의 체험에 대한 기억은 독고준에게 뒤늦은 의미를 구성하게 되는 것이다. 독고준은 그 체험을 '곪지도 터지지도 않고 그저 저리고 쑤시는 부스럼'라고 표현하고 있거니와, 이렇게 트라우마적 기억은 지워지지 않은 채 뒤늦게, 불현듯 아픔으로 되살아나게 된다. 트라우마적 기억이 지니고 있는 이러한 '뒤늦음'과 '이해불가능성'은 〈서유기〉를 통해서 더욱 심화되어 나타난다. W시의 여인을 찾아가는 행로로 구성되고 있는 〈서유기〉는 그 자체가 W시에서의 체험의 의미를 찾아가는 과정이기도 한 것이다. 〈서유기〉의 그러한 과정은 근본적

---

24 *Ibid.*, pp.91~92.

으로 한국 역사 자체가 지닌 트라우마적 체험에 대한 기억하기의 과정을
함축하고 있다.

4. '근원'에 대한 환상과 근대의 문제

서구를 떠받치고 있는 정신적 · 문화적 근원에 대항할 수 있는 우리의
근원에 대한 모색이라는 문제는 〈광장〉 이후 최인훈 소설 전반을 관통하
는 문제이다. 이미 〈광장〉에서 이명준은 남북한 현실과 이데올로기를 비
판하면서 '근원'의 부재로 인한 절망을 보여준 바 있다. '근원'의 부재로
인해서 절망하면서 이명준은 세계의 주체가 아니라 타자, 혹은 주변부로
서의 자기를 인식하게 되는 것이다. 이와 관련해서 주목할 만한 것은 이
러한 '근원'의 부재에 대한 절망이 〈광장〉 이후 〈회색인〉, 〈서유기〉 등을
통해서 차츰 서구와는 다른 우리의 '근원'이나 식민지성에 대한 탐구로
변화하고 있다는 점이다. 여기에는 '근원'을 찾고 그 근원을 복원함으로
써 세계의 타자, 혹은 주변부로서가 아니라 세계의 중심으로서 스스로를
구성하고자 하는 욕망이 개입되어 있다. '근원' 찾기란 '근원'을 통해서
서구와 맞서고 서구를 넘어서고자 하는 욕망의 결과인 것이다.

실제로 〈회색인〉에서는 독고준을 비롯하여 김학과 '닫힌 세대' 동인
들, 그리고 김학의 형인 김소위와 황선생 등 대부분의 인물들이 서구와의
비교 속에서 이 '근원'의 문제에 대한 사변적인 성찰을 보여주고 있다.
그렇다면 이들이 '근원'의 문제에 집착하는 이유는 무엇인가?

　　전위(前衛), 보수(保守)란 말은 우리들의 경우 이중의 뜻을 가지고 있어. 우
　리들에게도 전위란 여전히 서양적인 것일 수밖에 없지만, 정작 그 상대는 보
　수적 서양과 동양이라는 두 겹의 얼굴을 가지고 있다는 거야. 저들은 단단한
　벽돌 위에 얹힌 풍차와 싸우고 있으나 우리는 허공 중에 거꾸로 매달린 허깨

비와 싸우고 있어. (중략) 우리들은 패배한 종족이야. 상황은 뚜렷해. 우리들은 몇백 년 혹은 몇십 년씩 식민지민(植民地民)이었어. 동양은 백인들의 노예로서 세계사에 끌려 나왔어. 맞먹는 경기자로서가 아니야. 이 사실이 모든 것을 설명해. (15~16면)

이처럼 서양사의 주제(主題)는 기독교 그것이라고 할 수 있어. 우리는 이 주역들이 짜놓은 각본에 나중에야 끼어든 에피소드같은 존재에 지나지 않아. 적어도 그 주체성의 면에서 볼 때는 말이지. (172면)

첫 번째 인용문은 김학과의 대화 중에 나온 독고준의 말이다. '패배한 종족'이나 '식민지민'이라는 표현이 단적으로 보여주고 있듯이 독고준의 의식 속에는 식민지인으로서의 자의식이 깊이 각인되어 있다. '맞먹는 경기자'가 아닌 '노예'로 세계사에 끌려나온 한국, 나아가 동양은 서양의 타자로서만 의미를 지닐 수 있기 때문이다. 두 번째 인용문은 김학이 찾아갔을 때 황선생이 김학에게 했던 말이다. 황선생 역시 '에피소드같은 존재'라는 표현을 통해서 한국이 서구를 중심으로 하는 세계의 역사 속에서 주변적인 타자에 불과함을 강조하고 있다. '주체성의 면'이라는 표현은 이 점을 더욱 명확하게 해주는데, 이것은 중심으로 기능할 수 없는 타자적인 측면을 나타내고 있기 때문이다. 이와 같이 독고준과 황선생의 생각의 저변에는 서양에 대한 '타자로서의 자의식'이 자리잡고 있다. 이러한 자의식이 이들을 서구와 맞설 수 있는 '근원'에 대한 모색으로 나아가게 하고 있는 것이다.

독고준과 황선생이 서구를 지탱해주는 '근원'으로 전제하고 있는 것은 '기독교'이다. 물론 독고준은 명시적으로 '기독교'에 대한 언급을 하기보다는 '신화' 혹은 '그리스도교의 비유와 심벌이 가지는 미학적인 일반성' 등의 표현을 쓰고 있다. 그러면서 언어와 함께 그 뒤의 역사조차 받아들인 우리의 '착각'을 '불쌍한 정신적 강간'이라고 표현함으로써 기독교가 결코 우리 것이 될 수 없는 서구의 것일 뿐임을 강조하고 있다. 때문에 '그(그리스도)와 나 사이에 드라마는 없다'는 것이다. 황선생은 '서양 사회가 무너지지 않는 건 이 기독교 때문'이라고 말함으로써 서구의 역사, 자본주의의 역사에서 기독교가 가진 의미를 보다 근본적인 것으로서 자리매김한다. 황선생은 기독교를 서구를 서구이게끔 만드는 근원이자 동력으로 인식하고 있다.

> 그 사람들 사회에는 아직도 종교가 건재해 있어. 교회가 숨은 밑바닥에서 그들 사회를 떠받치고 있어. (중략) 자본주의의 악이다, 제국주의다, 기계 문명이다, 하면서도 서양 사회가 무너지지 않은 건 이 기독교 때문이야. 만일 서양 민주주의가 불란서 혁명 당시처럼 기독교를 멸시하는 합리주의로만 나갔다면 벌써 망했을 거야. 다행히도 기독교는 근대 국가 속에서 살아남았어. 서양의 정치는 거기서 유형무형의 도움을 받을 수 있었어. (167면)

그러나 황선생은 〈광장〉의 이명준이나 〈회색인〉의 독고준처럼 절망하지 않는다. 이명준과 독고준은 '거기에는 있고 여기에는 없다'라면서 우리의 근대가 지니고 있는 결여의 측면을 해결 불가능한 문제로 제시하고 있지만, 황선생은 아직 드러나지 않았을 뿐 '우리에게도 있다'라는 인식을 통해 한국의 근대가 지니고 있는 결여의 문제로부터 벗어나고 있다. 때문에 황선생은 '역사의 원우연'을 전제하면서 민족 자체에 대한 자굴감에 빠지는 일을 경계할 수 있는 것이다. 즉 서구가 역사를 지배하고 우리가 지배당하는 이러한 상황에 놓인 것이 우리 민족이 열등하거나 서구가 우수하다는 식의 어떤 특정한 원인에 의해서 규정된 결과라고 볼 수 없다는 것이다. 황선생의 입장에 의하면 그것은 '인과적 설명'으로 해명할 수 없는 공백, 즉 '역사의 원우연'에 의한 것이기 때문이다. 이것은 근대적인 패러다임 자체를 거부하는 태도처럼 보일 수 있는데, 말하자면 서양에 의해서 제출된 패러다임 자체를 거부함으로써 스스로를 타자에서 주체로 전환하려는 기획이다. 다음의 인용문은 황선생의 이와 같은 입장을 그대로 보여주고 있다.

> 동양 사람이 제 구실을 하는 길은, 이 서양사적 문제 제기를 물리치는 일이야. 이것이냐 저것이냐 하는 식의 내밀어진 출제 방식 그 자체를 거부하는 일이지. 우리들의 도식(圖式)도 출제 방법으로 내세우는 것, 이것이 전통의 문제야. 전통이란 옛 것이란 말이 아니고 예로부터 흘러와서 지금도 살아 있는 정신의 틀이라고 할 수 있겠지. 전통은 말에만 나타나는 것이 아니고 문화의 모든 면에 나타나. 그러나 역시 가장 분명한 것은 말로 나타내어진 것, 즉 사상일 거야. 그러나 그러한 표현이 모자란다고 해서 전통이 없다는 말은 되지 않아. 아까도 말한 것처럼 전통이란 정신의 틀이니까. 그것은 언어 아닌 다른 것도 얼마든지 매개로 삼을 수 있어. (175면)

> 불교밖에는 없지 않겠나? 이천년 동안 줄곧 내려온 커다란 줄기야. 비록 지금 보기에는 약해 보일지 모르지만. 그렇지 않아. 돌파구만 생기면 언제든지 뿜어나올 수 있는 우리들의 저력(底力)이다. (176면)

'서양사적 문제 제기를 물리치는 일', '출제 방식 그 자체를 거부하는 일'이 동양사람이 제 구실을 하는 길이라고 말하는 황선생의 이야기가 귀결되는 곳은 전통이다. 위의 인용문에서 나타나듯이, 황선생이 이러한 기획의 구체적인 방안으로 제시한 것은 불교이다. 서양을 떠받치고 있는 것이 '기독교'라고 파악하는 황선생은 불교 철학을 우리에게 있어서 서양의 기독교의 역할을 해줄 수 있는 근원이라고 보고 있다. 결국 황선생의 입장은 '불교'를 통해서 우리의 문화적 기원을 복원할 수만 있다면 우리도 서양과 나란히 설 수 있다는 환상을 바탕으로 하고 있는 것이다.

　근본적으로 환상(fantasy)은 우리 욕망의 좌표를 구성해주고 우리가 무엇인가를 욕망할 수 있도록 틀을 구성해준다. 그러나 환상은 욕망과 관련해서 역설적이고 직접적인 두 가지 역할을 수행한다. 욕망이 물질적 대상을 찾는 것을 가능하게 만드는 구성작용과 그 물질적 대상에 너무 근접하지 못하도록 막는 스크린의 역할이 그것이다.[25] 환상 자체의 이러한 성격은 〈회색인〉에서 나타나는 '근원'의 결여에 대한 인식과 근원에 대한 욕망과 연결된다. 그리고 '불교'라는 대상을 찾았음에도 불구하고 그 욕망이 실재를 얻을 수 없음과 대응된다. 그런 점에서 복원될 수 있는 '전통'이라는 환상의 매개가 되고 있는 '불교'는 이미 그 환상의 파열을 내재하고 있다고 할 수 있다.

　보다 구체적으로 살펴보자면 우선 그 파열은 욕망 자체의 본질과 관련된다. 욕망 자체가 결핍을 내재하고 있기 때문에 욕망의 대상을 찾고자 하는 끊임없는 시도는 모두 또 다른 대상을 찾아 나설 수밖에 없는 운명을 지니고 있다. 욕망은 그 대상에게는 없는 것, 그 대상에게 결여된 것을 욕망하고 있기 때문이다. 따라서 우리에게 내재된 근원을 복원하면 결핍이 메워지고 주체가 될 수 있을 것이라는 관념은 지속될 수 없으며, 파열할 수밖에 없다.[26] 결핍이란 욕망 자체에 내재하는데 '근원'만 있으면 서양과 동등해질 수 있다는, 즉 서양의 주변부로서가 아니라 '주인'으로서 기능할 수 있다는 환상은 실재를 만날 수가 없는 것이다.

　'불교'가 지닌 정신적, 문화적 가치의 복원 가능성 역시 문제가 될 수

25　Žižek, *op.cit.*, p.121.

26　〈광장〉에서는 '자아와 세계가 일치'된 광장에 대한 욕망 속에서 이명준이 남과 북, 그리고 타고르호라는 세계를 지나 결국 '푸른 광장'으로 지칭된 바다 속으로 뛰어든다. 이것은 바로 결핍을 본질로 하는 욕망은 끊임없는 대상 찾기와 그것의 실패라는 반복으로부터 벗어날 수 없음을 극명하게 보여준다. 보다 구체적은 내용은 졸고, 앞의 글 참조.

있다. 진정한 문화적 기억, 혹은 정체성의 토대가 될 수 있는 문화적 근원은 끊임없이 현재 속에서 복원되고 새롭게 구성될 수 있는 것이어야 한다. 그러나 '불교'는 이미 현재와의 교감을 상실한 상태로서 제시되고 있다. '불교'가 1960년대 당시에 '근원'으로 기능할 수 있기 위해서는 그것이 현대의 자본주의 혹은 민주주의와 관련될 수 있는 매개가 필요한 것이다. '기독교'가 서양의 문화적 기억으로서 자본주의를 떠받치고 있다면 그것은 자본주의가 지닌 기독교 금욕주의와의 관련성이 전제되어 있다는 점에서이다. 그러나 황선생의 이야기 속에서는 그런 매개를 찾아볼 수 없다. '돌파구만 있으면 언제든지 뿜어나올 수 있는 우리들의 저력'이라고 표현되고는 있지만, 기억 속에서 새로운 자양분을 얻지 않는 한, '불교'로 대표되고 있는 '전통'이란 진정한 실체를 찾기 힘들다. 지속되는 문화적 기억이란 끊임없는 현재화를 필요로 하는 것이다. 이미 불교가 '현재화'의 그물을 벗어나 과거로 경화되고 있다면 그를 통한 전통 혹은 근원의 복원이란 이루어질 수 없는 것이다.

그러나 무엇보다도 중요한 것은 황선생의 이러한 기획이 본질적으로 민족주의를 그 이념적 기반으로 하고 있다는 점이다.[27] 민족주의는 제국주의에 의한 지리 공간의 계통적인 서열화와 차이화를 통해 만들어진 생활공간에 대항하며 자신의 '본래적인 것'을 발견하고 창조하려고 애쓴다. 그것은 역사적으로 현재를 뒤집어 보는 방식에 의해 '박탈된 현재'로부터 도출되는 자연, 즉 '전통의 창조'이다. 그래서 탈식민지화의 과정에서 모국어 살리기 운동이나 종교적 부흥주의 그리고 새로운 민족적

146

---

27 조보라미의 연구에서도 〈회색인〉에 등장하는 정치적 평문들이 민족주의 사상을 중심으로 하고 있음과 그것이 동양중심주의 내지 한국 중심주의적인 성격을 지니고 있음이 지적된 바 있다.(조보라미, 「최인훈 소설의 환상성 연구」, 서울대 석사논문, 1999, 35면.) 그러나 이를 민족주의의 문제와 관련해서 구체적으로 분석하지는 않고 있다.

서사의 발굴 등이 집요하게 반복되는 것이다. 그러나 오리엔탈리즘과 마찬가지로 거기에는 '전체화의 담론'이 작용하고 있다.[28] 김학의 형 김소위가 요코하마를 폭격하고 싶어했던 군인의 이야기와 함께 김학에게 말했던 다음의 인용문에서 제국주의라는 기획에 대항하는 민족주의가 다시 '전체화의 담론'이라는 함정으로 빠질 수밖에 없는 이유를 발견할 수 있다.

> 우리 세대에는 내셔널리즘이란 일본에 대한 반항이라는 부정적 뉘앙스밖에는 없고 긍정적인 면은 없어. 왜냐하면 국가가 없었기 때문이야. 반항할 상대는 있어도 사랑할 대상은 없었다는 것. 이것이 서양 내셔널리즘과 우리들의 것과의 틀린 점이지. 서양 사람들에게는 짓밟을 식민지는 없어. 그래서 우리는 조국(祖國) 속에 갇혀 있어. 그 조국이 둘로 갈라져서 서로의 목줄기를 물고 있다면 이 이상 나쁜 상황이란 좀체로 찾기 힘들 거야. 이 현실이 비롯한 바를 캐본다면 거기는 두말할 것 없이 일본 제국주의의 피묻은 얼굴이 있거든. (126면)

이와 관련해서 독고준이나 황선생의 인식 속에서 우리의 역사에 대한 사고가 서구의 역사 전개와 동일한 방식으로 이루어지고 있다는 점도 간과될 수 없는 부분이다. 그들의 사고에는 서구의 시선이 깊숙하게 개입되어 있는 것이다. 황선생은 결국 '불교'와 '민족'이라는 특수성 혹은 전통으로 나아가지만, 그것은 '기독교'라는 서구의 정신적 전통에 대해서 대타적인 의미만을 지닐 뿐이다. 그런 점에서 서구의 근원에 맞서는 우리의 것 찾기에 해당하는 이러한 방식은 '출제 방식' 자체를 거부해야 한다는 황선생의 주장 그 자체와도 모순된다. 결국은 '주인되기' 혹은 '중심되

---

28 강상중, 이경덕·임성모 역, 『오리엔탈리즘을 넘어서』, 이산, 1997, 193면.

기' 의 문제인데, 그러한 방식으로는 '중심과 주변부' 라는 구도 자체에서
벗어날 수가 없는 것이다. 이런 구도에 머무는 한, 제국주의와 식민지주
의라는 '이야기' 도, 민족주의라는 '대항 이야기' 도 모두 문화적 헤게모
니의 확대에 불과하게 된다. '단지 민족의 역사만을 말하는 것인 제국주
의의 새로운 형태를 반복 확대하고 창출하는 것' 이 될 수밖에 없기 때문
이다.[29]

5. 결론

소설에서 나타나는 주체의 기억은 내밀하고 개인적인 것일 수도 있고
역사적이고 사회적인 것일 수도 있다. 또한 내밀하고 개인적이면서도 역
사적이고 사회적인 것일 수도 있다. 또한 주체 자체가 이미 타자의 존재
를 내재하고 있는 것이기 때문에, 주체의 성격은 좁게는 타자, 더 크게는
상징계라고 지칭되는 사회 질서와의 관계 속에서 결정된다. 때문에 주체
의 문제도 기억의 문제도 공동체적인 그물망과 분리되어 사고될 수 없을
것이다.

그런 점에서 〈회색인〉에 나타나는 주체와 기억의 문제는 단지 독고준
이라는 개인의 문제에 머물지 않는다. 그것은 남북한 체제와 한국 전쟁,
그리고 분단 등의 한국 사회의 역사와 얽혀 있고 포개져 있다. 독고준은
상상계로 퇴행하여 상상계에 고착된 나르시즘적이고 히스테리적인 주체
의 모습을 보이고 있다. 그러나 이러한 독고준의 모습은 '절대로 애국자
가 되어서는 안되는', 부패한 당대의 상황과 결부시키지 않고서는 이해
될 수 없다. 독고준은 상상계적 질서에 편입되는 것을 거부하고 책의 세

---

29 위의 책, 197면.

계라는 상상계적 세계로 망명함으로써 현실에 대한 공모를 피하고 있는 것이다. 한편 독고준이 W시에서 체험한 트라우마적 기억은 국민의 대부분이 절대 기아와 공습의 공포에 허덕이면서 매일 죽음과 대면해야 했던 한국 전쟁이라는 상황과 결부시키지 않고서는 이해될 수 없다. 그런 점에서 〈회색인〉은 분명 내밀하고 개인적이면서도 역사적이고 사회적인 소설이다.

그러나 보다 중요한 것은 '회색인' 자체가 지니는 문제성일 것이다. 이들은 '깊은 권태와 회의의 의자'에 파묻혀서 '제 그림자를 쫓고 제 목소리가 되돌아온 메아리를 되씹는 수인(囚人)의 언어 속'에 살고 있다. 〈그레이구락부 전말기〉로부터 〈소설가 구보씨의 일일〉에 이르기까지 최인훈 소설의 '회색인'적인 인물들은 '관조'와 '방관'의 태도를 견지함으로써 오히려 손을 내밀면 타락과 공모할 수밖에 없는 현실 자체의 무능함과 사기성을 폭로한다. 이들의 관념적인 사유와 회의는 아이러니컬하게도 '마음은 높고 현실은 낮다'는 것을 더욱 명확하게 보여주기 때문이다. 이러한 '회색인'이라는 존재 자체의 역설이 최인훈의 소설을, 혹은 최인훈이라는 작가를 의미있게 만든 것이리라.

최인훈 소설에 등장하는 회의하는 인물들을 사로잡고 있는 것은 한국의 근대가 지니고 있는 '식민지성' 혹은 '주변성'이라는 문제이다. 그러나 이러한 '식민지성'이나 '주변성'을 극복할 수 있는 방법적인 대안이 '전통'이나 '근원'을 내세우는 민족주의뿐이라는 데 이들의 딜레마가 있다. '파리도 서라벌도 우리에겐 이방'이라고 하면서도 김구의 민족주의에 대한 동감을 드러내는 독고준의 모습은 바로 이러한 딜레마를 잘 보여준다. 문제는 대항적인 성격을 갖는 민족주의 자체가 전체화 담론의 위험성을 내재하고 있다는 점에 있다. '전체화'란 독고준과 같은 인물들이 가장 경계하는 것이 아닌가? 〈서유기〉에서 민족주의적인 인물들의 요청을 거절하면서 괴로워하는 독고준의 모습은 민족주의를 둘러싼 독고준의 딜레마를 여실히 보여준다. 민족주의인가 아닌가? 아니라면 무엇인가? 최인훈의 질문은 여기서 멈추어져 있다. 그리고 지금 우리의 질문은 여기에서 시작되어야 할 것이다. 지금도 여전히 우리를 사로잡고 있는 '근대'와 '식민지'라는 문제를 풀기 위하여.

탈식민적 기억하기와 차이의 시각 – 〈서유기〉

1. 서론

1990년대 중반, 영미문학 분야에서 수입되기 시작한 탈식민주의론은 현재까지 한국문학을 연구하는 주요한 연구 방법론이 되고 있다. 실제로 탈식민주의적 관점의 한국 문학 연구는 식민지 시대 문학 연구로부터 시작되어[1] 식민지 이후 시대의 문학으로 확장되어 왔다. 그러나 탈식민주의가 무엇인가를 논의하는 것은 그리 간단하지 않은 일이다. 이는

---

[1] 식민지 시대 문학에 대한 탈식민주의의 관점에서 이루어진 연구로 나병철의 『근대서사와 탈식민주의』(문예출판사, 2001)를 들 수 있으며 이외에도 최근에 나온 연구로는 김병구의 「염상섭 소설의 탈식민성 – 〈만세전〉과 〈삼대〉를 중심으로」(『현대소설연구』 18호, 한국현대소설학회, 2003), 서재길의 「〈만세전〉의 탈식민주의적 읽기를 위한 시론」(사에구사 도시카스 외, 『한국 근대문학과 일본』, 소명 출판, 2003), 임병권의 「탈식민주의와 모더니즘 – 이상을 통해 본 1930년대 모더니즘문학에 나타난 주체의식」(『민족문학사연구』 23권, 민족문학사학회, 2003) 등 다수가 있다.

탈식민주의 자체가 혼종성(hybridity)의 이론이라고 할 만큼 탈식민주의를 둘러싸고 다양한 이론적 기반을 가진 많은 논의들이 각축을 벌이고 있기 때문이다. 이런 상황에서 포스트 콜로니얼리즘(post-colonialism)이라는 이름 자체에서 탈식민주의의 핵심을 발견할 수 있다. 그것은 '포스트'가 지니고 있는 두 가지 의미에서 나타난다. 우선 시간 개념으로서의 '포스트'는 '이후'의 의미를 지니고 있다. 그런 점에서 볼 때 탈식민주의는 식민 이후의 식민주의를 문제 삼는 시각이라고 할 수 있다. 이러한 관점은 식민주의는 그것이 직접적으로 작동하는 시기뿐 아니라 그 이후에도 작동한다는 것을 전제로 한다. 식민주의는 식민제국에 의해서 이루어지는 식민지적 체험의 문제가 아니라 사회적, 심리적으로 구조화되어 각인됨으로써 식민 이후에도 작동하는 기제이기 때문이다. 이미 언제나 모든 곳에 있기 때문에 어떠한 '외부'도 갖고 있지 않은 권력처럼 식민주의 역시 언제나 모든 곳에 스며들어 있기 때문이다.

또한 '포스트'는 '탈'의 의미를 지니는 바, 포스트 콜로니얼리즘은 식민주의에서 벗어나 식민주의를 극복하기 위한 모색으로서의 의미를 지닌다. 그런 의미에서 탈식민주의가 식민주의에 대한 저항적 의미를 지니고 있다고 할 수 있는데, 탈식민주의가 탈근대의 문제의식을 내포하고 있는 것은 이 점과 관련된다. 식민주의의 극복이란 이미 제국주의적 기획이 된 근대성[2]에 대한 극복을 전제로 하지 않고서는 불가능한 것이기 때문이다. 낸디의 말대로 식민주의가 몸만이 아니라 마음도 식민화하는 것이고 식민주의가 지리적으로 시간적인 실체에서부터 심리적 범주에 이르기까

한국문학의 탈식민과 디아스포라

---

2 이는 하버마스의 견해로서 근대성의 등장이 유럽 중심주의의 등장 및 유럽에 의한 세계 정복과 긴밀히 관련되어 있음을 시사한다. (박주식, 고부응 편, 「제국의 지도 그리기」, 『탈식민주의 이론과 쟁점』, 문학과지성사, 2003, 262면 참조.)

지 근대 서구의 개념을 보편화시키는 데 기여해 왔다면[3] 식민주의에 대한 극복과 저항은 보편화된 근대 이데올로기에 대한 극복과 저항일 수밖에 없는 것이다.

근대성과 식민성에 대한 이러한 탈식민주의론의 논의들은 분명 한국 문학 연구에 유효한 방법론을 제공할 수 있을 것이다. 그러나 이와 관련해서 우리가 경계해야 할 점 역시 존재한다. 우선 탈식민주의적 연구가 식민주의의 패러다임을 반복할 위험성을 가지고 있다는 것이다. 탈식민주의적인 연구가 제국과 식민지, 서구와 제3세계, 나아가 주체와 타자 등의 이항대립적인 사고 속에서 이루어질 때 탈식민주의는 전도된 식민주의로 귀결될 위험성을 지니고 있다. 더불어 탈식민주의적인 연구가 서구에 대한 이론적 식민성으로 빠지게 될 위험성을 안고 있다는 점 역시 고려되어야 한다. 탈식민주의적인 관점의 연구가 보다 의미 있는 연구가 되기 위해서는 탈식민주의적인 '이론'이 아니라 우리의 역사적 '상황'을 중심에 두는 태도가 필요한 것이다. 이를 위해서 우리 역사가 가지고 있는 특수성, 즉 서구가 아닌 일본 제국에 의해서 이루어진 식민지 지배와 그 이후에 벌어진 전쟁과 분단이라는 역사적 상황의 바탕 위에서 탈식민주의적 시각을 정립할 필요가 있다.

이러한 관점에서 볼 때 주목되는 작가 중의 하나가 최인훈이다. '근대성'과 '식민성' 자체가 최인훈 소설의 화두라고 할 수 있을 만큼 최인훈 소설들은 한국의 근대가 가지고 있는 주변성과 특수성에 대한 치열한 고민을 보여주고 있다. 식민지 시대의 작가를 제외할 때 최인훈이 탈식민주의와 관련해서 가장 활발하게 연구되고 있는 작가 중의 하나인 것은 이러

---

3 L. Gandhi, 이영욱 역, 『포스트식민주의란 무엇인가』, 현실문화연구, 2000, 30면.

한 이유 때문일 것이다.[4] 최인훈의 소설 가운데서도 〈서유기〉는 근대에 대한 문제와 식민지 체험에서 기인한 식민지성이라는 문제를 결합시키고 이를 통해서 한국 근대의 본질을 탐구하고 있다는 점에서 문제적이다.

〈서유기〉에서 식민지성이라는 문제에 대한 탐구는 '탈식민적 기억하기(postcolonial remembering)'를 통해서 이루어지고 있다. 식민지에서 해방된 직후 독립국가들은 흔히 식민지적 기억을 망각하려는 의지를 가지고 있고 이러한 의지는 탈식민지적 기억 상실(amnesia)이라는 징후로서 나타난다.[5] 이는 역사를 스스로 창안하려는 충동이자 새롭게 출발하기 위해서 고통스러운 식민 기억을 지워버리려는 욕구의 결과이다. 탈식민주의는 식민 장면으로 되돌아가 식민 지배자와 식민지인 사이에 존재하는 상호 적대와 욕망 등을 그려내는 것인 바, 여기에는 항상 기억하기의 문제가 내재되어 있다.[6] '회상을 통한 회복'이라는 이러한 탈식민주의의 기획은 〈서유기〉에서 나타나는 '기억하기'와 맥락을 같이 한다. 즉 외형적으로 W시를 향한 관념적인 환상 여행으로 나타나는 〈서유기〉는 여행의 과정에서 만나게 되는 여러 인물들을 통하여 탈식민적 기억하기를 시도함으로써 한국의 식민지 체험이 남긴 의미가 무엇인가를 밝히고 있다.

본고는 〈서유기〉에 나타난, 이러한 '탈식민적 기억하기'를 중심으로

---

4 최근에 이루어진, 최인훈에 대한 탈식민주의적 관점의 연구로 다음과 같은 연구가 있다.
　김주언, 「우리 소설에서의 비극의 변용과 생성 – 최인훈의 〈회색인〉, 〈서유기〉를 중심으로」, 『비교문학』 28권, 한국비교문학회, 2002.
　김정화, 「최인훈 소설의 탈식민주의적 연구」, 서울대 석사학위논문, 2002.
　조보라미, 「최인훈 소설의 탈식민주의적 고찰」, 『관악어문연구』 25권, 서울대 국어국문학과, 2000.
　하정일, 「탈식민 서사와 식민적 무의식」, 『작가연구』, 깊은샘, 2002. 하반기.
5 L. Gandhi, 16면.
6 위의 책, 23~24면 참조.

이 작품을 탈식민주의적 관점에서 고찰하고자 한다. 그런데 이러한 기억하기의 문제는 W시를 향하여 가고 있는 독고준의 개인적인 기억하기의 문제와 긴밀히 연관되어 있다. 즉 〈서유기〉에서 '탈식민주의적 기억하기'는 W시를 향해서 가고 있는 관념적 여행의 여로 속에서 이루어지고 있다. 한국사와 관련된 역사적 기억하기는 독고준 개인의 실존적 기억하기의 형식 속에서 이루어지고 있는 것이다. 이 두 가지 기억하기는 모두 '정체성의 근원'에 대한 질문을 내재하고 있다는 점에서 동일하다. 즉 W시에 대한 기억이 독고준의 개인적 정체성의 근원과 관련되어 있다면 역사적인 기억은 한국 민족의 민족성의 근원과 관련되어 있는 것이다. 〈서유기〉에는 이러한 두 가지 방향의 기억하기가 조각이불처럼 연결되어 있다. 이 두 가지 기억하기는 서로 겹쳐지고 누벼져서 펼쳐지는데, 그를 통해서 근대성과 식민성에 대한 인식이 직조되어 나타난다. 때문에 〈서유기〉에서 한 방향의 기억하기만을 분리시켜서 논의한다는 것은 가능하지 않다. 본고는 먼저 소설의 외형에 해당하는 독고준의 개인적인 기억하기의 문제를 고찰하고 다음으로 한국사와 관련된 기억하기의 문제를 고찰하고자 한다. 그리고 이러한 고찰을 바탕으로 하여 〈서유기〉에 나타난 탈식민적 의식의 편린들을 제시함으로써 〈서유기〉가 지닌 탈식민주의적 의미를 밝히고자 한다.

2. 실존적 기억하기와 정체성의 탐구

〈서유기〉는 〈회색인〉의 마지막 부분과 연결되어 시작되는데, 이유정의 방을 나와서 계단을 올라가 독고준의 방에 이르는 시간 동안에 이루어진 관념적인 환상 여행의 기록으로 이루어져 있다. 때문에 소설 전체는 독고준의 환상(illusion)으로 이루어져 있으며 소설에서 현실적인 시공간은 소설의 앞과 뒤의 일부분뿐이다. 그런 의미에서 이 소설은 현실의 액자 속에 끼워진 환상이라고 할 수 있을 것이다. 그러나 소설에서 현실이라고 말할 수 있는 부분 역시 엄밀한 의미에서는 이 소설의 액자로 볼 수 없다. 서두에서 이른바 '고고학입문시리즈' 가운데 한 편으로 소개되고 있는 이 소설은 '최근에 발굴된 고대인의 두개골 화석의 대뇌 피질부에 대한 의미론적 해독'으로 소개되고 있기 때문이다. 서두에서 밝힌 소설의 이러한 의미는 소설 전체를 고찰하는 데 매우 유의미한 전제가 된다. 고고학이 파편화된 흔적과 유적을 바탕으로 하여 존재의 기원을 탐구하고 역사를 재구성하는 학문이라고 할 때, 〈서유기〉에서의 관념적 환상 여행 역시 역사 속에 흩어져 있는 기억들을 재구성함으로써 일종의 정체성을 재구성하기 위한 것으로 볼 수 있는 것이다.

그런 관점에서 볼 때 여행의 목적 자체가 '기억하기'라고 할 수 있는데, 기억하기는 두 가지 방향을 향해 나아간다. 그 하나가 W시 반공호에서의 사건, 즉 그 여름의 기억을 찾아가는, 실존적이고 개인적인 차원의 기억하기라면 다른 하나는 한국의 역사에 존재했던 인물들을 만나게 되는, 사회적이고 역사적인 차원의 기억하기이다. 개인적인 차원의 기억하기가 이 관념적인 여행의 목적으로 제시되고 있는 반면, 역사적인 기억하기는 이 여행의 여정에서 나타나는, 인물들과의 만남을 통해서 이루어진다.

그런데 독고준은 여행이 시작되고서도 여행의 목적을 알지 못한다. 우연히 빛바랜 신문의 광고란을 보고서야 독고준은 비로소 이 여행의 목적을 알게 된다. 그 신문에는 '그 여름날에 우리가 더불어 받았던 계시를 이야기하면서 우리 자신을 찾기 위하여' 그 사람을 찾는다는 문구와 독고준의 사진이 실려 있다. '그 여름날'의 '계시'는 독고준에게 있어서 절대적인 운명이자 사랑이다. 신문을 발견하고 난 이후에 서술된 다음 인용문은 '그 여름날'의 '계시'가 지닌 의미가 무엇인가를 드러내고 있다. 또한 신문의 내용은 독고준이 W시에 도착하여 하늘 가득히 떨어져오는 종이 조각에서 한 번 더 제시되고 있다. 이러한 반복을 통하여 이 부분의 중요성이 강조된다.

> 운명을 만나지 않은 인간은 인간이 아니다. 그는 물건일 뿐이다. 그의 윤리는 물건들의 저 인색한 법칙만을 따른다. 운명을 만나본 사람은 그렇지 않다. 그는 절망 속에서 희망을 본다. 없는 속에서 푸짐함을 본다. 그의 생애는 이제 저 바닷가 모래펄 속에 파묻혀도 그의 눈에는 대뜸 알아볼 수 있다. 그의 생애가 비록 모래 한 알처럼 미미한 것이라 하더라도. 나의 운명을 만난 날, 폭음의 여름, 저 강철의 새들이 잔인한 계절의 장막을 열고 도시의 하늘에 날아온 그 날을. 오, 나는 얼마나 사랑하는가, 나의 생애의 자북(磁北)을 알리던 그 바늘의 와들거림을 나는 생각한다.[7]

이 부분은 그 여름의 기억이 독고준에게 얼마나 큰 의미를 차지하는가를 보여준다. '운명', 생애의 '자북'으로 지칭되는 그 여름의 기억은 '절망 속에서 희망을', '없는 속에서 푸짐함'을 보게 해준다. 그 '운명'이 독고준의 현재의 삶을 비추고 미래의 방향을 열어준다. 이것은 그 여름의 기억 속에 그 여름의 경험 '이상의 것'이 존재하고 있음을 말해준다. 현재를 비추고 그 여름을 다시 욕망하게 하는 '운명', 거기서 우리는 일종의 판타지[8]를 발견하게 된다. 근본적으로 판타지는 우리 욕망의 좌표를 구성

---

7 최인훈, 〈서유기〉, 문학과지성사, 1996, 16~17면. 앞으로 인용문은 페이지만 표기하기로 한다.

8 판타지에 대해서는 다양한 견해가 존재하지만 본고는 판타지가 욕망을 구성하고 그 판타지 너머에 있는 타자의 욕망의 심연을 숨기는 스크린의 역할을 한다는 지젝의 견해를 따른다.(S. Žižek, 이수련 역, 『이데올로기라는 숭고한 대상』, 인간사랑, 2002, 206면.) 이러한 관점을 취할 때 〈서유기〉에서 나타나는 W시는 독고준에게 있어서 판타지로 기능한다고 할 수 있다.

해주고 우리가 무엇인가를 욕망할 수 있도록 틀을 구성해준다. 그러나 판타지는 욕망과 관련해서 역설적이고 직접적인 두 가지 역할을 수행한다. 욕망의 물질적 대상을 찾는 것을 가능하게 만드는 구성작용과 그 물질적 대상에 너무 근접하지 못하도록 막는 스크린의 역할이 그것이다.[9]

독고준이 말하는 '운명'이 실재하는 대상을 얻을 수 없는 것은 판타지가 지니고 있는 이러한 성격과 관련된다. W시에 도착하여 그 여름의 계시를 함께 했던 '우리'를 만나기 위한 여행은 그 목적을 이루지 못한다. '인제야 그 여름에 도착했구나 하고 그는 생각하였'지만 그 소리는 문 저편에서 들려오고 있었고 그가 그 문을 열었을 때 그는 거기서 그 여름을 보는 것이 아니라 자기 침대를 보게 된다. 그 문은 그 여름을 향한 문이 아니라 독고준의 방문이었던 것이다. 욕망의 대상은 도달했다고 생각하는 순간 사라져버린다. 욕망은 영원히 그 대상을 얻을 수 없다. 이것이 판타지에 의해서 구성되는 욕망이 지속될 수 있는 조건이다. 그런 의미에서 그 여름의 기억은 독고준이 가는 곳 어디에나 존재할 수 있지만 동시에 어디에도 없다.

그렇다면 독고준이 W시에 도착해서 만나는 것은 무엇인가? W시에서 그를 기다리고 있는 것은 그 여름 폭격 하의 반공호에서 만났던 여인에 대한 기억이 아니라 독고준의 중학교 교실에서 이루어졌던 자아비판의 기억이다. 이순신을 재판장으로, 검차원을 검사로, 역장을 변호사로 하여 이루어졌다가 휴정된 재판은 W시에 도착해서 다시 이루어지는데, 그제서야 독고준은 재판이 이루어지고 있는 장소가 '옛날의 그 교실'임을 알아차린다. 여행의 과정에서 전혀 기억되지 않았던 기억, 그러나 독고준

---

9 예를 들어 판타지는 우리로 하여금 어머니의 대체물을 찾도록 만들지만, 동시에 모성적인 존재와 너무 근접하지 않도록 보호해주는, 다시 말해 그것과 거리를 취할 수 있도록 해주는 스크린으로서 기능한다.(위의 책, 209면.)

의 심연에 자리잡고 있는 가장 외상적인 기억으로서의 자아비판에 대한 기억이 독고준의 긴 환상 여행의 종착점에서 독고준을 기다리고 있었던 것이다.

> 속개된 법정. 자리는 전대로, 보통 있는 법정과 다른 것은 법관들이 아래에 가 앉아 있고 독고준이 교탁(敎卓)―아, 하고 독고준은 흑판을 바라보면서 놀랐다. 거기에 흑판이 걸려 있고 그러고 보면 이 방안은 옛날의 그렇군, 여태 그것을 모르고 있었다니, 이런 일이 ―이 방은 옛날의 그 교실이다. 자세히 본즉 검차원은 소년단 지도원 선생이었다. 분명하다. 그리고 다른 사람들은 모두 그의 친구들인 소년단 간부들이었다. 그들은 어른인데 소년들이기도 한 것은 얼굴들이 네온 광고처럼 어른이 됐다 소년이 됐다 껌벅껌벅 엇바뀌는 것이었다. 아아 내 교실이구나. 그는 탈옥했던 죄수가 다시 자기 감방에 붙잡혀 왔을 때의 헝클어진 느낌을 가졌다. (275면)

독고준은 '이 방이 옛날의 그 교실'임을 알아차리고 나서 '탈옥했던 죄수가 다시 자기 감방에 붙잡혀 왔을 때의 헝클어진 느낌'을 가진다. 그것은 '이 방'이 바로 외상적 기억의 장소(site of trauma)이기 때문이다. 이 점은 매우 의미심장한데 그 여름의 기억이라는 '운명' 속에 가려져 있는, 이 여행의 진정한 의미는 독고준에게 있어서 정신적 외상(truma)[10]으로 자리 잡은 자아비판을 기억하여 그를 다시 경험하는 것에 있다고 할 수 있기 때문이다. 그런 의미에서 W시를 찾아가는 〈서유기〉의 관념적 여행

---

10 본래 외상(trauma)이란 외과적인 상처에 대한 용어이지만 그것의 심리학적인 의미는 예기치 않은 갑작스런 충격으로 인한 마음(mind)의 상처를 의미한다.(R. Rey, *Trauma ; a Genealogy*, The University of Chicago Press, 2000, p.4.) 이러한 외상이 신경증으로 나타나는 경우를 '외상적 신경증'이라고 하는데 보통 심각한 기계적 충격, 철도 사고, 그리고 생명이 위협받을 수 있는 기타 사고를 겪은 후에 발생한다. 외상적 신경증 환자는 보통 그의 외상에 고착되어서 외상적 경험이 끊임없이, 꿈속에서까지 그를 옥죄게 된다.(S. Freud, 박찬부 역, 『쾌락원칙을 넘어서』, 열린책들, 1997, 16~27면 참조.)

을 추동한 원리는 W시에서 겪었던 정신적 외상에 대한 기억을 반복하고자 하는 반복 강박(repitition compulsion)[11]의 원리라고 할 수 있다. 원래 반복, 즉 동일한 어떤 것을 다시 경험하는 것은 그 자체로 쾌락의 한 요소이다. 그러나 어떤 외상적 경험을 꿈이나 행위를 통하여 반복하는 것은 쾌락의 원칙과는 다른 것이다. 외상적 경험에 대한 반복은 일종의 강박적 성격을 가진다고 할 수 있으며 독고준이 재판의 형식을 통해서 자아비판의 기억을 반복하는 것은 반복 강박에 의한 것으로 볼 수 있다.[12]

〈서유기〉에서 독고준이 경험하는 자아비판의 반복 체험은 독고준의 정체성과 관련하여 중요한 의미를 지닌다. 이러한 반복 체험을 통해서 독고준은 비로소 자기 자신이 누구인가를 깨닫게 되는 바, 현재의 자신과 과거의 자신 간의 동일성을 회복하게 되기 때문이다. 독고준은 자신의 정체성의 기원을 W시에서 이루어지는 자아비판 체험을 반복함으로써 깨닫게 된다. 독고준이 자신을 부르는 이름에 응답하고 스스로가 누구인지를 깨닫게 되는 것은 오직 W시에서 뿐이다. 그는 옛날의 그 교실에서 이루어진 자아비판과 유사한 재판의 과정 속에서 비로소 자기 자신이 누구인가를 알게 된다. 그런 점에서 볼 때. 〈서유기〉에서 자아비판이라는 외상적 기억의 반복은 단지 외상적 경험에 대한 소급 지배라는 의미보다는 독고준이 정체성을 찾는 계기라는 의미를 지니는 것으로 보는 것이 타당할 것이다. 자아비판이라는 외상적 경험의 반복이 가지는 의미는 자아비판의 기억이야말로 독고준의 정체성의 기원이며 그 기억을 통해서 독고준이 주체로서 구성되고 있다는 점에 있는 것이다.

실제로 W시에 도착하기 전까지 독고준은 과거에 대한 기억을 전혀 가

---

11 조보라미의 연구에서도 이를 반복강박의 원리로 설명한 바 있다.(조보라미, 앞의 글, 2000, 49면.)
12 S. Freud, 앞의 책, 44~50면.

지고 있지 않다. 또한 자기 자신이 누구인가조차 확실히 알지 못한다. 독
고준이 알고 있는 것은 오직 W시의 여름을 향해서 가야 한다는 것뿐이
다. 때문에 독고준의 정체성은 텅 비어있는 것으로 나타나고 타자의 명명
에 의해서 정체성을 강요받는다. 처음에는 '환자' 혹은 '정치범'으로서,
이후 지하 감방에서는 300여 년간 일본 헌병으로부터 고문을 받고 있는
논개를 구하러 온 '그 사람'으로서, 또한 석왕 사역에서는 역장이 기다리
고 있던 '그 사람'으로서, 또는 기차에서는 사학자를 감찰하러 온 '감찰
관'으로서, W시에 도착해서는 북한에 침투한 남한 간첩으로서, '정신사
병' 환자로서 명명되는 것이다. 독고준에게 정체성을 강요하는 이러한
명명은 일종의 호명(interpellatiton)이라고 할 수 있다. 이 명명은 단순한 명
명이 아니라 일종의 사회적 위임에 해당하는데, 이 사회적 위임은 특정한
이데올로기를 기반으로 이루어지고 있다. 예를 들어 논개의 '그 사람'으
로 명명되는 경우에는 일종의 '애국적 민족주의', 그리고 '북한에 침투한
남한 간첩'으로 명명될 때에는 북한 당국의 이데올로기가 작용하고 있
다. 그러나 그 때마다 독고준은 오직 W시의 여름만을 생각하며 끝내 응
답을 거부한다.

　호명이란 본래 어떤 이데올로기가 주체의 행위와 실천을 이끌어내는
기제로서 이데올로기는 호명을 통하여 구체적인 개인들을 주체로서 '구
성'하게 되고, 개인은 이데올로기의 호명에 응답함으로써 주체로서 구성
되게 된다. 이 때 호명에의 응답이란 호명한 이데올로기에 대한 종속화
(subjection)를 의미한다.[13] 때문에 독고준이 응답을 거부하는 것은 독고준
을 호명하는 이데올로기들에 대한 종속화를 거부하는 것이라고 할 수 있

---

13 L. C. Althusser, 김동수 역, 「이데올로기와 이데올로기적 국가장치」, 『아미에에서의 주장』,
　솔, 1991, 115~121면 참조.

다. 이는 개인적으로는 자기 자신의 정체성을 끊임없이 유보하는 행위로
서 스스로가 동일화할 이데올로기를 갖지 못하고 있음을 나타내는 것이
며, 역사적으로는 독고준을 호명하는 이데올로기들에 대한 회의와 비판
을 나타내는 것이다. 〈서유기〉는 독고준을 호명하는 이데올로기들이 더
이상 현실에서 의미를 가질 수 없음을 암시하면서 그에 대한 비판과 저항
의 태도를 드러내고 있다.

3. 역사적 기억하기와 민족성의 문제

〈서유기〉에서 독고준의 외상적 체험의 반복과 정체성에 관련된 문제는
식민지 체험이라는 역사적 외상의 탐색이라는 문제와 함께 나타나고 있
다. 식민지에서 해방된 직후 독립 국가들은 역사를 스스로 창안하려는 충
동과 새롭게 출발하기 위해서 고통스러운 식민 기억을 지워버리려는 욕
망을 가진다.[14] 탈식민주의는 식민 장면으로 되돌아가 식민 지배자와 식
민지인 사이에 존재하는 상호 적대와 욕망 등을 적시하는 것이기 때문에
여기에는 항상 기억하기의 문제가 내재되어 있다. 바바에 의하면 그러한
기억하기는 "결코 자기 반성이나 회고와 같은 정태적 행위가 아니라 현
재의 외상을 이해하기 위해 조각난 과거를 짜맞추어 보는 것, 고통스러
운 다시 떠올림"이다. 기억하기의 치유법적 작용에 대한 바바의 설명은
기억이 의식적 존재의 감추어져 있는 구성적 기반이라는 공리에 근거해
있다.[15] '회상을 통한 회복' 이라는 이러한 기획은 〈서유기〉에서도 식민
지 체험의 근원을 탐구해나가는 여정을 통해서 확인된다. 즉 식민지 체

---

14 L. Gandhi, 앞의 책, 16면.
15 위의 책, 23면.

험과 관련된 기억을 탐색해가는 〈서유기〉의 과정 자체가 이러한 탈식민
적 '기억하기'의 문제와 관련을 지니고 있는 것이다.

그러나 〈서유기〉에서 나타나는 기억하기의 양상이 '탈식민적인 기획'
으로서의 '기억하기'와 그대로 일치하는 것은 아니다. 탈식민적인 기획
으로서의 '기억하기'는 식민 장면으로 돌아가 식민화의 압도적이고 지
속적인 폭력을 드러내고 적대적인 과거를 보다 친숙하게 만들어 궁극적
인 화해를 시도하기 위한 것이다.[16] 그러나 〈서유기〉에서의 '기억하기'
는 식민 장면으로 돌아가서 궁극적인 화해를 시도하는 것이 아니다. 식
민 지배자였던 일본과의 관계에서 문제적인 기억들을 소환하여 민족의
문제를 탐구하기 위한 것이다.[17] 때문에 〈서유기〉에서 기억하기의 대상
은 직접적인 식민지 체험이 아니라 우리 민족의 역사에서 나타나는 식민
지성이다.

이 점은 근대 인식이라는 문제와 관련해서 중요한 의미를 지닌다. 실
제로 〈광장〉에서 〈회색인〉, 그리고 〈서유기〉를 거치면서 근대에 대한
인식은 일정한 변화를 보이고 있다. 〈광장〉에서 이명준은 서구의 '타
자' 내지는 '주변부'로서의 자기 인식 속에서 우리의 근대에는 서구에
존재해온 '근원'이 결여되어 있음에 절망한다. 즉 우리의 근대는 서구
에 비해서 미달형으로서 인식되고 있는 것이다. 〈회색인〉에서는 서구를
떠받치고 있는 문화적, 정신적 근원을 대신할 수 있는 한국의 문화적,
정신적 근원을 모색하는 방향으로 나아간다. 〈광장〉에서 나타났던, 근

---

16 위의 책, 24면.
17 김정화 역시 〈서유기〉를 탈식민적 기억하기의 문제와 결부시켜서 논의하고 있다. (김정
　화, 앞의 글, 38~39면) 그러나 김정화는 탈식민적 기억하기와 〈서유기〉의 거리를 간과한
　채 〈서유기〉의 기억하기가 식민화의 폭력의 드러냄과 적대적인 과거와의 궁극적인 화해
　라는 탈식민적 기억하기의 기능을 하고 있다고 평가하고 있다.

원의 부재에 대한 절망이 서구와는 다른 우리만의 근원 찾기라는 적극성으로 변화되고 있는 것이다. 물론 여기에는 근원을 찾고 그 근원을 복원함으로써 서구의 타자, 혹은 주변부로서가 아니라 세계의 중심으로서 스스로를 구성하고자 하는 욕망, 즉 주인되기의 욕망이 자리잡고 있다. 다시 말해서 〈회색인〉에서는 서구에 대한 대타의식이 소설 전체를 사로잡고 있으며 한국의 근대에 대한 탐구는 서구와 맞서기 위하여 이루어지고 있는 것이다.

〈서유기〉는 형식적으로 〈회색인〉의 연작의 형태를 취하고 있음에도 불구하고 〈회색인〉과는 다른 관점에 서 있다. 한국사에 대한 인식에서 무엇보다도 일본과의 관계가 지닌 의미가 중요하게 부각되고 있는 것이다. 우선 여행의 과정에서 만나게 되는 역사적 인물들이 모두 일본과의 관계에서 의미가 구성되는 인물들이다. 〈서유기〉에서 독고준이 만나게 되는 역사적인 인물은 논개, 이순신, 그리고 이광수, 조봉암 등인데, 조봉암의 경우에는 '죽은 사람'으로 제시되고 있기 때문에 독고준과의 만남이 이루어졌다고 보기 힘들다. 결국 왜장과 함께 물에 뛰어든 논개, 임진왜란의 영웅인 이순신, 그리고 식민지 시대의 문사인 이광수 등 세 인물들이 주요한 인물들인데, 이 역사적 인물들은 모두 일본과의 관계 속에서 의미를 지닌다.

우선 논개의 경우를 보자. 논개는 임진왜란이 지난 후에도 '사슬에 묶여서 300년을 밤낮으로' 일본 헌병에게 고문 당하고 있었는데, 독고준이 자신을 구하러 온 '그 사람'인줄 알고 자신과 결혼하여 자신을 해방시켜줄 것을 간곡히 애원한다. 그러나 독고준은 자신은 '쓰레기요 벌레'이며 '하잘 것 없는 존재'라면서 논개의 청을 거절한다. 오직 '그 여름'을 향해서 가야한다고 생각하는 독고준은 '모든 것은 그 다음'이며 논개마저도 예외일 수 없다고 한다. 여기서 독고준이 논개와의 결혼을 거부하였을

때 일본 헌병의 다음과 같은 말은 논개가 나타내고 있는 바가 무엇인가
를 말해준다.

> 이 자식아, 너 같은 비국민이 있기 때문에 조선이 망한 거야, 알겠냐? 민족
> 의 성자가 구원을 청하는데 무슨 군소리야. 개인을 버리고 민족에 봉사하라는
> 데 무슨 딴소리야. 소아를 버리고 대아를 찾으라 이 말이야. 모르겠나. (46면)

인용문에서 300년 동안 일본 헌병에게 고문당하고 있는 논개는 '민족
의 성자'로서 지칭되고 있다. 헌병의 말에서 '개인을 버리고 민족에 봉
사'하는 것, 그리고 '소아를 버리고 대아를 찾'는 것은 '군소리'가 필요
없는 당연한 것으로서 나타난다. 이것은 거의 맹목적인 애국주의의 태도
이다. 그러나 독고준은 이러한 명분을 따르지 않는다. 논개의 애원을 뿌
리치고 문을 나와 복도로 나오면서 논개는 '要人'이요 자신은 '城'이라
고 지칭한다. 독고준은 자신의 성을 지키기 위하여 남에게 아픔을 주는
자신의 태도에 대해서 안타까움을 드러내고 있는데, 이러한 독고준의 모
습에서 애국주의라는 명분에 대한 매혹과 저항을 발견할 수 있다.

그러나 독고준과 논개의 대화에서 더욱 중요한 부분은 다음과 같은
대목이다. 여기에는 '조선인의 성격', 즉 민족성에 대한 담론이 일본의
지배를 합리화하는 근거로 사용되었다는 점, 그리고 일제 청산이 이루
어지지 않고 있다는 점 등이 지적되고 있기 때문이다.

> 여기서 겪는 제 괴로움을 동정해주세요. 그들은 나를 잠자게 놔두지도 않아
> 요. 밤마다 총독이며 총독부의 아전 나부랭이며 조선인 통변·첩자들의 더러
> 운 방송을 틀어놓고는 듣게 합니다. 어쩌면 내 동포 중에 그런 사람들이 있습
> 니까? 뱀이 썩어 문드러지고 가슴에 곰팡이 낀 작가들이 조선인은 성격이 나쁘
> 니까 성격을 고쳐야 한다고 짖어대더군요. 늑대를 책하지 않고 양을 타박하는
> 끔찍한 소리를 하는군요. 그런 소리를 버젓이 하게 놔두는 바깥 세상은 지금

어떻게 돌아가고 있는 건가요, 네? 놈들은 아직 물러갈 기미가 없는가요? 이순
신은 아직 해상에서 항전을 계속하고 있는가요? (44면)

  '조선인은 성격이 나쁘니까 성격을 고쳐야 한다'는 논리는 고정불변의
민족성을 상정하고 그 민족성을 식민지 지배의 원인으로 돌리는 일본 제
국의 논리이다. 논개는 이에 대해서 '늑대를 책하고 않고 양을 타박하는
끔찍한 소리'라고 말하면서 '그런 소리를 버젓이 하게 놔두는 바깥 세상'
을 비판한다. 논개는 '놈들은 아직 물러갈 기미가 없는가요?'라고 질문
하게 되는데, 여기서 '놈들'은 해방 이후에도 잔존해 있는 일제의 잔재를
말하는 것이리라. 논개는 일본과 관련해서 이루어지는 '민족성' 논의의
허위성과 일제 잔재의 문제를 지적하고 있는 것이다.
  이순신의 경우에는 유교적 세계관, 동양 3국의 '체제'의 안정과 '선왕
지도'에 입각한 세계관을 대표한다고 할 수 있다. 석왕사에서 출발한 기
차에서 독고준은 갇혀 있는 사학자를 만나게 되는데, 사학자는 자신의 논
리에 대한 증거를 보여준다면서 이순신을 소환하여 임진왜란에 대한 증
언을 부탁한다. 이순신은 사학자의 질문에 답하면서 동양 3국의 국경의
안정과 종족의 안정을 들어 일본에 대한 공세를 취한다는 생각 자체가 이
치에 어긋나는 어리석은 것임을 주장하고 한편으로는 '선왕지도'가 하나
임을 강조하면서 혁명이 불가하다는 것을 주장한다. 이순신의 이러한 논
리는, 일본과의 관계에서 조선이 취한 태도가 조선 국력의 쇠약함이나 조
선 민족의 민족성 자체의 나약함에서 기인하는 것이 아니라 유교적인 세
계관의 결과임을 나타낸다. 이 점은 이순신을 소환했던 사학자의 해석에
서 더 명확하게 드러나는데, '이순신은 한국인이었기 때문에 한국인의
민족성에 따라서 그렇게 행동한 것이 아니라 당대의 최고 수준의 인텔리
겐차로서 그렇게 행동한 것'이며, 이는 결국 이순신이 대표하고 있는 당

시의 세계관, 즉 유교적 세계관의 결과라는 것이다.

식민지 체험이라는 문제와 관련해서 볼 때 가장 직접적인 관계를 지니고 있는 인물은 이광수이다. 이광수가 주장했던 민족주의와 이광수의 소설에 대한 일본 제국 입장의 해석과 찬양이 일본 헌병의 입을 통해서 제시됨으로써 이광수의 입장이 보다 문제적으로 제시된다. 이광수가 일본 헌병의 말을 믿지 말라면서 독고준에게 행한 항변 가운데 중요한 부분은 다음과 같다.

① 2차 대전 후에는 미국과 소련의 대립으로 서양 제국주의에 대한 비난이 자리를 찾지 못했으나 모든 근본은 근세 이후의 서양 제국주의의 도덕적 악덕에서 비롯된 것이오. 그들 자신이 오늘날 세계의 어둠을 만들어낸 범죄자라는 것을 뉘우쳐야 될 거요. 그들의 역사적 원죄는 식민지를 정복했다는 바로 그 사실이오. 이 큰 피비린내 나는 범죄에 대한 깨달음과 회개 없이는 그들은 스스로도 구원을 받지 못할뿐더러 다른 나라에 계속해서 피해를 입힐 것임에 틀림없소. 또 해방된 아시아 국민도 자기들이 당한 일은 부당한 일이었다, 그들이 가한 일은 나쁜 일이었다는 걸 분명히 안 다음에 협조하면 할 일이지, 그래도 그들 덕분에 개화했지, 라든가, 우리 탓도 있었지, 하는 엉뚱한 생각을 하는 한 영혼의 독립을 영원히 찾지 못하고 말 것이오. (168~169면)

② 아무튼 아시아의 대부분이 서양 사람들에게 강점돼 있던 무렵에 그들 서양 사람들에게 싸움을 걸고 나선 일본의 모습이 그만 깜빡 나를 속인 거요. 나는 잊어버렸던 거요. 바로 그 일본이야말로 우리 조선에 대해서는 서양이었다는 사실을 말이오. 그렇게 쉬운 일을 잊을 수 있느냐 하겠지만 사실이니 어떻게 하겠소. 그때 내 눈에는 노예소유자인 서양을 대적한 일본만 보였지 그 일본이 우리의 원수라는 사실은 보이지 않았소. (중략) 즉 조선과 일본은 본국과 식민지 사이가 아니고 합방하였으니 이론상으로는 대일본제국은 공동의 나라지 어느 한쪽의 나라가 아니다 하는 생각이 분명히 있었소. (169면)

첫 번째 인용문에서는 근대의 제국주의가 지닌 ‘도덕적 악덕’을 규탄하는 내용인데, 여기서 눈에 띄는 것은 ‘해방된 아시아 국민’들이 가져야 될 태도에 대해서 말한 부분이다. 우선 ‘그들 덕분에 개화했지’라는 논리에 대해서 매우 부정적인 태도를 보인다. 이미 이광수의 이야기 속에서 ‘그들은 언필칭 아시아를 개화시켰다’고 하지만 아시아의 개화는 그들 침략의 결과지 목적은 아니라면서 제국의 식민지 지배 덕분에 근대화가 이루어졌다는 논리에 대해서 ‘가증스러운 이론’이라고 못박고 있다. 한편 ‘우리 탓도 있었지’라는 논리에 대해서도 부정적인 태도를 보인다. ‘아시아 전체’를 ‘노예’로 만든 그들 앞에서 ‘우리 탓’을 하는 것은 ‘엉뚱한 생각’에 불과하다고 단언하고 있다. 이를 통해서 근대와 제국주의와 관계, 그리고 식민지 지배의 부당성 등이 강조되고 있다.

두 번째 인용문에서는 식민지 체험과 관련해서 한국이 가진 특수성이 제시되는 부분이다. 아시아와 서양의 관계가 한국에서는 한국과 일본의 관계로서 나타났으나 이광수 자신은 그 사실을 보지 못하였다는 것이다. 이광수의 논리 속에는 ‘대동아 공영권’이라는 논리 속에서, ‘한일 합방’이라는 허울 속에서 근대성과 식민성과 착종되어 버리고 말았었다는 판단이 자리잡고 있다. 이는 이광수가 결국 일본 제국의 논리에 동조하게 되었던 이유를 설명하는 가운데 나타난 것이지만, 서양, 일본, 그리고 한국의 삼자 관계를 어떻게 설정할 것인가에 대한 문제의식이 담겨 있는 부분이라고 할 수 있다.

결국 독고준이 만나는 세 명의 역사적 인물들과의 대화를 통해서 이루어지는 역사적인 것들에 대한 기억하기는 일본의 식민지 지배와 관련된 ‘민족성’에 대한 논의로 모아진다고 할 수 있다. 그런 점에서 독고준의 개인적인 기억하기가 독고준 자신의 정체성을 찾기 위한 과정이었다면 역사적 기억하기는 민족성을 찾기 위한 과정이라고 할 수 있다. 그러한 민족성이 타자, 즉 제국주의 본국인 일본과의 관계에 의하여 규정된 것이라는 점에 주목할 필요가 있다. 즉 민족성은 근원적으로, 그리고 본래적으로 존재하는 것이 아니라 식민지와 제국의 관계 속에서 불변성으로 규정된 것이라는 점에서 '민족성' 에 관한 논의는 탈식민주의적인 문제의식을 내포하는 것이다.

4. '문화형' 의 사고를 통한 탈식민주의로의 접근

'민족성' 에 대한 문제의식은 독고준이 '감찰관' 으로서 명명되면서 만난 어느 사학자의 '문화형' 의 탐구라는 테마를 통하여 구체화된다. 고정불변하는 성격의 생물학적인 '민족성' 개념의 문제점을 넘어서기 위한 시도로서 나타난 것이 '문화형' 의 사고이다. 물론 '문화형' 을 주장하는 사학자가 여행에서 만난 인물들 가운데 하나에 불과하기 때문에 '문화형' 의 사고가 〈서유기〉 전반을 지배하고 있다고 보는 것은 지나친 일일 것이다. 그러나 이러한 '문화형' 의 탐구는 최인훈의 이전의 소설에서는 나타나지 않았던 새로운 사고의 방향을 드러내는 것이다. 또한 탈식민주의적인 관점에서도 '문화형' 이 중요한 의미를 가질 수 있는데, '문화형' 이라는 새로운 사고가 식민 담론 형성 과정에서 나타나는 민족성의 '고착성(fixity)' 에 대한 비판과 저항을 담고 있기 때문이다.

사학자는 그간 한국의 '민족성' 의 문제가 '일본 통치하에서 식민주의자들이 자기 합리화와 한국인에게 열등의식을 심어주기 위하여 논의되고 조종' 되었다고 말한다. 그리고 한국의 지식인마저 이러한 '정략적 선전에 말려들어' 감으로써 한국인을 괴롭혀왔다고 하면서 '문화형' 으로 '민족성' 을 대신할 것을 주장한다.

　　한마디로, 본인은 민족성이라는 실체(實體)의 존재를 부정하고 싶다는 것입
니다. 이렇게 말할 때 저는 중요한 단서를 붙이고 싶습니다. 그것은 본인은 민
족성의 논의를 생물학적 차원으로부터 문화사적 차원으로 옮기고 싶다는 것
이 곧 그것입니다. (중략) 차라리 문화형(文化型)이라는 말로 바꾸는 것이 훨
씬 이치에 맞습니다. 본인은 오랜 연구를 통하여 민족성이라는 개념이 아무
것도 풀이하지 못하는 불모의 개념이며 요화이며 신기루에 불과하다는 것을
발견하였습니다. 그러한 방황 끝에 문화형이라는 개념에 도달했을 때 본인은
비로소 현실의 지평선을 발견하였습니다. 모든 것은 생각하는 형식 여하에
달려 있습니다. 본인이 말하는 문화형이란 이 '생각하는 방식'을 뜻하는 것입
니다. (112면)

　　인용문에서 나타나듯이 '문화형'이라는 개념은 논의의 중심을 '생물학
적 차원'에서 '문화사적 차원'으로 옮겨 놓은 것이다. 사학자는 '민족성
이라는 실체의 존재를 부정하고 싶다'고 말하고 있는데, 여기서 그가 말
하는 '민족성의 실체'란 바바가 말했듯이 '고착성'에 기반을 둔, 타자에
의하여 규정된 '민족성'이라고 할 수 있다. 식민주의 담론에서 고착성이
란 문화적－역사적－급진적 차이의 기호로서 역설적인 재현의 양식이다.
또한 고착성은 정형화를 주요한 담론적 전략으로 하는데, 이것은 항상 제
자리에 있는 불변성과 불안한 반복 사이에서 동요하는, 인식과 정체성 구
성의 형식이다.[18] 논개의 말에서 나오듯이 '조선인은 성격이 나쁘니까 성
격을 고쳐야 한다'는 인식 방식이나 이광수의 말에서 나오듯이 '우리 탓
도 있었지'라는 인식 방식이 모두 이러한 '고착성'에 기반한 '민족성'에

---

18 H. Bhabha, 나병철 역, 『문화의 위치: 탈식민주의 문화이론』, 소명출판, 2003, 145~146면
　　참조. 이 고착성에 대한 예로서 바바가 들고 있는 것은 '아시아인의 본질적인 이중성'이
　　나 '아프리카인의 야수같은 성적 분방함' 등인데, 이러한 것이 실제로는 담론 속에서 입
　　증될 수 없이 불변성과 불안한 반복 사이에서 동요하고 있다는 것이다.

대한 사고에서 기인한다고 할 수 있다. 사학자는 이러한 사고가 지닌 문제점을 지적한다.

서구와 동양의 문제, 동양에서도 일본과 한국의 문제는 고정 불변하는 생물학적 특성에 기반을 둔 민족성의 우열이 아니라 '생각하는 방식'인 문화형의 차이로 설명할 수 있다는 것이다. 그 설명은 유교적 세계질서를 정통적이고 정의에 합당한 것으로 생각하는 동양과 기독교적 세계질서를 정통적이고 정의에 합당한 것으로 생각하는 서양과의 비교를 통해서 이루어진다. 또한 여기서 사학자는 한 나라의 역사에서도 하나의 문화형이 지속되는 것은 아니라는 것을 한국 역사의 예를 들어 설명하고 있다. 한국 역사에서도 신채호가 '오천년래의 제일대사건'이라고 명명한 묘청·김부식의 경우에서 나타나는 국학적 사고방식은 이순신이 보여주었던 유교적 사고방식과는 상이한 것인데, 이는 민족성이 변한 것이 아니라 '시대 사조', 즉 '생각하는 방식'의 변한 결과라는 것이다. 사학자는 '생각하는 방식'이 변화하는 원인에 대해서까지는 말하지 못하고 있다. '생각하는 방식'의 변화는 어떻게 돼서 일어나는가를 밝혀보려는 것이 본인의 비원(悲願)'이라고 말하고 있을 뿐이다.

'문화형'에 대한 설명에서 서구의 문화형과 한국 내지 동양의 문화형의 문제는 역사적인 '차이'에 의한 것으로 나타나고 우열의 판단은 개입되지 않는다는 점을 발견할 수 있다. 이는 제국주의 본국과 식민지 사이에 발생하는 지배와 종속의 관계, 주인과 노예의 관계를 넘어서서 제국주의 본국과 식민지의 관계를 '차이'의 관계로서 바라보려는 태도를 함축한다. 파농에 의하면 서구를 주인으로, 동양을 노예로 여기는 사고 속에서 나타나는, 주인을 향한 노예의 최면화된 시선은 식민지를 파생적인 존재로 하락시킨다. 그러나 서구에 대한 탈신비화를 통해서 노예의 알레고리적 형상은 그 자신의 역사가 주인의 특권이 빚어낸 끔찍한 결과라는 것을 직시할 수 있게 된다. 그리하여 노예는 그 자신을 주인으로 또는 주인의 이미지 속에서 보기보다는, 그 자신을 주인 곁에 있는 존재로 보도록 요구받는다.[19]

고정 불변하는 '민족성'의 개념을 거부한다는 것, 그리고 '생각하는 방식'이며 변화 가능성을 지닌 '문화형'을 중심으로 사고한다는 것은 제국주의 본국을, 우리에게 있어서는 일본 제국을 '곁에 있는 존재'로서 바라본다는 의미와 동일하다. 더 이상 주인에 의해서 최면화된 시선, 그래서 주인을 신비화시키는 응시에 의해서가 아니라 '차이'를 볼 수 있는 시선으로 제국주의 본국과 식민지를 바라볼 수 있게 되는 것이다. 이러한 차이의 세계에는 더 이상 보편으로서의 서구 혹은 제국으로서의 일본의 우월성과 식민지의 열등함은 존재하지 않는다. 세계를 우열에 의하여 바라보지 않고 '차이'에 의하여 바라본다는 것이 바로 탈식민주의의 주요한 시각이라는 점에서 볼 때 〈서유기〉에서 제시된 '문화형'의 사고는 탈식민주의적인 것이라고 할 수 있다.

한편 〈서유기〉에서는 방송, 확성기 또는 전화라는 장치를 이용하여 다섯 가지의 목소리를 들려준다. 이 목소리들을 통해서 들려오는 이데올로기적인 담론에 대해서 독고준은 아무것도 판단하거나 평가하지 않는다. 독고준은 그 목소리에 대해서 어떠한 반응도 보이지 않고 그저 듣기만 한 채로 W시로의, 혹은 W시에서의 여행을 계속한다. 독고준이 이러한 이데올로기적인 목소리에 대한 판단이나 평가를 하지 않는 것은 그러한 이데올로기의 현실적 가치에 대한 회의를 드러내는 것이라고 볼 수 있다. 다섯 가지의 목소리는 식민지 회복을 꿈꾸며 살아가는 총독의 목소리, 총독의 목소리와는 대척점에 놓여 있는 상해임시정부의 목소

---

19 L. Gandhi, 앞의 책, 36면.

리, 혁명과 인민을 앞세우는 북한 노동당의 목소리, 과학과 이성을 신봉하는 이성병원의 목소리, 그리고 마지막으로 대한불교관음종의 목소리 등이다.

이 가운데 총독의 목소리는 식민 지배국과 식민지와의 욕망과 증오의 관계를 보여주고 있다는 점에서 특히 주목된다. 역사적으로 볼 때 식민 지배국와 식민지와의 관계는 경제적 착취만으로 이루어지는 것이 아니다. 경제적 착취는 정치적, 사회적 조건이 허락하는 곳에서는 어디에서나 발생한다. 그러나 식민지에서는 경제적 착취의 성격이 변하여 '식민적 착취'가 되고 이 가운데 식민주의자는 경제적 이익 자체보다는 식민지 피지배자와의 관계에서 얻는 심리적 만족을 추구하게 된다.[20] 다음과 같은 총독의 말은 식민 지배국과 식민지와의 이와 같은 심리적 관계를 날카롭게 보여준다.

외견상의 번영에도 불구하고 본토는 병들어 있으며 제국의 정신적 상황은 누란의 위기에 처해 있습니다. 왜? 제국은 종교를 상실하였기 때문입니다 제국의 종교는 무언가? 식민지인 것입니다. 식민지는 무언가? 반도인 것입니다. 반도야말로 제국의 종교였으며, 사랑이었으며, 삶이었으며, 영광이었으며, 비밀이었던 것입니다. 그렇습니다. 반도는 제국의 영혼의 비밀이었습니다. 오늘 본토가 노정하고 있는 허탈, 도덕적 무기력, 허무주의는 영혼의 비밀을 잃은 집단의 절망인 것입니다. 본인은 노예 없는 자유인을 인정하지 않습니다. 무릇 국가는 비밀을 가져야 합니다. 그의 가슴 깊이 사무친 비밀을 가져야 합니다. 반도의 영유(領有)는 조국의 비밀이었습니다. 영혼의 꿈이었습니다. (34면)

---

20 양석원, 「탈식민주의의 정신분석학」, 『탈식민주의—이론과 쟁점』, 문학과지성사, 2003, 62~63면.

　인용문은 식민지를 '종교'이자 '사랑'이며 '삶'이자 '영광'이었다고 표현함으로써 식민 지배국과 식민지의 관계의 본질이 경제적 착취를 넘어선 심리적, 정신적인 부분에 놓여 있음을 보여준다. 이는 식민주의의 문제가 식민 지배국과 식민지의 단순한 대립이나 적대에 있지 않음을 시사한다. 여기에는 지배와 증오, 그리고 거부와 공모라는 보다 복합적인 심리적 문제가 관련되어 있는 것이다. 이를 멤미는 '증오와 욕망의 상황'이라고 지칭하는데, 제국주의 본국과 식민지 사이에 있는 전선이 식민 지배자와 식민지인 각각의 내부에서도 재연될 수 있다는 것이다.

　이러한 양상은 식민 지배국 내부에 존재하는 타자성을 식민지에 전가시킴으로써 극대화된다. 파농에 의하면 서구인의 집단 무의식에서 흑인이 '악과 죄'의 상징으로 나타나는 것은 서구인이 자기 내부의 낯설고 혐오스런 것을 외적으로 흑인에게 투영한 결과이다.[21] 이와 마찬가지로 일본 역시 일본 내부에도 존재하고 있을, 낯설고 혐오스러운 것, 그리고 수상한 것을 '조선'에 투사함으로써 식민지의 지배자로서 스스로를 식민지와 분리시키고 있다. 일본 헌병의 입을 통해서 나온 다음 부분은 이 점을 잘 보여준다. '조선놈'이니까 수상할 수밖에 없다는 논리는 모든 부정적인 측면들을 '조선놈'에게 투사할 수 있다는, 아니 투사해야 한다는 심리를 드러내고 있는 것이다.

> 이 자식아, 조선놈을 잡았는데 수상하면 어떻구 아니면 어떻다는 거야? 신문에 뭐가 어떻게 됐다구? 그런 건 아무래도 좋다는 이런 말이야. 조선놈이면 그만이야, 알겠나? 조선놈이면 나쁜 놈이야. 조선놈이기 때문에 수상한 거야, 증거가 있어서 수상한 게 아니란 말야. 조선놈이기 때문에 증거가 있을 터이구, 그 증거는 수상한 게 틀림없단 말이야. 알겠나. 조선놈이니까……익 이 밥

---

21 위의 글, 81면.

이와 같이 〈서유기〉에서는 식민 지배자와 식민지의 심리적 관계의 측면을 부각시킴으로써 식민지의 경험이 단지 경제적인 착취에 머무는 것이 아니고 심리적이고 정신적인 분열로서 나타난다는 것, 그 때문에 식민지 시대가 지나간 이후에도 식민지 경험이 가져다준 심리적이고 정신적인 문제는 사라지지 않고 계속 존재하고 있다는 것을 보여준다. 이런 측면에서 볼 때 식민지 체험은 과거의 것만이 아닌, 현재와 미래로 이어지는 역사적 외상이라는 점을 분명히 하고 있는 것이다.

그렇다면 이러한 역사적 외상을 치유하고 회복하는 방법은 무엇인가? 여기에 대해서 〈서유기〉는 여러 가지 이데올로기를 내세우는 다양한 목소리를 들려준다. 그러나 그 어느 것도 치유의 방법으로서 제시되지는 못하고 있다. 북한 노동당의 목소리, 상해 임시 정부의 목소리, 그리고 이성병원의 목소리와 대한 불교관음종의 목소리 등은 모두 치유의 방법으로 제시되고 있는 것이 아니라 다양한 이데올로기적인 목소리들로만 제시되고 있을 뿐이다. 이러한 목소리들이 말하고 있는 내용을 기억조차 하지 않는 독고준의 태도는 이러한 목소리들이 공허한 울림에 불과할 뿐임을 암시한다.

이렇게 〈서유기〉는 '문화형' 이라는 개념의 제시나 식민 관계를 둘러싼 심리적이고 내적 측면의 제시를 통해서 탈식민주의적 관점에 접근하고 있지만 그러한 관점의 구체화를 통해서 식민성을 넘어서는 새로운 인식의 방향을 제시하는 데까지 나아가지는 못하고 있다. 〈서유기〉에서 발견되는 탈식민주의적인 시각은 근대성과 식민성의 혼란 속에서 새로운 방향을 찾는 탐색의 차원에 머물고 있다.

5. 결론

  지금까지 탈식민주의적인 관점에서 '기억하기'라는 문제를 중심으로 〈서유기〉를 고찰해보았다. 실제로 주체의 기억은 내밀하고 개인적인 것일 수도 있고, 역사적이고 사회적인 것일 수도 있다. 〈서유기〉는 기억이 지니는 이러한 성격을 바탕으로 하여 개인의 내밀한 기억과 한 사회가 지니는 역사적인 기억의 결합을 보여주고 있다. 때문에 기억하기의 방향은 두 방향으로 진행된다. 독고준의 관념적인 환상 여행의 목적으로 제시되고 있는 개인적이고 실존적인 기억하기는 독고준이 정체성의 근원 찾기로 이어지고 여행의 과정에서 제시되는 역사적인 기억하기는 식민지 체험과 관련해서 우리 민족의 민족성의 문제에 대한 탐구로 이어진다. 그러한 탐구는 '문화형'의 사고로 연결되면서 식민 담론에서 나타나는 '고착성'과 생물학적 민족성 논의에서 나타나는 '우열성'의 문제를 넘어 '차이'에 의한 사고의 가능성을 보여준다.

  탈식민주의적 관점에서 볼 때 〈서유기〉가 가지는 문제성은 두 가지로 요약될 수 있다. 우선 한국의 근대에 대한 인식에서 나타나는 '식민지성' 혹은 '주변성'과 관련된 문제를 들 수 있다. 최인훈의 소설 〈광장〉이나 〈회색인〉에서도 그러한 인식이 잘 드러나고 있는데, 이러한 '식민지성'이나 '주변성'이 서구적 근대를 보편으로 하는 인식이라는 데에 주목할 필요가 있다. 서구를 주체로, 우리를 타자로 상정하는 이러한 인식 속에서 한국의 역사적 상황이 가지고 있는 특수성은 고려되지 못하고 있었던 것이다. 〈서유기〉는 보편으로서의 서구와 그에 도달할 수 없는 주변부로서의 한국이라는 구도에서 벗어나 문제의 중심을 일본 제국과 식민지 한국이라는 구도로 변화시키고 있다. 이러한 구도 아래서 식민지 체험과 관련된 기억을 소환하고 고찰하여 식민지성을 극복할 수 있는 방향을 모색하고 있는 것이다.

이와 더불어 한국을 서구와의 관계 속에서, 주인과 노예의 관계 속에서 인식하던 그간의 관점에서 벗어나 〈서유기〉가 '차이' 의 관점을 수립하기 위한 한 과정을 보여준다는 점 또한 중요한 의미를 지닌다. 식민 담론에서 형성된, '고착성' 을 본질로 하는 '민족성' 의 역사를 거부하고 '문화형' 의 차이라는 새로운 관점에서 역사를 바라보고자 하는 시도가 나타나고 있는 것이다. 물론 '문화형' 의 사고가 이전의 사고를 대체하고 있다고 할 만큼 소설에서 큰 비중을 차지하고 있는 것은 아니다. 그러나 이를 통해서 제국과 식민지의 관계를 '우열' 의 관점에서가 아니라 '차이' 의 관점에서 인식할 수 있는 가능성을 보여주고 있다는 점은 분명하다.

그러나 그럼에도 불구하고 〈서유기〉에서 탈식민주의적인 기획을 읽는다거나 〈서유기〉가 탈식민주의적인 시각으로 구성되었다거나 하는 평가를 내리는 것은 지나친 일일 것이다. 〈서유기〉에서는 탈식민주의적인 전망이 제시되고 있지 못할 뿐 아니라 〈서유기〉에서 발견할 수 있는 탈식민 지성도 소설 전체에서 통일적으로 제시되고 있는 것이 아니라 파편적으로 존재하는 것이기 때문이다. 그런 점에서 〈서유기〉의 의미는 서구 중심적인 근대 인식에 대한 문제제기와 탈식민주의적 방향의 모색에서 찾아져야 한다고 본다. 비록 그러한 문제제기와 모색이 파편 난 조각처럼 흩어져서 하나로 통일되지 못하고 있다고 하더라도…….

매일 새로운 근대가 펼쳐진다. 오늘의 근대가 어제의 근대가 아니지만, 그렇게 근대는 계속되고 있다. 우리에게 식민지 시대는 종식되었다. 그러나 우리의 역사에, 그리고 우리의 의식에 남아있는 식민지적 기억은 때로는 불현듯, 때로는 지속적으로 현재의 역사의 표면에서 상기되고 있다. 그런 의미에서 우리에게 탈식민주의의 문제는 끊임없이 탐구되어야 할 주제이리라. 〈서유기〉를 통해서 우리의 역사에, 그리고 우리의 의식에 새겨져 있는 '식민지성'에서 벗어나고자 하는, 탈식민주의적인 의식의 편린들을 보게 된다. 그러나 그것은 아직 모색의 태도로서만 제시되고 있을 뿐이다. 그렇다면 그것이 향해야 할 방향은 어디인가? 〈서유기〉는 거기에서 더 나아가지 않는다. 이제 우리가 나아가야 할 차례이다.

제3장

타자화 전략과 식민담론의 전유
−〈총독의 소리〉

1. 서론

탈식민주의론이 식민지 경험을 하나의 역사적 외상으로서 가지고 있는 모든 나라들에서 식민주의를 극복하기 위한 하나의 대안으로서 떠오르면서, 한국 현대문학 연구에서도 탈식민주의론은 문학을 연구하는 관점이자 방법론으로서 활발하게 연구되고 있다. 한국 현대문학 연구자들이 탈식민주의론에 대해서 큰 관심을 가지게 되는 것은 무엇보다도 탈식민주의론을 통해서 그간의 근대성에 대한 논의가 지니고 있던 한계를 극복할 수 있는 방안을 마련할 수 있으리라는 기대 때문일 것이다. 한국 역사에 있어서의 근대성은 식민성이라는 문제와 관련되지 않고서는 해명되기 어렵다. 더구나 식민성의 문제는 단순히 식민지 시대에 국한되는 문제가 아니라 식민 이후에도 지속적으로 우리 역사에 각인되어 나타나고 있는 문제이다. 그럼에도 불구하고 식민지 시대, 해방, 한국전쟁, 분단 등 여러 가지의 역사적 상황 속에서 식민성의 문제는 식민지 시대를 제외하고는 근대성과의 관계 속에서 심도 있게 논의되지 못한 것으로 보인다. 탈식민주의론은 식민지 경험 자체보다도 식민 이후의 역사에서 구조화되어서 지속되고 있는 식민성의 문제를 제기함으로써 해방 이후 한국 역사에서 나타나는, 근대성과 식민성의 복합적인 관련성을 해명할 수 있는 시각의 단초가 될 수 있으리라 본다.

이러한 관점에서 볼 때 〈광장〉의 작가, 최인훈의 소설을 주목하지 않을 수 없다. 그의 소설적인 궤적은 1960년의 4·19 혁명에서 1974년의 7·4 남북공동성명에 이르기까지 한국 현대사에서 이루어진 크고 작은 역사적 사건에 대한 문학적 대응의 양상을 띠고 있다. 이는 최인훈의 소설이 문학적인 의미뿐 아니라 정치적인 의미까지 내포할 수 있음을 나타낸다. 그런데 최인훈 소설의 정치적 의미를 당대의 사건에 대한 즉각적인 대응이라는 측면에서만 찾을 수 있는 것은 아니다. 보다 근본적으로는 〈광장〉에서 〈회색인〉, 〈서유기〉 그리고 〈크리스마스 캐럴〉, 〈하늘의 다리〉, 〈총독의 소리〉, 〈태풍〉 등 최인훈 소설의 대부분이 한국의 역사가 배태한 '근대성'과 '식민성'에 대한 탐구의 결과라고 할 수 있다. 〈광장〉(1960)에서 이미 보편으로서의 서구에 대한 타자로서의 자기인식과 그에 대한 절망이 제시되었는데, 〈회색인〉(1963~1964)에 오면 이 절망은 서구의 정신적 근원에 맞서는 한국의 정신적 근원을 찾음으로써 서구에 대응하고자 하는 욕망으로 변화된다. 형식적으로는 〈회색인〉과 연결되어 있지만, 〈서유기〉(1966~1967)는 한국의 근대의 심연에 자리잡고 있는 식민지성의 문제, 일제의 지배로 인하여 나타나게 된 식민지성의 역사적 기원에 대한 탐구를 보여주고 있다. 이러한 최인훈 소설 가운데서도 한국의 역사 속에 각인된 식민지성의 문제를 가장 본격적으로 파헤친 소설이 〈총독의 소리〉 연작과 〈태풍〉(1973)[1]이다.

특히 〈총독의 소리〉 연작은 일제 식민지 지배의 우두머리인 총독을 부활시켜서 그의 목소리를 통하여 한국의 식민지성을 파헤치고 있다는 점에서 주목을 받아왔다. 작가는 이를 "문학의 형식을 파괴하면서라도 온몸으로 부딪쳐야 할"[2] 한일협정에 대한 위기의식의 결과라고 말한 바 있다. 그런 점에서 〈총독의 소리〉는 〈서유기〉와 비슷한 위치에 놓인다. 두 소설 모두 해방 이후 정치사에서 가장 충격적인 사건 중의 하나인 한일협정에 대한 문학적 대응이며 소설의 중심에 '식민지성'의 문제가 놓여 있기 때문이다. 〈서유기〉가 역사적 기억하기를 통하여 식민성의 역사를 돌이켜보기 위한 시도라면 〈총독의 소리〉는 식민성에 대한 정치적이고 논리적인 분석과 성찰을 위한 시도라고 할 수 있다.

그러나 많은 연구자들의 주목을 받아온 〈서유기〉에 비해서 〈총독의 소리〉에 대한 연구는 활발하게 이루어진 편이 아니다. 최인훈 소설에 대한 전반적인 논의에서는 그 형식의 파격성으로 인하여 빠지지 않고 논의되는 소설임에도 불구하고 그에 대한 개별적인 연구는 많지 않은 편이다.[3] 아마도 〈총독의 소리〉의 형식이 워낙 파격적인 데다가 연작의 형

---

1 〈태풍〉은 한국의 식민지 체험을 기억하기와 다시쓰기라는 두 가지 기획의 결합을 통하여 상상적으로 재구성한 소설이다. 여기에는 식민주의를 넘어서기 위한 모색으로서 '제3의 길'이 제시되고 있는 바, 그것은 1961년에 결성되어 1970년 '인도차이나에서 외국군의 철수 결의'를 채택하는 등 활발한 활동을 하기 시작한 비동맹국회의에 대한 기대와 관련되어 있다. 그러나 '제3의 길'은 구체적이고 현실적인 대안으로서가 아니라 관념적인 상상으로서 제시되고 있다는 한계를 지닌다.

2 최인훈, 「원시인이 되기 위한 문명한 의식」, 『길에 관한 명상』, 청하, 1989, 39면.

3 지금까지 발표된 〈총독의 소리〉에 대한 개별논문들은 다음과 같다.
권영민, 「정치적인 문학과 문학의 정치성 ─ 〈총독의 소리〉를 중심으로」, 『작가세계』, 1990.봄.
김인호, 「탈식민, 탈형식, 탈이데올로기 ─ 〈총독의 소리〉」, 『해체와 저항의 서사: 최인훈과 그의 문학』, 문학과지성사, 2004.
서은선, 「최인훈 소설 〈총독의 소리〉, 〈주석의 소리〉의 서술 형식 연구」, 『문창어문논집』 37권, 문창어문학회, 2000.

식으로 발표되어서 통일적이고 일관된 논의가 쉽지 않기 때문일 것이다. 서술형식을 연구한 서은선의 논문을 제외하면 기존의 연구들은 대부분 〈총독의 소리〉에 나타난 역사 인식이나 현실 인식의 측면을 고찰하고 있다. 즉 총독의 목소리를 통해서 발화되는 담론의 정치적 함의를 분석하고 있는 것이다.

본고는 이러한 정치적 함의와 함께 〈총독의 소리〉 연작에서 나타나는 탈식민성에 주목하고자 한다. 한일협정 자체가 경제적인 원조를 조건으로 일본이 했던 30여 년간의 식민 지배의 역사를 청산하겠다는 것이고 보면 한일협정으로 인한 충격과 위기의식 속에서 발표된 소설, 〈총독의 소리〉가 단순한 현실에 대한 진단을 넘어서 한국 역사에 각인된 식민지성과 그를 넘어설 탈식민성의 문제를 다루고 있는 것은 당연한 결과라고 할 수 있다. 물론 〈총독의 소리〉 연작 네 편이 모두 동일한 정치적 상황에서 발표된 것은 아니다. 1967년에서 1968년에 발표된 〈총독의 소리〉 1편에서 3편까지는 일본과의 관계에 대한 분석과 성찰이 중심을 이루고 있지만, 8년 후인 1976년에 발표된 〈총독의 소리〉 4편은 냉전체제에서 데탕트로 변화하고 있는 국제 정세의 분석과 남북통일의 방안 모색이 중심을 이루고 있다. 소설에서도 언급되고 있듯이 〈총독의 소리〉 4편에는 또 다른 역사적 사건, 즉 1974년에 이루어진 7·4 남북공동성명이 전제되어 있기 때문이다.

안남일, 「역사인식에 대한 응전의 한 양상−〈총독의 소리〉와 〈주석의 소리〉를 중심으로」, 『민족문화』 11권, 한성대 민족문화연구소, 2002.2.
양윤모, 「타자의 시선을 통한 현실의이해−최인훈의 〈총독의 소리〉 연구」, 『어문논집』 40권, 민족어문학회, 1999.
이상갑, 「최인훈의 〈총독의 소리〉론−문학의 무력감과 '말'의 위력」, 『작가연구』 15, 깊은샘, 2003.

그 위기의식 때문일 것이다.

　그러나 한편으로 보면 라디오를 통해서 흘러나오는 '총독의 방송'이라는 형식이 최인훈의 소설에서 아주 갑작스러운 것은 아니다. 최인훈 소설의 내적 연속성으로 보자면 〈총독의 소리〉는 〈서유기〉와 긴밀하게 연관되어 있다. W시를 향한 독고준의 관념적이고 환상적인 여행의 이야기를 근간으로 하는 〈서유기〉에는 전화나 라디오, 확성기 등의 소리를 통해서 여러 가지 정치적 담론들이 제시되고 있다. 즉 북한 노동당의 목소리, 상해 임시 정부의 목소리, 그리고 이성 병원의 목소리와 대한 불교관음종의 목소리, 그리고 총독의 목소리가 제시되고 있는 것이다. 이들 목소리는 식민지 체험이나 현 분단 체제에 대한 제 나름의 의견을 제시하면서 다양한 이데올로기적인 목소리들로 나타난다. 〈서유기〉에서 이데올로기적인 담론을 제시하는 형식으로 나타났던 '소리'의 형식이 〈총독의 소리〉로 이어지고 있는 것이다.

　또한 〈서유기〉는 외면적으로 독고준의 W시로의 여행이라는 형식을 띠고 있지만, 그 속에서 역사적 인물들과의 만남을 통한 '역사적 기억하기'를 보여주고 있다. 독고준이 여행에서 만나는 인물들은 왜장과 함께 물에 뛰어든 논개, 임진왜란의 영웅인 이순신, 그리고 식민지 시대의 문사인 이광수 등이다. 이들은 모두 일본과의 관계에서 중요한 의미를 지니는 인물들이다. 이 인물들은 당시 자신의 처지를 설명함으로써 〈서유기〉에 등장하는 사학자가 일본과의 관계에서 형성되어온 민족성에 관한 논의를 비판할 수 있는 토대를 마련한다. 〈서유기〉는 역사소설도 아니면서 이렇게 역사적 인물들을 등장시켜 사변적인 논의를 진행시킴으로써 현실을 돌아보게 만든다. 이러한 방식은 〈총독의 소리〉에서도 그대로 발견된다. 그런 점에서 〈총독의 소리〉에서 역사적 인물인 '총독'의 존재와 방송을 통한 담론은 이미 〈서유기〉에서부터 준비되었다고 할

수 있다.[9]

그렇다면 역사적인 인물들 가운데서도 왜 '총독'의 소리인지, 왜 당대의 현실에 대한 비판적 담론을 수행하는 인물이 한국의 역사적 인물이 아니고 식민지 시대에 조선을 통치했던 일본의 '총독'인지가 문제될 수밖에 없다. 이에 대해서 '한일회담 이후 한국에 대한 일본의 영향력 확대'와 관련된 '설득력 있는 고안'[10]이라고 보는 견해나 '재식민지화를 획책하고 있는 총독이 한국인들도 모르고 지내던 실상들을 속속들이 파악하고 있다는 상황 설정을 통해 한국과 한국인이 처한 현실의 문제가 심각함을 제기'[11] 하기 위한 것이라고 보는 견해 등은 모두 '총독'이라는 존재를 당시의 한국 현실을 보다 효과적으로 비판하기 위한 허구적 장치로 보는 입장이다. 반면 정치담론을 직설적으로 전달하되 허구성을 살리기 위하여 소설 형식을 선택한 작가가 '총독'의 담론을 통하여 최소한의 다성성을 살리고 계몽성을 엷게 하여 독자의 흥미를 유발하고자 의도하였다고 보는 입장[12]도 존재한다. 그러나 '총독'의 담론이 다성성을 지니고 있다는 설명은 물론이고 '총독'의 존재나 방송을 통한 담론의 형식이 '독자의 흥미를 유발'하기 위함이라는 것 역시 동의하기 힘들다. '총독'의 존재는 단지 소설의 '서술 형식' 차원의 고안물이기보다는 현실을 보다 효과적으로 보여주기 위한 방법론이자 일종의 전략이기 때문이다.

'충용한 제국 신민 여러분. 帝國이 재기하여 半島에 다시 영광을 누릴 그날을 기다리면서 은인자중 맡은 바 고난의 항쟁을 이어가고 있는 모든

---

9 〈서유기〉에서 나타나는 이러한 특징에 대해서는 졸고, 「최인훈의 〈서유기〉에 나타난 '기억하기'와 탈식민성」, 『현대문학연구』 15집, 한국현대문학회, 2004.6. 참조.

10 권영민, 앞의 글, 78면.

11 양윤모, 앞의 글, 307면.

12 서은선, 앞의 글, 344면.

제국 군인과 경찰과 밀정과 狼人 여러분'으로 시작하여 '帝國의 반도 만세'로 끝을 맺는 '총독의 소리' 방송은 그 처음과 끝의 말만으로도 우리를 아연실색하게 만들기에 충분하다. 이것은 일차적으로 작가가 말한 '빙적이아(憑敵利我)', 즉 '적의 입을 우리를 깨우치는 방식'이다. 그러나 그것은 단순한 '빙적이아(憑敵利我)'가 아니다. 바로 식민주의자의 시각에 의해서 스스로를 타자화함으로써 스스로의 모습에 대한 객관적인 성찰을 기도하는 전략이다. '총독'은 일본 제국주의의 한국 통치체제에서 최고의 우두머리에 해당한다. 일본 제국주의는 총독을 통하여 한국에 대한 식민지 지배 정책을 구체적으로 실현시켰다. 〈총독의 소리〉에서는 이러한 '총독'이 해방이 된지 20년이 지난 오늘까지 한국의 재식민화를 기도하며 지하에서 활동하면서 한국을 진단하고 비판하는 것으로 제시된다. 식민주의자의 우월감으로 무장된 '총독'은 한국민의 민족성을 열등한 것으로 폄하하고 한국의 불안한 정치현실을 한국 정권의 매판성으로 인한 것으로 매도한다. '총독'의 시선에 의하여 한국인과 한국은 결코 중심에 설 수 없는 주변적인 존재로, 결코 주체의 위치가 될 수 없는 타자의 위치로 자리매김된다. '총독'의 시선에 의하여 한국은 식민지 시대에 그러했던 것처럼 타율적이고 정체적인 민족으로서, 그리고 결코 그러한 민족성으로부터 벗어날 수 없는 민족으로서 규정된다. 즉 일본이라는 주체의 시각에서 한국은 철저하게 타자화되고 있다. 이제는 마땅히 사라져버리고 없어야 할 존재인 총독을 통해서 이렇게 한국인과 한국을 의도적으로 타자화시킴으로써, 〈총독의 소리〉는 우리 역사와 현실에 존재하고 있는 식민성을 드러내고 그에 대한 비판을 기도하고 있다. 스스로를 타자화함으로써 자신의 내부에 존재하는 식민성을 드러내는 방식, 그것이 〈총독의 소리〉가 제시하는 새로운 방식의 현실 비판이자 현실 풍자의 방식인 것이다.

그러나 이러한 타자화의 방법은 단지 현실을 비판하거나 풍자하는 것
만을 목적으로 하지 않는다. 이것은 스스로를 타자화함으로써 한국의 내
부에 존재하는 '타자성'과 '식민성'을 드러내고 그에 대한 성찰과 비판
을 단행함으로써 주체화를 모색하는 역설적인 전략이다. 총독에 의해서
말해지고 있는, 한국 민족의 노예근성과 타율성, 그리고 한국 정권의 매
판성, 정치에 있어서의 비민주성 등은 물론 식민 제국이 제국 내부에 존
재하는, 부정해야 할 '차이'들을 식민지의 타자성으로 전화시킨 결과[13]
이다. 그러나 한편으로는 한국 민족의 내부에 부정해야 할 부분으로 존재
하는 것이기도 하다. 그것을 드러내고 담론화함으로써 그에 대한 극복을
모색하자는 것, 그것이 〈총독의 소리〉가 궁극적으로 기도하는 것이라고
하겠다.[14]

3. 식민주의적 담론을 통한 식민성의 고찰

네 편으로 이루어진 〈총독의 소리〉 연작은 각각 특정한 역사적 사건과
관련하여 이루어진 총독의 방송을 내용으로 하고 있다. 1편은 '제6대 대

---

13 근대 일본의 문화적 동일성은 식민지 아시아와의 차이에 의존하면서 그 차이를 부정해야
   할 '타자성'으로 전화(轉化)시킴으로써 성립될 수 있었다. 이것이 에드워드 사이드가 말
   하는 오리엔탈리즘의 일본적인 재구성에 해당한다.(강상중, 이경덕·임성모 역, 『오리엔
   탈리즘을 넘어서』, 이산, 1997, 80면 참조.) 〈총독의 소리〉에서 한국과 한국인을 타자화하
   는 총독의 담론은 식민지 담론에 내재된 이러한 특징을 보여주는 것이다.
14 그런 의미에서 동일하게 '방송의 소리'라는 형식을 이용하고 있음에도 불구하고 〈主席의
   소리〉는 〈총독의 소리〉와는 다른 성격을 지닌다. 물론 '주석' 역시 가상화된 역사적 인물
   이기는 하지만, 〈주석의 소리〉에서는 〈총독의 소리〉에서 나타나는 '타자화'의 전략이 사
   용되지 않음으로써 현실에 대한 담론에서 풍자가 사라지고 직접적인 비판이 나타난다. 예
   를 들어서 주석이 네 가지 주체, 즉 정부, 기업인, 지식인, 국민 등에 대하여 말하는 설명
   과 당부의 내용은 교훈적이기조차 하다.

통령 선거 및 제7대 국회 의원 선거 종료에 즈음하여 발표한 논평 방송'
이며 2편은 무장공비 침투와 미국 함정 '푸에블로'의 납포에 관한 내용을
발표한 '爐邊談話', 3편은 일본 작가 가와바다 야스나라의 노벨상 수상에
관한 내용을 발표한 '특별담화', 그리고 4편은 7·4 남북공동성명에 즈음
한 국제정세와 통일방안에 관한 내용을 발표한 '특별말씀'으로 되어 있
다. 이들 네 편이 연작으로 연결될 수 있게 한 것으로 무엇보다도 '총독
의 담화'라는 형식적인 동일성을 들 수 있지만 이와 함께 각 연작의 방송
내용의 심연에 놓여있는 '식민성'이라는 문제의식의 동일성 또한 중요한
의미를 지닌다. 이미 담화의 주체가 식민지 지배를 주도한 '총독'이라는
점으로부터 알 수 있듯이 〈총독의 소리〉에서는 식민지 경험 이후 한국의
역사에서 나타나고 있는 '식민성'의 문제를 집중적으로 논의하고 있다.
물론 각각의 작품은 역사적 사건에 대한 논평의 형식으로 되어 있기 때문
에 그 사건을 둘러싼 당대 현실에 대한 인식과 비판을 보여주고 있다. 그
러나 본고는 개개의 소설이 다루고 있는 비판보다는 〈총독의 소리〉 연작
전체에서 공통적으로 나타나고 있는 '식민성'의 문제를 중심으로 〈총독
의 소리〉를 고찰하고자 한다.[15]

1) 이중의 거울로서의 식민지 타율성론

〈총독의 소리〉 연작의 각 소설에서는 '총독'의 방송이 '충용한 제국 신

---

[15] 당대 현실에 대한 비판의 내용에 대한 고찰은 기존의 연구들에서 이루어졌다. 안남일, 이
상갑의 연구에서도 소설 각각의 현실 비판 내용이 세세히 고찰되고 있고 양윤모의 연구에
서도 현실 비판 내용이 항목화되어서 고찰되고 있다. 그러나 기존의 연구들에서는 〈총독
의 소리〉 연작에서 공통적으로 드러나고 있는 '식민성'의 문제는 구체적으로 고찰되지
못하였다.

민 여러분'으로 방송이 시작되어 '제국의 반도 만세'로 끝남으로써 일제에 의한 식민지 시대를 환기시키고 그 때의 역사 감각을 돌이켜보도록 한다. 더구나 '鬼畜英美'라든가 '忠勇한 국민', '臣民', '赤子', '萬世一系' 등 시종 일관 일제 말기에 사용된 표현이 사용됨으로써 그 내용이 허구임에도 불구하고 실감을 동반하게 된다.[16] 총독은 식민지 시대의 용어를 그대로 사용하면서 식민지 시대 일본제국에 의해서 규정되었던 '반도인'의 성격을 실례를 들어가면서 하나하나 확인해나간다.

우선 총독은 패전의 그날 '반도'에서 '내지'로 철수하는 내지인에 대하여 '반도의 백성이 취한 공손한 송별 태도'를 상기한다. 독일이 불과 2년간 불란서를 점령했다가 '패주할 때 현지 주민으로부터 갖은 잔악한 습격을 받았던 것'과 비교해볼 때 40년의 통치에 대해서 '반도인'이 이러한 태도를 취한 것에 대해서 총독은 '방향 감각을 상실한 반도인의 얼빠진 무결단에서 온 것으로서 오랜 통치의 산 결실'이라고 주장한다. 그리고 이러한 현상의 원인이 한국사에서 나타난 '타율성'에 있다고 본다.

> 이는 아국의 학자들에 의하여 밝혀진 바, 한국사의 타율성이란 관점에서 볼 때 당연 이상의 당연지사라고 하겠습니다. 반도의 역대 정권은 본질적으로 매판 정권으로서 민족의 유기적 독립체의 지도부층이 아니라, 외국 세력의 한국에 대한 지배를 현지에서 대행해줌으로써 자신들의 지위를 보존해왔던 것입니다. 그들은 部族의 이익보다 외국 상전의 이익을 먼저 헤아렸으며 그렇게 함으로써 자신들의 위치를 유지할 수 있었던 것입니다.[17]

총독이 말하고 있는 '한국사의 타율성론'은 제국 일본이 한국을 식민

---

16 김윤식, 앞의 글, 449면.
17 최인훈, 『총독의 소리』, 문학과지성사, 1994, 70면. 앞으로 인용문은 인용면의 페이지만 밝히기로 한다.

지화하는 과정에서 만들어낸 담론 가운데 하나이다. 이것은 '정체성 사관'과 호응하면서 패전 후에도 일본의 한국 인식의 저류를 이루어 왔다고 할 수 있다. 일본의 사학자들이 고심한 것은 일본의 발전 역시 서양과 마찬가지로 '질서 있는 진화 과정'을 밟아왔다고 증명하는 것이었다. 이를 위한 비교 대상이 된 것이 한국이었다. 일본의 우월성을 밝히기 위해서는 '질서 있는 발전'에서 '일탈' 또는 '낙오'한 존재가 필요하게 되는데 그것이 바로 한국이었다. 일본은 자신의 우월성을 비춰보는 거울로서 조선을 상정하였던 것이다.[18]

총독은 이러한 '타율성론'을 정권의 '매판성'과 연결시키고 있다. 〈총독의 소리〉 1편에서는 삼국통일에서 한일합방에 이르기까지의 정권은 민중과 함께 하는, 민중을 위한 정권이 아니라 '외국 세력의 한국에 대한 지배'를 대행하면서 자신들의 지위를 보존하기 위한 정권이었음을 밝히고 있다. 〈총독의 소리〉 2편에서는 '귀축 미영과 적마 러시아'에 의하여 분할된 남북 정권의 군비경쟁이 스스로를 위한 것이 아니라 미영과 러시아를 대리하는 것이며 제국의 방책은 남북 정권의 군비경쟁을 부추기는 것임을 밝히고 있다. 〈총독의 소리〉 4편에서는 '반도의 분단'에 대해서 논평하는 가운데 '반도의 전란'이 '그들의 피를 가지고 남이 일으켜서, 남이 마무리한, 남의 전쟁'임을 밝히고 있다.

이러한 총독의 담론은 한국을 타율적이고 정체적인 민족으로 규정하면서 한국을 일본의 타자로서 자리매김하게 된다. 그러나 한편으로 총독에 의한 이러한 담론은 한국의 역사 내부에 존재하는 문제점이 드러나도록 하는 기제이기도 하다. 즉 일본의 우월성을 비춰주기 위한 거울로서 선택된 한국의 타율성과 정체성에 대한 담론은 이제 한국 역사의 문제점을 비

---

18 강상중, 앞의 책, 94~96면.

취주는 거울로서 기능하고 있는 것이다. 일본 제국이 말하는 '타율성'과 '정체성'은 일본의 우월성을 보증하기 위해서 날조된 것이지만, 그러한 담론에 한국을 비추어봄으로써 과연 한국이 타율적이지 않은지, 정체되어 있지 않은지를 고찰할 수 있게 되기 때문이다.

이러한 양상은 '반도인'의 성격을 말하는 부분에서도 나타난다. '반도인의 얼빠진 무결단', '반도인들의 이 뿌리 깊은 노예 근성', '반도인들의 저열한 도덕적 인간적 성격', '반도인들은 염치도 없습니다' 등의 표현에서 나타나듯이 총독에 의하면 '반도인'들은 '저열'하고 '얼빠진' 인간들이며 '노예 근성'만이 가득하고 '염치'는 없는 인간들이다. 인간의 내부에 존재할 수 있는 모든 부정적인 성격들을 모아놓은 듯한 이러한 표현들을 통해서 총독은 일본 내부에도 존재하고 있을, 낯설고 혐오스러운 것, 그리고 부정적인 것을 '조선'에 투사한다. 그리하여 스스로를 식민지 지배자로서 정당화시키고 식민지인을 보다 열등한 존재로 규정하고 있다. 이는 파농이 말했듯이, 마치 서구인이 자기 내부의 낯설고 혐오스러운 것을 외적으로 흑인에게 투영한 결과 서구인의 집단 무의식에서 흑인이 '악과 죄'의 상징으로 나타나는 것[19]과 유사하다. 또한 총독이 말하고 있는 '반도인'의 특징이란 타자에 의하여 규정되고 '고착'된 '민족성'이라고 할 수 있다. 식민 담론에서 '고착성'이란 문화적/역사적/급진적 차이의 기호로서 역설적인 재현의 양식으로 나타나고 있다.[20] 그러나 일본의 지배를 정당화시키기 위하여 '반도인'에게 전가되고 있는 부정성에

---

19 양석원, 고부응 편, 「탈식민주의의 정신분석학」, 『탈식민주의―이론과 쟁점』, 문학과지성사, 2003, 81면.

20 H. Bhabha, 나병철 역, 『문화의 위치: 탈식민주의 문화이론』, 소명출판, 2003, 145~146면 참조. 이 고착성에 대한 예로서 바바는 '아시아인의 본질적인 이중성'이나 '아프리카인의 야수 같은 성적 분방함' 등을 들고 있다.

대한 담론은 다시 현재의 한국인을 비추어보는 거울의 역할을 하게 된다. 즉 과연 한국은 그러한 타율성과 부정성으로부터 진정 자유로운가를 질문하고 있는 것이다.

일본은 자신의 역사를 '정상 계통'으로 삼기 위하여 '조선'을 '일탈'되고 '낙오'한 국가로서 상정하고 일본 내부의 단일성과 동일성, 그리고 식민지 지배의 정당성을 확보하기 위하여 자신의 내부에 존재하는 '차이'와 '균열' 그리고 부정성을 조선에 전가하고 있다. 식민 담론에서 일본 제국에 의하여 구성된 '식민지 타율성론'은 일본 제국의 우월성을 비추는 거울이었다. 그러나 〈총독의 소리〉에서 재현된 '식민지 타율성론'은 일본 제국의 우월성을 비추는 거울임과 동시에 한국의 내부에 존재할 수 있는 식민성과 타자성을 비추는 거울의 역할을 하고 있다. 이것이 〈총독의 소리〉에서 제시된 '식민지 타율성론'의 이중성이다.

2) 성적 은유와 재식민화의 열망

〈총독의 소리〉에서 총독은 한국이 일본 제국의 식민지였던 시절에 대한 향수와 한국에 대한 재식민지화에 대한 열망을 드러내고 있다. 그러한 향수와 열망을 나타내는 담론들에서 특징적인 것은 총독이 마치 함께 살다가 이제는 그의 품을 떠나버린 '여인'에 대한 열망을 드러내는 듯한 태도를 보이고 있다는 점이다. 흔히 식민 제국과 식민지의 관계는 남성과 여성의 관계로 은유되곤 한다. 식민지로서 제국의 지배하에 놓인 국가는 여성화된 모습으로 나타나고 지배 제국의 경우에는 남성적인 모습으로 나타나게 되는 것이다. 이것은 근본적으로는 '보는 쪽' = '대표하는 쪽' = '보호하는 쪽'과 '보이는 쪽' = '대표되는 쪽' = '보호받는 쪽'의 이항관계에서 기인한다. 비대칭적 관계를 드러내는, 이와 같은 구도는 성차별에

사로잡힌 '남성' 과 '여성' 이미지의 비대칭적 관계로 연결될 수 있다.[21]
총독의 담론에서 바로 이러한 '남성' 과 '여성' 의 이미지를 발견하는 것
은 어렵지 않다.

> 되게 굴던 서방을 여자는 못 잊는 법입니다. 오입깨나 한 사람이면 이 철리는
> 다 아는 일입니다. 그들은 미국 서방의 우유부단과 격화소양과 뜨뜻미지근과
> 번문치레와 눈가리고 아웅하는 예절에 넌더리를 치고 있습니다. 그들은 단도직
> 입, 두지끈뚝딱 눈두덩이 금시에 시퍼렇게 멍들기를 원하는 것입니다. 이것이
> 반도인의 생리입니다. 이 비밀, 이 비밀을 아는 것은 제국밖에 없습니다. 계집
> 이란 그년의 비밀을 가장 잘 아는 사내의 품에 있어야 할 것입니다. (86~87면)

인용된 부분에서 보면 지배 제국에 해당하는 일본과 미국은 남성으로
서 그리고 식민지인 '반도' 는 여성으로서 은유되고 있음을 알 수 있다.
더구나 일본 제국은 '되게 굴던 서방' 으로, 신식민지적인 지배를 하고 있
는 미국은 '우유부단과 격화소양과 뜨뜻미지근과 번문치레와 눈가리고
아웅하는 예절' 을 보이는 '서방' 으로 표현되며 '반도' 는 이들의 '계집'
으로 비유된다. 더구나 '계집' 이 원하는 것이 무엇인지는 '계집' 자신에
의해서가 아니라 본래의 '서방' 이었던 '제국' 에 의해서 규정되고 있다.
총독은 '반도인의 생리' 가 '눈두덩이 금시에 시퍼렇게 멍들기를 원하는
것' 이라고 하면서 '계집이란 그년의 비밀을 가장 잘 아는 사내의 품에 있
어야 할 것' 이라고 하여 일본의 재식민지화의 열망을 '과거의 계집과 다
시 살고자 하는 사내' 의 마음으로 표현한다.

> 반도는 갈데없는 제국의 꿈, 제국의 비밀입니다. 무엇과도 바꿀 수 없고 무
> 엇과도 비길 수 없는 영원한 사랑입니다. 어디로 갈 것입니까. 못 갑니다. 못

---

21 강상중, 앞의 책, 89면.

가게 해야 합니다. 위대한 선인들의 노력으로 제국의 꿈의 판도 속에 들어온 이 땅. 삼한, 임진, 일청, 일로 이래 충용무쌍한 장병의 기도와 꿈이, 그리고 숱한 비밀이 얽힌 이 땅, 오늘도 朝鮮神宮의 性域에서 반도인 갈보년들의 성액은 흐르고, (중략) (87면, 100~101면)

위의 인용문은 〈총독의 소리〉 1편과 〈총독의 소리〉 2편의 마지막에서 동일하게 나오고 있는 부분이다. 여기서 '반도'는 조선신궁의 성역에서 반도인 '갈보년들의 성액'이 흐르는 나라로 표현되기에 이른다. 여기에는 식민지는 '성적인 기대', '싫증나지 않는 관능성, 질리지 않는 욕망'을 도발하는 장소[22]라는 인식이 도사리고 있다. 이것은 모두 '여성'=피식민지=종속국은 '남성'=식민자=제국에 의해서 대표되어야만 하고 보호되어야만 한다는 인식의 변형이라고 할 수 있다. 결국 총독의 관점에 의하여 타자화된 '반도', 곧 한국은 남성으로 은유되는 일본 제국에 의해서 지배되고 영유되어야 하는 '여성'으로 은유되고, 나아가 차별적인 관점에서 볼 때 여성이 남성의 성적 대상으로 존재하는 것과 같이 식민지로서의 '반도' 곧 한국은 일본 제국의 정복과 지배의 대상으로서 존재하게 되는 것이다. 그리고 총독의 이러한 담론은 반도에 대한 재식민지화에 대한 열망으로 나타나게 된다.

외견상의 번영에도 불구하고 내지는 병들어 있으며 제국의 정신적 상황은 누란의 위기에 처해 있습니다. 왜냐? 제국은 종교를 상실하였기 때문입니다 제국의 종교는 무언가? 식민지인 것입니다. 식민지는 무언가? 반도인 것입니다. 반도야말로 제국의 종교였으며 신념이었으며 사랑이었으며 삶이었으며 비밀이었던 것입니다. 그렇습니다. 반도는 제국의 영혼의 비밀이었습니다. 오늘 본토가 노정하고 있는 허탈, 도덕적 무기력, 허무주의는 영혼의 비밀을 잃은 집

---

22 위의 책, 88면.

단의 절망인 것입니다. 본인은 노예 없는 자유인을 인정하지 않습니다. 식민지 없는 독립을 인정하지 않습니다. 무릇 국가는 비밀을 가져야 합니다. 그의 경륜의 가슴 깊이 사무친 비밀을 가져야 합니다. 반도의 領有는 帝國의 비밀이었습니다. 영혼의 꿈이었습니다. 종족의 性感帶였습니다. 건드리면 흐뭇하게 간지러운 깊은 비밀의 恥部였습니다. 오늘날 제국은 이 비밀을 잃었습니다. 이것은 반드시 회복되어야 합니다.[23] (81~82면)

인용된 부분은 일본의 본토가 부흥하여 '지난날에 皇軍의 武威로 차지했던 영예를 산업으로써 차지하고 있는 듯이' 보이지만 실상은 그렇지 않다면서 총독이 이의를 제기하고 있는 부분이다. 여기서 총독이 제국의 정신적 상황을 위기로 보는 이유는 '식민지의 상실'이다. 총독은 '반도'라는 식민지가 제국의 '종교'이자 '신념'이며 '사랑'이자 '삶'이요 '비밀'이었다고 말한다. 나아가서는 '영혼의 꿈'이자 '종족의 성감대'라고 말하기까지 한다. 이러한 말들은 사실 식민지가 제국의 내부에 존재하는 '차이'를 식민지의 타자성으로 전화하여 제국의 내부의 동일성과 단일성을 이루어낼 수 있게 만드는 존재임을 암시하고 있다고 할 수 있다. 그 가운데서도 '사랑', '비밀', '종족의 성감대' 등의 표현은 식민지로서의 '반도'를 여성화하고 그를 지배하는 일본 제국을 남성화하는 표현으로서 식민지를 성적인 대상으로서의 여성과 등치시킨 결과이다.

역사적으로 볼 때 식민 지배국와 식민지와의 관계는 경제적 착취만으

---

23 이 부분은 이미 〈서유기〉에서도 상해 임시 정부의 목소리, 북한 노동당의 목소리, 이성병원의 목소리, 대한불교관음종의 목소리 등과 함께 제시된 '총독의 목소리'를 통해서 거의 동일하게 나타난 바가 있다.(최인훈, 〈서유기〉, 문학과지성사, 1996, 34면.) 〈서유기〉에서는 '총독의 목소리'가 여러 가지 목소리들 가운데 하나로서 제시됨으로써 현실적으로 존재할 수 있는 다양한 이데올로기 가운데 하나로서 나타나고 있으나 〈총독의 소리〉에서는 총독의 목소리가 모든 다른 이데올로기를 압도하는 목소리로 나타나고 있다는 점에 그 차이가 있다.

로 이루어지는 것은 아니다. 경제적 착취는 정치적, 사회적 조건이 허락하는 곳에서는 어디에서든 발생한다. 그러나 식민지에서는 경제적 착취의 성격이 변하여 '식민적 착취'가 되고 이 가운데 식민주의자는 경제적 이익 자체보다는 식민지 피지배자와의 관계에서 얻는 심리적 만족을 추구하게 된다.[24] 인용문은 식민지를 '종교'이자 '사랑'이며 '삶'이자 '영광'이었다고 표현함으로써 식민 지배국과 식민지의 관계의 본질이 경제적 착취를 넘어선 심리적이고 정신적인 부분에 놓여 있음을 보여준다. 다시 말해서 차별적인 관점에서 볼 때 남성이 여성이라는 성적 대상을 통해서 쾌락과 만족을 얻고 여성을 열망하는 것처럼, 제국은 식민지를 통해서 쾌락과 만족을 얻기 때문에 식민지를 열망하는 것임을 나타내고 있다. 결국 〈총독의 소리〉에서 여성과 남성에 대한 성적 은유로써 반도와 일본 제국과의 관계를 제시하고 있는 담론은 일본 제국의 재식민화에 대한 열망을 보여주는 것이다. 이를 타자화된 한국의 관점으로 보자면 그것은 재식민지화의 위험성이라고 할 수 있다. 일본 제국의 열망의 근원에는 경제적 착취나 정치적 지배보다 오히려 '증오와 욕망'이라는 심리적인 문제가 존재하는 바, 그것이 남성과 여성이라는 성적 은유로서 나타나고 있는 것이다.

　식민지, 그것은 식민지를 경험한 모든 나라들에게 있어서 갑자기 현재의 표면 위로 솟아오르는, 끝나지 않은 경험으로서 존재할 수밖에 없다. 그것은 제국의 식민주의적 지배의 경험이 과거의 제국과 식민지 모두에게 잊을 수 없는 기억으로 존재한다는 것을 의미한다. 더구나 한일협정이 체결된 1965년을 전후한 시기에는 40년간의 식민지 경험이 일시에 현재의 표면 위로 솟아올랐을 것이고 불현듯 일본에 의한 '재식민화'의

---

24 양석원, 앞의 글, 62~63면.

가능성이 상상되었을 것이다. 그리고 일본에 대한 위기의식이 어느 때보다도 더 고조되었을 것이다. 〈총독의 소리〉에서 총독이 보여주고 있는 재식민화에 대한 열망은 바로 이러한 위기의식의 역설적 표현이라고 할 수 있다.

4. 역사의 주체로서의 민족과 탈식민의 방향

〈총독의 소리〉는 총독의 목소리를 통해서 식민주의적인 담론을 재현해 내고 있다고 할 수 있는데, 그렇다면 식민주의적인 담론의 재현이 궁극적으로 향하고 있는 방향은 무엇인가? 〈총독의 소리〉가 식민주의적인 담론에 의하여 스스로를 타자화함으로써 자기성찰과 현실 인식을 하고자 하는 전략으로 이루어진 소설이라고 할 때, 그 방향은 탈식민적인 방향이된다. 〈총독의 소리〉는 식민주의적인 담론의 재현을 통해서 탈식민적인 방향을 모색한다는 역설적인 방법을 택하고 있는 것이다. 그렇다면 〈총독의 소리〉에서 나타나는 '탈식민'의 방향은 무엇인가?

> 역사의 주체는 민족입니다. 역사의 주체가 민족인 것이 옳으냐 그르냐가 아니라 현실적으로 그렇다는 것이 문제의 핵심입니다. 세계가 앞으로는 한 혼혈아가 될 것이라는 것이 문제가 아니라 그렇게 되는 사이에는 여전히 민족이 주체라는 데 문제가 있는 것입니다. 이것이 인간의 조건입니다. 인간의 관념이고 實存이 존재이듯이, 인류는 관념이고 민족이 존재이며, 역사는 관념이고 當代가 존재이며, 관념과 존재가 하나가 되는 날까지 그럴 것이며, 그럴 날은 오지 않을 것입니다. (72~73면)

〈총독의 소리〉에서 나타나는 탈식민적인 방향의 내용을 고찰하기 위해서는 우선 '민족'에 대한 총독의 입장을 살펴볼 필요가 있다. 〈총독의 소리〉 1편의 한 부분인 인용문에서 총독은 '역사의 주체는 민족' 임을 확실하게 제시하고 있다. 역사의 주체가 민족이라면, 그리고 인류는 관념일 뿐이고 민족만이 존재일 수 있다면, 역사는 민족을 중심으로 형성될 수밖에 없다. 또한 '역사는 관념이고 당대가 존재'라면 현실적으로 역사에서 가장 중요한 것은 '민족'의 '당대'가 될 것이다.

> 영토, 국경, 국적―이런 중대한 문제에서 공산주의자들이, 반종족주의자며 반국가주의자인 그들이 그들 공산권 내부에서조차 이론과 실천이 상반하는 태도를 취하는 것은 무슨 까닭입니까. 그것은 다름 아닌 종족의 영원성 때문입니다. 이데올로기는 짧고 종족은 영원하다. 본인은 감히 이렇게 말하는 것입니다. 종족의 영광과 偏愛에 무관심한 자들이라면 마땅히 실천해야 할 위에 든 정책들을 그들은 실천하지 않고 있습니다. 그들이 매도하는 몽매한 인류 前史가 빚어놓은 풍문들―영토, 국경, 국적이라는 이 너절한 옷들을 훨훨 벗지 못하는 그들입니다. (114면)

인용문은 공산주의자들의 자국이기주의를 비판하면서 제시된 부분으로서 이데올로기는 '인류 전사가 빚어놓은 풍문들―영토, 국경, 국적'으로부터 결코 자유로울 수 없음이 역설되고 있다. 이데올로기는 결코 종족이나 민족 너머에 있는 것이 아니며 때문에 '영토', '국경', '국적' 등을 초월할 수 없다는 것이다. 첫 번째 인용문에서 제시된 '역사의 주체는 민족'이라는 말과 '종족의 영원성'을 연결해보면, 역사는 민족을 중심으로 형성되며 그 민족이란 역사의 주체로서 영원하다는 논리를 발견하게 된다. 그렇다면 역사의 주체로서 민족은 어떠한 존재가 되어야 하는가?

> 문화민족이란 것은, 금속 활자를 만들었다거나, 불경을 나무토막에 파가지고 축수했다거나, 항아리를 구워낸다는 말이 아닙니다. 문화민족이란 누가 나의 적이며, 그 적을 몰아내자면 어떤 방책을 어떻게 힘을 모아서 실현시킬 것이냐를 아는 집단 슬기라고나 할까요, 그런 재주를 부릴 줄 아는 민족을 말합니다. 이런 슬기는 사회의 어떤 일각에서 일어나더라도 그것이 공용으로 유통되고 성

원 모두의 상식이 되어 권력에 대한 압력으로 작용하여야 합니다. (161~162면)

인용문에서는 바람직한 민족의 모습이 '문화민족'으로서 제시되고 있다. 인용문에서 주장하는 것은 우선 문화민족의 근거로 여겨져 온 '금속활자'나 '팔만대장경', 그리고 청자나 백자 등의 유물이 문화민족으로서의 위상을 보장해줄 수는 없다는 점이다. 문화민족의 위상을 보장해줄 수 있는 것은 적이 누구인가를 인식하고 그에 대해서 대응할 수 있는 '집단슬기'이며 그 슬기를 성원 모두가 공유하여 '권력에 대한 압력'으로 작용할 수 있도록 만들어야 한다는 것이다. 결국 총독은 역사의 주체는 민족이며 그 민족이 '문화민족'으로서 살아가기 위해서는 적에 대해 인식하고 대응할 수 있는 '슬기'가 필요하며 그 슬기는 '권력에 대한 압력'으로 작용하여 민족의 역사를 이끌어가야 한다는 것을 제시하고 있다.

그런데 이 부분에서 특이한 것은 민족에 관한 담론 역시 '총독'이 구성한 것임에도 불구하고 한국을 타자화하는 방법으로 이루어지지 않았다는 점이다. 또한 이 부분에서 총독의 어조는 매우 강경하지만 그것은 식민지인을 대상으로 하는 고압적인 강경함이라기보다는 논리 자체의 강경함이라는 점도 주목을 요한다. 이러한 점들은 민족에 관한 원론적인 담론이 일본이나 한국 양쪽이 모두 공유하고 있는 담론이라는 점을 암시하는 것이기 때문이다. 결국 '민족'이나 '종족'을 중심으로 하는 역사관은 일본에게도 한국에게도 인정될 수 있는 관점이라고 볼 수 있는데, 이 점은 매우 중요한 점을 시사한다. 바로 '민족' 중심의 담론은 지배 제국의 담론에서나 그에 대한 식민지의 대항담론에서나 동일하게 나타나고 있다는 점을 드러내고 있기 때문이다. 다시 말해서 제국주의 혹은 식민주의의 논리도, 민족주의라는 대항논리도 모두 '민족'을 주체로 하는 역사를 지향한다는 점이다.

그러나 바로 여기에 '민족'을 주체로 하는 역사관의 딜레마가 존재한다. '단지 민족의 역사만을 말하는 것은 제국주의의 새로운 형태를 반복 확대하고 창출하는 것'이 될 수도 있기 때문이다.[25] 즉 반식민 민족주의가 '자신을 억압한다고 느꼈던 것의 복사본'이 될 수도 있다는 것이다.[26] 왜냐하면 민족주의 그 자체의 실체는 언제나 도덕적으로, 정치적으로, 인간적으로 모호하며 민족주의는 '선'한 것이자 '악'한 것이며, 정상적인 것이자 반란적인 것이기 때문이다.[27] 따라서 대항적인 성격을 갖는 민족주의적인 담론조차도 전체화될 위험성에서 자유로울 수 없게 된다. 전체주의화가 곧 제국주의이자 식민주의로의 방향을 향한다고 할 때 그 위험성을 간과해서는 안 될 것이다. 하지만 이 문제는 〈총독의 소리〉에서 인용문에서 제시된 것과 같은 선언으로서만 존재할 뿐 더 이상 발전되지 않는다. 오히려 소설이 우리에게 묻는다. 식민지 체험이라는 외상적 기억으로부터 벗어남과 동시에 재식민지화의 위험성에서도 벗어나는 길은 무엇인가? 그 길은 민족주의에 있는가?

5. 결론

최인훈의 소설은 〈광장〉에서부터 〈태풍〉에 이르기까지 한국의 역사가 배태한 '근대성'과 '식민성'에 대한 집요한 탐구를 보여주었다. 그 가운데서도 〈총독의 소리〉 연작은 '총독'이라는 가상적 인물의 방송을 통해서 한국의 문제를 파헤치고 있다는 점에서 주목된다. 본고는 탈식민주의적인 시각에서 〈총독의 소리〉 연작을 고찰하였다. 〈총독의 소리〉는 가상

---

25 강상중, 앞의 책, 197면.
26 L. Gandhi, 이영욱 역, 『포스트식민주의란 무엇인가』, 현실문화연구, 2000, 147면.
27 위의 책, 134면.

적인 인물인 총독의 방송이라는 형식을 통해서 한국 역사에서 나타나는 식민성의 문제를 타자화의 방법론으로 고찰하고 있는 소설이다. 즉 스스로를 타자화함으로써 자신의 내부에 존재하는 식민성과 타자성, 그리고 위기의식을 짚어보는 방법론을 통하여 현실 사회에 대한 비판과 역사의 방향에 대한 탐색을 시도했다고 볼 수 있다.

〈총독의 소리〉에서 우선 주목되는 것은 '총독의 담화'라는 방식이다. 이것은 소설의 의미를 규정짓는 중요한 방법론을 내포하고 있는데, 그 방법론이란 식민지 지배체제의 우두머리인 총독의 시각에 의해서 스스로를 타자화시킴으로써 한국의 내부에 존재하는 식민성을 드러내는 것을 의미한다. 이러한 방식은 한국의 내부에 존재하는 '타자성'과 '식민성'을 드러내고 그에 대한 성찰과 비판을 단행함으로써 주체화를 모색하는 역설적인 전략이다.

이러한 전략 아래 총독의 목소리에 의하여 식민주의적 담론이 재현된다. 가장 먼저 제시되는 것은 우선 식민지 타율성에 대한 담론과 '반도인'의 열등한 민족성에 대한 담론이다. 그러한 담론은 본래 식민주의적 담론에서 지배 제국으로서의 일본의 우월성을 비추어주기 위한 거울의 역할을 했던 것이지만, 〈총독의 소리〉에서는 일본의 우월성을 비추어줌과 동시에 한국을 비추어주는 거울로서 기능한다. 식민주의적 담론의 재현에서 또 하나 특징적인 것은 식민지와 일본 제국과의 관계가 여성과 남성을 둘러싼 성적 은유로서 나타난다는 점이다. 이러한 은유는 결국 일본 제국의 한국에 대한 재식민화에 대한 열망을 나타내는 것으로 귀결되는데 이를 타자화된 한국의 관점으로 보자면 그것은 일본에 의한 재식민지화의 위험성이라고 할 수 있다. 일본 제국의 열망의 근원에는 경제적 착취나 정치적 지배보다 오히려 '증오와 욕망'이라는 심리적인 문제가 존재하는 바, 그것이 남성과 여성이라는 성적 은유로서 나타나고 있는 것이다.

이렇게 〈총독의 소리〉는 총독의 목소리를 통해서 식민주의적인 담론을 전유하면서 '민족'을 역사의 주체로 위치시키고 '민족주의'의 정당성을 암시하고 있다. 이는 〈총독의 소리〉의 귀결점이 '민족주의'를 향하고 있다는 것을 의미한다. 그러나 '민족주의' 자체가 지배논리와 대항 논리라는 양가성을 지니고 있다는 점을 생각할 필요가 있다. 물론 〈총독의 소리〉에서 나타나는 '민족주의'적인 방향성은 한일협정을 전후로 한 당대의 인식을 보여주는 것이라고 할 수 있다. 그러나 그 '민족주의'가 지닌 양가성에 대한 인식으로까지 나아가지 못한 것은 〈총독의 소리〉의 한계이다.

이제까지 본고는 탈식민주의적인 관점에서 〈총독의 소리〉 연작을 분석 고찰하였다. 그 결과 〈총독의 소리〉 연작이 총독의 목소리에 의하여 식민주의적 담론을 재현함으로써 한국의 현실에 존재에 하는 식민성과 타자성의 문제를 드러내고 비판하고 있음을 밝혔다. 〈총독의 소리〉에는 이러한 식민성의 문제와 더불어 한국의 현실과 국제 관계에 대한 많은 논평이 제시되어 있다. 한국의 선거와 민주주의에 대한 비판, 냉전 이후의 국제 질서에 대한 분석, 분단 문제와 통일의 방안에 대한 논의 등이 그것이다. 본고에서는 다루지 못하였지만 〈총독의 소리〉 연작에 대한 탈식민주의적 관점의 연구가 완성되기 위해서는 〈총독이 소리〉에서 제기하고 있는 식민성의 문제가 이러한 현실 문제와 어떻게 관련되어 나타나고 있는가에 대한 고찰 또한 필요할 것이다. 더불어 〈총독의 소리〉에 나타난 식민성의 문제와 최인훈의 다른 소설들과의 비교 고찰, 그리고 1960년대 후반에 식민성의 문제를 다루고 있는 다른 소설들과의 비교 고찰 역시 필요할 것이다. 그러한 고찰을 통해서 탈식민주의적인 관점에서 〈총독의 소리〉가 지니고 있는 의미와 한계는 보다 명확하게 밝혀질 수 있기 때문이다. 이러한 고찰은 또 다른 연구 과제로 남겨두기로 하겠다.

제4장

식민지적 무의식과 흉내내기의 양가성 – 〈태풍〉

1. 서론

최인훈은 문학을 통하여 근대성과 식민성의 문제를 집요하게 탐구해나간 작가이다. 그의 문학은 모두 '한국의 근대란 무엇인가' 라는 질문을 함축하고 있는데 그 질문은 '한국의 근대를 가로지르고 있는 식민성을 극복하기 위한 방향은 무엇인가' 라는 질문으로 이어지고 있다. 그의 작품들은 각각 이러한 질문에 대한 대답을 담고 있다. 그 가운데도 특히 〈태풍〉은 제2차 세계대전을 배경으로 식민지 출신이면서도 지배 제국의 장교로 살아가는 한 인물의 이야기를 그려냄으로써 일종의 식민지적 무의식을 보여주고 있다는 점에서 주목된다. 〈태풍〉은 최인훈 소설의 흐름에서도 중요한 의미를 가진다. 최인훈은 〈광장〉에서 〈회색인〉, 〈서유기〉, 〈소설가 구보씨의 일일〉, 〈태풍〉이 결과적으로 5부작으로 읽혀지기를 바란다고 말한 바 있다.[1] 그렇다면 〈태풍〉이 5부작의 마지막 부분에 해당한다는 것인데, 이를 〈태풍〉에 어떤 결론이 담겨 있다는 뜻으로 해석할 수도 있다. 〈태풍〉 연재 직후에 작가가 도미하였다는 점, 그리고 소설에서 희곡으로 중심을 이동하였다는 점도 이와 무관하지 않을 것이다.

그러나 지금까지 〈태풍〉은 최인훈의 다른 소설들에 비해서 그다지 많이 연구되지 못하였다. 실제로 최인훈의 작가론적인 성격을 가지는 글에서조차 〈태풍〉에 대한 언급을 찾아보기 쉽지 않은 형편이다. 〈태풍〉이 주목받지 못한 이유는 무엇보다도 〈태풍〉이 가지고 있는 서사적인 특징으로부터 비롯된다. 일반적으로 최인훈의 소설들은 서사적인 특징에 따라서 두 가지 경향으로 분류된다. 즉 〈광장〉이나 〈회색인〉, 〈소설가 구보씨의 일일〉 등에서 나타나는 체험적이고 사실적인 경향과 〈가면고〉나 〈구운몽〉, 〈서유기〉나 〈총독의 소리〉와 같은 관념적이고 사변적인 경향이 그것이다. 〈태풍〉은 제2차 세계대전이라는 현실의 역사를 배경으로 하면서 주요인물의 체험을 중심으로 하여 소설이 전개된다는 점에서는 현실적인 경향을 보이지만, 공간적 배경과 인물의 이름들이 모두 허구화되고 역사적 상황마저 상상적인 성격을 지니고 있다는 점에서는 관념적이고 사변적인 경향을 보이고 있다. 더구나 이 두 가지 성격이 조화롭게 결합되어 있기보다는 어색하게 접합됨으로써 서사성의 약화를 초래하고 있다. 또한 다른 소설들과는 달리 서술자의 시선이 과도하게 개입됨으로써 자연스러운 서사 전개가 이루어지지 못하고 있으며 소설 전체가 서술자의 시선에 의해서 구성된 것 같은 인상을 주기까지 한다.

그러나 최근 들어 탈식민주의론에 대한 관심이 높아지면서 〈태풍〉은 새롭게 주목을 받기 시작하고 있다.[2] 이 가운데서 정과리의 연구는 〈태

---

1 최인훈, 「원시인이 되기 위한 문명한 의식」, 『길에 관한 명상』, 청하, 1989, 41면.
2 그간 이루어진 〈태풍〉에 대한 연구에는 다음과 같은 연구가 있다.

풍〉의 주요인물의 심리적 흐름을 정확하게 분석하고 있다는 점에서 주목된다. 여기서는 〈태풍〉에서 나타나는 사실주의적 기술과 소설에서 나타나는 '체험의 길'과 '사랑의 길'의 일치를 근거로 〈태풍〉을 〈광장〉의 후속편으로 놓고 있다. 또한 이 연구는 〈태풍〉이 '부활의 논리'를 지향하고 있다고 보고 그것이 자발적 무지에서 동력을 얻는 '부인의 논리'에 기초하고 있음을 밝히고 있다. 한편 이상갑의 연구는 〈태풍〉에서 나타나는 제3세계적 시각에 주목하는데, 그러한 시각이 식민국과 식민지의 역학을 넘어서는 새로운 시각으로서의 의미를 지닌다고 본다. 그러나 〈태풍〉에서 허구적으로 상상되어 제시되고 있는 이 제3세계적 시각에 지나치게 큰 현실적 의미를 부여하고 있다는 문제점을 지닌다. 강진구의 연구는 〈태풍〉의 주인공에게서 '반식민(反植民)'의 이중성을 읽고 있다는 점에서 흥미롭지만, 지나치게 주인공에게만 집중함으로써 〈태풍〉이 탈식민적 텍스트로서 지니고 있는 다양한 의미를 밝혀내지 못하고 있다는 한계를 지닌다.

〈태풍〉에서 탈식민주의적인 성격은 단지 제3세계적인 시각이 나타나 있다거나 주인공의 의식에서 식민성과 반식민성이 나타나고 있다거나 하는 데에서만 찾아져서는 안 된다. 본고는 최인훈의 다른 소설들과는 달리

임헌영, 「증언과 예언」, 『문학과지성』, 1979.봄.

정과리, 「모르기, 모르려 하기, 모른체 하기 — 〈광장〉에서 〈태풍〉으로, 혹은 자발적 무지의 생존 술」, 『시학과 언어학』 1권, 시학과 언어학회, 2001.

이상갑, 「식민국과 식민지의 이분법을 넘어서」, 『작가연구』 14호, 깊은샘, 2002.

강진구, 문학과비평연구회 편, 「반식민(Anti—Colonization)의 이중성을 넘어 — 최인훈의 〈태풍〉을 중심으로」, 『탈식민의 텍스트, 저항과 해방의 담론』, 이회, 2004.

이 이외에 〈태풍〉을 주요하게 언급하고 있는 연구는 다음과 같다.

우한용, 「허구적 상상력으로 역사 읽기 — 〈태풍〉, 〈비명을 찾아서〉, 〈황제를 위하여〉의 경우」, 『문학정신』, 1992.

조보라미, 「최인훈 소설의 탈식민주의적 고찰」, 『관악어문연구』 25권, 2000.

〈태풍〉이 탈식민적인 전략 속에서 이루어진 소설이라는 전제에서 출발한다. 그 전략이란 구체적으로 식민지 역사에 대한 '기억하기(remembering)'와 '다시 쓰기(rewriting)'라고 할 수 있는데, 〈태풍〉은 이러한 두 가지 방식을 통해서 현실 역사를 가상적으로 복원한다. 이러한 관점에서 본고는 우선 〈태풍〉이 지니고 있는 현실성과 비현실성, 즉 제2차 세계대전이라는 실제 역사를 배경으로 하면서도 그 역사를 의식적으로 가상화하고 있다는 점에 주목한다. 그리하여 〈태풍〉에서 '기억하기'와 '다시쓰기'가 어떻게 결합되어 나타나는지, 그리고 그것이 지니는 효과는 무엇인지를 밝히고자 한다. 그리고 이를 바탕으로 하여 〈태풍〉에서 나타나는 식민지적 무의식의 문제를 고찰해보고자 한다. 〈태풍〉은 식민지 태생의 한 인물이 지배제국 군대의 장교가 되어 살아가면서 겪게 되는 정체성의 혼란과 그 극복에 관한 이야기라고 할 수 있다. 이 과정에서 가장 눈에 띄는 것은 무엇보다도 인물의 의식과 무의식에서 나타나는 분열인데, 이러한 분열은 식민지에서 이루어지는 '흉내내기(mimicry)'[3]의 결과라고 볼 수 있다. '흉내내기'는 피지배자가 지배자의 문화를 흉내내거나 반복하게 만듦으로써 피지배자의 문화를 변형시키는 전략 가운데 하나이지만 한편으로는 '불완전한 동일성'을 생산함으로써 분열과 불안을 초래하게 된다.[4]

　본고는 이러한 '흉내내기'라는 개념을 바탕으로 〈태풍〉에서 나타나는 식민지적 무의식을 보다 구체적으로 밝혀낼 것이다. 마지막으로 식민지적 무의식을 넘어서서 〈태풍〉이 나아가고자 하는 방향이 무엇인가를 논

---

3 흉내내기를 뜻하는 mimicry는 '모방'으로 번역되기도 한다. 그러나 '모방'이라는 번역어는 주로 'mimesis'를 번역하는 용어로 사용되어서 오해의 여지가 있기 때문에 본고는 '흉내내기'라는 번역어를 사용한다.
4 바트 무어-길버트, 이경원 역, 『탈식민주의! 저항에서 유희로』, 한길사, 2003, 283~284면.

의할 것이다. 이러한 고찰을 통해서 〈태풍〉이 탈식민적인 관점에서 이루어낸 성과와 한계를 밝히고자 한다.

2. '기억하기'와 '다시쓰기'의 의미

〈태풍〉은 1973년에 신문 연재소설의 형식으로 발표된 소설로서 제2차 세계 대전을 배경으로 하여 서구와 아시아, 그리고 아시아 국가들 사이의 식민지 문제를 다루고 있다.[5] 이 소설은 '어느 나라 어느 이야기도 아니지만 모든 나라의 이야기이고, 어느 누구의 이야기도 아니지만 모든 사람의 이야기'를 만들고자 했다는 작가의 말처럼 현실이면서도 현실이 아닌, 가상이면서도 가상이 아닌 이야기로 이루어져 있다. 이렇게 〈태풍〉은 식민 장면으로 되돌아가 식민 지배자와 식민지인 사이에 존재하는 상호 적대와 욕망 등을 그려내는 '기억하기'[6]와 식민의 역사를 제국의 관점이 아닌 새로운 관점에서 상상적으로 다시 구성하는 '다시쓰기'[7]의 결합을 통해서 새로운 모습의 역사를 구성해내고 있는 것이다. '기억하기'가 식민지와 관련된 역사에 대한 전유와 관련된다면, '다시쓰기'는 식민지 체

---

5 〈태풍〉은 1973년 『중앙일보』에 신문연재소설의 형태로 발표되었다. 이후 1978년에 문학과지성사의 최인훈전집 중 하나로서 단행본으로 출간되었다. 본고에서는 문학과지성사의 1995년판 〈태풍〉을 텍스트로 삼는다. 이후 인용문은 페이지만 명기하도록 하겠다.

6 '탈식민주의적 기억하기'에 대해서는 릴라 간디, 이영욱 역, 『포스트식민주의란 무엇인가』, 현실문화연구, 2000, 23~24면 참조.

7 '다시 쓰기'란 본래 탈식민주의 이론에서 '텍스트 다시 쓰기'를 의미한다. 이것은 문학에서 식민지 본국의 관행을 차용하거나 변용함으로써 글쓰기 내부에 은폐되어 있는 제국주의적인 권력을 전유하고 자신에게 부과된 주변성을 장악하기 위한 전략이다.(빌 애쉬크로프트 외, 이석호 역, 『포스트콜로니얼문학이론』, 민음사, 1996, 133면 참조.) 전유하는 텍스트가 문학이 아니라 역사라는 점에서 차이를 보이지만 〈태풍〉에서 실제 역사를 전유하여 상상적으로 새롭게 구성하고 해석하는 것을 본고는 이러한 '다시 쓰기'의 방식으로 보고자 한다.

힘을 극복하기 위한 탈식민주의적 지향과 관련되는 바, 결국 〈태풍〉은 식민지 역사를 '기억하기'과 '다시쓰기'의 방식으로 전유함으로써 실제 역사와는 다른 가상의 역사를 만들어내고 있는 것이다.[8]

이러한 가상의 역사를 만들기 위하여 〈태풍〉이 취하고 있는 일차적인 방식은 철자의 순서 바꾸기에 해당하는 '아나그램(anagram)'이다. 이 소설에서는 한국(Korea)을 애로크로, 일본(Japan)을 나파유로, 중국(China)을 아니크로, 인도네시아(Indonesia)를 아이세노딘으로, 영국을 니브리타(Britain)로, 미국(America)을 아키레마로 나타내고 있는데, 이는 각국의 영어 이름 철자의 순서를 바꾸어서 만들어낸 것이다.[9] 나라 이름 뿐 아니라 인물의 이름까지도 이런 방식으로 만들어낸 것인데, 소설의 주인공에 해당하는 오토메나크는 일본 이름인 가네모토(Kanemoto)를 바꾼 것이며, 오토메나크가 감시하는 고급 포로이자 오토메나크의 인생에 중요한 역할을 한 카르노스는 인도네시아의 독립운동을 이끌었던 실제 인물의 이름인 수카르노(Sukarno)를 바꾼 것이다.

---

8 우한용의 연구에서는 〈태풍〉의 이러한 성격을 '대체역사'라는 개념으로 설명하고 있다. 역사를 다루되 역사적 사실이 가하는 압력을 벗어나는 방법으로서 대체 역사나 가상 역사의 방법론이 있는데, 이를 통해서 작가는 역사와 현실을 동시에 해석할 수 있게 되며 독자에게는 허구 가운데서 역사적 현실을 지속적으로 환기하는 이중의 효과를 갖는다는 것이다. (우한용, 앞의 글, 63~64면.)

9 〈태풍〉이 발표된 이후 오랫동안 〈태풍〉에서 나타나는 아나그램이 정확하게 파악되지 못했던 것 같다. 임헌영의 연구(임헌영, 앞의 글)나 신동욱의 해설(신동욱, 「식민지 시대의 개인과 운명」, 『태풍』, 문학과지성사, 1992, 366면.), 그리고 우한용의 연구(우한용, 앞의 글, 64면.) 등에서는 모두 아이세노딘이 말레이시아로 추정되고 있다. 다른 나라들은 지형이나 역사로 볼 때 현실에 존재하는 나라들과 연결되기 용이하지만 아이세노딘은 그렇지 않았기 때문이다. 그러나 권보드래의 연구에서 아이세노딘이 인도네시아의 아나그램임이 밝혀진 이후에도(권보드래, 「최인훈론―양면: 자유와 독재」, 『자유라는 화두』, 삼인, 1999, 194면.) 이상갑의 연구에서는 아이세노딘이 인도네시아가 아니라 말레이시아로 짐작되고 있다.(이상갑, 앞의 글, 90면.)

이러한 아나그램을 통해서 표면적으로 〈태풍〉의 이야기는 현실의 이야기가 아닌 상상의 이야기로 나타나게 된다. 실제로 〈태풍〉의 프롤로그에 해당하는 부분에는 1941년 초 아시아를 둘러싼 상황이 간략하게 설명되어 있다. '유럽인들이 극동 혹은 동북아시아' 라고 부르는 지역의 세 나라, '지구 표면의 4분의 1일 차지' 하는 아니크, '동쪽 끝에 붙은 반도' 애로크, '이 반도를 활 모양으로 바라보는 몇 개의 섬으로 이루어진' 나파유 등, 각 나라와 당시 상황에 대한 설명은 이름만 바뀌었을 뿐 현실의 역사와 다르지 않다. 소설이 전개되면서 나타나는 2차 대전을 둘러싼 각국의 상황 역시 식민지를 둘러싼 구도에서는 현실의 역사와 크게 다르지 않다. 그럼에도 불구하고 소설에서 등장하는 나파유와 아니크, 그리고 애로크라는 이름은 일본과 중국, 그리고 한국으로 표기되었을 때와는 다른 낯설음을 안겨준다. 때문에 한국의 식민지 역사를 보여주고 있음에도 불구하고 그것이 이방의 역사인 듯한 이질감을 갖게 되는 것이다. 이러한 낯설음과 이질감은 실제 역사로부터 일정한 거리를 만들어내게 되는데, 이 거리가 역사를 다르게 바라볼 수 있는 가능성의 공간을 마련한다고 하겠다.

그러나 이러한 낯설음은 낯설음으로 끝나지 않는다. 즉 이 낯설음이 만들어낸 거리는 실제 역사로부터의 거리로서 유지되지 않는다. 왜냐하면 이 낯선 이방의 나라들의 이야기는 실제 역사라는 레퍼런스를 통해서만 읽혀지게 되기 때문이다. 애로크라는 이름을 끊임없이 한국으로 바꾸어 읽음으로써, 나파유를 일본으로, 아니크를 중국으로, 그리고 니브리타를 영국으로 끊임없이 바꾸어 읽음으로써 실제 역사로의 환원이 이루어진다. 즉, 〈태풍〉에서 각 나라 이름의 아나그램은 현실과의 거리두기라는 효과를 생산하지만 이는 다시 현실로의 환원이라는 또 다른 효과를 불러일으키는 것이다. 아나그램이 만들어내는 이러한 두 가지의 효과를 통해서 〈태풍〉이라는 허구적이고 가상적인 역사가 식민지 체험과 관련된 실제 역사를 불러내어 기억하게 만든다. 그리고 이 가상의 역사는 이제 실제 역사보다 더 효과적으로 식민지 체험과 관련된 과거에 대한 성찰과 반성을 추동하고 역사를 새롭게 전유하도록 만든다.

아나그램을 통한 이러한 효과는 〈태풍〉에서 식민지 경험에 대한 '기억하기'와 '다시쓰기'의 결합을 통해서 구체화된다. 〈태풍〉은 1941년 아시아, 그 중에서도 남태평양 일대에 퍼진 섬들의 나라인 아이세노딘을 배경으로 하고 있다. 1940년대 초반, 오랫동안 니브리타의 식민지였던 아이세노딘에서 나파유 군대는 니브리타를 몰아내고 아이세노딘을 나파유 군정 치하에 놓는다. 이 상황에서 아이세노딘 민족주의 노선 가운데 니브리타와 나파유 어느 쪽에도 협력하지 않는 중립 노선의 지도자인 카르노스가 고급 포로가 되어 감금된다. 바로 그가 나파유 패망 이후 니브리타에게 독립 전쟁을 선포하여 3년 만에 마침내 독립을 이루어내고 아이세노딘의 대통령이 된 인물이다.

〈태풍〉에서 나타나는 아이세노딘의 이러한 이야기는 실제 인도네시아 역사를 상상적으로 재구성하여 가상의 역사를 만든 것이다. 이 가상의 역사는 실제의 역사와 유사한 듯이 보이지만 몇 가지 차이를 드러낸다. 〈태풍〉과 실제 역사와의 비교에서 나타나는 몇 가지 차이는 〈태풍〉이 향하고 있는 '다시쓰기'의 방향을 보여주고 있다는 점에서 중요한 의미를 지닌다. 우선 인도네시아를 식민지로 지배했던 제국은 소설에서 니브리타로 제시되는 영국이 아니라 네덜란드였다는 점이다.[10] 실제역사에서의 지

---

10 인도네시아를 지배하는 동안 네덜란드의 식민정부는 인도네시아에 고도로 중앙집권화된 강력한 통치기구와 지배체제를 구축하였고 이 시기에 네덜란드가 구축한 식민국가는 인도네시아의 근대 국가형성에 원형을 제시해 둔 것이었다고 한다. (배긍찬, 「인도네시아의 정치와 사회」, 『아세아연구』 32권 2호, 고려대 아세아문제연구소, 1989, 153면.)

배국이었던 네덜란드가 소설에서 니브리타로 바뀐 이유는 무엇인가? 〈태풍〉에서 아이세노딘을 지배했던 니브리타는 아시아 전체를 노예화하고 짓밟은 거대한 서구 제국의 대표로서 나타나고 있다. 아시아 전역에 '반(反)니브리타의 격한 숨결'이 퍼질 만큼 니브리타의 식민지 통치는 아시아 전역을 대상으로 하고 있었다고 서술된다. 그리하여 〈태풍〉에서는 태평양 전쟁 당시의 세계가 서구의 제국주의를 대표하는 니브리타와 '아시아 공동체론'으로 그와 맞서는 나파유, 그리고 그들의 지배를 받으며 해방을 모색하는 식민지, 아이세노딘이라는 구도로 단순화되고 있다. 이 아이세노딘이 애로크를 비롯한 여타의 식민지들을 대표하고 있음은 물론이다. 이렇게 실제 역사가 단순화됨으로써 오히려 실제 역사에서 나타나는 문제들의 본질, 즉 1942년 태평양 전쟁을 전후한 당시에 일본이 내세웠던 '아시아 공동체론'의 힘과 허구성이 보다 극단적으로 드러나게 되는 것이다.

또 하나의 중요한 차이는 일본의 군사 점령기와 상황에 관한 문제이다.[11] 〈태풍〉에서는 니브리타를 몰아내고 아이세노딘을 점령한 나파유 군대가 아니크계 아이세노딘인들을 학살함으로써 해방군이 아닌 점령군으로서의 면모를 드러내고 아이세노딘인의 분노를 산다. 그러나 실제 역사에서 중국계 인도네시아인들에 대한 학살은 일본 점령군이 아니라 일본 패망 이후 통제 불가능한 사회 혼란 상태에서 게릴라전에 뛰어든 신세대 독립운동가들에 의하여 이루어진 것이었다.[12] 소설에서는 아니크계

---

11 실제 역사에서 인도네시아 독립운동에 있어서 일본의 군사 점령기는 새로운 전기가 되었다고 한다. 어떤 의미에서 일본의 점령은 구식민 체제를 급격히 붕괴시켰고 결과적으로 인도네시아 사회전체를 재각성케 하는 계기가 되었는데 이로 인해 민족독립운동 역시 활발하게 전개될 수 있었다는 것이다.(앞의 글, 157면.)

12 1945년 일본의 항복으로 인하여 수카르노와 히타 등이 주도하는 정부가 들어서게 되었지

아이세노딘인들에 대한 학살이 나파유군에 의하여 이루어진 것으로 제시됨으로써 나파유군의 이중성, 즉 해방군의 외피를 가진 점령군이라는 이중성과 나파유의 정신이자 논리인 '아시아 공동체론'의 허구성이 보다 명확하게 드러나게 된다. 더불어 주인공 오토메나크 역시 '아시아 공동체론'에 대한 환상에서 완전히 벗어나게 된다.

마지막으로 카르노스라는 인물과 관련해서도 일정한 차이가 나타난다. 〈태풍〉에서 아이세노딘의 독립운동 지도자인 카르노스는 니브리타에서 근대적 학문을 배우고 온 니브리타 유학파로서 '자기 힘으로 독립한 것만이 진정한 독립'이라는 자주적인 노선을 표방하는 인물이다. 나파유의 패망 이후에 대통령이 된 그는 1965년경에 죽은 것으로 그려진다. 실제로 카르노스의 모델로 보이는 수카르노[13] 역시 그가 대표로 있었던 국민당의 대규모 군중 동원을 성공적으로 이끈 인물이었다. 강력한 카리스마를 지닌 것으로 알려진 그는 다양한 사회집단들과 반식민 공동전선 구축에 주도적인 역할을 한 인도네시아 민족주의 세력을 대표하는 인물이었다.[14] 그러나 소설에서와는 달리 일본 패망 이후 20여 년간 아이세노딘을 이끌었던 수카르노는 1965년 군부 쿠데타에 의하여 하야하였다. 때문에 〈태풍〉에서 카르노스가 근대적인 지식을 체득하고 누구의 도움도 받지 않는 자주적인 독립을 강조하고 있는 것, 그리고

만 확고한 통치기반이 결여되어 통제불가능한 사회혼란 상태가 되었다. 이 와중에 게릴라전에 뛰어든 신세대 독립운동가들에 의하여 네덜란드인이나 중국계 인도네시아인들에 대한 대대적인 추방과 학살이 이루어졌던 것이다.

13 수카르노는 네덜란드에서 유학한 것이 아니라 인도네시아 반둥공과대학을 졸업하였는데 온건적인 사회주의당을 이끌었던 하타 등의 유학파들에게 많은 영향을 받았다고 한다.(유인선 「인도네시아의 역사와 문화」, 『아세아 연구』 32권, 고려대 아세아문제연구소, 1989, 141면.)

14 배긍찬, 앞의 글, 156면.

1965년에 죽음을 맞이하고 사후에도 아이세노딘에서 뿐 아니라 전세계적으로 존경받는 인물로 그려지고 있는 것 등은 카르노스를 식민지 지형을 극복하는 '이상적인 지도자'로서 제시하기 위한 것이라고 할 수 있다. 카르노스가 가진 이러한 이상적인 성격과 함께 그가 추구한 노선, 비동맹중립국들의 연맹을 통한 아시아공동체론 역시 이상적인 성격을 지닌다.

이렇게 〈태풍〉이 이루어낸 기억하기와 다시쓰기의 결합은 다양한 방식으로 나타나고 있다. 아나그램을 통해서 나라 이름을 바꿈으로써 실제 역사와의 거리 두기와 실제 역사 돌이켜보기라는 두 가지의 결과를 만들어내는 것이나 실제 역사에서 나타나는 식민지 지형의 복잡성을 단순하게 만들고 그 속에서 일본의 논리가 가진 힘과 허위성이 극단까지 드러나도록 한 것, 그리고 탈식민의 가능성으로서 카르노스라는 인물과 비동맹중립에 의한 아시아 연합을 제시하고 있는 것 등. 결국 기억하기와 다시쓰기를 통해서 〈태풍〉이 역사를 재구성하고 가상화하는 시각은 탈식민지적인 것임을 알 수 있다. 그리하여 실제 역사임과 동시에 가상의 역사이고 상상임과 동시에 현실인 〈태풍〉은 우리에게 우리 역사에 대한 탈식민적 성찰과 반성을 요구하고 있는 것이다.

3. 흉내내기의 양가성와 식민지적 무의식

〈태풍〉은 나파유 제국의 식민지인 애로크 출신이면서 제국의 군대의 장교로서 살아가는 오토메나크에 대한 이야기로서 나파유 식민주의를 내면화했던 오토메나크가 겪게 되는 혼란을 그리고 있다. 여기서 오토메나크가 나파유 식민주의를 내면화하는 과정은 식민지의 대다수 지식인들이 제국의 이념을 받아들이는 과정을 전형적으로 보여준다. 오토메나크는 '자기를 나파유 사람으로 믿고 있는 애로크 사람'이다. '애로크는 나파유의 식민지가 아니라 두 나라는 한 나라'이며, '애로크 사람은 빨리 나파유 사람이 되는 것만이 진실로 애로크를 사랑하는 길'(28면)이라는 '괴상스런 이론'을 오히려 '자신들의 부끄러운 신세를 보지 않기' 위해서 받아들이고 마침내 그것을 진실로 믿는 상황에 이른 것이다. 친나파유파의 우두머리인 아버지를 두고 있는 오토메나크는 결국 나파유 제국의 군인이 되는데, 이 때 오토메나크는 '나파유 정신'을 선택함으로써 애로크인이라는 자신의 '부끄러운 피'를 '나파유'인으로 바꾼다. 요컨대 나파유 정신을 받아들임으로써 나파유인이 되고자 했던 것이다. 이렇게 해서 '자기 자신을 나파유인으로 믿는 애로크 사람', 오토메나크가 존재하게 되었다.

그런데, 오토메나크는 정말 자기 자신을 나파유인으로 믿고 있었을까? 소설의 서두에서 아이세노딘의 니브리타 포로수용소에서 근무하던 오토메나크는 나파유 사령부의 소환을 받고서 명령을 받기 위해서 사령부로 간다. 이 과정에서 오토메나크는 나파유 병사의 건방진 태도에 '식민지 출신인 그의 마음 한구석에 늘 도사리고 있는 자격지심'(10면)이 문득 솟아오르는 것을 느낀다. 장군에게 임무를 들으면서 오토메나크는 '이런 중대한 임무가 자신에게 주어지다니. 애로크 사람인 자기에게'라고 생각하며 감격하기도 한다. 명령을 받은 이후에는 이러한 감격이 '미진함'으로 바뀌는데, '보통 같으면 이만큼 중대한 일이 애로크 출신자에게 주어진다는 것은 예상 밖'이라고 생각하며 의아함을 갖기도 한다.

이런 대목들은 오토메나크가 자신이 아무리 나파유의 정신을 내면화한다 하더라도 결코 '나파유인'이 아닌 '애로크인'일 수밖에 없다는 것을 잘 알고 있음을 드러낸다. 오토메나크는 결코 '자기 자신을 나파유인으로 믿는 애로크 사람'일 수가 없는 것이다. 오토메나크는 오히려 자기 자신이 '애로크인'이라는 것을 너무나 잘 알고 있기에 '나파유인'이 되어 '나파유인'으로 보이고 싶은 애로크인이라고 할 수 있다. 결국 오토메나크에게 있어서 이상적 자아는 '스스로를 나파유인이라고 믿는 애로크 사람' 즉, 어떠한 균열이나 혼란 없이 나파유인이 된 애로크 사람이었지만, 오토메나크의 현실적 자아는 애로크인으로서의 자의식과 나파유인의 정신이 혼합된, 분열된 자아라고 할 수 있다.

한편 군인이 된 이후로 오토메나크는 '나파유인보다 더 나파유인다운' 군인이 되고자 노력한다. 나파유의 군인이 되고 나서는 대학 때 전공했던 나파유 고전 문학의 지식이 '불시에 몸 속의 피처럼 울컥 알아'져서 나파유인 장교들보다 나파유 고전을 더 잘 아는 군인이 된다. 뿐만 아니라 군인이라는 제도 속에서 '확실한 마음의 평화'를 느끼는 오토메나크는 '사관학교 출신보다 더 사관학교 출신다운 식민지 출신 장교가 어느새 되어 있었다.' 여기서 오토메나크가 나파유의 군인이 되는 방식을 알아차릴 수 있는데, 그것은 한마디로 '나파유인보다 더 나파유인다운'이라고 할 수 있다. 즉 나파유인을 초과하거나 능가하는 애로크인, 그것이 식민지 애로크인이 나파유의 군인으로서 살아남기 위한 방법이었던 것이다.[15]

이러한 오토메나크의 모습에서 식민지적인 '모방(mimicry)'이 지닌 양가성(ambivalence)을 발견하게 된다. 식민지적 모방은 '거의 동일하지만 아주 똑같지는 않은 차이의 주체로서' 개명된, 인식 가능한 타자를 지향하는 열망이다. 다시 말해 모방은 양가성을 둘러싸고 구성되며 끊임없이

---

15 강진구는 오토메나크가 보이는 '나파유인보다 더 나파유인다운' 행동을 '공격자와의 동일시'라는 욕망의 발현으로 본다. 이 '공격자와의 동일시'는 결국 자신보다 약한 자들에게는 공격자가 됨으로써 자신의 피해의식을 전가하는 것으로 나타나게 되는 바, 섬에서의 오토메나크의 태도가 그것을 보여준다는 것이다. (강진구, 앞의 글, 111~117면.)

미끄러짐, 초과, 차이를 생산하게 된다.[16] 나파유 군인이 되기 위해서 나파유 군인보다 더 나파유 군인다운 모습으로 나아간다거나, 스스로를 나파유인으로 상정하고자 함에도 불구하고 애로크인으로서의 자의식으로 인해서 분열을 보인다거나 하는 것은 모두 식민지적 모방이 '똑같은 주체'가 아니라 '거의 동일하지만 아주 똑같지는 않은 차이의 주체'를 생산하는 것임을 말해주는 것이다.[17]

식민지적 모방은 이렇게 미끄러짐, 과잉, 차이, 혹은 결여를 수반하기 때문에 불완전할 수밖에 없으며 그래서 분열적인 것이 될 수밖에 없다. 애로크에 나파유 민족주의를 퍼뜨리는 데 앞장선 친총독부 언론인이자 오토메나크 아버지의 절친한 친구인 마야카의 방문은 오토메나크에게 그가 '애로크인'이라는 사실을 새롭게 일깨우게 된다. 마야카는 오토메나크로서는 한 번도 상상해본 적이 없는 나파유의 패전 가능성을 전하면서 나파유인도 아닌 애로크인이 남의 전쟁을 위해서 죽을 이유가 없다며 몸을 보존하라는 아버지의 전언을 전한다. 마야카의 방문 이후 오토메나크는 자신의 삶이 모두 무너져버린 듯한 허탈감에 빠지는데, 그리하여 '자기가 산 시간을 모두 잃어버린', '유령'이 된 듯한 모습이 된다.

더구나 아이세노딘의 고급 포로 카르노스를 지키는 건물에서 니브리타의 밀실을 발견하고 나서부터 오토메나크는 엄청난 충격과 혼란에 휩싸이게 된다. 거기서 오토메나크는 아이세노딘을 지배하던 니브리타의 보

---

16 호미 바바, 나병철 역, 『문화의 위치─탈식민주의 문화이론』, 소명출판, 2004, 178~179면.
17 조보라미의 연구에서도 〈태풍〉에서 '피식민지인의 지배자 모방'이 이루어지고 있음을 지적한 바 있다. 그러나 이를 소설 속에서 구체적으로 고찰하고 그것이 지니는 의미를 천착하기 보다는 〈크리스마스캐럴〉 등 다른 소설들과의 비교 속에서 간략하게 다루고 있을 뿐이다.(조보라미, 앞의 글, 133면.)

물과 병기들, 그리고 아이세노딘의 독립운동에 대한 내용을 담은 비밀문
서들을 발견하게 된다. 비밀문서들을 읽으면서 오토메나크는 밤마다 절
망하게 되는 바, 문서는 오토메나크의 삶이 극단적으로 잘못된 삶이었음
을 가르쳐주고 있었기 때문이다. 결국 자신이 내면화하고자 했던 나파유
정신이 바로 제국주의의 이념이자 '전쟁 정신'이며 나파유는 아시아의
니브리타였다는 사실은 오토메나크가 수행한 모방이 '미끄러짐'을 운명
으로 할 수밖에 없는 것임을 알게 해주는 것이었기 때문이다.

오토메나크가 보여주는 이러한 과정은 식민지적 모방이 초래하는 결과
를 보여줌과 동시에 오토메나크가 지니고 있는 식민지적 무의식을 보여
주는 것이다. 오토메나크가 애로크인임을 부정하면서 나파유 정신을 따
름으로써 나파유인으로 거듭나고자 한 것, '나파유인보다 더 나파유인'
답게 되기 위하여 나파유인을 모방한 것, 그리고 결국 애로크인으로서 나
파유인으로 살아가는 자기 자신에 대한 혼란과 자각을 보여주는 것 등은
식민지인이 가지게 되는 욕망과 좌절, 그리고 분열 등을 보여주는 것이
다. 그리고 그러한 욕망과 좌절, 그리고 분열과 혼란 등이 모두 식민지인
으로서 갖게 되는 무의식의 결과일 것이다.

그러나 오토메나크의 내면에는 이러한 식민지적 무의식만 있었던 것
이 아니다. 이 점은 〈태풍〉의 이야기가 애로크나 나파유가 아닌 아이세
노딘이라는 제3의 나라를 배경으로 하고 있다는 점과 관련된다. 니브리
타의 오랜 식민지였던 아이세노딘은 나파유에 의해서 니브리타로부터
해방되었지만, 이제 나파유의 군정 치하에 있는 나라이다. 이러한 아이
세노딘에서 애로크 출신 나파유 장교로서 살아가고 있다는 상황의 특수
성으로 인하여 오토메나크의 의식은 좀 더 복잡한 상황에 놓이게 된다.
즉, 오토메나크는 나파유인과의 관계에서는 자신이 애로크인이라는 열
등감과 자격지심 속에 있었지만 아이세노딘인과의 관계에서는 애로크인

이 아닌 나파유인으로서의 의식, 즉 식민주의적 의식을 보이고 있는 것이다.

오토메나크가 아이세노딘을 인식하는 방식은 고향인 애로크와 식민지 모국인 나파유를 하나로 묶고 그것과 아이세노딘의 차이를 드러내는 방식인데, 그것은 다음과 같은 부분에서 잘 나타난다.

> 그의 나라인 애로크나, 그의 정신의 나라인 나파유만 하더라도 그런 느낌은 괴물스런 풍경이어야 했다. 그러나 이 늘푸른 나라에서는, 이 나무의 그러한 느낌은 훨씬 자연스럽게 보였다. (중략) 오토메나크의 고향인 애로크나, 식민지 모국인 나파유의 식물들은, 한결같이 생활에 찌들었거나 찌푸린 정신주의의 느낌을 준다. 이곳의 식물들은 활달하고 덩치 큰 어린 아이 같은 데가 있다. 오토메나크는 원주민들에게서도 같은 느낌을 받았다. (27면)

인용문에서는 애로크나 나파유의 식물은 '정신주의'로 표현되고 아이세노딘의 식물은 '덩치 큰 어린아이'라고 표현되는 데서 알 수 있듯이, 오토메나크는 애로크와 나파유를 '문명'으로, 아이세노딘을 '야만'으로 놓는 식민주의적인 의식을 보이고 있다.[18] 오토메나크 자신이 식민지인임에도 불구하고 식민주의자의 시선으로 아이세노딘을 보고 있는 것이다. 이는 일차적으로는 식민지적 모방의 결과라고 할 수 있겠지만, 한편으로는 복잡한 식민지적 무의식의 결과라고 할 수 있다. 오토메나크는 애로크가 아이세노딘과 동일한 나파유 식민지임에도 불구하고 애로크와 아이세노딘을 동일하지 않은 것으로 보고 있다. 즉 아이세노딘을 '야만'으로 놓음으로써 애로크가 적어도 야만으로 떨어지는 것을 막으려고 하고

---

18 강진구도 이에 대해서 '식민주의 담론'의 전형이라고 평가하고 있다.(강진구, 앞의 글, 118면.) 그러나 이를 통해서 식민지적 무의식과 식민주의적 의식의 복합적인 양상을 발견하는 데까지 나아가지는 못하고 있다.

있는 것이다. 동일한 식민지임에도 불구하고 애로크와 아이세노딘을 구분하여 애로크를 야만으로부터 분리하고자 하는 오토메나크의 태도에서 식민지적 무의식과 식민주의적 의식이 복합적으로 작용하고 있음을 알 수 있다.[19]

그런데 소설에서는 오토메나크가 이러한 의식을 갖게 된, 또 다른 이유가 제시되고 있다. 오토메나크는 아이세노딘 소녀가 '황색 인종이나 백인종에게는 없는, 원시적인 힘'에서 아름다움을 얻고 있다고 본다. 카르노스의 정부이자 오토메나크의 연인이었던 아이세노딘 여인, 아만다에 대해서도 '열대과일향기', '갈색의 피부', '짙은 갈색의 눈동자' 등이 강조되고 있다. 심지어 아만다의 눈은 '인형의 눈'으로 서술되기도 한다. 이는 아이세노딘인의 갈색 피부, 이국적인 용모가 오토메나크에게 '차이'의 표식으로 인식되고 있다는 것을 보여주는 것이다. 애로크인과 나파유인의 차이가 피부색과 외모로는 식별될 수 없는 것이라면 아이세노딘인과의 차이는 보다 직접적이고 물질적인 차이이다. 물론 그러한 차이가 '공포'를 불러일으키고 있는 것은 아니며 오히려 '동경'으로 나타나고 있다. 그러나 그로부터 나타나는 감정이 공포가 아니라 동경이라고 하더라도 그것은 식민주의적인 것이다. 그것이 있는 그대로의 아이세노딘의 자연이나 아이세노딘인의 사람이 아니라 애로크인과 나파유인에 대한 '차이'에 의해서 구성되고 있는 자연이나 사람이기 때문이다.

---

19 이는 마치 '미개' 내지는 '야만'으로 떨어져 '문명'인 서구의 노예가 되지 않기 위하여 다른 한쪽의 타자로서의 거울인 '미개' 내지는 '야만'을 새롭게 발견하거나 날조하여 그들에 비해서 '문명'에 속한다는 의식을 갖기 위하여 자국의 일부를 차별적인 분열 속에 놓았던 일본의 태도와 유사하다.(고모리 요이치, 송태욱 역, 『포스트콜로니얼—식민지 무의식과 식민주의적 의식』, 삼인, 2002, 33~36면 참조.)

4. 탈식민을 위한 모색으로서의 제3의 길

〈태풍〉은 오토메나크를 통해서 식민지인이 식민지인으로서 살아가면서 나타나게 되는 식민지적 무의식과 식민주의적 의식의 복합적인 양상을 보여주고 있다. 그것은 일차적으로는 나파유인에 대한 식민지적 모방의 결과인, 초과 혹은 미끄러짐, 그리고 결여 등에서 기인하는 자아의 분열로 나타나며 더 나아가서는 이러한 식민지적 무의식과 아이세노딘인들에 대한 식민주의적 의식의 분열로 나타나고 있다. 이와 같은 분열이 오토메나크의 특수성이 아니라 식민지인의 공통적인 현상이라고 한다면 이러한 분열을 극복하는 방법은 무엇인가?

오토메나크가 마야카의 방문과 비밀문서가 들어 있는 밀실의 발견으로 인하여 그동안의 자기 자신을 유령처럼 느끼며 혼란스러운 나날을 보내던 중 두 가지 사건이 발생한다. 하나는 나파유군에 의한 아이세노딘인에 대한 대학살이고 다른 하나는 '아이세노딘의 호랑이'라고 불리던 나파유계 이민 2세 토니크 나파유트의 자살이다. 사실 이 둘은 하나의 사건이라고 할 수도 있겠는데 나파유트가 자살을 한 것이 나파유군의 대학살로 인한 것이었기 때문이다. 아이세노딘에서 발생하고 있는 게릴라전에 대한 용의자로 아니크계 아이세노딘인들을 지목한 나파유군이 민간인에 대한 대규모 무차별 학살을 감행하자 니브리타로부터 아이세노딘이 해방하는 데에 앞장섰던 나파유트는 그에 대한 항의 표시로 자살을 택한 것이다.

오토메나크는 이를 통해서 자신이 신봉하던 나파유 정신, 아시아에서 서구 열강을 몰아내고 아시아 공동체를 세우자는 '아시아 공동체론'이 결코 한 길로 향하고 있는 것이 아님을 알게 된다. 적과 내통했다는 이유로 민간인을 대규모로 학살하면서도 자기들은 맥주를 마시며 학살 광경을 손가락질 하며 웃는 나파유 장교들의 모습은 오토메나크가 믿었던 나파유 정신의 모습은 결코 아니었으리라. 학살을 감행한 작전 참모가 생각하는 아시아 공동체란 아시아의 모든 나라가 '나파유의 밥'이 되는 것이다. 아시아의 해방을 말하면서 아시아에게 총을 겨누는 것이다. 그러나 오토메나크는 또 하나의 아시아주의가 있다고 믿는다. 오토메나크가 믿었던 아시아주의는 '아카나트 소령'이나 '아이세노딘의 호랑이'의 아시아주의다. 오토메나크는 이 아시아주의가 학살을 감행한 아시아주의와는 다르다고 믿고 싶어한다. '이 길을 가면 된다. 이 길의 끝에 죽음이 있다면 할 수 없지 않은가'라고 생각하는 오토메나크는 자신이 선택한 나파유 정신은 두 번째 아시아주의이며 그것이 설령 허구라 해도 이젠 그것과 함께 죽을 수밖에 없다는 태도를 보여준다.

결국 오토메나크는 자신의 임무인 포로 송환을 위하여 카르노스와 니브리타 여성 포로를 싣고 항해를 하게 된다. 그러나 항해 도중 정세 변화로 인하여 사령부로부터 회항 명령을 받는다. 그러나 회항에 반대하는 니브리타 포로들의 반란이 일어나고 이로 인하여 다가오는 태풍을 피하지 못하게 된다. 결국 선박은 부서지고 오토메나크와 나파유 병사, 그리고 몇몇 포로들은 무인도에서 표류한다. 섬에 있었던 모두에게 죽음만이 남아있는 상황이었다. 방송에서는 나파유의 패망이 가까워지고 있음을 알려주고 있지만 오토메나크는 나파유 군인들에게 오히려 더 소리 높여 나파유 정신을 호소한다. '목숨을 바칠 만한 값이 없는 것에 속아온 것이 분할 따름'(345면)이라고 생각하면서도 오토메나크는 나파유를 위하여, 나파유로 인하여 죽을 수밖에 없는 상황을 어찌하지 못하는 것이다.

그러나 소설은 여기에서 끝나지 않는다. 일종의 에필로그에 해당하는 '로파그니스―30년 후'에서 오토메나크는 바냐킴이라는 이름의 아이세

노딘이 되어 있다. 결국 아이세노딘의 대통령이 되었던 '카르노스의 정
치적 유산의 숨은 관리자의 한 사람'으로서 애로크의 통일에 기여하면서
말이다. 표류하던 섬의 한 동굴에서 은신하고 있었던 카르노스의 설득으
로 오토메나크는 결국 아이세노딘인으로 거듭 나게 된 것이다. 이 부분
은 매우 중요한 부분인데, 애로크인이었던 오토메나크가 나파유 장교로
서 거듭 났다가 마침내는 아이세노딘인으로 다시 탈바꿈하고 있기 때문
이다. 그렇다면 오토메나크를 설득한 카르노스의 논리는 무엇인가?

> 나는 동포들에게 죄지은 사람입니다 무슨 낯으로 고국에 돌아가겠습니까.
> 아무도 풀 수 없는 것 같던 이 물음을 풀어준 정말 짐작도 못 한 카르노스의 해
> 결. 당신은 아이세노딘 사람이 될 생각은 없습니까. 그러나 나는 애로크 사람
> 입니다. 당신은 얼마 전까지 자기를 나파유 사람이라고 믿지 않았습니까. 지금
> 당신은 애로크 사람이라고 말합니다. 당신은 아이세노딘 사람도 될 수 있습니
> 다. 아니 니브리타 사람도 될 수 있을 것입니다. 인연이 다한 이름을 버리면 됩
> 니다. 사람은 육체로서는 한 번 나는 것이지만, 사람으로서는, 사회적 주체로
> 서는 몇 번이고 거듭날 수 있습니다. (중략) 당신이 나파유 군대의 정보 물자,
> 그리고 가능하면, 우수한 병력을 우리들에게 넘겨주는 데 협력한다면, 당신은
> 아이세노딘 독립의 은인이 될 것이오. 아니 독립에 공이 큰 아이세노딘 사람이
> 됩니다. (360면)

카르노스의 논리는 '육체로서는 한 번 나는 것이지만, 사람으로서는,
사회적 주체로서는 몇 번이고 거듭날 수 있'다는 것으로 요약된다. 그러
한 거듭남은 새로 선택한 사회에 대한 기여를 통해서 가능하다. 애로크인
이었던 오토메나크가 애로크의 피를 부정하고 나파유 군인의 정신을 내
면화하고 나파유 군인이 됨으로써 거듭 난 것처럼 나파유 군대의 정보와
병력을 아이세노딘에게 넘겨줌으로써 아이세노딘 독립에 협력하게 되면
아이세노딘인이 되는 것이다. 그러나 이러한 거듭남은 이전 사회에 대한

제2부 탈식민과 기억—최인훈에 대한 주석 ●

부정과 새로운 사회에 대한 모방을 통해서만 가능하다. 나파유인이 되기 위해서 애로크인임을 부정하고 나파유인을 모방했던 것처럼 이제 아이세노딘인이 되기 위해서는 나파유인으로서의 자기를 부정하고 아이세노딘인을 모방해야 하는 것이다.

그러나 나파유인으로서의 자기를 부정하고 아이세노딘이 되는 길은 애로크인임을 부정하고 나파유인이 되었던 길과 동일하지 않다. 나파유 정신을 받아들이고 나파유인을 모방한 것은 식민지인이 지배 제국에 대해서 행하게 되는 식민지적 모방이었다. 반면 아이세노딘인이 되는 것은 새로운 삶을 향한, 일종의 정치적인 결단에 의한 것으로서 아이세노딘에 대한 동맹적, 연대적 입장에서의 모방이라고 할 수 있다. 이미 소설의 곳곳에서 오토메나크가 아이세노딘에 대해서 호의를 가지고 있음이 나타난 바 있거니와 아이세노딘에 협력함으로써 나파유에 대한 복수를 기도했던 것일 수도 있겠다.

여기에는 카르노스라는 인물도 중요한 역할을 하고 있다. 오토메나크는 마야카의 방문 이후로 이미 카르노스를 이상적 인물로 여기고 그를 의지하고 있었기 때문에 그의 제언을 받아들이게 된 것이다. '적에게 잡혀 갇혀 있으면서도 굽히지 않고 견디는 인물', '두 개의 섬과 그 위에 살고 있는 갈색의 피부를 가진 사람들은 니브리타인이 될 수도 없고, 나파유인이 될 수도 없다고 완강하게 고집하고 있는' 인물, 카르노스는 오토메나크에게 식민지인도 제국인도 아닌 새로운 삶의 가능성을 보여주고 있었던 것이다.

결국 아시아주의를 넘어서 오토메나크가 선택한 길은 카르노스의 길이자 아이세노딘의 길이라고 할 수 있다. 카르노스의 길은 누구에 의한 해방이 아닌 스스로의 힘에 의한 해방, 글자 그대로의 독립을 이루어 어떤 국가의 지배와 영향으로부터도 자유로워지는 길이다. 소설에서 '로파그니스—30년 후'라는 에필로그는 아이세노딘이 이러한 길을 밟고 있음을 보여준다. 그런데 이 에필로그에서 나타나는 '30년 후'가 바로 이 소설이 연재되고 있던 현재, 즉 1970년대 초반을 의미한다면, '로파그니스—30년 후'는 바로 당시 현실에 대한 진단과 소망을 표현하는 부분이라고 할 수 있다. '30년 후'에 아이세노딘은 니브리타와 나파유 모두로부터 해방되어 독립을 이루었고 애로크는 통일되어 있다. '전후 이십 년 남짓해서 애로크가 통일될 수 있었던 것은, 강대국들의 등살에 시달리면서도 슬기롭게 새로운 국제 질서의 본보기를 만들어낸, 약소국들의 뭉친 힘'이이라는 설명은 한국의 통일이란 강대국의 협력에 의해서가 아니라 오히려 약소국들의 동맹에 의해서 가능할 것이라는 전망에 다름 아닐 것이다. 이것은 물론 당시 1960년대 후반에 이루어진 비동맹국가회의에 대한 기대를 반영한 것이리라.[20]

그러나 '로파그니스—30년 후'에서 나타나는 낙관적인 결말을 비동맹국가회의에 대한 기대로만 해석할 수 있을 것인가에 대해서는 의문의 여지가 있다. 1970년대 초반이란 한국의 정치사에서는 잊기 힘든 사건이 벌어진 시기라고 할 수 있는데, 바로 1972년에 단행된 '10월 유신'으로 박정희가 영구집권을 기도하기 시작한 시기이기 때문이다. 이른바 '토착적 민주주의'를 내세우면서 단행된 유신헌법으로의 개헌은 한국의 민주주의를 거꾸로 돌려놓았던 결정적인 사건이다. 실제로 최인훈은 1973년 〈태풍〉의 연재를 서둘러 종결짓고 미국으로 떠났으며 사실상 〈태풍〉을 끝으로 소설에서 희곡으로 장르를 바꾸었다.[21] 이런 점과 관련시켜볼 때

---

20 권보드래와 강진구의 연구 역시 이 점을 지적하고 있다.(권보드래, 앞의 글, 195면; 강진구, 앞의 글, 122면.)

21 이에 대해서는 김인호, 「탈식민, 탈형식, 탈이데올로기—『총독의 소리』론」, 『해체와 저항의 서사: 최인훈과 그의 문학』, 문학과지성사, 2004, 65면 참조.

'30년 후'에서 나타나는 낙관적인 결말은 1970년대 초반의 한국 상황, 유신헌법이 단행되어 민주주의에 대한 희망은 짓밟히고 독재만이 횡행하던 상황에 대한 대타적인 열망의 표현이라고 볼 수 있다. 이를 통해 이 소설이 보여주고 있는 기억하기와 다시쓰기를 통한 과거 역사에 대한 전유의 시도는 현재와 미래로 이어지게 되는 것이다.

결국 〈태풍〉의 결말은 식민지와 제국으로 이분화된 세계, 강대국의 논리에 의하여 전개되는 세계를 넘어서서 우리가 나아가야 할 탈식민적인 길로서 제3의 논리를 제시하고 있다고 할 수 있다. 그것은 나파유 제국이 내세웠던 '아시아주의'가 아니라 '아시아의 연대'이며, 식민지와 제국의 이분법을 넘어선 제3의 길이다. 그러나 〈태풍〉이 탈식민의 길로서 제시하고 있는 제3의 길은 정말 가능한가? 가능하다면 어떻게 그 길을 갈 것인가? 〈태풍〉은 여기에 대해서는 말하지 않는다. 이는 1960년대 후반 한 줄기 빛으로 던져진 비동맹회의의 존재, 그리고 1973년 한국의 암울한 상황, 그 속에서 제3의 길은 오직 가능성과 열망으로서만 존재할 뿐, 아직 어떠한 구체성도 지니지 못하고 있음을 나타낸다. 어쩌면 〈태풍〉에서 관념적으로 제시되고 있는 '제3의 길'도 일종의 '풍문'의 차원에서 제시되고 있는 것인지도 모른다. [22] [23]

---

22 〈태풍〉에서 '로파그니스―30년 후'가 소설의 다른 부분에 비해서 많은 서술자의 설명을 필요로 하고 있음이 이를 잘 드러내준다.

23 이상갑의 연구에서는 〈태풍〉이 '자기를 바깥에서 들여다보며 성찰하는 과학적인 시각을 강조함으로써 서로의 진정한 연대를 모색'하고 있을 뿐 아니라 '진정한 아시아주의'를 모색하고 있다고 평가하고 있다.(이상갑, 앞의 글, 109면.) 그러나 그러한 모색이 가능성과 열망의 차원에서만 제시되고 있을 뿐이라는 점에서 이에 대한 지나친 의미 부여는 경계해야 할 듯하다.

5. 결론

　탈식민주의론은 식민과 그 이후의 역사에서 식민의 경험이 어떻게 기억되고 구조화되고 있는가를 논의함으로써 탈식민의 방향을 모색하는 것이다. 최인훈 소설의 경우 대부분이 한국의 근대성이 노정하고 있는 타자성과 식민성에 대한 소설적 탐구를 보여주고 있기 때문에, 탈식민주의적 관점은 그 의미를 보다 명확하게 밝힐 수 있는 방법이 될 수 있다. 이러한 관점에서 본고는 식민지 출신이면서 지배 제국의 군인으로서 살아가고 있는 인물을 다루고 있는 〈태풍〉을 탈식민주의적인 시각에서 고찰하였다.

　〈태풍〉은 우선 '기억하기'와 '다시쓰기'의 결합을 통하여 현실의 역사를 전유하면서 탈식민적인 기획을 보인다. 아나그램을 이용하여 나라 이름을 바꿈으로써 현실 역사와의 거리 두기와 현실 역사 돌이켜보기라는 이중의 효과를 만들어내는 것이나 실제 역사에서 나타나는 식민지와 지배제국의 지형을 단순하게 만들고 그 속에서 일본의 논리가 가진 허위성이 극단적으로 드러나도록 만든 것, 그리고 탈식민의 가능성으로서 카르노스라는 인물과 비동맹중립에 의한 아시아 연합을 제시하고 있는 것 등 〈태풍〉은 현실 역사를 기억하고 그것을 전유하여 다시 쓰고 있는 것이다. 이렇게 〈태풍〉이 현실의 역사를 재구성하여 가상화하는 시각은 역사 속에서 나타났던 식민지와 지배제국의 문제를 전면화하고 이를 탈식민지적인 방향에서 바라보기 위한 것이다.

　이러한 다시쓰기의 과정에서 〈태풍〉은 주인공 오토메나크를 통해서 식민지인이 지니고 있는 식민지적 무의식과 식민주의적 의식의 복합적인 양상을 보여주고 있다. 그것은 일차적으로 '나파유인보다 더 나파유인다운' 애로크인이 되고자 하는 오토메나크의 태도에서 나타나는데 주로 식민지적 흉내내기가 수반하는 과잉 혹은 미끄러짐, 그리고 결여 등에서 기인하는 자아의 분열로 나타난다. 더 나아가서 오토메나크는 아이세노딘인들에 대해서 식민주의적 의식을 보이는데, 그것이 애로크인으로서 지니는 식민지적 무의식과 함께 하고 있다는 점에서 분열적이 될 수밖에 없다. 이와 같은 분열이 오토메나크의 특수성이 아니라 식민지인의 공통적인 현상이라고 한다면 이러한 분열을 극복하는 방법은 무엇인가?

소설에서 오토메나크는 카르노스로 대표되는 제3의 길을 따른다. 제3의 길은 우선 지배와 피지배로 나타나는 식민지적인 관계가 아니라 동맹적이고 연대적인 관계를 전제한다. 나아가 〈태풍〉의 결말은 식민지와 제국으로 이분화된 세계, 강대국의 논리에 의하여 전개되는 세계를 넘어서서 우리가 나아가야 할 탈식민적인 길로서 약소국의 연합과 동맹이라는 제3의 논리를 제시하고 있다. 그것은 나파유 제국이 내세웠던 '아시아주의'가 아니라 진정한 의미의 '아시아의 연대'를 향한 것이다. 그러나 〈태풍〉이 탈식민의 길로서 제시하고 있는 제3의 길이 구체적인 현실성을 지닐 수 있는 것인지, 식민성을 넘어서는 새로운 근대상을 만들어 나갈 수 있는 길인지에 대해서는 의문의 여지가 있다. 〈태풍〉의 결말이 30년이라는 세월을 건너뛰어서 요약적으로 제시되고 있다는 것은 '제3의 길'에 대한 모색이 오직 관념적인 상상으로서 제시되고 있을 뿐임을 보여준다.

이렇게 〈태풍〉에서 나타나는 탈식민적인 모색은 현실적이기보다는 관념적이고 실제적이기보다는 상상적이다. 탈식민을 위한 모색으로서의 제3의 길은 구체성과 현실성을 가지고 제시되지 못하고 하나의 이상으로서만 제시되고 있을 뿐이다. 탈식민적인 기억하기와 다시쓰기를 통해서 현실의 역사를 상상적으로 전유하여 식민지인의 식민지적 무의식과 식민주의적 의식을 그려낸 〈태풍〉이 다다른 곳은 바로 이곳이다. 역사와 현실의 모순 그 너머에 존재하는 이상적인 길, 제3의 길에 대한 동경과 열망. 4·19의 빛 속에서 발표된 〈광장〉에서는 이 열망이 현실에 대한 환멸과 절망으로 귀결되었던 반면에 유신의 암흑 속에서 발표된 〈태풍〉에서는 그것이 한줄기 빛과도 같은 이상으로 나타나고 있음은 아이러니가 아닐 수 없다. 탈식민주의적 관점에서 바라본 〈태풍〉의 높이와 한계가 동시에 나타나는 지점이 여기이다. 현실 역사에 대한 탈식민적인 전유와 현재 혹은 미래에 대한 관념적인 전망의 결합, 거기에 〈태풍〉의 성취와 한계가 함께 존재하는 것이다.

제5장

정치적 무의식과 노스탤지어

1. 서론

최인훈 소설은 관념적이고 난해하다. 그의 소설에서 현실은 언제나 관념을 매개로 해서만 드러나며 그 관념은 또한 너무 주관적이고 사변적이다. 그럼에도 불구하고, 아니 오히려 그래서 최인훈 소설은 한국현대문학사에서 중요한 위치를 차지하고 있다. 그의 소설이 보여주는 세계는 현실의 의미를 확장시키며 그의 소설이 보여주는 관념은 관념 너머에 존재하는 것들을 함축한다. 관념만이 과장되어 나타나고 있는 듯이 보이는 그의 소설은 그 소설을 생산한 1960년대, 당대의 현실과 긴밀히 관련되어 있으며 한국 근대사가 노정해온 식민지적 근대성이라는 문제와도 긴밀히 관련되어 있다. 〈광장〉에서 〈태풍〉에 이르기까지 최인훈 소설이 보여주고 있는 역사적 현실에 대한 문학적 대응의 양상은 문학이 현실에 대하여 발언할 수 있는 다양한 방식들을 보여주는 것이기도 하다. 한국현대문학사에서 최인훈 소설이 큰 의미를 지니고 있다면 아마 이러한 이유에서일 것이다.

　그간 최인훈 소설에 대해서는 수많은 연구들이 이루어져왔다. 최인훈 소설에 나타난 '환상성'을 중심으로 한 연구들[1], '주체' 혹은 '주체의 정체성'의 문제를 주심으로 한 연구들[2], '담론'에 관한 연구들[3], '인식적 특성'에 대한 연구들[4] 등 다양한 관점의 많은 연구들을 통하여 최인훈 소설이 지니고 있는 문학적, 미적, 인식적 특성과 의미가 구명되고 있다. 최근에는 최인훈 소설을 식민성이나 근대성의 문제를 중심으로 분석하는 탈식민주의적 관점의 연구[5]와 주체의 욕망이라는 문제를 중심으로 분석하는 정신분석학적인 관점의 연구[6]가 활발히 진행되고 있다.

　그러나 이러한 많은 연구들에도 불구하고 최인훈 소설에 자리잡고 있는 보다 근원적인 부분, 즉 현실이나 역사에 대한 감각 혹은 태도에 대한 연구는 아직 충분히 이루어지지 않은 듯하다. 물론 김현의 연구는 근본적으로 헤겔주의자인 최인훈이 '광장과 밀실'이나 '혁명과 사랑'과 같은

1　많은 연구들이 있으나 여기서는 최근의 연구들을 중심으로 연구사를 제시한다.
　김미영, 「최인훈 소설의 환상성 연구」, 한양대 박사논문, 2000.
　조보라미, 「최인훈 소설의 환상성 연구」, 서울대 석사논문, 1999.
　황순재, 「최인훈 소설의 환상기법 연구」, 부산대 석사논문, 1989.
2　김인호, 「최인훈 소설에 나타난 주체성 연구」, 동국대 박사논문, 2000.
　양윤모, 「최인훈 소설의 정체성 찾기에 대한 연구」, 고려대 박사논문, 1999.
　정영훈, 「최인훈 소설에 나타난 주체성과 글쓰기의 상관성 연구」, 서울대 박사논문, 2005.
3　김경욱, 「최인훈 소설의 이데올로기비판 담론 연구」, 서울대 석사논문, 1998.
　이인숙, 「최인훈 소설의 담론 특성 연구－서술 층위를 중심으로」, 고려대 박사논문, 1998.
4　서은주, 「최인훈 소설 연구－인식 태도와 서술 방식의 상관성을 중심으로」, 연세대 박사논문, 2000.
　장사흠, 「최인훈 소설의 정론과 미적 실천 양상－헤겔 사상의 비판적 수용과 극복 양상을 중심으로」, 시립대 박사논문, 2005.
5　구재진, 「최인훈 소설에 나타난 기억하기와 탈식민성－「서유기」를 중심으로」, 『한국현대문학연구』 15, 2004.
　하정일, 「탈식민 서사와 식민적 무의식－화두론」, 『작가연구』, 2002. 하반기.
6　허영주, 「최인훈 소설의 정신분석학적 연구」, 계명대 박사논문, 1995.
　문흥술, 「최인훈 『구운몽』에 나타난 욕망의 특질과 그 의의」, 『국어교육』 113, 2004.

개념상의 '종합' 혹은 '지양'의 지점을 발견하지 못하고 있음을 밝히고[7]
정과리의 연구와 한형구의 연구는 '비극적 세계관'이라는 개념을 통하여
최인훈 소설이 상호 모순적인 것의 변증법적 종합에 이르지 못함으로서
비극적인 것으로 귀결될 수밖에 없었음을 밝힘으로써[8] 최인훈 소설의 세
계관의 특질을 구명한 바 있다. 본고는 여기서 더 나아가 최인훈 소설에
서 반복적으로 나타나는 정신분석학적인 징후들을 고찰함으로써 최인훈
소설에서 나타나는 역사에 대한 감각이 어떠한 것인가를 밝히고자 한다.

이를 위해서 서사를 '사회적 상징 행위(Socially Symbolic Act)'로서 바라
보는 프레드릭 제임슨의 정치적 무의식(The Political Unconscious)의 개념
을 원용하고자 한다. 제임슨은 "항상 역사화하라"는 슬로건을 내세우는
데[9] 이것은 "사회적이고 역사적이지 않은 것은 없다. 실로 모든 것은 결
국 정치적이다"라는 전제 아래 '억압된 역사성을 복원하라'는 것이다.[10]
그에 의하면 텍스트의 해석이란 정치적 무의식의 형태로 억압, 위장, 신
비화되어 있는 역사를 텍스트의 표면으로 복원해내는 일이다. 마치 의식
이 정신분석을 통해 드러나는 무의식을 통해서 그 실상을 드러내듯이 텍
스트 역시 해석에 의하여 드러나는 정치적 무의식을 통해서 그 의미가 드
러날 수 있게 되는 것이다.[11] 최인훈의 소설들은 4·19 혁명과 그 뒤를 이

---

7 김현, 「최인훈에 대한 네 개의 산문」, 『현대문학문학의 이론/사회와 윤리』 김현문학전집
    2, 문학과지성사, 1991.
8 정과리, 「개인과 세계의 대립적 인식」, 『문학과 지성』, 1980. 여름.
    한형구, 「분단 시대의 소설적 모험―최인훈론」, 『문학사상』, 1989. 4.
9 F. Jameson, *The Political Unconscious: Narrative as a Socially Symbolic Act*, Methuen, 1981, p.9.
10 오민석, 영미문학연구회 편, 「『정치적 무의식』의 정치적 무의식」, 『안과밖(영미문학연
    구)』 12, 2002, 183~184면.
11 신광현, 영미문학연구회 편, 「'텍스트의 무의식' : 프레드릭 제임슨의 경우」, 『안과밖(영미
    문학연구』 19, 2005, 110~111면 참조. 신광현은 이러한 제임슨의 관점이 결과적으로 작품
    의 실천성을 인정하기 어렵게 만든다고 비판하고 있다.

은 5·16 군사쿠데타라는 역사적 사건이 있었던 1960년대와 깊은 관련을 가지고 있다. 이 시기에 대하여 최인훈 자신은 당시의 상황을 '세상이 대낮같이 밝아지는가 싶더니 다음 순간에 바로 그 사회 속에서 홀연히 나타난 어둠의 세력이 지배하는 세상'이라고 표현한 바 있다.[12] 이 소설들은 바로 이러한 어두운 시대에 대한 문학적인 대응이라고 할 수 있으며 그런 의미에서 이 소설들을 억압된 역사성을 내재하고 있는 정치적 무의식의 텍스트라고 부를 수 있을 것이다.

1994년에 발표한 〈화두〉의 서문에서 최인훈은 인류를 커다란 공룡에 비유하고 개인을 이 공룡의 몸에 붙은 하나의 비늘에 비유하면서 '인류'라는 이름의 공룡이 기어가는 '역사'라는 이름의 이 운동방식이 "나를 전율시킨다"고 말하고 있다.[13] 이를 통해서 민족 혹은 인류라는 공동체와 개인의 합일에 대한 이상은 이상에 불과했다는 통렬한 인식을 엿볼 수 있다. 그러나 그러한 인식이 〈화두〉에서 갑자기 나타나기 시작한 것은 아니다. 소설마다 다소간의 차이는 있지만 실제로 최인훈 소설에는 역사 앞에서 개인이 느끼는 무력감이나 개인을 짓밟고 나아가는 역사에 대한 환멸이 나타나는 경우가 많다. 4·19의 밝은 빛 속에서 발표된 〈광장〉에서부터 이러한 무력감과 환멸이 나타나기 시작했으며 〈구운몽〉이나 〈회색인〉 그리고 〈서유기〉 등의 소설에서 역시 역사와 현실을 부조리한 것으로 바라보는 시각이 드러나고 있다. 본고는 실제로 최인훈 소설을 근본적으로 규정하고 있는 것이 바로 역사에 대한 비관적인 감각이라고 보고 그러한 감각이 어떠한 형태로 억압, 위장, 신비화되어 있는가를 밝힘으로써 최인훈 소설에 자리잡고 있는 정치적 무의식을 복

---

12 최인훈, 『화두』 제1부, 문이재, 2002, 346면.
13 위의 책, 10~11면.

원하고자 한다.

이를 위하여 최인훈 소설에서 공통적으로 나타나고 있는 정신분석학적인 징후들을 분석하고 그것의 의미를 밝힐 것이다. 우선 최인훈 소설에서 상징계에 대한 태도를 단적으로 보여주고 있는 '오인'의 구조를 분석하고 그의 소설에서 상징계의 부조리함이 어떠한 방식으로 나타나고 있는가를 고찰할 것이다. 다음으로 최인훈 소설에서 역사에 대한 태도를 드러내는 것이 '반복'이라고 보고 인물의 행위와 서사, 그리고 소설의 구조 속에서 빈번히 나타나는 '반복'의 구조를 분석할 것이다. 마지막으로 최인훈 소설의 역사 감각을 가장 잘 드러내고 있는 '노스탤지어'의 문제를 분석할 것이다. 유토피아적인 미래로서 나타나고 있는 오래된 과거에 대한 노스탤지어의 문제를 분석함으로써 최인훈 소설이 지니고 있는 비관적인 역사 감각과 노스탤지어와의 관련성을 구명할 것이다.

2. 오인의 구조와 상징계의 허위성

최인훈 소설에서 가장 빈번하게 발견되는 정신분석학적 징후는 '오인'이다. 라캉에 의하면 어린 아이는 거울을 바라보며 거울 속의 이미지를 자신의 이미지로 오인하고 그 이미지를 이상적 자아로 삼게 된다. 그리고 이 이상적 자아에 대한 동일화를 통하여 상상계적 주체가 형성된다. 알튀세르나 페쇠 등에 의하면 사람은 스스로를 이데올로기적 호명(interpellation)의 수신인으로 인지함으로써 주체로 구성된다. 그들에 따르면 이데올로기적 질서는 바로 이러한 환영(illusion)에 의하여 구성되고 유지된다. 이러한 환영은 상징계(The Symbolic)의 한 장소와 그것을 차지하는 우연적 요소 간의 일종의 단락(short circuit)에 의하여 생산된다. 이 장소에서 자신을 발견하는 사람은 누구든지 수신인이 되는데 이때 수신인이란 그의 실정적인 특질들에 의해서가 아니라 이 장소에서 자신을 발견한다는 바로 그 우연한 사실에 의하여 정의되고 있는 것이다.[14]

최인훈 소설에서는 호명 과정에서 나타나는 이러한 오인의 구조가 반복적으로 나타나고 있다. 우선 〈광장〉에서 이명준이 S서 사찰계 취조실에서 형사로부터 취조를 당하는 장면은 오인의 메카니즘이 어떠한 것인가를 잘 보여준다. 취조실에서 이명준은 북에서 민주주의 민족통일전선을 이끌고 있는 아버지 이형도의 아들이라는 이유 때문에 빨갱이라는 이름으로 호명되고 있다. 이명준이 형사의 질문에 대하여 어떠한 내용의 대답을 하는가와 상관없이 빨갱이라는 이름을 갖게 되는 것이다. 이미 형사는 이명준이 빨갱이라는 이름을 거부할 것임을 알고 있다. 오히려 그러한 거부가 형사에 의하여 행해지는, 나아가서는 국가의 이름으로 행해지는 호명을 정당화하는 기제가 되고 있다. 즉 호명은 이미 실재를 바탕으로 하는 것이 아니라 오인의 구조를 바탕으로 하고 있는 것이다. 때문에 이명준이 정말 빨갱이인가 아닌가와 관계없이 빨갱이로 호명된 그는 빨갱이가 된다. 한편 주체는 이러한 오인의 구조에 기반한 호명에 의하여 상징계의 일원으로 자리잡는다. 이명준은 취조실에서 취조를 받은 뒤 '에고의 도어'에 불길이 타오르고 '에고의 방문이 붕괴되는 소리'를 들었다고 말하고 있다. 에고가 타자와의 관계를 전제하지 않는 동일성의 세계라면, 취조실에서의 취조를 통하여 이명준은 그 동일성의 세계로부터 나오게 된다. 그리고 상징계의 자리를 위임받음으로써 비로소 상징계라는 '광장'으로 진입하게 된 것이다. 〈광장〉의 서사는 이러한 호명과 오인의 구조에 의하여 시작되고 있다.

---

14 슬라보이 지젝(S. Žižek), 주은우 역, 『당신의 징후를 즐겨라: 할리우드의 정신분석』, 한나래, 1997, 47~49면.

이러한 호명과 오인의 구조는 〈구운몽〉과 〈서유기〉에 오면 서사를 추동시키면서 작품 전체를 지배하게 된다. 우선 〈구운몽〉을 살펴보자. 〈구운몽〉은 여러 겹의 구조로 이루어지고 있는데 소설의 첫 번째 층위는 숙이라는 첫사랑을 만나고자 하는 주인공, 즉 현재 간판사로 일하는 독고민이 거리에서 누군가로부터 계속 쫓기면서 방황하는 이야기를 담고 있다. 이러한 독고민의 이야기는 독고준이 동사한 주검으로 발견된 병원의 원장인 신경외과 의사 김용길 박사의 이야기로 이어진다. 그리고 미래의 어느 시점에서 미래 고고학자의 설명에 의하여 독고민과 김용길 박사의 이야기가 '조선원인고'라는 이름의 고고학 입문 필름의 내용이었음이 밝혀지게 된다. 마지막 층위는 이 필름에 대한 고고학자의 설명과 시사회를 보고 나온 연인들의 모습으로 이루어져 있다.

이 가운데 가장 중심적인 이야기라고 할 수 있는 독고민의 서사는 관 속에 누워있던 독고민이 누군가의 부름을 듣고 관 밖으로 나오는 것으로 시작된다. 그러나 관 속에 누워있던 독고민을 부른 사람이 누구인지, 그녀가 부른 사람이 독고민이 맞는지는 확인되지 않는다. 다만 누군가의 부름이 있었고 독고민은 그 부름을 자신에 대한 부름으로 알고 관 밖으로 나왔을 뿐이다.[15]

> 똑 똑. 누군가 관 두껑을 두드리고 있다. 누구요? 저에요. 누구? 제 목소릴 잊으셨나요. 부드럽고 따뜻한 목소리. 많이 귀에 익은 목소리. 빨리 나오세요. 그 좁은 곳이 그렇게 좋으세요? 그리고 춥지요? 빨리 나오세요. 따뜻한 대루 가요. 저하구 같이. 그는 두 손바닥으로 관 뚜껑을 밀어 올리고 상반신을 일으

---

15 이 부분에 대하여 문흥술은 상징계로부터 고립 유폐된 공간인 관 속에 있던 독고민이 관 뚜껑 두드리는 소리를 듣게 되어 관을 나오는 것이 상상계에서 상징계로 나오는 것을 의미한다고 본다.(문흥술, 앞의 글, 667면.) 그러나 상징계로의 진입 자체가 오인을 기초로 하고 있다는 점을 밝히는 데까지 나아가지는 못하고 있다.

켰다. 어둡다. 아무것도 보이지 않는다. 게 누구요? 대답이 없다. 그는 몸을 일으켜 관에서 걸어나왔다. 캄캄하다.[16]

독고민은 '부드럽고 따뜻한 목소리'를 '많이 귀에 익은 목소리'로 인식하고 그 목소리의 부름을 받아들인다. 그러나 독고민이 바로 그 '부드럽고 따뜻한 목소리'가 불렀던 사람이었는지는 확인되지 않는다. 독고민은 그 목소리를 들었기 때문에 그 목소리와 자신이 알고 있던 목소리를 일치시키고 그 부름을 받은 사람이 되었던 것이다.

이 점은 독고민이 하숙방에 떨어진 한 통의 편지를 받고 '미궁' 다방에 나가게 되는 과정에서도 동일하게 나타난다. 편지의 수신인은 독고민으로 되어 있고 편지의 내용은 "돌아오는 일요일 아세아 극장 앞 〈미궁〉 다방에서 기다리"겠다는 것이었다. 편지를 보낸 사람은 익명으로 되어 있었지만 독고민은 그 편지를 읽자마자 첫사랑의 여자 숙을 떠올린다. 그리고 편지에 써 있는 대로 그녀를 만나기 위해 일요일에 아세아 극장 앞 '미궁' 다방으로 나가게 된다.

그러나 관 속에서 들은 목소리나 하숙방에 떨어진 한 통의 편지에 대한 독고민의 응답이 이루어지는 것은 바로 오인에 의해서이다. 관 속에서 들은 목소리나 한 통의 편지는 독고민을 호명하고 있는데, 그 목소리나 편지가 독고민을 호명하는 것은 그가 독고민이어서가 아니라 독고민이 바로 그 순간 거기에 있었기 때문이다. 관 속의 목소리가 말하는 내용이나 편지의 내용에는 그 수신인이 독고민이어야 하는 필연적인 이유가 담겨져 있지 않다. 즉 독고민은 그가 그 부름의 수신인이기 때문에 그 부름을 인정하고 그 부름이 요구하는 바를 실행하는 것이 아니라, 그가 그 부름

---

16 최인훈, 〈구운몽〉, 『현대한국문학전집 16』, 신구문화사, 1981, 420면.

을 인정하는 순간 그 인정을 통해서 부름의 수신인이 되는 것이다.[17] 〈구운몽〉에서 관 속의 독고민을 부르는 목소리나 하숙방에 떨어진 편지는 숙과의 첫사랑이라는 외상을 환기시키고 과거를 현재에 소환하는 역할을 한다.[18] 그럼으로써 이 소설의 서사를 추동시키고 있다.

이 점은 〈서유기〉에서도 동일하게 나타난다. 독고준의 관념적이고 환상적인 여행을 보여주고 있는 이 소설에서 역시 독고준은 영문 모른 채 체포되어 끌려간 곳에서 우연히 '빛바랜 오랜 된' 한 장의 신문지를 보게 된다. 그리고 거기에서 자기 사진이 실린, 사람 찾는 광고를 발견하게 된다. "당신이 잘 아는 사람으로부터"라고 되어 있는 이 광고는 "이 사람을 찾습니다. 그 여름날에 우리가 더불어 받았던 계시를 이야기하면서 우리 자신을 찾기 위하여"라는 내용으로 되어 있다. 편지를 보고 바로 첫사랑 숙을 떠올린 〈구운몽〉의 독고민과 마찬가지로 독고준 역시 W시에서 그 여름에 만났던 '운명'을 떠올리며 이 광고를 낸 사람이 바로 그 '운명'임을 확신한다. 독고준 역시 그가 그 광고의 수신인이기 때문에 그 광고의 부름에 응답하는 것이 아니라 스스로가 그 광고의 수신인이라고 인정함으로써 수신인이 되는 것이다. 〈서유기〉에서 신문의 광고는 독고준이 W시에서 그 여름에 만났던 '운명'이라는 외상을 환기시킴으로써 과거를 현재에 소환하는 역할을 하고 있다. 그럼으로써 이 소설의 서사를 추동시키고 있다.

---

17 슬라보이 지젝(S. Žižek), 앞의 책, 50면.

18 지젝은 이러한 오인(인지)의 전범을 조셉 맨키비츠의 〈세 명의 아내에게 보낸 편지〉에서 발견할 수 있다고 설명한다. 일요일 여행에 오른 세 명의 아내들은 각자 자신을, 자신들의 남편들 가운데 한 사람과 함께 달아났다고 공표하는 지방의 요부가 보낸 편지의 수신인으로 인지하는데, 그 편지는 그녀들 각자의 외상을 환기시키고, 그녀들 각자는 자신의 결혼생활이 실패임을 깨닫게 한다는 것이다.(위의 책, 50면, 각주 33번.)

　이러한 호명과 오인의 구조는 〈구운몽〉과 〈서유기〉에서 반복적으로 나타나고 있다. 〈구운몽〉에서는 독고민이 숙을 찾으며 도시를 헤매면서 만나게 되는 사람들은 독고민을 선생님, 사장님, 각하, 에레나의 연인, 반란군 수령, 대주교 등 많은 이름으로 부르고 있다. 그러나 독고민은 이러한 이름들을 거부하고 있다. 독고민은 오직 단 하나의 자리, 숙의 애인으로서의 이름만을 자신의 자리로 여기고 있을 뿐이다. 그러나 독고민을 호명하는 사람들은 독고민이 그러한 호명을 거부하든 받아들이든, 독고민이 실재적으로 그 호명에 부합하는 존재이든 아니든 관계하지 않는다. 그들에게는 선생님, 사장님, 각하, 에레나의 연인, 반란군 수령, 대주교로 호명하는 행위 자체가 중요하며 그 이름을 부르는 순간 독고민이 바로 거기에 있다는 것만이 중요하다. 즉 독고민은 그러한 호명에 합당한 사람이어서 호명되고 있는 것이 아니라 바로 그 순간 거기에 있었기 때문에 호명되고 있는 것이다.

　이때의 독고민의 모습은 라캉이 말한 '나를 뒤따라올 사람'의 모습과 동일하다. 라캉에 따르면 "당신은 나를 뒤따라올 사람이다"라는 구절을 상징적 위임 또는 지명으로, 즉 새로운 상호 주관적 관계가 생겨나게 하는 계약의 수립으로 읽을 때, 그것은 '당신'이 행하는 행태와 사실에 의해 간단하게 논파될 수 없게 된다. 심지어 현실에서는 '당신'이 그렇게 하지 않는다 할지라도 '당신'은 '나를 뒤따라올 사람'으로 남는다. 이 경우, '당신'은 '당신'의 상징적 직함에 해당하지 않게 살아가더라도, 이 상징적 직함이 상징적 그물망 속에서 '당신'의 자리를 결정하는 것이다. 그 상징적 직함은 '당신'의 사실적 행태와 상관없이 '모든 가능한 세계들에서' 진실로서 남는다.[19] 호명을 통해 위임된 상징적 직함들은 독고민의

---

19 위의 책, 46면, 각주 27번.

상황과는 상관없이 독고민의 상징적 자리로 기능하게 되는 것이다.

〈서유기〉에서 역시 이 점이 동일하게 나타난다. 논개가 갇혀 있는 감옥에 들어가자 논개는 흐느껴 울면서 독고준을 "피비린내 나는 세월"을 버티면서 기다린 '그 사람'으로 명명한다. 석왕사라는 역에 도착했을 때 역장 역시 독고준을 "만사를 폐하고 기다"렸던 '그 사람'으로 명명한다. 이 소설에서 독고준은 또한 '감찰관'으로, '각하'로 명명되기도 한다. 독고준이 그러한 호명을 거부하고 자신은 그런 사람이 아님을 주장하지만 독고준의 그러한 주장은 인정되지 않는다. 독고준의 거부에도 불구하고 독고준에게는 논개의 '그 사람', 역장의 '그 사람', 그리고 '감찰관'과 '각하'라는 상징적 직함들이 주어진다. 독고준의 사실적 행태나 실재적 상황과는 무관하게 독고준은 그 순간 바로 거기에 있었기 때문에 그러한 자리를 위임받게 되는 것이다.

이와 같이 최인훈의 소설들은 호명과 오인의 구조를 바탕으로 하고 있다. 호명과 오인의 구조란 결국 언어로 이루어진 이름이 그 이름의 실재와는 관련을 지니지 않는다는 것을 보여주는 것이다. 상징계의 위임이 호명의 구조를 통해서 이루어지는 것이라면 결국 상징계의 위임 역시 주체의 실재와는 관련 없이 이루어지는 오인을 바탕으로 하는 것이다. 최인훈 소설은 호명과 오인의 구조를 반복적으로 드러냄으로써 질서 정연한 것처럼 보이는 상징계의 부조리함, 상징계의 허위성을 제시하고 있다. 즉 상징계 내부의 큰 타자의 존재와 큰 타자에 의한 사회적 자리의 위임, 그리고 그러한 위임을 통해서 구축된 사회적 관계들이 모두 오인에 기초하고 있다는 것을 밝힘으로써 상징계의 질서가 지니고 있는 근본적인 '균열'을 보여준다. 이를 통해서 최인훈 소설들은 상징계에 대한 비판과 부정으로 나아가고 있는 것이다.

3. 반복의 구조와 역사

최인훈 소설에서 반복은 억압된 정치적 무의식을 나타내는 또 하나의 징후이다. 최인훈 소설에서는 동일한 문장의 반복으로부터 동일한 기억의 반복, 동일한 구조의 반복에 이르기까지 다양한 양상의 반복이 발견된다. 또한 그러한 반복은 하나의 소설 내부에서 이루어지기도 하고 하나의 소설의 차원을 넘어서 이루어지기도 한다. 예를 들어 고고학이라는 방법론을 통해서 소설 내부의 이야기를 감싸는 〈구운몽〉의 외화는 〈서유기〉에서 다소 짧은 분량으로 축소되어 반복되고 있고 〈회색인〉에서 나타났던 그 여름 W시에서 만난 운명의 기억은 〈서유기〉에서는 보다 큰 의미를 지니는 것으로서 변화되어 나타나고 있다. 프로이트가 반복강박의 원리(a principle of repetition compulsion)를 설명하면서 말했듯이 반복은 억압된 것(the repressed)과 관련되어 있다. 외상적인 것이나 억압된 것은 반복을 통하여 귀환함으로써 그것의 의미를 구성해내며 주체는 반복을 통하여 외상적 경험을 소급하여 다스리고자 하는 것이다.[20]

이 점은 〈광장〉에서부터 발견된다. 이 소설에서 남한과 북한, 그리고 제3세계로 향하는 타고르호라는 세 개의 공간에서 이명준이 겪는 경험의 구조는 동일하다. 그것은 밀실의 붕괴에 대한 경험과 강제와 폭력으로 유지되는 광장에 대한 환멸의 경험, 그리고 새로운 밀실과 광장이 조화를 이루는 새로운 세계를 향한 출발로 요약될 수 있다. 이러한 반복을 통하여 〈광장〉은 현실에서 억압된, '밀실과 광장이 직통' 하는 서사시적 세계

---

20 프로이트는 외상성 신경증 환자들이 반복적으로 꾸는 외상적 경험에 대한 꿈이 그 자극을 소급하여 다스리고자 하는 노력하는 것이라고 본다. 프로이트는 이로부터 반복강박의 원리를 설명한다.(프로이트(S. Freud), 박찬부 역, 『쾌락의 원칙을 넘어서』, 열린책들, 1997, 43~47면 참조.)

에 대한 욕망을 드러냄과 동시에 그러한 욕망이 억압되는 현실에 대한 거부와 부정을 보여주고 있다. 여기서 간과해서는 안 되는 것은 이러한 반복의 끝에 죽음이 자리잡고 있다는 것이다. 소설에서는 이명준이 타고르호에서 바다로 뛰어드는 자살이 푸른 광장으로 나아가는 것으로 서술되어 있지만 그것이 죽음을 의미한다는 것은 부정할 수 없다. 결국 이러한 반복의 끝은 죽음뿐이라는 것을 암시하는 것이다.

〈구운몽〉에서 반복은 보다 다양한 양상으로 나타난다. 우선〈구운몽〉에서는 동일한 상황이 반복됨으로써 익숙함(canny)과 기괴함(uncanny)의 관계를 제시한다. 관에서 나온 독고민이 하숙집 계단을 올라가 이층의 자기방문 앞에서 열쇠를 꺼내 문을 연 뒤 겨우 성냥을 찾아 촛불을 켜기까지의 과정은 숙과 만나기 위하여 '미궁' 다방을 다녀온 날 밤에 그대로 반복된다. 독고민은 그 과정이 요전날 밤과 꼭 같다는 것을 느끼며 '온몸에 쭉 밴 식은땀을 느꼈다'. 또한 '미궁' 다방에서 숙을 기다리다가 만나지 못하고 하숙집으로 돌아오려다가 낯선 길로 빠지고 헤매고 쫓기던 일이 다음 번 일요일에 '미궁' 다방에서 숙을 기다리다가 만나지 못한 밤에도 그대로 반복된다. 이번에도 독고민은 그날과 꼭 같이 되지 않기 위하여 '낯선' 쪽으로 골라 달려보지만 '마치 궤도에 올라앉은 기관차처럼' 점점 낯익은 길로 빠져든다. 익숙함에는 언제나 기괴함이 억압되어 있다. 기괴함은 익숙함에 억압된 또 다른 것의 모습이다. 반복이 익숙하면서도 기괴한 공포를 자아내는 것은 이 때문이다. 그것은 이 익숙한 현실 속에 무엇인가가 억압되고 은폐되어 있다는 것에 대한 성찰이기도 하다.[21]

---

21 익숙한 것(canny)과 기괴한 것(uncanny)의 관계에 대해서는 로지 잭슨(R. Jacson), 서강여성문학연구회 역, 『환상성−전복의 문학』, 문학동네, 2004, 85~89면 참조.

독고민이 '미궁' 다방에서 숙을 만나지 못하고 알지 못하는 거리를 헤매면서 쫓겨 다니는 부분에서는 동일한 구조가 반복된다. 독고민은 공간의 이동에 따라서 한 무리의 사람들을 만나게 되고 그들은 각 집단마다 다른 이름으로 독고민을 호명하면서 독고민을 쫓게 되는 것이다. 각 공간에서 독고민은 호명 당하고 이를 부정하고 도망치며 쫓겨 다니게 된다. 그들이 독고민을 쫓는 이유도 명확하지 않으며 독고민이 쫓기며 도망치는 이유도 명확하지 않다. 오직 호명하고 거부하며 쫓고 쫓기는 행위만이 반복되고 있다.[22] 이 소설에서의 호명은 실재와는 아무런 관련을 지니지 않는 것이기 때문에 폭력적이고 강제적인 성격을 지닌다. 이러한 폭력적이고 강제적인 호명에 의하여 실재의 존재는 은폐되고 왜곡된다. 이 소설은 반복을 통하여 실재를 괄호 치는 상징계의 부조리함을 보여주고 이름과 실재가 일치하는 세계에 대한 욕망을 드러내고 있는 것이다.

그러나 여기서도 반복은 죽음을 통하여 종결된다. 계속적으로 서로 다른 집단에 의하여 쫓기던 독고민은 얼어붙은 광장에 도착하여 반란군의 수령으로 지명된다. 그리고 정부군에 의하여 총살된다. 이로써 호명과 거부, 그리고 쫓음과 쫓김의 반복은 종결되고 소설은 서사의 또다른 층위인 신경외과 의사 김용길 박사의 이야기로 이어진다. 반복의 끝에 죽음이 놓여 있다는 점에서 〈구운몽〉은 〈광장〉의 반복이라 할 수 있다. 삶은 끊임

---

22 이 부분에 대해서 최애순은 독고민이 낯선 이들에게 쫓기는 상황이 4·19혁명 때 군에 쫓기던 상황인데, 그것이 반복되며 벗어나기 힘들다는 것은 그만큼 그때 받은 정신적 외상이 깊다는 것을 의미한다고 보고 있다.(최애순, 앞의 글, 208면.) 그러나 소설에서 혁명군과 정부군의 방송이 차례로 나타나고 있고 결국 혁명은 실패하고 독고민이 반란의 수령으로서 얼어붙은 광장에서 총살당했다는 점을 생각할 때 이 상황은 4·19혁명을 미완의 혁명으로 만든 5·16 군사쿠데타와 관련된 것으로 보는 것이 타당하리라고 본다.

없는 반복으로 이루어져 있으며 그 반복의 종결은 죽음을 통해서만 가능하다는 이러한 인식은 삶에 대한, 그리고 역사에 대한 비관적인 인식의 표현이 아닐 수 없다.

〈서유기〉에 오면 반복의 양상은 훨씬 복잡해진다. 그 여름의 운명을 만나기 위해서 W시를 향해 가는 환상적이고 관념적인 여정을 보여주는 이 소설에서 주인공 독고준은 W시로 가는 석왕사라는 역을 출발하는 기차를 타고 갔음에도 불구하고 다시 석왕사로 돌아가 다시 역장을 만나고 석왕사에서 경험했던 것을 반복한다. 또한 독고준은 논개에게서의 '그 사람', 역장에게서의 '그 사람', 그리고 방송에서 말하는 '미 제국주의의 스파이'로 호명되고 오인되며 다시 그 이름을 거부하는 과정을 반복한다. 그러나 〈서유기〉에서 가장 중요한 의미를 지니는 부분은 W시에 돌아갔을 때 바로 그 교실에서 지도원 동무와 만나 중학생 시절의 자기비판 장면을 반복하고 재판을 받는 부분일 것이다. 이 부분은 플래시 백을 통하여 정신적 외상의 경험을 반복함으로써 그러한 경험을 소급하여 다스리려는 반복강박의 원리를 그대로 보여준다.

이렇게 최인훈 소설에서는 다양한 양상의 반복이 나타나고 있다. 그러나 이러한 반복은 단지 외상적 경험을 소급하여 다스리려는 반복 강박의 원리를 보여주는 데에서 그치지 않는다. 최인훈 소설에서 반복이 이렇게 빈번하고 중요하게 나타나고 있다는 것은 작가 최인훈이 삶을 발전이나 진보가 아니라 지속이나 반복으로서 인식하고 있다는 것을 암시하는 것이기 때문이다. 〈서유기〉에서는 방대한 관념과 환상의 여행에도 불구하고 실제로 이유정의 방에서 이층의 자기 방까지의 거리만을 갔다는 점에서도 이 점을 발견할 수 있다. 〈회색인〉에서는 소설 내 김학과 독고준이 벌이는 많은 토론과 사건에도 불구하고 소설의 처음 1958년 어느 비가 내리는 가을 저녁의 상황과 소설의 말미 1959년 어느 비가 내리는 여름 저녁의 상황이 동일하게 나타나는 것을 통해서 이러한 인식을 드러내고 있다. 최인훈에게 삶과 역사는 동일한 구조의 반복으로서 인식되고 있었던 것이다.

4. 상상계적 동일성에 대한 노스탤지어

최인훈 소설에서 오인의 구조와 반복의 구조를 통해서 궁극적으로 드러나는 것은 상상계적 동일성(Identity of the Imaginary)에 대한 지향이다. 최인훈 소설에서 상징계는 오인에 의해서 지탱되는 부조리한 세계이다. 또한 상징계에서의 삶이란 발전이나 진보가 아닌 동일한 구조의 반복일 뿐이다. 상징계에 대한 이러한 비판적이고 부정적인 인식은 이러한 부조리함과 허위성이 아니라 진정성에 의하여 이루어진 세계에 대한 지향을 내포한다. 최인훈 소설에서는 상징계와 대비되는 세계, 자아와 타자의 분열이 존재하지 않는 통합적인 세계에 대한 욕망이 강하게 나타나고 있다. 그러한 세계는 〈광장〉에서 밀실과 광장이 직통으로 통하는 서사시적 세계로 명명되기도 하고 〈구운몽〉에서 자아와 타자가 완전한 합일을 이루는 황금시대로 명명되기도 한다. 어떠한 이름으로 명명되든지 이 세계는 분열이 존재하지 않는 동일성의 세계를 의미한다.

이러한 세계를 대표하는 이름이 사랑과 혁명이다. 최인훈 소설에서 사랑과 혁명은 결코 서로 대극적인 것이 아니다. 사랑과 혁명은 모두 자아와 타자의 분열도, 이름과 실재의 분열도 존재하지 않는 상상계적 동일성의 다른 이름이기 때문이다. 인간이 태어나서 오이디푸스단계를 거치면서 어머니와 합일되었던 동일성의 기억은 은폐되고 어머니를 향한 욕망은 억압된다. 그러나 상상계적인 합일에의 기억은 결코 지워지지 않은 채 욕망의 근원으로 자리잡게 되고 주체의 욕망은 그러한 상상계적인 동일성을 향하게 되는 것이다. 상상계적인 동일성은 주체와 타자의 분열이 존재하지 않고 주체와 타자가 동일화되는 것을 의미한다. 최인훈 소설에서 이러한 상상계적인 동일성의 지향이 바로 사랑과 혁명인 것이다. 〈구운몽〉에 제시된 다음과 같은 부분은 사랑과 혁명의 동일성을 확실하게 보여준다.

> ① 독고민과 같은 주제에 그런 찬란한 분홍빛 과거가 있다고는 아무도 믿지 않을 것이다. 사람이 옹졸한 터라 누구에게 그런 옛날을 술주정으로나마 쏟지 못하는 사람이고 보니 그야말로 독고민의 세 치 가슴 속에 고이 간직된 서글픈 영광이라고 할 수밖에 없다. 말하자면 숙과의 지난 날은 그의 삶의 보람이며 누더기옷에 꿰맨 보석이었다. 이 추운 겨울날, 과거에 그런 찬란한 시대를 가졌다는 감미로운 추억이 없다면 그는 진작 얼어 죽을 것이다. (425면)

> ② 우리들의 찬란한 옛날을 상기하십시오. 우리들의 황금시대를 상기하십시오. 사슬이 손발을 묶기 전 자랑스러웠던 태양의 시절을 상기하십시오. (중략) 여러분의 가슴 속 망각의 해저 깊이 가라앉은 그 불멸의 선단을 인양하십시오. 오욕의 쓰레기더미를 제막하고 기념비를 드러내십시오. 여러분의 팔뚝에서 여러분의 핏줄 속에서 혼수(昏睡)에 빠진 군단을 불러 일으키십시오. 여러분의 가슴 속에서 녹슨 거문고를 끌어내십시오. 여러분의 힘을 빌려 주십시오. 여러분의 과거를 부활시키는 대열에 참가하십시오. (447면)

첫 번째 인용문에서는 독고민과 숙과의 지난날을 '그의 삶의 보람'이자 '찬란한 시대'라고 말하고 있으며 혁명군의 방송인 두 번째 인용문에서는 혁명군이 '황금시대를 상기'하고 '과거를 부활시키는 대열'에 참가하라는 말로써 혁명에 동참할 것을 호소하고 있다. 〈구운몽〉에서 사랑과 혁명은 모두 자아와 타자가 합일되었던 '황금시대'에 대한 노스탤지어를 담고 있다. 황금시대는 지금은 상실되었지만 언젠가 존재했던 과거의 시대로서 지금 여기의 부정성을 비추는 거울로서 기능한다. 최인훈 소설에서 오인의 구조를 통하여 상징계의 부조리함이 제시될 수 있었던 것은 바로 상상계적 동일성의 거울로 상징계를 비추어낼 수 있었기 때문이다. 이 상상계적 동일성의 세계는 부정성을 넘어서서 도달해야 할 유토피아의 세계이기도 하다. 즉 상상계적 동일성의 세계인 '황금시대'는 미래의 의미를 지니는 과거로서 나타나고 있는 것이다. 이렇게 노스탤지어는 타락하기 이전의 과거가 갖고 있었을 것으로 상상되는 조화가 깨어져버린 현재를 비난할 수 있는 힘으로서 나타나기도 한다. 즉 과거에 대한 동경은 현재에 대한 비판과 부정에 기여하는 것이기도 하며 과거와 같은 미래에 대한 소망을 보여주는 것이기도 한 것이다.[23] 이점은 구운몽에서 혁명군과 독고민이 나눈 대화 속에서도 확인된다. '페닉스는 다시 날까요?'라는 질문에 대한 대답은 '사랑이 있는 한 날 것입니다'라는 것이었다. 페닉스가 역사의 정점, 혁명이라면 그것은 곧 사랑의 다른 이름이었음을 말하고 있는 것이다.

그러나 이 '황금시대', 상상계적 동일성에 대한 노스탤지어는 비관적인 역사 감각으로 이어질 가능성을 가지고 있다. 블로흐에 따르면 유토피아는 존재의 비동일성을 지양하는 과정에서 선취적인 것으로 요청받는 '동일화 되어감'의 단계로 해석되어야 한다. 그러할 때 세계는 아직 완성되지 않은 과정으로 간주되며, 유토피아적 의식은 존재의 현사태를 통찰함으로써 미완의 존재 본질을 선취하는 기능을 담지하게 된다. 그리하여 현존하는 세계는 아직 완성되지 않은 현재와 끝나지 않은 과거 그리고 무엇보다도 가능한 미래 사이를 매개하는 과정이 된다.[24] 그러나 지향하는 유토피아가 이미 과거에 완성되었던 그 무엇으로 상정될 때 유토피아 지

---

23 리타 펠릭스(R,, Pelski), 김영찬·심진경 역, 『근대성과 페미니즘』, 거름, 1999, 102~104면.
24 이승은, 「에른스트 블로흐의 예술철학에 관한 연구」, 서울대 석사논문, 1998, 23~24면.

향성은 미래 지향적인 것이 아니라 과거 지향적인 것이 될 수밖에 없다. 이 점은 최인훈 소설이 미래를 향해 열려져 있기 보다는 과거의 파편화된 기억들과 현재의 만남으로 이루어져 있다는 점과도 관련된다. 최인훈 소설에서 현재의 역사는 '황금시대' 의 동일성을 결여한 결핍으로서의 역사이며 '황금시대' 로 돌아갈 수 없는 역사는 영원히 결핍의 역사를 반복할 수밖에 없는 것이다.

5. 결론

본고는 최인훈 소설에서 나타나는 정치적 무의식과 역사 감각을 구명하는 것을 목표로 이루어졌다. 이를 위하여 최인훈 소설에 1960년대 한국 사회에 대한 정치적 입장이 내재되어 있다고 보고 그 정치적 의식과 역사 감각을 보여주는 정신분석학적 징후들을 찾아 이를 분석하였다.

첫 번째로 최인훈 소설에서 빈번하게 나타나는 호명과 오인에 대하여 분석하였다. 최인훈 소설의 주인공들은 호명에 의해 상징계의 자리를 위임받게 된다. 그러나 이 호명은 오인의 구조에 바탕을 두고 있다. 오인의 구조란 그 호명을 받는 자가 그 순간 거기에 있음으로 인하여 그 이름을 위임받는 구조를 말한다. 이 때 그가 그 이름에 합당한 실재인가는 중요하지 않으며 오직 인정과 거부에 의하여 그 이름을 위임받게 되는 것이다. 이러한 호명과 오인의 구조는 상징계 자체가 주체의 실재와는 관련 없이 오인을 바탕으로 하는 것임을 보여줌으로써 상징계와 부조리함을 폭로하는 역할을 수행한다.

두 번째로 반복의 구조를 분석하였다. 최인훈 소설에서는 다양한 양상의 반복을 발견할 수 있는데 이는 일차적으로 외상적 경험을 소급하여 다스리려는 반복 강박의 원리를 보여주는 것이다. 그리고 반복의 구조를 통하여 시간의 흐름과 공간의 변화에도 불구하고 삶은 동일하게 나타나고 있음을 드러내고 있다. 이는 삶의 방향이나 역사의 방향을 발전이나 진보가 아니라 지속과 반복으로서 인식하고 있음을 암시하는 것이다.

세 번째는 상상계적인 동일성에 대한 노스탤지어를 분석하였다. 최인훈 소설에서 오인의 구조와 반복의 구조를 통해서 궁극적으로 드러나는 것은 상상계적 동일성에 대한 지향이다. 최인훈 소설에서 상징계는 오인에 의해서 유지되는 부조리한 것이기 때문에 상징계에서의 삶이란 동일한 구조의 반복으로서 나타난다. 상징계에 대한 이러한 부정적인 인식은 사랑과 혁명으로 표상되는 상상계적인 동일성에 대한 지향으로 이어진다. 그러나 타락하기 이전의 조화에 대한 노스탤지어는 부정적 현재를 비판하는 힘으로 나타나기도 하지만 과거지향적인 비관적 역사의식으로 이어질 가능성도 지니고 있다. 최인훈 소설이 미래로 열려 있기보다는 파편화된 과거로 회귀하는 경향을 지니고 있는 것도 이 때문이다.

이러한 분석 결과 최인훈 소설에서 나타나고 있는 정치적 무의식 혹은 역사 감각의 근원에는 황금시대에 대한 노스탤지어가 자리잡고 있고 그러한 노스탤지어가 상징계에 대한 비판과 상상계로의 퇴행이라는 이중성을 지니고 있음을 밝혔다. 최인훈 소설에서 나타나는 비관적인 역사 감각의 근원에는 이러한 노스탤지어가 자리잡고 있었던 것이다.

최인훈 소설은 1960년대 4·19 혁명의 불꽃과 5·16 군사쿠데타에 의한 혁명의 실패, 그리고 일인 독재에 의한 억압 등과 밀접히 관련되어 있다. 최인훈 소설에서 나타나는 노스탤지어와 비관적 역사 감각은 벤야민이 역사에 대하여 보여주었던 체념과 우수를 연상시킨다. 소설에서 나타나는 오인과 반복의 구조를 통해서 추론할 수 있는 최인훈의 역사 감각은 여러 가지 면에서 인간의 역사는 '파편적인 것'이고 '고통에 찬 것'이며 또 '잘못된 것'으로, 이러한 인류의 역사는 언제나 동일한 모습으로 반복된다고 의식했던 벤야민의 역사 감각과 통한다.[25] 이러한 역사 감각이 억압되었던 정치적 무의식, 유토피아에 대한 열망의 다른 모습이라고 할 때 최인훈 소설은 유토피아 지향성이 비관적 역사 감각과 만나는 지점을 보여준다고 하겠다. 최인훈이 보여주고 있는 이러한 역사 감각의 의미는 그것이 60년대의 한국사회라는 상황에 대한 문학적 대응의 결과라는 점에서 찾을 수 있을 것이다. 그가 보여주는 비관적 역사 감각은 시대와 사회에 대한 치열한 성찰과 현실에 대한 비판의식의 결과이기 때문이다.

---

25 벤야민의 역사의식에 대해서는 반성완, 「발터 벤야민의 비평개념과 예술개념」, 발터 벤야민 저, 반성완 역, 『발터 벤야민의 문예이론』, 민음사, 1983, 373~375면 참조.

제3부

디아스포라의 안과 밖

제1장

트라우마적 기억과 역사의 전유
─노라 옥자 켈러의 〈종군위안부〉

1. 서론

최근 국제화와 세계화의 흐름 속에서 문학을 비롯한 문화 담론의 영역에서는 경계 허물기와 경계 넓히기라는 이중의 과제가 수행되고 있다. 이 것은 사회의 다양한 대립을 단일한 국민성, 그리고 단일한 국가라는 이름으로 조정하려는 국가에 개입에 저항하면서 국민성 혹은 민족성의 억압적인 성격을 폭로하는 것이기도 한데 이러한 과정에서 새롭게 주목받게 된 것이 디아스포라 문학이다.[1] 조국을 떠나 이방의 땅에서 생활하는 코리안 디아스포라는 한편으로는 조국에 이끌리면서도 다른 한편으로는 자신들이 살고 있는 다른 공간에 적응하지 않을 수 없는 상황에 놓여 있다. 그들이 놓여 있는 이러한 경계인적인 상황은 자신과 관계된 두 개의 공간

---

1 '코리안 디아스포라'의 의미에 대해서는 강상중 · 요시미 순야, 임성보, · 김경원 역, 『세계화의 원근법─새로운 공공공간을 찾아서』, 이산, 2004, 186~196면 참조.

에 대한 새로운 시각을 가질 수 있도록 만드는데 이러한 시각으로 인하여 재외한인들은 한국과 자신이 살아가는 공간을 비추는 이중 거울의 역할을 수행하게 된다.

그러나 코리안 디아스포라 문학 가운데서도 재미 디아스포라 문학의 경우는 주로 한국과의 관계가 아닌 그들이 살고 있는 공간인 미국과의 관계를 중심으로 고찰되어 왔다. 그리하여 재미 디아스포라 문학은 미국이라는 거대한 중심을 비추는 거울로서, 즉 미국의 중심에 대한 타자성의 담론으로서 인식되어 왔다.[2] 그러나 재미 디아스포라 문학은 미국과의 관계에서만 형성된 것이 아니라 한국과의 관계, 한국에 대한 그리움과 거리두기라는 이중의 관계에 의해서 형성된 것이기도 하다. 때문에 이러한 측면에 대한 고찰을 바탕으로 하여 한국에 대한 경계인 의식, 혹은 타자 의식의 문학적 결과가 무엇인가에 좀 더 주의를 기울일 필요가 있다.

재미 디아스포라 문학에서 한국 역사의 문제는 매우 중요한 문제이다. 경계인의 관점, 타자의 관점에서 한국의 역사를 기억하고 재구성하는 일은 한국인의 역사를 새로운 관점에서 다시 쓰는 것이기 때문이다. 특히 본고가 대상으로 삼은 노라 옥자 켈러(Nora Okja Keller)의 〈종군위안부 (*Comfort Woman*)〉(1997)[3]는 한국의 역사를 여성의 역사, 상처 받은 자의 역사, 타자의 역사로서 다시 씀으로써 한국의 공식적인 역사, 지배적인 역사에 대한 저항을 보여주고 있다는 점에서 주목된다. 비록 그것이 미국

---

2 이러한 관점의 연구로 대표적인 것은 다음과 같다.

유선모, 『미국 소수민족 문학의 이해』 한국계 편, 신아사, 2001,

유선모, 『한국계 미국작가론』, 신아사, 2004.

임진희, 『한국계 미국 여성문학』, 태학사, 2005.

이 외에도 주로 영문학계에서 이루어진 개별 작가, 개별 작품에 대한 다수의 연구들이 있다.

3 한국 번역본은 노라 옥자 켈러, 박은미 역, 〈종국위안부〉, 밀알, 1997.

땅에서 영어로 발표된 작품임에도 불구하고 '한국인의 문학'이라는 관점에서 그것을 포용해야 하는 이유가 여기에 있다. 그것은 단지 미국 내 소수민족으로서의 한국인이 미국의 중심을 향해서 쏟아내는 목소리에 그치지 않고 이방의 한국인이 한국의 한국인에게, 이방의 한국 여성이 한국의 한국 여성에게 보내는 목소리를 담고 있기 때문이다. 그것은 미국의 내부에 존재하는 미국 외부의 목소리만이 아니라 한국의 외부에 존재하는 한국 내부의 목소리이기도 하기 때문이다. 그리고 이 이중의 타자성이 〈종군위안부〉를 규정하고 있는 근원적인 힘이라고 할 수 있을 것이다.

〈종군위안부〉에 대한 연구는 그간 활발하게 진행되어 왔는데 그 연구의 방향은 대략 두 가지로 나눌 수 있다. 첫 번째는 〈종군위안부〉에 나타난 식민주의의 문제를 다룬 연구[4]로 식민화된 여성의 몸이나 억압적 식민담론 자체를 분석하였는데 연구의 중심은 다르지만 모두 식민주의의 문제가 여성에 대한 억압과 긴밀히 관련되어 있음을 밝히고 있다. 두 번째는 '애도(mourning)'나 '기억'과 '죽음'의 문제에 초점을 맞춘 정신분석학적 연구로[5] 이러한 연구들은 종군위안부로서의 경험이 지닌 트라우마적인 성격과 의미를 밝히고 있으나 그것이 이 소설에서 어떠한 방식으

---

4 구은숙, 「여성의 몸, 국가 권력과 식민주의/민족주의: 노라 옥자 켈러의 〈종군위안부〉」, 『영어영문학』 제47권 2호, 한국영어영문학회, 2001, 471~486면.

　이수미, 「〈종군위안부〉에 드러난 억압적 식민담론」, 『미국학논집』 35권 2호, 한국아메리카학회, 2003, 241~259면.

5 권택영, 「기억의 방식과 켈러의 〈종군위안부〉」, 『호손과미국소설연구』 12권 1호, 한국호손과미국소설학회, 2005, 215~236면.

　Cho, Sungran, 「Adieu: The Ethics of Narrative Mourning—Reading Nora Okja Keller's *Comfort Woman*」, 『현대영미소설』 10권 1호, 한국현대영미소설학회, 2003, pp.1~16.

　Kim, Jody, 「Haunting History: Violence, trauma, and the Politics of Memory in Nora Okja Keller's *Comfort Woman*」, *Hitting Critical Mass: A Journal of Asian American Cultural Criticism* 6.1, Fall 1999, pp.61~78.

로 구조화되고 있는가를 밝히는 데까지 나아가지는 못하였다. 이 이외에
도 행위로서의 언어의 측면에서 분석한 연구[6]와 바리데기 공주 설화를
바탕으로 하여 페미니즘적인 측면에서 분석한 연구[7] 등이 있다. 그러나
대부분의 연구들이 영문학계에서 이루어진 결과 미국 내 소수문학으로
서의 성격에 초점을 맞춤으로서 〈종군위안부〉가 지닌 한국과의 관계에
서 보여주는 그리움과 거리에 대해서는 말하지 못하고 있다는 한계를 지
닌다.[8]

　〈종군위안부〉를 분석하기 위해서 본 연구가 차용하고자 하는 것은 '전
유(appropriation)'의 개념이다. '전유'란 본래 탈식민적인 상황에서 식민
지 국가의 문학이 독자적인 발전을 이루기 위해서 제국주의 본국이 심어
놓은 규율을 폐기하고 동시에 그들의 언어와 글쓰기를 변용하는 것을 의
미하는데 이 때 언어를 전유함과 동시에 거리와 타자성을 유지함으로써
중심부와 주변부 사이의 긴장의 역동성을 전면화한다. 이러한 전유의 전
략 가운데서 가장 유용하게 사용되는 전략은 다시쓰기라고 할 수 있는데,
특히 이러한 다시쓰기의 전략을 통해서 식민지의 언어와 문학은 원래와
는 다르면서도 본래의 작품과 긴장을 유지하면서 그것에 저항하는 탈식

6　Cho, Sungran, 「The Power of Language: Trauma, Silences, and the Performative Speech Act—Reading
　Nora Okja Keller's *Comfort Woman*(2), Speaking Subjectivity of the Mother」, 『미국학논집』, 35권 3
　호, 한국아메리카학회, 2003, pp.21~42.

7　Lee, Kun Jong, 「Princess Pari in Nora Okja Keller's *Comfort Woman*」, *Positions* 12;2, 2004,
　pp.431~456.

8　국문학계에서 이루어진 연구로는 최혜실의 연구(「식민자/피식민자, 남성/여성, 부자/빈
　자—노라 옥자 켈러의 〈종군위안부〉를 중심으로」, 『여성문학연구』 7권, 한국여성문학학
　회, 2002, 7~25면.)를 들 수 있다. 종군위안부의 다의적이고 다성적인 목소리를 재현하고
　있다는 점에 주목하고 있는 이 연구는 한국 여성으로서의 주인공의 목소리가 지닌 비사실
　성, 실제 종군위안부의 목소리와의 거리 등을 지적하고 있다는 점에서 영문학계에서 이루
　어진 연구와 구별된다.

민적인 것으로서 거듭 나게 된다.[9]

'전유'는 본래 언어를 둘러싸고 이루어지는 이러한 일련의 전략을 의미하는 것이지만 〈종군위안부〉와 같은 재미 디아스포라 문학에서 나타나는 역사의 문제를 연구함에 있어서 '전유', 특히 다시쓰기는 재미 디아스포라 문학이 한국과의 관계에서 지니는 타자성과 거리를 밝혀주는 데 유용한 개념이 될 수 있다. 물론 디아스포라 문학으로서 이 문학이 한국 본국과 맺고 있는 긴장은 탈식민주의 문학론에서 논의하고 있는 식민지 문학과 제국주의 본국과의 긴장과는 다른 것이다. 그러나 중심으로부터 이탈되어 중심에 저항하며 중심에 통합되지 않는 새로운 성격의 문학을 형성하고 있다는 점에서는 동일하다. 이것이 〈종군위안부〉에 나타난 한국 역사의 문제를 고찰하는 데 있어서 본고가 '전유'와 '다시쓰기'의 개념을 바탕으로 하고자 하는 이유이다.

본고는 〈종군위안부〉의 한국 역사에 대한 전유가 종군위안부로서의 경험, 그 트라우마적인 기억과 긴밀하게 관련되어 있다는 점에 주목하고자 한다. 그리하여 〈종군위안부〉의 한국 역사 전유에서 트라우마적 기억이 작동하는 방식과 그러한 작동의 결과로서 나타나게 된 새로운 역사의 성격을 밝히고자 한다. 이를 위해 본고는 두 가지 방향의 분석 방향을 취하게 될 것이다. 우선 트라우마적 기억의 의미를 밝히고 이것이 작품의 심층에서 어떠한 모습으로 구조화되어 있는가를 고찰할 것이다. 다음으로는 한국의 공식적인, 그리고 문헌적인 역사가 어떠한 방식으로 재구성되

---

9 언어와 글쓰기에 대한 이러한 전유는 탈식민주의적인 문학이 태동하는 데 가장 의미심장한 요소라고 할 수 있다. 탈식민주의적인 문학에서는 여러 가지 형태의 전유의 전략이 동원되는데 주석 달기와 괄호 치기, 그리고 중간언어(interlanguage)의 제작, 통사론적인 융합, 코드변경과 베끼기 등이 그것이다. (B. Aschchroft 외, 이석호 역, 『포스트콜로니얼 문학이론』, 민음사, 65~131면.)

고 있는가를 고찰하고 그 의미와 한계를 논할 것이다. 이러한 고찰은 궁극적으로 재미 디아스포라 문학이 한국에 대해서 보여주고 있는 그리움과 거리라는 이중성의 문제를 향하게 될 것이다.

2. 트라우마적 기억과 죽음의 의미

〈종군위안부〉는 아키코와 그녀의 딸 베카가 각각 화자로서 풀어놓은 이야기가 교차적으로 서술되는 형식을 취하고 있다.[10] 아키코의 이야기에서는 그녀의 가족에 대한 기억과 종군위안부로서의 경험에 대한 기억, 그리고 딸 베카에 대한 기억이 중심을 이루고 베카의 이야기에서는 어머니에 대한 기억, 특히 신이 들려 있던 어머니의 모습과 어머니가 들려주는 한국의 구전설화와 노래와 미국에서 이방인으로서 살아가는 타자로서의 이야기, 그리고 어머니의 죽음과 장례, 그리고 애도에 대한 이야기가 중심을 이루고 있다. 아키코의 이야기와 베카의 이야기는 형식적으로는 가시적인 연결 고리 없이 교차적으로만 진행되다가 소설의 후반에 이르러서야 내용적인 만남과 화해를 이루게 된다. 이들의 만남과 화해에는 종군위안부로서의 아키코의 경험에 대한 딸의 이해와 애도가 놓여 있다. 소설의 제목이 말하고 있듯이 아키코의 종군위안부로서의 경험은 이 소설의 전체를 지배하는 중핵에 해당한다.

아키코에게 종군위안부로서의 경험은 트라우마적인 기억으로 각인되어 있다. 그 경험에 대한 기억은 결코 지워지거나 잊혀질 수 없는 상처로서 깊

---

10 최혜실은 이러한 서술방식을 비선형적 서술구조라고 지칭하면서 이것이 순차적이고 논리적인 방식으로 이루어지는 기억이 아니라 조각보처럼 일관되지 않으면서도 서로 이어져 있는 기억을 서술하는 방식으로서 혹독한 과거를 지닌 작중인물을 배려하는 여성적 글쓰기의 일종으로 본다. (최혜실, 앞의 글, 15~19면.)

게 자리잡고 있는 것이다. 아키코는 12살의 나이로 큰언니의 결혼 지참금을 마련하기 위해 일본군 부대로 팔려갔다. 일본인 부대에서 위안부들의 옷을 빨고 그들의 심부름을 하던 아키코는 죽은 인덕을 대신해 군인을 받다가 임신을 하고 임신한 아이의 유산을 위해 막대기로 아랫도리를 난도질 당한 뒤 '피가 흠뻑 묻은 누더기를 허벅지 사이에 끼고' 위안소를 도망쳐 나왔다. 팔려간 그날부터 도망쳐 나온 그날에 이르기까지, 아키코가 경험했던 모든 것은 트라우마적인 기억이 되어 실제와 환상 속에서 끝없이 반복되고 되살아나게 된다. 그리고 트라우마적인 경험이 이루어지던 그 순간에 아직 그 의미가 확연하게 드러나지 않았던 그 의미는 이후 끝없이 반복되는 플래시백에 의하여 비로소 형성되게 된다. 이것이 트라우마적 경험의 특징인 '뒤늦음(belatedness)'과 '이해불가능성(incomprehensibility)'이다.[11]

① 열두 살 되던 해 나는 살해당했다. 그리고 열 네 살 되던 해 나는 압록강에 내 얼굴을 비췄다. 그때 얼굴이 없는 내 모습을 발견하고는 내가 죽었다는 사실을 깨달았다. 나는 강물의 흐름에 육신 맡겨 내 영혼을 다시 찾을 수 있는 것으로 가기를 바랬다.[12] (29면)

② 나는 언제 죽었는지를 정확히 기억해 보려 한다. 나의 삶은 김씨 가문의 넷째 딸이나 막내로 태어나 압록강, 북구의 위안소에서 끝났다. 만약 부모님들이 일찍 돌아가시지만 않았다면 온전한 삶을 살았을 것이다. 그러나 우리 집은 가난했었기에 그렇게 살지는 못했을지도 모른다. 어떻게 팔려 갔을 것이다. (32면)

---

11 C. Caruth, *Unclaimed Experience — Trauma, Narrative, and History*, The Johns Hopkins University Press, 1996, pp.91~92.
12 노라 옥자 켈러, 앞의 책, 29면. 이하의 인용에서는 인용 면수만 밝히도록 한다.

첫 번째 인용문에서 아키코는 자기 자신이 종군위안부가 되었던 열두 살 되던 해 살해당했다고 말하고 있다. 이것은 아키코에게 종군위안부로서 겪었던 모든 일들이 단지 고통스러운 기억으로서가 아니라 이렇게 삶과 죽음을 가르는 날카로운 기억으로서, 즉 그 경험의 이전과 이후를 날카롭게 분리시키는 트라우마적 기억으로 자리잡고 있다는 것을 보여준다. 종군위안부에 대한 기억은 그 경험 이전의 아키코의 삶이 더 이상 지속될 수 없도록 함으로써 이후의 삶을 죽음과 같은 것으로 인식되게 만든다. 그리하여 종군위안부로서의 경험 이후의 삶은 아키코에게 이미 삶이 아닌 죽음의 지속으로서 받아들여진다. 트라우마란 '죽음이라는 위기와 그와 상관된 삶의 위기 사이의 진동(osciliation)'[13]이라고 할 수 있다. 종군위안부로서 경험이 그녀의 삶을 죽음 속에 놓이게 한 것은 트라우마의 이러한 성격과 깊게 관련되어 있다.

두 번째 인용문에서 아키코는 자신의 삶이 '김씨 가문의 넷째 딸이나 막내로 태어나 압록강, 북구의 위안소에서 끝났다'고 말한다. '김씨 가문의 넷째 딸이나 막내'라는 것은 아키코가 종군위안부가 되기 전의 위치이자 자리이다. 그러나 종군위안부로서의 경험으로 인해 아키코는 이러한 자리를 상실하게 된다. 즉 아키코의 물리적인 생명은 지속되고 있지만 '김씨 가문의 넷째 딸'로서의 아키코의 생명은 더 이상 지속될 수 없게 된다. 결국 종군위안부로서의 경험은 아키코가 이전에 가지고 있던 위치와 자리에서 살아가는 것을 더 이상 가능하지 않게 만든 것이다. 때문에 종군위안부로서의 경험 이후 아키코의 삶은 더 이상 '김씨 가문의 넷째 딸'인 '순효'의 삶일 수 없다. 종군위안부로서의 기억이 아키코의 삶 전체를 지배하고 있기 때문이다. '순효'로서의 모습은 지금의 모습 저 편

---

13 위의 책, 7면.

에 존재하는 모습일 뿐, 지금 여기의 아키코의 모습은 그와는 분리된 모습이다.

일본 군부대에서 도망쳐 나온 아키코가 고향인 설설함으로 돌아가지 못하고 떠돌아가 결국 선교원으로 가게 되는 이유도 거기에 있다. 해방 이후 아키코는 미국 선교사인 브래들리 목사와 결혼하여 미국에 가서 생활했지만 정상적인 결혼 생활을 하지 못한다. 무엇보다도 종군위안부의 경험을 가진 아키코에게는 성의 경험 자체가 억압과 폭력의 기억이 될 수밖에 없었기 때문이다. 나아가 브래들리 목사가 아키코에게 보여준 남성 중심의 가부장적인 의식도 위안소에서 경험한 일본 군인들이 보여준 식민주의적 의식과 다르지 않았기 때문에 아키코로서는 브래들리 목사와의 결혼을 통해서 새로운 삶을 찾을 수가 없었다. 아키코의 경혼 생활에는 종군위안부로서의 경험에 대한 기억이 녹아있기 때문이었다.[14]

이 점은 실제로 위안부 경험을 지닌 생존자들의 증언에서도 확인된다. 종군위안부의 경험을 지니고 있는 여성들 가운데 많은 수가 다양한 혼인 관계 속에서 살아왔으나 그 혼인관계는 정상적인 것으로 지속되지 못한 경우가 대부분인 것이다. 대표적으로는 불임으로 인하여 파경에 이른 경우나 위안부 경험이 밝혀지면서 파경에 이른 경우를 들 수 있다. 그러나 남성과의 관계에 자식, 노동, 돌봄과 같은 다른 차원이 개입하면서 동거가 유지된 경우에도 그 동거의 성격에 위안부의 유산이 녹아 있다는 점에서 일반적인 혼인관계와 구별된다.[15]

아키코는 결혼생활뿐만 아니라 일상생활에서도 정상적인 생활을 할 수

---

14 이에 대해서는 구은숙의 연구(앞의 글)와 이수미의 연구(앞의 글)에서 자세히 논의되고 있다.

15 양현아, 「증언과 역사쓰기—한국인 '군 위안부'의 주체성 재현」, 『사회와 역사』 60권, 한국사회사학회, 2001.12, 76~85면 참조.

없게 된다. 종군위안부로서 처참한 죽음을 맞았던 '아키코 41', 즉 인덕의 영혼을 받아들인 아키코는 산 자와 죽은 자를 연결하는 무당이 되었기 때문이다. 아키코는 삶을 살아가는 것이 아니라 죽음을 살아가고 있었던 것이다.

3. 두 개의 세계 – 향수와 기괴함

아키코의 이야기 속에서, 그리고 그녀의 딸, 베카의 이야기 속에서 아키코가 살아가는 세계는 일상적이고 정상적인 현실적인 세계가 아니라 그 너머에 존재하는 세계이다. 아키코는 지금 여기의 현실 속에 존재하고 있지만 그녀가 살아가는 세계는 지금 여기의 현실이 아닌 것이다. 그녀가 사는 세계는 지금 여기의 현실이 아니라 어머니로 대표되는 향수(nostalgia)의 세계와 인덕을 비롯한 귀신들로 이루어진 기괴함(uncanny)의 세계라는 두 개의 세계이다. 향수의 세계가 돌아갈 수 없는 고향의 유토피아적인 성격으로 대표되는 세계라면 기괴함의 세계는 과거에는 익숙했으나 이제는 낯설고 두려운 것이 되어버린 세계라고 할 수 있다.

트라우마적인 기억은 언제나 그 이전의 시기에 대한 향수(nostalgia)를 불러일으킨다. 과거 자체에 대하여, 고향에 대하여, 그리고 그 시공간의 인물들에 대하여 느끼는 강렬한 향수는 이전의 자신과 현재의 자신이 분리되고 단절되어 있음에 대한 깨달음의 결과이다. 과거의 자신은 이제 다시 복원될 수 없다는 것, 때문에 과거의 행복도 다시는 돌이킬 수 없다는 것, 바로 그 점에 과거에 대한 매혹이 존재한다.

아키코는 딸 베카에게 어머니에게서 들었던 바리공주 이야기와 천국의 두꺼비 이야기, 그리고 청개구리 이야기를 해준다. 그리고 고향인 설설함에서 있었던 일, '압록강의 언니'라고 불리는 강으로 가서 빨래를 하던 일과 벼를 심던 일을 기억해 내곤 한다. 그리고 어머니가 사산한 아이를 강물에 띄워 보내면서 '세차게 흐르는 물 위로 물결치며 솟아오르는 목소리로' 불렀던 '강노래'를 기억해 낸다. 이와 같이 아키코의 고향에 대한 기억은 모두 어머니와 관련되어 있다. 독립운동을 하다가 애인을 잃고 설설함의 김씨 일가에 시집을 와서 딸 넷을 낳고 기르다가 죽은 어머니, 딸들조차 그 이름을 알지 못했던 어머니. 아키코의 과거에 대한 기억, 고향에 대한 기억은 모두 이 어머니를 향해 있다.

> 잃어버린 것을 찾아보라고 만신아지매가 권유했을 때 내가 생각할 수 있었던 것은 엄마뿐이었다. 나는 엄마의 얼굴을 분명히 볼 수가 없었다. 언니들과 내가 겨울 김치를 묻었던 곳 옆에 엄마를 묻고 난 지 얼마 안되었는데도 내 기억 속에서 그녀의 얼굴이 명확하게 떠오르지 않았다. 엄마는 내가 생각할 수 있었던 전부였다. (92면)

인용문은 아키코에게 어머니가 어떠한 존재인가를 잘 보여주는 부분이다. '잃어버린 것'을 찾아보라고 권유하는 만신아지매의 말에 아키코가 생각할 수 있는 것은 '엄마' 뿐이었다. 그러나 '내가 생각할 수 있는 전부'였던 엄마는 '잃어버린 것'으로서, 이제 다시 찾을 수 없는 것으로 나타나고 있다. 아키코에게 어머니에 대한 기억과 향수는 이제는 도저히 돌아갈 수 없는, 어머니와 함께 존재했던 그 때의 자기 자신의 모습에 대한 그리움을 나타내는 것이기도 하다. 그리움과 향수의 대상으로서의 어머니는 아키코에게 이제는 돌아갈 수 없는 상실된 시간의 상징이 되고 있는 것이다.

그리고 그것은 종군위안부의 경험 이후에 이루어진 현재에 대한 부정과 거부를 나타내는 것이기도 하다. 향수는 타락하기 이전의 과거가 갖고 있었을 것으로 상상되는 조화를 기준으로 하여 현재를 비판하는 기능을 하기도 한다. 즉 과거에 대한 동경은 현재에 대한 비판과 부정에 기여하는 것이기도 하며 과거와 같은 미래에 대한 소망을 보여주는 것이기도 하다. 향수가 곧 유토피아가 될 수 있다는 것은 이러한 의미에서이다.[16] 아키코에게 '어머니'로 상징되는 과거에 대한 향수는 현재의 삶에 대한 부정과 현재의 삶을 너머 어머니의 세계, 즉 유토피아적인 세계로 나아가고자 하는 소망의 표현이다.

한편 아키코는 이러한 향수의 세계의 반대편에 그와는 전혀 다른 세계를 가지고 있다. 그것은 귀신들과 혼령들의 세계이며 아키코 자신이 귀신이자 혼령이 되는 세계이다. 위안소에서 인덕이 죽은 뒤 아키코는 '아키코 41'이었던 인덕의 뒤를 이어 그 옷을 입고 위안부의 일을 하다가 위안소를 탈출하게 된다. 그러나 자신이 이미 죽었다고 생각한 아키코의 몸으로 인덕의 혼령이 들어온다. 그리고 이후 아키코는 인덕의 혼령뿐만이 아니라 다른 귀신이나 혼령들과도 소통할 수 있는 무당이 된다. 그녀는 신이 내리는 시간에는 알 수 없는 이야기를 중얼거리면서 노래하고 춤추는 신들린 존재가 된다.

인덕을 비롯한 귀신들의 세계는 일종의 기괴함의 세계이다. 기괴함이란 '오랫동안 잘 알고 있고 친숙했던 것에 대한 섬뜩한 느낌'을 의하는데 그것이 영혼이나 천사로 불리든 악마나 유령, 괴물이든지 간에 이 기괴한 것의 영역에서 마주치게 되는 것은 일종의 무의식의 투사(projection)라고 할 수 있다. 이 경우에 투사되는 것은 주체가 그 자신 속에서 인정하길 거부하거나 거절하여 자아로부터 추방된 채 다른 사람이나 사물들 속에 위치하게 된 특성들, 느낌들, 소망들, 대상들을 의미한다.[17] 아키코가 만나

---

16 R. Pelski, 김영찬 · 심진경 역, 『근대성과 페미니즘』, 거름, 1999, 102~104면.
17 R. Jakson, 서강여성문학연구회 역, 『환상성−전복의 문학』, 문학동네, 2004, 89면.

는 여러 귀신들과 혼령들 역시 현실에서 억압된 것, 거부된 것, 부정된 것들을 대표한다. 귀신들은 아키코와의 만남을 통해서 그러한 억압되거나 부정된 것들을 토로하게 되며 이를 통해서 억압된 것, 거부된 것, 부정된 것들이 나타나게 된다. 귀신과 혼령의 현현을 '억압된 것의 귀환(the return of the repressed)' 라고 말하는 것은 이 때문이다.

여러 귀신들과 혼령들 가운데서 아키코에게 가장 절대적인 존재는 인덕의 혼령이다. 아키코와 마찬가지로 종군위안부였던 인덕은 어느 날 밤 군인들을 거부하고 군인들에게 자신의 나라와 몸에 침입하지 말라고 소리를 지른다. 인덕은 소리를 지르며 "나는 한국인이며 여자다. 나는 살아 있고 열일곱 살이다. 나에게는 너희들과 같은 가족들이 있다. 나는 딸이며 누나이다."라고 선언한다. 그러나 결국 군인들은 그녀를 막사에서 끌어내 '꼬챙이로 질을 찔러 등에서 입까지 꿴 채' 데려온다. 아키코는 군인들이 그날 숲에서 가져온 시체는 인덕이 아니었다고, 아키코 41, 바로 아키코 자신이었다고 말하고 있다. 아키코가 꼬챙이로 아이를 떼는 수술을 마치고 위안소를 도망쳐 압록강 상류의 이름 없는 개울 옆에 누워있을 때, 스스로 죽었다고 생각하는 아키코의 육신 속으로 인덕의 혼령이 들어왔다. 아키코는 인덕의 혼령과 함께 살게 된 것이다.

인덕의 모습은 아키코에게 억압되었던 소망이 무엇이었는가를 보여준다. 그것은 바로 '자신의 죽음을 스스로 선택하는 것' 이었다. 아키코는 '우리는 죽음을 두려워하지는 않았지만 그들 밑에서 개처럼 죽는 것만은 두려웠다' 고 말한다. 그리고 인덕의 삶이 위안소의 다른 사람들과 비교해서 특별하지 않았음에도 불구하고 그녀가 특별한 것은 그녀의 죽음이 특별했기 때문이라고 말한다. 인덕이 자신의 생명을 끝장내고 해방을 찾기 위해 군인들을 이용했던 것이라고. 스스로 죽음을 선택하지 못하고 '살해' 당했다고 생각하는 아키코는 인덕의 혼령을 자신의 육신에 받아들임으로써 인덕의 모습에 자신의 소망을 투사하고 있는 것이다.

인덕을 비롯한 귀신과 혼령들에 대한 이야기는 기괴하며 환상적이다. 그러나 환상적임과 동시에 교란적이다. 왜냐하면 유령 이야기는 죽은 존재가 죽지 않은 존재로 되살아오는 것을 함축하고 있기 때문이다. 유령 이야기들은 죽음과 실제 삶을 분리시키는 주요 경계선을 파괴하고, 단일한 의미나 '리얼리티'를 구성하는 개별적 단위들을 전복시킨다. 유령에 대한 환상은 부재를 현존으로 대체시킴으로써 죽음을 삶 속으로 끌어들[18]이기 때문이다. 그리하여 인덕을 비롯한 귀신과 혼령들의 존재는 삶과 죽음의 분리를 부정하고 세계를 산 자와 죽은 자들이 동거하는 세계, 즉 '부재' 하는 현존이 지배하는 세계로 만든다.

아키코가 살아가고 있는 두 개의 세계, 즉 향수의 세계와 기괴함의 세계는 모두 '지금', '여기'라는 현실에서 분리되어 있는 세계라는 동일성을 지닌다. 이는 실제적으로 종군위안부로서의 아키코의 경험이 위안소에서 도망쳐 나온 그 때 끝났음에도 불구하고 아키코는 이후에도 계속 그 경험의 기억 안에 갇혀 있었다는 것을 의미한다. 그녀는 생존하고 있었지만 그녀의 삶은 그 경험 이전의 세계와 그 경험으로부터 유래한 비실재적인 세계에 고착되어 있었던 것이다. 위안부의 경험 이전의 세계와 그 경험과 결부된 비실재적인 세계에 고착된 그녀의 모습은 정제된 모습으로 있는 것처럼 보이는 상징계에 존재하는 실재계의 얼룩으로 기능한다. 즉 그녀는 상징계의 틈새에서 상징계가 지닌 부조리와 모순을 비추며 이를 전복하는 존재이다. 아키코가 보여주고 있는 이러한 의미는 아키코라는 한 개인의 의미만이 아니라 종군위안부 자체의 의미와도 관련되어 있는 것이라는 점에서 문제적이다.

---

18 위의 책, 92~93면.

4. 역사 다시쓰기, 그 가능성과 한계

한국 역사에서 '종군위안부' 의 문제는 오랜 동안 침묵으로 봉인되어 있었다. '종군위안부' 의 문제에는 가부장적인 정조 규범뿐 아니라 식민주의와 전쟁, 그리고 후기 식민주의 사회 상황이 결부되어 있기 때문이다. 우선 '순결한 조선의 딸' 들을 지키지 못했다는, 남성들의 가부장주의적 사고에 기초한 죄의식과 몸을 더럽히고 정조를 잃어버렸다는, 피해자들의 죄의식이 이 문제에 대한 침묵을 강요했다고 할 수 있다. 또한 종군위안부들이 식민지 조선의 여성이면서 일본 이름을 사용하고 '일본 여성' 의 일부로서 전시체제에 동원되었다는 점과 그러한 동원에 식민지 국가의 광범위하게 개입되어 있다는 점으로 인하여 이 문제를 둘러싸고 누가, 그리고 무엇이 가해자인가에 대한 명확한 인식이 어려웠다는 것도 침묵의 한 원인이 되었다. 결국 '종군위안부' 의 문제는 가부장적이고 식민지적인 사회 조건 아래서 죄의식으로 봉인되어 역사의 표면 위로 떠오르지 못한 채 억압되고 은폐되어 왔던 것이다. 때문에 피해 생존자 여성들이 침묵을 깬다는 것은 이 침묵의 구조인 가부장적이고 식민주의적인 사회 조건을 벗어나기 위한 목소리와 언어, 그리고 입장을 찾아가기 시작했다는 것을 의미하는 것이다.[19]

피해 생존자 여성에 의하여 이루어진 글쓰기는 아니지만 소설 〈종군위안부〉 역시 가부장적이고 식민주의적인 사회 속에서 억압된 종군위안부의 목소리와 언어, 입장을 찾아내기 위한 하나의 시도라는 할 수 있다. 〈종군위안부〉는 남성 중심적이고 국가 주심적인 민족주의의 담론으로 구성되어 문헌화된 역사에 저항하고 그 외부에 그와는 다른 '여성' 의 역사,

<hr>

19 양현아, 앞의 글, 67~70면 참조.

'기억'의 역사를 구성하고 있다. 그것은 문헌이나 기록이 아니라 증언과 기억으로 이어지는 역사이며 여성에서 여성으로 이어지는 모계의 역사이다. 〈종군위안부〉는 종군위안부로서의 기억을 통해 한국 역사를 전유하며 그것을 한국의 문헌화된 공식적인 역사에서 타자화되고 배제되어온 여성의 역사로 재창조한다.[20]

우선 〈종군위안부〉의 이야기는 어머니에게서 나에게로 그리고 나에게서 딸에게로 이어지는 여성의 역사이다. 아키코는 어머니에게서 들은 '강노래'를 딸 베카의 자장가로 불러주고 어머니가 해준 이야기들을 베카에게 들려준다. 아키코가 어머니의 바리공주가 되고자 했던 것처럼 딸 베카 역시 아키코의 바리공주가 되고자 한다. 아키코는 죽어가는 어머니를 만져주었던 것처럼 딸 베카의 몸을 만져주고 쓰다듬어준다.

> 지금 나는 내 아이를 엄마를 만질 때처럼 어루만진다. 그 애는 작은 눈꺼풀, 부드러운 배, 통통한 발가락을 내 손가락으로 쓰다듬는 것, 이것이 이 애가 이해하는 언어이다. 쓸데없는 말을 의미없이 중얼거리는 것이 아닌 바로 이 언어가 아이를 달래며, 아이의 소중함을 그 애에게 말해준다. 이런 면에서 그 애는 나의 엄마와 같다.
> 이러한 유사성을 통한 죽은 자와의 유대에 의해서 나의 딸은 내가 사랑하는 살아 있는 유일한 존재가 된다. (33~34면)

아키코를 화자로 한 이야기와 딸 베카를 화자로 한 이야기가 교차되는

---

20 〈종군위안부〉가 문서화된 공식역사와는 다른 여성의 역사의 관점에서 여성적 글쓰기를 시도하고 있다는 점에 대해서는 구은숙의 연구(앞의 글, 473~475면.)에서 강조된 바 있다. 또한 임진희는 이를 아시아계 미국 여성문학 전체의 특징으로 설명하고 있다.(앞의 책, 156~172면.) 그러나 이들 연구는 여성의 기억을 통해서 구성되는 역사라는 관점의 의미만을 강조하고 있을 뿐 〈종군위안부〉에서 나타나는 역사 전유의 문제점과 한계에 대해서는 말하지 못하고 있다.

방식으로 이 소설이 이루어지고 있는 것은 결코 우연이 아니다. 그것은 아키코의 어머니의 모습이 아키코에게 기억되는 방식을 보여주고 다시 아키코의 삶이 베카에게로 전달되는 방식을 보여주는 것이기 때문이다. 아키코의 삶과 베카의 삶의 유사성, 즉 이국에서 살아가는 이방인으로서, 그리고 여성으로서 살아가는 삶의 유사성과 다른 세대로서 다른 경험을 가지고 살아가는 차이가 연결되고 갈라지는 모습이 바로 이러한 교차적 서술을 통해서 효과적으로 나타나고 있는 것이다.

〈종군위안부〉에서 여성의 역사를 이어주는 것은 '기억'이다. 아키코는 딸을 위해 자신의 삶의 보물들을 하나의 함에 보관해놓는다. 거기에는 딸의 배냇머리털과 말라붙은 탯줄 뿌리가 들어 있고 그녀의 비밀, 종군위안부로서의 아키코 자신에 대해 말해주는 검정 카세트 테이프와 서류들이 보관되어 있었다. 그 함 속의 테이프와 서류를 통해서 베카는 아키코의 진짜 이름 '순효'와 종군위안부, 아니 정신대로서의 '순효'의 아픈 기억을 알게 된다. 엄마의 죽음 앞에서 그녀에 대한 단 한 줄의 부고도 쓰지 못한 채, '그녀에 대해서 아는 것이 전혀 없었고 상상을 통한 접근마저 힘들어하고 있었다'고 말했던 베카는 아키코가 남긴 함 속의 물건을 통해서 비로소 어머니의 진실과 대면한다. 베카는 그녀가 남긴 함을 통해 어머니 아키코에 대해서, 그리고 베카 자신에 대해서 알게 된 것이다. 소설의 마지막에 등장하는 베카의 꿈은 베카가 엄마로부터 받았던 강박적인 억압에서 벗어나 엄마와 화해하고 있음을 보여준다. 이는 베카가 엄마의 장례를 통해서 엄마 아키코의 죽음에 대한 진정한 애도에 이르렀음을 말해주는 것이며 베카가 아키코의 트라우마적 기억과 진정으로 교감하였음을 말하는 것이다.

그러나 문제적인 것은 이 소설에서 여성에서 여성으로 이어지는 역사를 지탱하고 있는 것이 어머니와 한국에 대한 향수라는 점이다. 소설에서 아키코가 모국을 떠나 이국에 살면서 모국을 그리워하는 디아스포라로서 살아가고 있었기 때문에 어머니와 모국에 대한 향수는 아키코의 의식을 지배하는 가장 중요한 요소가 되고 있었다. 때문에 향수가 〈종군위안부〉에서 여성과 기억의 역사를 구성해내는 가장 중요한 요소가 되고 있다. 이 점은 해방 직후에 브래들리 목사와 결혼하고 선교사들과 함께 평양 선교원을 떠나기 직전에 아키코가 보여준 모습을 고찰할 때 분명하게 드러난다. 아키코는 한국의 흙을 만지고 그것을 입 속에 넣어 음미하고 먹는다. 이를 통해서 아키코의 향수의 대상이 어머니를 넘어서 한국을 향하고 있음이 드러난다. 모국에 대한 향수는 어머니에 대한 향수와 유비적이다. '내 나라가 항상 내 일부일 수 있도록 그 흙을 마치 피처럼 몸속에 넣어두고 싶었다'는 말 속에서 '내 나라'는 마치 피를 나누어준 어머니와 같은 존재로서 나타난다. 그것은 역사와 이데올로기에 의해서 덧칠되기 이전의 원형적인 모국의 이미지라고 할 수 있다. 또한 어머니에 대한 기억이 '강노래'나 '바리공주' 설화, 그리고 '천국 두꺼비'와 '청개구리'와 같은 구전되는 이야기와 관련되어 있다는 것도 주목을 요하는 부분이다. 설화나 구전된 이야기는 오랜 역사를 통해서 축적된 이야기로서 한 민족의 정신세계를 담고 있는 부분이며 이 역시 역사와 이데올로기에 의해서 덧칠되지 않은 원형적인 이야기라고 할 수 있기 때문이다.

〈종군위안부〉에서는 위안소에서의 경험, 즉 일본 군인들이나 아키코를 수술한 의사의 입에서 내뱉어진 식민주의적이고 민족 차별적인 담론을 통해서 식민주의적인 억압의 문제가 제기되고 아키코의 남편인 브래들리 목사의 말과 행위를 통해서 오리엔탈리즘적인 억압이나 가부장적인 억압의 문제가 날카롭게 제기되고 있다. 그러나 한국에도 동일하게 존재하는 국가의 문제와 권력에 의한 억압에 대해서는 아무것도 제시되지 않고 있다. 어머니와 모국에 대한 향수가 모든 역사적 시대들을 통해 '동일자로 귀환하는 비역사적인 외상적 핵심'을 숨기고 있는 것이다. 즉 한국에 대한 향수는 과거와 현재, 한국과 미국, 그리고 일본에 동일하게 지속되고 있는, 식민주의와 권력에 의한 억압을 숨기는 결과를 초래한다.[21]

또한 인덕과 아키코는 종군위안부인 자기 자신을 식민지 한국과 유비적인 존재로 인식하는 모습을 보이기도 한다. 인덕은 죽음을 맞이하게 될 그 날, 일본 군인들을 거부하면서 더 이상 내 나라과 내 몸을 침략하지 말라고 외친다. 그리고 '나는 한국인이고 여자다'라고 부르짖는다. 일본에 의해 강제로 점령당하여 고통받고 억압받는다는 점에서 인덕은 종군위안부로서의 자신을 식민지 한국과 동일시하고 있는 것이다. 한편 위안소에서 도망쳐나와 만신아지매의 도움으로 평양선교원에 들어가서 천국 말씀을 들었을 때 아키코는 천국을 '예속에서 해방된 한국'으로 상상한다. '까맣게 탄 일본인들의 시체가 흩어진 강 위'를 걷는 천사들에 대한 상상은 아키코가 일본으로부터의 해방만 이루어내면 더 이상 어떤 억압이나 고통도 없을 것이라고 생각하고 있음을 드러낸다. 이렇게 인덕과 아키코는 종군위안부로서의 자기 자신을 식민지 한국과 동일시함으로써 종군위안부들의 동원에 식민지 한국이 공모했을 가능성에 대해서는 전혀 생각하지 못하고 있다.

여성에 대한 억압, 타자에 대한 억압은 특정한 시기의 특정한 나라에만

---

21 이는 지젝이 지적하고 있는 향수의 문제점이기도 하다. 지젝은 자본주의적 적대에 대립되는 것으로서의 목가적인 전자본주의 사회의 향수적 이미지가 궁극적으로 봉건제로부터 자본주의로의 이행에서 동일한 것으로 남아 있는 것인 계급투쟁을 숨기는 있다고 지적한다.(S. Žižek, 주은우 역, 『당신의 징후를 즐겨라!: 할리우드의 정신 분석』, 한나래, 1997, 147~149면 참조.)

나타나는 것이 아니라 역사의 어느 시점에나, 그리고 어떠한 공간에나 존재하는 것이며, 거기에는 식민주의와 국가권력, 그리고 가부장제가 복합적으로 개입되어 있다. 그러나 〈종군위안부〉는 이러한 사실에 침묵함으로써 결과적으로 식민지 한국 내부의 억압을 은폐하게 된다. 모든 억압과 고통은 일본 제국으로부터 온 것으로만 제시되고 있기 때문이다. 이는 디아스포라 문학이 모국에 대한 향수로 인하여 민족주의적인 담론에 종속될 가능성이 있음을 보여주는 것이기도 하다.

한편 〈종군위안부〉에서는 서로 다른 두 가지의 서술이 공존하고 있다. 그 하나가 문헌화된 공식 역사의 성격을 갖는 서술이라면 다른 하나는 그와는 달리 여성적인 역사, 기억의 역사의 성격을 갖는 서술이다.

① 출산 후 나는 그 흙을 젖꼭지에 문지르고 그것을 딸의 입술에 갖다 댔다. 그 애가 처음 젖을 빨 때 흙과 소금과 젖을 맛보면서 내가 그 애의 고향이며 언젠가 고향이 될 것이라는 것을 알게 해주기 위한 것이었다. (163면)

② 딸애의 머리는 둥글다. 물살에 씻겨 반들반들해진 강가의 바위처럼 둥글다.
나는 그 애의 동그란 머리를 좋아한다. 딸의 머리 모양은 나와 닮았고, 그 애의 할머니가 어린아이였을 때의 머리 모양과도 닮았다. (213면)

③ 선교사들은 몇 명의 여자애들을 천국과 지상 맨톨라튬과 성냥 회사의 종업으로 고용시켜주었다. 일본인들은 외국의 영향을 신뢰하지 않아 기독교를 방해했지만 황제에게 돌아갈 수익 사업은 권장했다. 그러한 일본인들로부터 방패막이로 사용된 천국과 지상 맨톨라튬과 성냥 회사 건물은 일본의 통치가 시작되었을 때 세워져 몇 세대가 지난 지금도 유지되고 있었다. (101면)

④ 전쟁은 끝났다. 그러나 정치적 지배력을 위해 싸우는 다양한 인민위원회의 압력과 요구로 외국에 동조하는 반역자 색출은 계속되었다. 날마다 일본인

들이 철수하고 대신 공장과 농장을 빼앗은 러시아 군인들이 들어왔다. (145면)

앞의 두 인용문과 뒤의 두 인용문은 번역으로 인한 문제점을 감안하더라도 너무나 큰 차이를 지니고 있다. 모성에 바탕을 둔 여성의 생명력과 역사를 이어 계속되는 유대감을 제시하고 있는 앞의 두 인용문은 공식적인 역사에서 배제된 여성의 모습을 부각시키며 여성에서 여성으로 이어지는 모계의 역사를 확인시켜준다. 각 문장은 정감 어린 서정적 문체로 서술되어 '공감'을 불러일으킨다. 이에 비해 뒤의 두 인용문은 마치 신문 기사의 한 부분을 발췌해놓은 듯 사실만을 전달하고 있다. 거기에는 '아키코'도 그녀의 어머니도 그녀의 딸도 존재의 의미를 지니지 않는 공식적인 역사의 모습만이 존재하고 있을 뿐이다. 각 문장은 건조하고 분명하여 일방적인 '전달'만을 목적으로 하는 듯하다.

이렇게 이 소설에서는 문헌화된 공식적인 역사와 여성에 의해서 복원된 기억의 역사가 대립하거나 충돌하면서 공존하고 있다. 이렇게 상이한 성격을 지니는 부분들의 공존은 〈종군위안부〉에서 이루어지고 있는 기억의 역사, 여성의 역사가 존재하고 있는 위치와 의미를 그대로 보여준다. 여성의 역사, 타자의 역사로 역사를 다시 쓴다는 것은 문헌화된 공식적인 역사를 대체하는 것이 아니라 그 역사로 틈입하여 그 역사의 이면을 들추어냄으로써 그와는 다른 역사 서술의 가능성을 열어가는 것이다. 때문에 역사의 일부로서 인정받지 못했던 개인적인 상처의 기억과 여성으로서의 삶, 그리고 어머니에게서 딸로 이어지는 모계의 역사가 국가권력 중심의 문헌화된 공식역사와 대립 충돌하면서 공존하는 것은 오히려 당연한 일이며 의미 있는 부분이기도 하다. 바로 이러한 대립과 공존 자체가 오히려 공식 역사와 대항하는 새로운 성격의 역사 쓰기의 가능성을 보여주는 것이기 때문이다.

이렇게 〈종군위안부〉는 남성 중심적이고 권력 중심적인 역사를 전유하여 역사 속에서 배제되어 타자화된 여성을 중심으로 하는 역사로의 다시 쓰기의 가능성을 보여준다. 여성에서 여성으로 이어지는 모계적인 유대감을 바탕으로 하여 역사에 수록되지 못한 기억과 상처를 복원함으로써 〈종군위안부〉는 기존의 공식적인 역사에 대립한다. 그러나 〈종군위안부〉를 이루는 중요한 요소인 향수는 모국 내부에 존재하는 불평등과 억압을 숨기는 결과를 초래하고 공식적인 여성의 기억의 담론의 사이에는 공식 역사의 문구들이 끼어들어와 공존하고 있다. 디아스포라로서의 타자적인 시선이 지닌 모국과의 거리가 공식 역사에 저항하는 상처받은 여성의 역사를 복원하는 것을 가능케 했지만 바로 그 시선은 모국에 대한 그리움을 함께 안고 있었기에 그 내부의 억압을 보지 못한다는 문제를 지닐 수밖에 없었던 것이다.

5. 결론

디아스포라 문학이 경계인의 관점에서 한국의 역사를 기억하고 재구성하는 일은 한국인의 역사를 타자의 시선으로 다시 쓰는 것이라고 할 수 있다. 본고가 대상으로 삼은 노라 옥자 켈러(Nora Okja Keller)의 〈종군위안부〉는 한국의 역사를 여성의 역사, 상처 받은 자의 역사, 타자의 역사로서 다시 씀으로써 새로운 역사를 구성해내고 있다. 본고는 비록 〈종군위안부〉가 미국 땅에서 영어로 발표된 작품이기는 하지만 '한국인의 문학'으로서, 한국의 외부에 존재하는 한국 내부의 목소리로서 한국을 향하여 발언된 것이라는 점에서 한국문학의 일부라고 보고 이 소설을 연구의 대상으로 삼았다.

본고는 〈종군위안부〉가 한국의 역사를 어떠한 방식으로, 그리고 무엇을 중심으로 전유하고 있는가를 밝히고자 하였다. 이를 밝히기 위하여 〈종군 위안부〉의 역사가 종군위안부로서의 경험이 지닌 트라우마적인 성격과 관련되어 있다는 점에 주목하여 이 소설에서 트라우마적 기억이 작동하는 방식과 그리고 그러한 작동의 결과로서 나타나게 된 새로운 역사의 성격에 주목하였다.

본고는 두 가지 방향의 고찰과 분석으로 이루어졌다. 우선 트라우마적 기억의 의미를 밝히고 이것이 작품의 심층에서 어떠한 모습으로 구조화되어 있는가를 고찰하였다. 소설의 제목이 말하고 있듯이 아키코의 종군위안부로서의 경험은 이 소설의 전체를 지배하는 중핵에 해당한다. 이 경험은 아키코에게 트라우마적인 기억으로 각인되어 있어 실제와 환상 속에서 끝없이 반복되고 되살아나며 사후적으로 그 의미를 드러낸다. 아키코는 그 경험이 자신을 살해했다고 말하고 있는데, 이러한 말에서 나타나듯이 아키코에게 종군위안부로서의 경험 이후의 삶은 삶이 아닌 죽음의 상태와 같았다. 그리하여 아키코는 결혼 생활을 비롯한 일상생활 전반에서 정상적인 생활을 할 수 없게 되며 아키코는 지금 여기의 현실 속에서 살아가는 것이라 그 현실 너머의 두 개의 세계 속을 살게 된다. 하나는 어머니와 모국에 대한 향수(nostalgia)로 대표되는 세계이고 다른 하나는 죽은 영혼과 귀신들을 만나는 기괴함(uncanny)의 세계이다. 이 두 세계는 '지금', '여기'라는 현실에서 분리되어 억압되어 있는 세계라는 동일성을 지닌다. 이 두 세계에 고착되어 있는 그녀의 모습은 상징계의 틈새에서 상징계의 부조리와 모순을 비추를 존재로서 나타나며 이러한 의미는 아키코라는 한 개인의 의미만이 아니라 종군위안부 자체의 의미와도 관련된 것이기도 하다.

다음으로 한국의 공식적인, 그리고 문헌적인 역사가 어떠한 방식으로 재구성되고 있는가를 고찰하고 그 가능성과 한계를 논하였다. 〈종군위안부〉는 남성 중심적이고 권력 중심적인, 공식적인 역사를 전유하여 역사 속에서 배제되어 타자화된 여성을 중심으로 하는 역사 다시쓰기의 가능성을 보여준다. 여성에서 여성으로 이어지는 모계적인 유대감을 바탕으로 하여 역사에 수록되지 못한 기억과 상처를 복원함으로써 기존의 문헌 중심적인 공식적인 역사와 대립한다. 그러나 〈종군위안부〉를 이루는 중요한 요소인 모국에 대한 그리움과 향수는 모국 내부에 존재하는 불평등과 억압을 숨기는 결과를 초래하며 민족주의적인 담론에 종속될 위험성을 보인다. 디아스포라로서 지니는 타자적인 시선과 모국과의 거리가 공식적인 남성 중심의 역사에 의하여 억압된 상처받은 여성의 역사를 복원하는 것을 가능케 했지만 바로 그 시선은 모국에 대한 그리움을 함께 안고 있었기에 그 내부의 문제를 보지 못하고 있는 것이다.

이와 같이 본고는 〈종군위안부〉에서 종군위안부의 경험을 가진 아키코의 이야기를 중심으로 하여 트라우마적 기억을 지닌 디아스포라의 새로운 역사 쓰기 가능성을 고찰하였다. 그러나 〈종군위안부〉에서 시도된 역사 다시 쓰기의 결과가 지닌 의미가 무엇인가를 보다 구체적으로 밝히기 위해서는 우선 역사 다시 쓰기를 시도하고 있는 다른 디아스포라 문학 작품들과의 비교와 한국에서 이루어진 종군위안부 소설들과의 비교 등이 이루어져야 할 것이다. 이후의 연구를 통하여 그러한 비교 연구를 수행하고 그를 통하여 〈종군위안부〉가 지니는 의미와 한계를 보다 명확하게 구명하도록 하고자 한다.

제2장

국가의 외부와 호모 사케르로서의 디아스포라 – 현월의 〈그늘의 집〉

1. 서론

디아스포라란 무엇인가에 대하여 서경식은 '근대의 노예무역, 식민지배, 지역 분쟁 및 세계 전쟁, 시장경제 글로벌리즘 등 몇 가지 외적인 이유에 의해, 대부분 폭력적으로 자기가 속해 있던 공동체로부터 이산을 강요당한 사람들 및 그들의 후손을 가리키는 용어'[1]라고 설명한다. 물론 과연 그들이 정말 '폭력적으로' 이산을 강요당했는가에 대해서는 이견이 있을 수 있다. 그러나 여기서의 폭력과 강요는 가시적인 폭력, 가시적인 강요가 있었음을 의미하는 것이라기보다는 이산을 둘러싼 시대적, 역사적, 그리고 사회적인, 일종의 암묵적인 폭력과 강요가 전제되어 있었음을 의미한다. 디아스포라의 문제가 개인의 문제만이 아니라 그가 관련되어 있는 민족과 국가의 문제가 되는 것은 이 때문이다. 디아스포라에는 디아스포라

---

1 서경식, 김혜신 역, 『디아스포라 기행 – 추방당한 자의 시선』, 돌베개, 2006, 14면.

를 만들어낸 민족과 국가의 역사적 트라우마가 각인되어 있는 것이다.

이 점과 관련하여 세계 각국으로 이주해서 살고 있는 한국인들 가운데서 가장 주목되는 것은 재일(在日) 디아스포라이다. 재일 디아스포라에게는 일본에 의한 조선 식민지 지배의 역사가 각인되어 있다. 실제로 그들이 한국을 떠나 일본으로 이주했던 시기에서부터 현재에 이르기까지 일본에 의한 조선 식민지 지배의 역사는 아직도 과거가 되지 못한 듯이 보이기까지 한다. 재일 한인 해방의 문제는 다른 이문화 집단들 사이의 공생의 문제이기 이전에 무엇보다도 '제국주의·식민주의의 극복'이라는 문제[2]라는 관점은 이러한 상황을 전제하는 것이다. 민족이 하나의 본질적인 실체로서가 아니라 '상상의 공동체'로서 존재하는 것이라고 할지라도 현실에서 나타나고 있는 민족—국가의 문제를 부인할 수는 없다. 민족—국가가 '실체'라기보다 '효과'임을 기억하는 한, 재일 디아스포라 문제를 논의함에 있어서 일본과 한국의 역사적인 관계는 당연히 전제되어야 할 요소이다.

재일 한인문학은 이러한 재일 디아스포라적인 상황을 바탕으로 형성된 문학이다. 때문에 재일 한인문학의 형성과 변화는 재일 디아스포라적인 상황의 변화와 긴밀하게 연결되어 있으며 재일 디아스포라의 세대 변화와도 밀접한 관계를 지니고 있다. 실제로 식민지 시대부터 활동하기 시작했던 장혁주에서부터 현재 일본 문단에서 활발하게 활동하고 있는 많은 작가들에 이르기까지 '재일 한인문학'의 범주 내에는 많은 작품들이 있지만 그 작품들의 경향은 동일하지 않다. 보통 재일 한인문학을 1세대, 2세대, 3세대로 나누어서 설명하고 있는데, 이 가운데서 본고가 특히 주목하는 것은 유미리, 현월, 양석일 등 3세대의 작품들이다. 많은 논자

---

2 서경식, 임성모·이규수 역, 『난민과 국민 사이—재일조선인 서경식의 사유와 성찰』, 돌베개, 2006, 135면.

들이 3세대의 문학적 경향이 이전 세대의 '민족' 중심의 경향에서 '실존' 중심의 경향으로 변화하고 있다는 데에 동의하고 있다. 재일 3세대 한인 문학이 한국과 일본 어디에도 자신의 자리를 확보하기 힘든 재일이라는 실존적 상황에서 오는 내면적 갈등과 고뇌를 재일이라는 상황을 초월한 보편적인 테마로 제시하고 있다는 것이다.[3]

흔히 디아스포라 문학을 이중의 거울에 비유하는데, 그것은 한편으로 는 자신이 떠나온 고국을 비추며 다른 한편으로는 현재 자신이 속해 있는 나라를 비춘다는 것이다. 이러한 이중의 거울을 통해서 디아스포라 문학 은 내부의 시선이 보지 못하는 것을 보고, 내부의 언어가 말하지 못하는 것을 말할 수 있게 된다. 이와 관련시켜볼 때 이전의 재일 한인문학의 거 울이 현저하게 조국을 향하여 있었다면 재일 3세대 한인문학의 경우에는 현재 자신이 속해 있는 일본을 향하고 있다고 할 수 있다. 즉 이전 세대 재일 한인문학이 자신들의 삶을 고국과의 대비를 통해서 인식하고 자신 의 삶에 존재하고 있는 '민족적인 것'과 관련된 문제를 주목하고 있었다 면, 3세대 한인문학은 일본에서 이루어지는 '지금-여기'의 삶의 문제를 더 주목하고 있는 것이다.

현월(玄月)은 이러한 3세대 한인문학의 성격을 가장 잘 보여주고 있는 작가라고 할 수 있다. 본고가 특히 현월의 작품에 주목하는 것은 '민족'에 서 '실존'으로라는, 3세대 문학의 성격이 재일 디아스포라라는 상황에 대 한, 일종의 본질적 성찰로 나타나고 있기 때문이다. 현월의 작품은 유미리 의 작품에서와 같이 한국인도 일본인도 아닌 채로 살아가는, 재일의 상황 속에서의 개인의 불안과 고통을 보여주지만 이것이 현대인이 지니는 일반 적인 불안과 고통으로 해소되기보다는 재일의 본질이 무엇인가를 보여주

---

3 유숙자, 『재일한국인문학연구』, 월인, 2002, 151면.

는 방향으로 나아가고 있다고 할 수 있다. 물론 현월 자신은 '재일동포의 특이성에 집착하지 않고 인간의 보편성을 그려내려고 노력하고 있'다[4]고 말하고 있지만, 그의 작품에서 '인간의 보편성'은 본질주의적으로 전제된 '보편성'이 아니라 집단촌을 배경으로 하는 '재일 동포의 특이성', 나아가 재일, 혹은 디아스포라의 상황 속에서 주조되고 있는 보편성인 것이다.

이제까지 현월의 작품에 대한 연구는 재일 한인문학을 전체적으로 연구하는 자리에서 함께 이루어진 경우가 많았고 비교적 최근에 현월에 대한 작가론과 작품론의 연구들이 나타나기 시작하였다.[5] 이 가운데 황봉모의 연구는 〈그늘의 집〉과 〈나쁜 소문〉에 대한 분석을 통해서 현월 문학이 지니고 있는 현재적 의미를 밝히고 있다. 특히 〈그늘의 집〉에 나타난 욕망과 폭력의 관계를 분석한 연구는 현월 작품에서 나타나는 집단 폭력이 개인이 지니고 있는 욕망의 문제와 밀접하게 연관되어 있음을 밝히고 있다는 점에서 주목된다. 그러나 논의의 방향이 주류사회의 폭력과 집단촌의 폭력의 비교로 나아감으로써 집단촌이라는 공동체를 만들어 살아갈 수밖에 없는 재일 디아스포라와 국가 간의 문제와 같은, 보다 본질적인 문제로 나아가지 못했다는 점에서 아쉬움을 남긴다. 김환기의 연구는 폐쇄적인 공간이나 세대적인 단절, 그리고 집단과 개인 사이에서 벌어지는 현대적인 폭력성 등 현월 소설에 나타나는 실존적 글쓰기의 여러 양상을

---

4 작가 인터뷰, 신은주·홍순애 역, 「인간의 보편성을 그리고 싶다」, 『그늘의 집』, 문학동네, 2000, 227면.

5 김환기, 「현월(玄月) 문학의 실존적 글쓰기」, 『일본학보』 61권 2호, 한국일본학회, 2004.
황봉모, 「현월 〈그늘의 집〉―서방이라는 인물」, 『일본연구』, 한국외대 일본연구소, 2004.
황봉모, 「현월 〈그늘의 집〉―욕망과 폭력」, 『일어일문학연구』 54권 2집, 한국일어일문학회, 2005.
황봉모, 「현월의 〈나쁜 소문〉―료이치의 변화과정 추적을 통한 읽기」, 『일어교육』 35권, 한국일본어교육학회, 2006.

분석하고 있다. 이 연구는 현월의 '보편성'에 근거한 글쓰기가 민족과 연관된 정치성이나 역사성의 탈피를 의미하는 것으로서 어떠한 양상을 보이고 있는가에 대해서는 구체적으로 고찰하고 있지만, '특수성'과 '보편성'을 이원적으로 대립시키는 현월 자신의 관점을 그대로 받아들이고 있다는 점에서 아쉬움을 남긴다.

본고는 현월 문학이 전 세대와는 다른 방식으로 재일 디아스포라의 삶의 본질을 드러내고 있다는 전제에서 출발한다. 현월 문학이 보여주고 있는 재일 디아스포라의 삶의 본질은 재일 한인들이 일본이라는 국가의 내부에서 살아가면서도 일종의 외부로서 위치하고 있다는 점으로부터 나타난다. 그것은 재일 디아스포라의 삶의 특수성을 의미하는 것임과 동시에 디아스포라 일반, 나아가서는 타자 내지는 소수자 일반의 보편성을 의미하는 것이기도 하다. 본고는 현월의 대표적인 작품인 〈그늘의 집〉을 중심으로 세 가지 방향의 분석과 고찰을 통하여 이 점을 밝히고자 한다. 우선 국가의 외부로서 존재하는 집단촌의 성격을 분석할 것이다. 두 번째로는 국가를 모방함으로써만 유지될 수 있는 집단촌의 본질과 일종의 희생 제의로서의 집단 폭력의 의미를 고찰할 것이다. 세 번째로 여러 인물들이 보여주고 있는 상이한 모습에도 불구하고 디아스포라로서 그들에게 본질적으로 내재되어 있는 '호모 사케르'적인 동일성의 문제를 고찰하고자 한다. 이러한 고찰과 분석을 통하여 디아스포라 문학으로서 현월의 문학이 지닌 의미가 무엇인가를 밝혀낼 수 있을 것이다.

2. 집단촌과 국가의 외부

〈그늘의 집〉은 오사카에 자리잡은 한인 집단촌을 중심으로 그곳에서 68년째 살아가는 주인공 '서방'이라는 인물과 그를 둘러싼 다양한 재일

한인들의 삶의 모습을 그리고 있는 소설이다. 재일 한인들의 삶이 이 집 단촌을 중심으로 혹은 그와의 관계 속에서 펼쳐지고 한인들의 삶이 이곳과 함께 변화해왔다는 점에서 집단촌은 이 소설의 배경을 넘어서는 중요성을 지닌다. 집단촌의 형성 자체가 디아스포라로서의 재일 한인의 본질을 보여주고 있는 것이기 때문이다. 일본으로부터도 조선으로부터도 국가적인 보호를 받을 수 없었던 재일 한인들은 자신들만의 집단촌, 공동체를 만들어서 스스로의 삶을 개척하고 자기 자신과 가족들을 보호해야만 했다. 그들은 집단촌을 통해 독자적인 공동체성을 만들어냄으로써 국가의 승인을 대리―보충해 내고, 국가의 내부에 위치하면서도 외부적인 존재로서 경계적 성격을 구축해 간다. 재일 한인들에게 있어 국가로부터의 소외란 이중적인 것이어서, 그들은 '조선'과 '일본'으로부터의 동시적 소외 속에서 일본 내 조선촌을 개척한다.

〈그늘의 집〉에서 오사카의 한 지역에 위치하고 있는 집단촌은 제주도로부터 이주한 한인들을 중심으로 형성된 곳으로 제주도민의 풍습을 그대로 따르다가 점차 변화하는 것으로 나타나고 있다. 이 소설의 집단촌은 전적으로 작가의 구상에 의해서 그려진 것이라고 말하고 있지만, 실제 역사에서도 제주도에서 오사카 지역으로 이주한 한인들이 많았으며 이들은 '조센징'으로서 받는 민족차별, 저임 노동자로서 받는 계급차별, 섬사람으로서 받는 지역차별 등 삼중의 차별 속에서 '조선촌'이라는 그들만의 공동체를 만들어 살아갔다고 한다.[6] 소설에서는 재일 한인들이 받았던 차별의 문제는 나타나지 않고 있지만, 소설의 서두에서 제시된 '우물'에 대한 이야기는 '서방'의 아버지 세대들이 지니고 있던 미래에 대한 확신

---

6 이준식, 「일제 강점기 제주도민의 오사카(大阪) 이주」, 『한일민족문제연구』 3호, 한일민족 문제학회, 2002, 19~28면 참조.

과 희망을 보여줌으로써 그들이 이 집단촌에 걸었던 기대를 보여준다. 그러나 백 년 정도는 고갈되지 않을 줄 알았던 우물이 이미 십 년 전에 말라버렸다는 사실은 집단촌 역시 그러한 확신과 희망을 실현시켜줄 수 없는 공간임을 암시한다.

> 서방은 뒤돌아보았다. 지금 막 빠져나온 민가 사이의 골목길이 함석지붕 차양 밑으로 끝이 막힌 좁은 동굴처럼 보이는 것이 신선하게 느껴졌다. 여기서 보면, 그 깊은 동굴 속에 이천오백 평의 대지가 펼쳐지고, 튼튼하게 세운 기둥에 판자를 붙여 만든 바라크가 이백여 채나 된다는 것, 그리고 그 사이로 골목길이 혈관처럼 이어져 있다는 것은 상상조차 할 수 없다. 서방의 아버지 세대 사람들이 습지대였던 이곳에 처음 오두막집을 지은 것은 약 칠십 년 전, 거의 지금의 규모가 되고도 오십 년, 그후부터는 그 모습 그대로, 민가가 빽빽이 들어선 오사카 시 동부 지역 한 자락에 폭 감싸 안기듯 조용히 존재하고 있다.[7]

위의 인용문에서 주목되는 것은 집단촌이 '동굴'에 비유되고 있다는 점이다. 동굴의 경우 동굴 밖에서는 동굴의 존재를 알 수 없으며, 혹시 그 존재를 알게 되더라도 밖에서 보아서는 그 깊이와 규모를 짐작할 수 없다. 그 깊이와 규모를 알게 된다 하더라도 동굴 밖의 세계에서 볼 때 동굴이란 그저 '잉여'의 공간으로서, 그 공간이 존재하는가 하지 않는가는 동굴 밖의 세계에 어떠한 영향도 미치지 않는다. 동굴과 마찬가지로 〈그늘의 집〉의 집단촌 역시 집단촌의 밖에서는 그 존재와 규모를 짐작할 수 없이 '조용히 존재하고 있'는 '잉여'의 공간일 뿐이다. 집단촌이 어떤 문제를 일으키지만 않는다면 집단촌의 존재는 집단촌 밖의 세계에 알려질 필요도 이유도 없다.

---

7 현월, 신은주·홍순애 역, 『그늘의 집』, 문학동네, 2000, 13면. 이후에는 인용 면수만 표기.

집단촌 밖의 세계에서 보았을 때 집단촌은 그다지 큰 의미를 지닐 수 없는 것이지만 집단촌에서 살아가고 있는 사람들에게 집단촌은 삶의 근거이자 세상의 전부이다. 이들에게 집단촌 밖의 세계는 자신들의 안위를 보장해줄 수 없는, 경계 너머의 세계이다. 집단촌의 바라크에서 살던 사람들 가운데 많은 사람들이 집단촌에서 나가 문화주택이나 단독주택에서 살아가고 있음에도 불구하고 '매드·킬'이라는 야구팀을 중심으로 그 네트워크를 유지하고 있는 것은 이 때문이다. 집단촌의 한인들은 지리적인 공간으로서의 집단촌을 떠날 수는 있지만 정치적, 심리적인 공간으로서의 집단촌을 떠나지는 못하는 것이다. 한인들은 일본 국가의 일원으로 가져야 할 정체성의 결여를 집단촌의 일원으로서의 정체성이나 연대성을 통해서 메우고자 한다. 그런 점에서 이 집단촌은 일본이라는 국가의 내부에 존재하는 외부라고 할 수 있다. 지리적으로는 일본이라는 국가 안에 존재하면서도 정치적으로나 심리적으로는 일본이라는 국가의 밖에 존재한다는 점에서 집단촌과 집단촌의 사람들은 일본 내부에 존재하는 외부인 것이다.

이 점은 서방과 대화를 나누러 방문하는 일본인 자원봉사자 사에케와의 대화 도중에 서방의 아들, 고이치의 친구인 다카모토는 이 지역에 사는 사람들 대부분이 선거권이 없기 때문에 시의원들이 움직여주질 않는다고 말한 대목에서 잘 나타난다. 집단촌 사람들에게는 선거권이 없는데, 선거권이 없다는 것은 국민으로서의 정치적 권리를 갖지 못한다는 의미이며 엄격하게 말해서 국민으로 인정받지 못한다는 의미이기 때문이다. 실제로 일본으로의 귀화만이 일본 국민으로서의 자격을 부여해줄 것이지만, 실제로 재일 한인의 귀화 비율은 그다지 높지 않다. 이전에 비해서 귀화에 대한 부정적인 시각은 상당히 완화되었다고 하지만, 국적을 바꾼다는 것은 쉽지 않은 일일 것이다. 그보다는 국적을 바꾸어 일본인으로 귀화한다고 하더라도 한인에게 행해지는 가시적, 혹은 비가시적인 차별이 사라지는 것이 아니라는 점이 귀화하지 않는 더 큰 이유가 될 것이다.[8] 실제로 〈그늘의 집〉에서 유일하게 귀화한 인물이며 집단촌의 실질적인 운영자인 나가야마는 귀화한 후 시의원에 몇 번이나 출마하지만 당선되지 못한다. 이는 나가야마처럼 귀화하고 많은 재산을 소유한다 하더라도 재일 한인이 '일본'이라는 국가의 내부에서 자리를 잡는다는 것은 결코 쉬운 일이 아님을 보여준다. 즉 형식적으로는 일본으로의 귀화가 일본이라는 국가의 내부로의 진입을 의미하는 것임에도 불구하고 재일 한인에게 완전한 의미의 귀화란 가능하지 않다는 사실이 오히려 귀화를 막고 있는 것으로 해석할 수도 있다. 결국 재일 한인은 일본의 내부로서가 아니라 외부로 살아가고 있으며 집단촌은 그 외부의 집단화된 형태를 보여주는 것이다.

〈그늘의 집〉에서 집단촌은 국가의 외부로서 일본이라는 국가 및 사회와는 유리된 채 또 다른 공동체로서 존재하고 있다. 그것은 조르조 아감벤(Georgio Agamben)이 말했던 '수용소'의 역설적 지위를 연상시킨다. 아감벤에 따르면 수용소는 정상적인 법질서 외부에 위치한 조그마한 영토이지만 그렇다고 단지 외부 공간에 불과한 것은 아니다. 수용소로 추방된다는 것은 배제를 통해서 포함된다는 것을 가리킨다.[9] 집단촌이 수용소와 동일한 모습을 지니는 것은 아니지만, 집단촌의 일원이나 수용소의 일원 모두 어떤 국가나 사회에서 배제됨을 통해서 그 국가나 사회에 포함된다는 점에서는 동일하다. 그리고 그것은 재일 한인이 일본 사회에서 지니는 성격을 그대로 보여주는 것이기도 하다. 일본 사회에서 재일 한인이

---

8 재일 한인의 귀화에 대해서는 고자카이 도시아키, 방광석 역, 『민족은 없다』, 뿌리와이파리, 2003, 197~207면 참조.

9 조르조 아감벤, 박진우 역, 『호모 사케르—주권 권력과 벌거벗은 생명』, 새물결, 2008, 321면.

포함되는 방식은 바로 배제에 기초하고 있기 때문이다.

3. 국가의 모방과 폭력의 심연

〈그늘의 집〉에서 집단촌은 이렇게 배제를 통한 포함이라는 역설적인 상황을 보여주는 공동체로서 존재한다. 국가의 외부로서, 국가로부터 배제된 채로 존재하면서 집단촌은 이 공동체의 일원을 국민으로 인정해주지 않는 국가와 대립하면서 동시에 국가를 모방하는 모순적인 모습을 보이게 된다. 그러나 모든 모방(mimicry)은 모방 대상과의 완벽한 동일성을 획득하지 못한 채 '거의 동일하지만, 아주 똑같지는 않음'이라는 양가성 속에 놓인다. 그리하여 모방은 끊임없이 미끄러짐 · 초과 · 차이를 생산하게 되는 것이다.[10] 〈그늘의 집〉에서 나타나는 국가의 모방은 모방이 지닌 이러한 성격을 그대로 보여주는데, 국가에 대한 집단촌의 모방은 일종의 과잉 모방, 혹은 뒤틀린 모방이라고 할 수 있다.

국가가 국가의 힘과 본질을 실현하는 가장 주요한 매개는 법이므로 집단촌에 의한 국가의 모방 역시 '법'의 모방을 통해서 이루어진다. 그러나 역설적이게도 법이란 국가라는 장치에 의해서만 현실화되는 제도이다. 민족국가 체제가 지배하는 근대에 있어, 독자적인 공동체 내부에서의 '법'의 모방이란 언제나 과잉 혹은 결여로서 구조화된다. 그것은 그 공동체의 법이 국가의 법에 비해 합리성이나 위력을 결여하고 있기 때문이 아니라, 국가의 법이 지닌 '제2의 자연'으로서의 성격, 즉 보편적 제도로서의 실감을 갖추고 있지 못하기 때문이다. 국가의 경계 밖에 존재하는 집

---

10 모방의 이러한 성격에 대해서는 호미 바바, 나병철 역, 『문화의 위치』, 소명출판, 2003, 177~180면 참조. 바바는 모방의 이러한 양가성을 근거로 하여 식민지적 모방이 닮는 것인 동시에 위협이기도 하다는 점을 강조하고 있다.

단촌의 법이 폭력의 힘에 기초함으로써 비로소 그 힘을 발휘할 수 있는 것은 바로 이러한 이유 때문이다. 제도화된 폭력이 바로 법의 기초임은 주지의 사실이거니와 집단촌에서는 폭력, 특히 집단 폭력이 집단촌의 법 또는 질서의 초석이 된다. 〈그늘의 집〉에서 가장 충격적인 장면 가운데 하나인 다음 장면은 집단촌 내부에서 국가의 법을 대신하는 폭력의 본질이 무엇인가를 보여준다.

> 그 때 집단촌 광장에는 아이들을 제외한 대부분의 주민들이 모여 있었다. 우물 옆에 늘어놓은 고드름 위에 무릎을 꿇고 앉은 숙자의 배 위에, 다카모토와 몇 명의 젊은이들이 부모들이 시키는 대로 20킬로그램의 고드름을 밧줄로 동여매려 하자, 숙자는 뱃속에 있는 아기까지 죽일 셈이냐고 소리쳤다. 다카모토와 청년들이 무서워서 꼼짝도 못 하고 있는데, 생리가 막 끝난 계집이 애는 무슨 애냐, 는 소리가 여자들 사이에서 일었다.
> 남자들은 숙자가 쓰러지려고 할 때마다 찬 우물물을 머리 위로 뒤집어씌우고, 여자들은 죽도로 등이나 어깨를 쿡쿡 찌르고 때렸다. 사람들은 담담하게 마치 떡을 찧듯 리듬을 살려가며 되풀이했다. 광기가 개입할 여지는 없었고, 사람들은 해야 할 일을 묵묵히 해내고 있을 뿐이었다. 모두 다 무표정했으며, 일어서는 모습이나 눈가에서 피곤함을 엿볼 수는 있었지만, 자기 차례가 왔을 때 빠지는 사람은 한 사람도 없었다. (64~65면)

숙자가 집단 폭력의 대상이 된 것은 집단촌의 사람들이 함께 하던 계의 계주로서 자기가 계주를 하고 있는 돈만이 아니라 다른 계에까지 끼어들어 많은 돈을 끌어 모은 뒤 도망치려고 했기 때문이다. 더구나 그녀는 그녀의 열다섯 살 난 외동딸까지 버리려 했기 때문에 집단촌의 용서를 받을 수 없었다. 인용문은 집단촌의 사람들이 모여서 숙자를 집단 폭행하는 장면을 보여주고 있다. 그런데 여기서 주목할 것은 이들의 집단 폭행에서 집단적인 광기나 사디즘적인 폭력의 쾌감 같은 것을 발견할 수 없다는 것이다. '모두 다 무표정' 하게 '자기 차례가 왔을 때' 아무도 빠지지 않고

'해야 할 일을 묵묵히 해내' 는 이들의 모습은 집단폭력에 참여함으로써 집단의 일원으로서 인정되는 의례를 수행하는 모습이다. 이것은 이 집단폭력의 과정에서 나타나는 폭력성이 희생제의의 폭력성과 유사하다는 것을 말해준다. 희생 제의의 기능이 내부의 폭력을 진정시키고 분쟁의 폭발을 막는 데 있다[11]고 할 때 이 숙자에 대한 집단폭력은 일종의 희생제의로서 기능하고 있는 것이다.

집단촌의 사람들은 이러한 폭력적인 희생제의에 가담함으로써 집단촌의 일원으로서 스스로를 정립하게 된다.[12] 이 때 폭력의 대상이 되는 숙자는 일종의 희생양이라고 할 수 있다. 집단촌의 일원들은 자신이 가지고 있는 모든 부정성을 숙자에게 전가함으로써 스스로는 정화되는 효과를 거둔다. 계의 성원들, 나아가서는 집단촌의 사람들을 배신함으로써 집단촌의 공동체성의 '균열' 의 지점을 보여준 숙자는 '희생할 만한' 희생물이라고 할 수 있다. 사회에서 거부당한 이 희생물은 이제 사회 질서의 초석이 된다.[13] 숙자에게 행하는 폭력은 일종의 만장일치적인 폭력으로서 사회 질서를 수립하는 초석적인 폭력의 의미를 지닌다고 할 수 있다. 이

---

11 희생제의의 폭력성과 희생의 기능에 대해서는 르네 지라르, 김진식·박무호 역, 『폭력과 성스러움』, 민음사, 2000, 27~28면 참조.

12 이런 점에서 집단폭력이 집단촌 사람들을 하나로 묶어놓는 제어장치라고 보는 황봉모의 관점은 타당하다. 그러나 집단촌을 탈출하려는 숙자의 욕망이 집단촌에 사는 재일조선인의 욕망을 대변하고 있다고 보면서 욕망을 기준으로 집단 폭력을 설명하는 것(황봉모, 앞의 글, 2005, 125~126면.)으로는 집단폭력의 본질적인 부분을 밝히기 어렵다. 집단 폭력의 문제는 집단촌을 탈출하려는 욕망보다는 집단촌 내부에 존재할 수 있는 '부정성' 을 정화함으로써 집단촌의 공동체성을 정립하는 문제와 보다 긴밀히 연관되어 있기 때문이다. 숙자는 그녀가 지닌 탈출의 욕망 때문에 집단폭력의 대상이 된 것이 아니라 공동체성의 균열의 지점을 보여주는 부정성의 존재였기 때문에 집단 폭력의 대상이 된 것이다.

13 이글튼은 희생이 사회 혁명의 상징적 형식이며 희생물은 사회질서의 초석이 된다고 말하고 있다. 희생양이라는 이 기이한 동종 요법을 통해 독약은 치유를 위한 해독제가 된다는 것이다.(테리 이글튼, 서정은 역, 『성스러운 테러』, 생각의나무, 2007, 225면.)

초석적인 폭력을 통하여 집단촌은 공동체성을 정립할 수 있었던 것이다.

그리고 세월이 흐른 뒤 집단촌을 빠져 나간 재일 한인들을 대신하여 집단촌에 이주하여 살아가던 중국인들에 의하여 이러한 집단폭력이 다시 반복된다. 나가야마는 돈을 벌러 온 타국 사람들을 적극적으로 받아들여 집단촌에 살게 했고, 그로 인해 최근 십년 간 집단촌에는 한국 사람의 비율이 줄고 중국 사람의 비율이 높아지게 된다. 나가야마가 가진 공장과 빠징코 등에서는 불법 노동자라도 '안심하고' 일할 수 있는 부서가 있었기 때문이다. 두 번째 집단 폭행은 바로 이 중국인 노동자들에 의해서 이루어지는데, 집단 폭행의 대상은 한국인의 계와 유사한 성격을 지니는 '중국인 지하 은행의 돈을 슬쩍한 놈들'이다.

> "중국인 지하 은행의 돈을 슬쩍한 놈들을 린치하고 있소. 제멋대로 하게 내버려두면 흥분해서 죽여 버릴지도 몰라. 룰을 정해 일절 소리를 못 내게 했죠. 일이 기막히게 잘 진행되고 있어요. 저것 봐요. 모두가 증오심으로 얼굴이 일그러져 있지만 정연하게 행동들 하잖아요. 집단촌에 살고 있는 사람들이 모두 나와 빙 둘러싸고 있지만, 이쯤 되면 소란을 피워댈 수도 없죠." (중략)
>
> 그때, 눈에 핏발을 세우고 이를 악문 채 펜치를 체온계처럼 몇 번이나 흔들어 돌바닥에 살점을 내려치던 남자가, 흥분한 개처럼 혀를 내밀고 거친 숨을 내쉬면서 앞을 지나갔다. 거칠고 투박한 왼손 가운뎃손가락 끝이 붕대로 칭칭 감겨 있는 것이 눈에 띄었다. 얼굴을 보니 목욕탕에서 만난 남자였다. 돌연, 땅바닥에 흩어진 무수한 살점이, 돌바닥을 뚫고 나온 작고 빨간 꽃들의, 아직 반쯤밖에 안 핀 도톰한 꽃잎처럼 보이기 시작하면서, 온몸의 피가 빠져나가는 소리가 들렸다.
>
> 이십칠 년 전 숙자가 뿌린 씨가, 이날 이 순간을 기다려 싹을 틔우고 꽃을 피운 걸까? (76~77면)

인용문에서 중국인들이 보여주는 집단폭력의 모습은 숙자에 대한 집단폭력의 정연함과 숙연함 대신 증오와 광기, 그리고 흥분으로 가득 차 있는 것으로 그려지고 있다. 또한 '무수한 살점', '작고 빨간 꽃', '피' 등의 표현은 중국인들의 집단폭력을 더욱 극단적인 것으로 받아들이게 만들고 있다. 그러나 중국인들이 보여주는 집단폭력의 모습에서도 본질적으로 공동체의 균열을 보여주는 부정성의 존재의 희생을 통하여 공동체성을 회복하고 각인시킨다는 집단 폭력의 목적과 효과는 동일하다. 숙자의 경우와 마찬가지로 중국인의 경우에도 집단폭력은 집단촌에서 국가라는 장치에 의해서 정당화되는 법을 대신하고 있는 것이다. 이렇게 재일한인의 집단촌과 그 공동체성의 구조는 집단촌의 구성원이 중국인으로 변화함에도 불구하고 동일하게 반복되고 있다.

재일 한인 집단촌 내부에 또다시 중국인의 집단촌이 형성되고 이렇게 형성된 집단촌이 재일 한인 집단촌의 초석이 되었던 집단폭력을 반복하고 있다는 점에서 집단폭력은 일종의 미장아빔(mise en abyme)[14]과 같은 모습을 보인다. 또한 주인공 서방이 중국인 "또한 모국의 경제가 살아나면 오지 않게 될 것이고, 그렇게 되면 다른 나라에서 뒤를 이어 찾아오겠지"라고 생각하는 대목은 집단폭력과 공동체성의 관련양상이 무한히 반복될 수 있음을 말해주고 있다. 이 무한 반복은 국가의 외부에서 폭력을 통하여 국가를 모방하는 공동체의 존재가 계속 있을 것임을 의미하는 것으로 배제됨으로써만 포함될 수 있는 사람들의 존재가 계속 있을 것임을 의미하기도 한다. 〈그늘의 집〉에서 국가의 법을 모방하는 집단폭력의 심연에는 재일 한인을 비롯한 디아스포라와 같이 배제됨으로써만 포함될 수 있는 존재와 그러한 존재들의 미장아빔이 자리잡고 있는 것이다.

---

14 문학이나 회화 작품들 내에서 미장아빔의 표현방식은 반영을 근간으로 작동된 중복된 반복, 이중반복이다. 그것은 이야기 속에 이야기들이 액자 속의 사진처럼 끼워져 있는 것, 즉 '그림 안의 그림' 형식으로 되풀이 되는 것이다.(신혜경, 「미장아빔(Mise en abyme)에 관한 소고」, 『미학예술학연구』 16집, 한국미학예술학회, 2002, 127면.)

4. '두 개의 신체'와 호모 사케르

〈그늘의 집〉에는 집단촌을 둘러싼 다양한 인물들의 삶이 제시되고 있다. 집단촌의 '살아있는 화석'이라고 불리우며 집단촌에서만 68년을 살아온 서방, 일본군으로 전쟁에 나갔던 아버지를 비난하며 집을 나가 전공투 주위를 맴돌다가 시신으로 발견된 서방의 아들 고이치, 고이치와는 달리 의사가 되어 안정되는 길을 택했던 고이치의 친구인 다카모토, 몇 개의 공장의 주인이자 빠징코의 사장이며 집단촌의 실질적인 지배자인 나가야마 등 〈그늘의 집〉의 인물들은 일본이라는 사회 속에서 재일 한인 디아스포라가 택할 수 있는 몇 가지 삶의 방식을 유형적으로 보여주고 있다. 이 가운데 가장 주목되는 인물은 서방과 나가야마이다. 이 두 인물은 디아스포라가 살아갈 수 있는 가장 극단적인 삶의 방식을 대조적으로 보여주고 있기 때문이다.

나가야마는 일종의 예외상태(state of exception)에 있는 인물로서 집단촌이라는 사회에서 주권자와 같은 모습을 보여준다. 나가야마는 집단촌에 공장을 세우고, 집단촌의 토지를 시세의 오분의 일 가격으로 사들여서 철거를 막고 집단촌을 유지시키고 있는 인물이다. 그리고 신발공장이 기울기 시작하자 겉보기에는 진품과 꼭 같은 유럽 유명 브랜드 구두의 모조품을 만들어 새로운 전기를 마련하고 지하철 역 앞에 빠찡꼬를 세움으로써 집단촌에서 '특별한 존재'의 위치를 갖게 된다. '작은 신발 공장을 시작했을 때부터 집단촌은 나가야마의 소유물이었'고 나가야마는 '이 집단촌에서 무슨 짓을 해도 용서되는' 존재였던 것이다.

나가야마는 특히 여성과의 관계에서 폭력적이고 지배적인 모습을 보인다. 집단촌의 여자들은 모두 나가야마의 여자들이라고 해도 좋을 만큼 나가야마는 여자들을 탐해 왔다. 나이를 가리지 않고 집단촌의 여자들을 취했다는 이야기가 인물들의 대화 속에서 나오고 있거니와 바라크의 빈 집을 털다 붙잡힌 40대 중년 여성을 가두어놓고 강간을 하고 서방과 대화를 하러 온 일본인 자원봉사자 사에키를 강간하는 등 나가야마는 끊임없이 여성들에게 폭력을 행사한다. 그러나 나가야마의 그러한 편력에 대하여 누구도 반기를 들지 못하며 남자들 역시 나가야마의 '소유'에서 벗어나지 못한 채 '때로는 화를 내고 때로는 체념하고' 살아가고 있다. 이렇게 나가야마는 집단촌의 제왕으로 군림한다. 그는 집단촌의 법 밖에 있으며 스스로 집단촌의 법이 됨으로써 폭력과 법의 경계에 존재하고 있는 것이다.

나가야마의 이러한 모습에서 일종의 주권자로서의 모습을 발견할 수 있다. 주권자는 폭력과 법 사이의 비식별 지점, 폭력이 법으로 이행하고 또 법이 폭력으로 이행하는 경계라고 할 수 있다.[15] 주권자의 이러한 모습은 법 밖에서 법을 만들어가는 예외적인 존재로서 살아가고 있는 나가야마의 모습과 겹쳐진다. 나가야마는 국가로부터의 배제를 통해서 국가에 포함되는 디아스포라이지만 동시에 재산과 권력을 바탕으로 스스로 주권자가 됨으로써 디아스포라로서의 위치를 변화시키고자 하는 것이다. 나가야마의 방식은 재일 조선인이 디아스포라라는 삶의 조건에서 스스로를 완성시키는 가장 극단적인 방식 가운데 하나라고 할 수 있는데, 이러한 방식은 현월과 같은 재일 3세대 작가인 양석일의 소설, 〈피와 뼈〉의 주인공 김준평에게서도 발견된다. 김준평도 집단촌에서 어묵공장을 운영하면서 폭력과 재산을 바탕으로 집단촌의 제왕으로 군림한다.

집단촌의 주권자가 됨으로써 디아스포라적인 삶의 조건을 넘어서려 했던 나가야마나 김준평과는 달리, 서방은 디아스포라적인 삶의 조건 속에서 무기력하게 살아가는 인물이다. 서방이 조선인이면서 일본군으로 전쟁에 나갔다는 사실 때문에 반발한 아들 고이치는 집을 나가 도쿄로 가서

---

15 조르조 아감벤, 앞의 책, 86면.

그곳의 시위대와 함께 하다가 과격집단의 린치를 당하고 죽는다. 그리고 아내마저 나가야마의 공장에서 절단기 사고로 인한 과다출혈로 죽게 된다. 가족을 잃은 서방은 집단촌에서 혼자서 살아가고 있다. 아내의 죽음에 대해서 '집단촌에 사는 동안은 식사와 매달 이만 엔의 용돈을 지급하겠다'는 나가야마의 보상 조건을 받아들인 서방은 이를 '전쟁이 끝난 후로 한 번도 일을 한 적이 없고, 또 일할 의지도 없는 자신에게는 좋은 조건'이라고 자조한다.

전쟁 물자 횡령을 돕다가 폭격으로 손목이 잘려나간 '황금팔'을 가진 서방은 마치 거세된 인물처럼 집단촌의 '살아있는 화석'으로서 살아간다. 실제로 매드·킬의 야구 경기를 보기 위해 모인 자리에서 서방은 자신이 '여기 와서 중요한 걸 잊어버렸'다고 말하면서 "내가 도대체 누구지?"라고 묻는다. 그가 누구인가는 '서방'이라는 이름으로도 집단촌의 일원이라는 사실로도 확인되지 않는다. '서방'이라는 이름은 한국에서 결혼한 남자에게 성 다음에 붙여 부르는 지칭이기 때문에 서방만의 정체성을 보장해줄 수 없다. 집단촌의 일원으로서의 위치 역시 서방의 정체성을 말해주지 않는다. 자신이 누구인가를 묻는 서방의 질문은 그의 정치적 위치가 부재하다는 사실과 밀접하게 관련되어 있다. 서방은 자연적 신체로서만 존재할 뿐 정치적 신체로서의 의미를 결여하고 있다. 역설적으로 말해서 그는 정치적 신체로서의 의미를 결여함으로써만 자연적 신체로서의 생명을 유지하고 있는 것이다. 서방은 마치 정치적 유령처럼 살아있기는 하지만 어디에서도 자신의 정체성이나 정치적 신체를 발견할 수 없는 '살아있는 죽은 자'[16]로서 살아가고 있다. '황금팔'에 대한 보상 문제가

---

16 아감벤은 인간과 시민, 출생과 국적 간의 연속성을 깨뜨림으로써 근대 주권의 근원적인 허구성을 문제 삼도록 만드는 '난민'에게서 현대의 '살아있는 죽은 자'를 발견한다.(위의 책, 253~258면 참조.)

제기되었을 때 서방이 일본 사회에서 정치적인 신체로서 의미를 가질 수 있는 가능성이 나타나지만, 정부가 화해권고를 거부하여 보상이 이루어지지 않게 됨으로써 서방의 생명과 신체가 정치적인 의미를 가질 수 있는 가능성은 봉쇄되고 만다.[17]

　'살아있는 죽은 자'로서의 서방의 모습은 정치 영역의 숨겨진 전제인 호모 사케르의 모습과 일치한다. 호모 사케르란 살해는 가능하되 희생물로 바쳐질 수는 없는 생명을 의미하는 것[18]이다. 그러나 이들은 인간에게 보편적으로 주어진 (정치적) 능력과 자유가 극단적으로 침해받는 상태의 존재가 아니라, 무능력 즉 자유의 박탈 이외에는 어떤 잠재성도 지니고 있지 않으며, 그러한 무능력이 곧 실존의 현실태인 존재이다.[19] 호모 사케르는 통합적인 정치적 신체로서의 인민(People)이라는 전체 집합 속에 존재하는, 가난하고 배제당한 신체들의 인민(people)이라는 부분 집합에 속한다. 이미 항상 자체 내에 근원적인 정치적 분열을 수반하고 있는 전체로서의 인민(People)은 가난하고 배제당한 신체들의 단편적인 복수성으로서의 인민(people)이라는 부분집합을 배제하고 부정함으로써 전체로서의 인민으로 존립할 수 있다.[20] 그리하여 예외상태의 존재들로서 '정치적 불가능성'을 내포하고 있는, 가난하고 배제당한 신체들은 배제됨으로

---

17 다카모토로로부터 오른팔에 대한 보상이 가능하지 않게 되었다는 이야기를 들은 후 서방은 '이 오른팔이 부당한 대접을 받기 때문에 자기는 지금까지 이 집단촌과 함께 존재해왔고, 또 더불어 살아갈 수 있는 것'이라고 생각한다.(83면.) 이는 한 국가의 일원으로서 보호받지 못하는 존재인 디아스포라로서의 자기 인식을 보여주는 부분이다. '오른팔'에 대한 정당한 보상은 정치적인 신체로서의 의미를 인정받고 보호받을 수 있는 권리를 인정받아야만 비로소 가능한 것이기 때문이다.

18 조르조 아감벤, 앞의 책, 45면.

19 유홍림·홍철기, 「조르지오 아감벤(Giorgio Agamben)의 포스토모던 정치철학: 주권, 헐벗은 삶, 그리고 잠재성의 정치」, 『정치사상연구』 13집 2호, 한국정치사상학회, 2007, 160면.

20 인민의 두 개의 대립적 축에 대해서는 조르조 아감벤, 앞의 책, 334~335면 참조.

써만 인민에 포함될 수 있는 역설적 상황에 놓인다. 자연적인 신체, 생명으로서만이 의미를 지니고 있을 뿐 정치적인 의미의 생명과 신체를 가지지 못하는 서방의 존재는 바로 이러한 '호모 사케르'의 헐벗은 생명(bare life)에 다름 아니다.

그런데 서방이 보여주고 있는 이러한 호모 사케르적인 성격은 단지 서방이라는 개인의 성격만을 보여주는 것이 아니다. 호모 사케르적인 성격이 디아스포라로서의 재일 한인의 성격을 보여준다는 점에 더 큰 중요성이 있다. 집단촌 안에서 '주권자'로서의 모습을 보이는 나가야마 역시 예외가 아니다. 귀화한 나가야마는 계속 시의원 진출을 모색하지만 거듭 좌절해 왔고 자신을 정치적 신체로서 정립하여 일본 국가 내지는 법적 제도적 보호 속으로 들어가는 데 성공하지 못한다. 나가야마의 모습은, 귀화하였다는 사실이 자동적으로 일본 사회 내지는 국가에서 정치적 존재로서 인정되는 것을 의미하지는 않으며 귀화에도 불구하고 계속적으로 어떤 결여가 존재한다는 것을 의미한다. 이것은 정치적 생명으로서가 아니라 헐벗은 생명으로서의 모습이다. 나가야마는 집단촌에서는 주권자의 모습을 보여주고 있지만 일본이라는 국가와 사회 속에서는 서방과 마찬가지로 '정치적 불가능성'을 내포한 헐벗은 생명에 불과한 것이다.

서방의 아들인 고이치는 일본에서 호모 사케르, 헐벗은 생명으로 존재하는 재일 조선인의 모습을 가장 비극적으로 보여준다. '금색'으로 빛나는 눈을 가진 고이치는 아버지, 서방이 일본군이었다는 사실에 대해서 비난하면서 집을 나가 집단촌의 다른 바라크에서 기거한다. 그리고 고등학교를 졸업한 뒤 전공투 운동이 일어나고 있는 도쿄로 갔다가 나카노의 노상에서 '온 몸이 타박상으로 뒤덮여 발가락 관절까지 보라색으로 부어오른 시체'로 발견된다. 고이치의 친구인 다카모토에 의하면 고이치는 '여기서는 나 같은 사람도 의견을 말할 수 있다'고 말하면서 학생 집회란 집회에 다 얼굴을 내밀고 '베트남에서 한국 병사를 철수시켜라!'고 주장하다가 과격집단에 의해 린치를 당했다는 것이다. 고이치의 죽음은 희생물로 바칠 수는 없지만 죽여도 되는 생명, 즉 자연적 신체로서는 존재하지만 정치적 의미를 지닌 신체로서는 존재할 수 없는 호모 사케르의 본질을 그대로 보여준다. 가난하고 배제당한 신체로서의 고이치가 스스로를 정치적 존재로서 내세울 때, 고이치는 결국 살해됨으로써 제거되는 것이다.[21]

이와 같이 동일한 재일의 상황에서 서로 다른 삶의 방식을 택하고 있는 듯이 보이는 서방과 나가야마, 그리고 고이치는 모두 정치적 불가능성을 내재한 헐벗은 생명으로 존재하고 있다는 동일성의 기반 위에 있다. 나가야마와 서방의 극단적인 대조에도 불구하고 〈그늘의 집〉에서 나가야마와 서방이 집단촌의 존립을 위협하는 경찰관에게 함께 대항하는 것은 이 점과 깊은 관련을 지닌다. 호모 사케르적인 존재의 정치성 획득이 근원적인 결여를 내재할 수밖에 없다면 나가야마나 서방과 같은 재일 디아스포라는 정치적 신체가 아니라 자연적인 신체로 존재할 수밖에 없다. 그러나 집단촌을 해체시킨다는 것은 이러한 자연적인 신체의 존립마저 위협하는 것이며 결국 헐벗은 생명에 대한 배제에서 헐벗은 생명에 대한 제거로 나아가는 것이다. 서방이 경관의 허벅지를 물어뜯으며 경관에게 필사적으로 대항하는 것은 결코 제거될 수는 없는, 가난하고 배제된 신체, 소수의 존립을 위해서이다. 서방이, 그리고 나가야마와 집단촌에 거주하는 디아

---

21 그런 점에서 황봉모의 연구에서 과격집단의 린치에 의하여 죽음을 당한 고이치의 경우와 집단촌의 집단폭행에 의하여 불구가 된 숙자의 경우를 직접 비교하여 그로부터 비주류 사회의 폭력과 주류 사회의 폭력의 차이를 설명하는 방식(황봉모, 앞의 글, 2005, 134~135면.)은 〈그늘의 집〉의 내용을 지나치게 단순화시키는 것이 아닌가 한다. 숙자에 대한 집단폭행이 일종의 희생제의로서 공동체성을 정립하는 것이었다면 고이치에 대한 린치는 정치에서 배제되어야 할, 헐벗은 생명의 제거에 해당하는 것이라는 점에서 이 둘은 본질적으로 차이를 지니기 때문에 직접적인 비교의 대상이 될 수 없다고 본다.

스포라들은 정치적 신체의 의미를 지니지 못한 헐벗은 생명이라는 점에서 모두 동일한 존재인 것이다.

5. 결론

이제까지 세 가지 방향에서 현월의 〈그늘의 집〉에 대한 분석과 고찰을 수행하였다. 우선 국가의 외부로서 존재하는 집단촌의 성격을 분석하였다. 〈그늘의 집〉에서 집단촌은 국가의 외부로서 일본이라는 국가 및 사회와는 유리된 채 또 다른 공동체로서 존재하고 있으며 집단촌의 일원들은 일본 국가의 일원으로서 가져야 할 정체성의 결여를 집단촌의 일원으로서의 정체성이나 연대성을 통하여 메우고자 한다. 지리적으로는 일본이라는 국가 안에 존재하면서도 정치적으로나 심리적으로는 일본이라는 국가의 외부에 존재하는 것이 집단촌인 것이다. 이렇게 국가로부터의 배제에 의하여 국가에 포함되는 집단촌의 존재는 아감벤이 말했던 '수용소'의 지위와 유사하다.

두 번째로는 국가를 모방함으로써만 유지될 수 있는 집단촌의 본질과 일종의 희생 제의로서의 집단 폭력의 의미를 고찰하였다. 집단촌은 국가의 외부로서, 국가로부터 배제된 채로 존재하면서 국가와 대립하고 동시에 국가를 모방하는 모순적인 모습을 보이게 된다. 국가에 대한 모방은 법에 대한 모방으로 나타나는데 역설적이게도 법은 국가라는 장치에 의하여 현실화될 수 있다. 때문에 국가의 법에 대한 집단촌의 모방은 폭력의 힘에 기초하게 된다. 일종의 희생제의적인 의미를 지니는 집단폭력이 법을 대신하고 집단촌 내부의 공동체성을 정립시키는 것이다. 이러한 집단폭력은 중국인들에 의해서 그대로 반복되는데, 이는 배제됨으로써만 포함되는 사람들의 존재와 그 집단이 계속 있는 한 재일 한인의 집단촌과 그 공동체성의 구조는 무한히 반복될 수 있다는 것을 보여준다.

세 번째로 여러 인물들이 보여주고 있는 상이한 모습에도 불구하고 디아스포라로서 그들에게 본질적으로 내재되어 있는 '호모 사케르'적인 동일성의 문제를 고찰하였다. 집단촌의 실질적인 주인으로서 주권자의 성격을 지니는 나가야마, 디아스포라적인 조건 속에서 무기력하게 살아가는 서방, 그리고 일본의 사회저항적인 집단과 함께 하고자 했던 고이치 등 〈그늘의 집〉의 여러 인물들은 동일한 재일의 상황에서 서로 다른 삶의 방식을 택하고 있는 듯이 보이지만 모두 정치적 불가능성을 내재한 헐벗은 생명, 호모 사케르로서 존재하고 있다는 점에서 동일하다.

결국 재일 디아스포라 문학으로서의 〈그늘의 집〉의 의의는 이 소설이 재일 디아스포라의 삶의 본질적인 성격을 조명하고 있다는 점이라고 할 수 있다. 그 본질적인 성격은 배제됨으로써 포함되며, 자연적인 신체로서는 존재하지만 정치적 신체로서 나타날 수 없는, 호모 사케르의 헐벗은 생명의 성격과 동일하다. 현월 문학에서 나타나는 호모 사케르적인 본질은 단지 재일 한인 디아스포라의 특수성을 드러내는 것이 아니라 디아스포라 일반의 보편성을 나타낸다. 이 점이 현월 문학을 다른 재일 디아스포라 문학과 구별 짓는 부분이다. 현월은 '민족'의 문제가 아니라 지금 여기의 '실존'의 문제에 주목하면서도 이 실존 속에서 나타나는 고통과 비극을 현대인이 지니는 일반적인 불안과 고통으로 해소하지 않고 재일 디아스포라의 본질의 문제와 연결시키고 있다. 그리고 재일 디아스포라의 문제를 통해서 어느 사회, 어느 국가에나 존재하는, 배제됨으로써만 존재할 수 있는 '헐벗은 삶'의 보편성으로 나아감으로써 '재일 디아스포라'의 문제를 타자 혹은 소수자의 보편성 속에 위치시키고 있다. 디아스포라 문학으로서 현월 문학이 지니는 의미를 그 점에서 발견할 수 있다.

제3장

애도의 제의와 영원성 – 차학경의 〈딕테〉

1. 서론

고국을 떠나와 이국에서 살아가는 디아스포라는 민족과 국가를 경계로 삼는 세계 속에서 이 경계의 밖에 혹은 경계의 사이에 존재하는 타자라고 할 수 있다. 디아스포라란 무엇인가에 대한 서경식의 설명에서 나타나듯이 그들이 디아스포라가 된 이유는 '근대의 노예무역, 식민지배, 지역 분쟁 및 세계 전쟁, 시장경제 글로벌리즘 등' 다양하다.[1] 그러나 어떠한 경우이든지 디아스포라는 고국이나 이국이 과거에 처했거나 현재 처하고 있는 시대적, 사회적, 역사적 상황과 관련되어 있으며 디아스포라에게는 일종의 암묵적 폭력이 새겨져 있음을 부인할 수 없다. 일제의 식민지 지배, 한국전쟁 및 남북의 분단과 이념 대립, 독재정권의 지배와 저항 등 한국 현대사가 겪어 왔던 역사적 트라우마의 문제가 코리안 디아스포라에

---

1 서경식, 김혜선 역, 『디아스포라 기행 – 추방당한 자의 시선』, 돌베개, 2006, 14면.

대한 논의에서 중핵을 이루는 것은 이 때문이다. 한국이라는 민족과 국가로부터 타자화되어 그 경계 밖에 존재하는 디아스포라는 민족 국가 중심의 공식 담론에서 망각되고 억압된 트라우마적 기억을 불러내어 새롭게 비추어내는 존재인 것이다.

코리안 디아스포라 문학이 보여주고 있는 역사 전유의 문제는 바로 이 점과 관련되어 있다. 실제로 디아스포라의 정체성이라는 문제와 더불어 한국의 역사 전유의 문제가 코리안 디아스포라 문학의 가장 중요한 테마가 되고 있는데 그것은 일차적으로 떠나온 고국에 대한 그리움에서 기인하는 것이라고 할 수 있다. 때문에 역사 전유의 양상과 노스탤지어의 성격은 긴밀한 관련성을 지니고 있다. 예를 들어 고국에 대한 노스탤지어가 민족주의적인 방향을 취할 때와 그와는 다른 새로운 방향을 취할 때 역사 전유의 양상은 전혀 다른 모습으로 나타날 수밖에 없다. 역사 전유의 문제를 논할 때 노스탤지어의 문제가 함께 대두되는 것은 이 때문이다. 노스탤지어의 문제와 더불어 간과될 수 없는 것은 여기서 나타나는 한국 역사의 전유가 코리안 디아스포라를 배태한 역사적 원인에 대한 탐구이자 한국의 공식적이고 지배적인 역사에 대한 저항이라는 의미를 지닌다는 점이다. 이러한 탐구와 저항이 가능한 것은 한국인이면서도 한국의 경계 외부에 존재하는 디아스포라의 자리가 내부의 중심에서 보지 못한 것을 보고 말하지 못한 것을 말할 수 있게 하기 때문이다. 이러한 탐구와 저항은 망각하거나 억압한 것들에 대한 회상과 복원을 통하여 공식적이고 지배적인 역사와는 다른 역사의 구성으로 나타나게 된다.

코리안 디아스포라 문학 가운데서도 특히 재미한인여성 소설은 디아스포라와 여성이라는 이중의 타자의 위치에 놓인 재미한인여성의 관점에서 국가 권력의 관점, 남성의 관점에 의하여 기록된 역사를 해체하고 기억의 역사, 여성의 역사, 타자의 역사로 다시 씀으로써 기존 역사의 전복을 꾀한다는 점에서 주목된다. 재미한인여성 소설들은 한국의 공식적인 현대사 속으로 들어가 역사의 심연에 존재하는 트라우마적 상처의 편린들을 찾아내는 '기억하기'와 그 현대사를 새롭게 구성해내는 '다시쓰기'를 통하여 한국 역사를 여성 디아스포라의 관점에서 전유하고 있다. 탈식민주의론에서 말하는 '다시쓰기'는 탈식민적 글쓰기에 있어서 식민제국의 관행을 차용하거나 변용하여 일종의 전유를 수행함으로써 글쓰기 내부에 은폐되어 있는 권력을 전유하고 식민지 담론에 부과되어 있는 주변성을 장악하기 위해서 이루어지는 것이다.[2] 문학적 다시쓰기가 아니라 한국의 역사에 대한 다시쓰기라는 점에서 차이가 있지만 재미한인여성 소설에서 나타나는 역사 전유와 다시쓰기 역시 중심적인 권력의 담론을 전유하고 그들에게 부과된 주변성을 통해 새로운 담론을 만들고 있다고 점에서 이 역시 탈식민적 다시쓰기라고 할 수 있다.

많은 재미한인여성의 소설이 한국 역사에 대한 전유와 다시쓰기를 보여주고 있지만 그간 가장 주목을 받아온 작품은 차 학경(Theresa Hak Kyung Cha)의 〈딕테(*Dictee*)〉(1982)[3]일 것이다. 아홉 뮤즈에 대응되는 아홉 개의 이야기로 구성되어 있는 이 작품은 우선 해체적이고 혼종적인 글쓰기의 양상으로 특징 지워진다. 〈딕테〉는 영어로 이루어진 작품이면서도 불어, 한국어, 한자 등 다양한 언어와 함께 서예 글씨, 사진, 지도, 자필 원고의 일부분, 루즈벨트 대통령에게 보내는 하와이 한인들의 청원서, 성 테레사의 자서전, 영화 대본, 시 등 다양한 자료들을 제시하고 있다. 다양한 언

---

2 빌 애쉬크로프트 외, 이석호 역, 『포스트콜로니얼문학이론』, 민음사, 1996, 16~19면/ 133~134면 참조.
3 한국어 번역본은 차학경, 김경년 역, 『딕테』, 어문각, 2004.(이하 인용문은 인용면수만 밝히기로 한다.)

어와 양식의 혼종적 사용을 통하여 기존의 글쓰기 규범과 글쓰기 양식을 해체하고 있는 새로운 글쓰기 방식은 디아스포라 존재 자체의 혼종성에서 기인한 것이라 할 수 있다. 이러한 글쓰기는 단지 지배적인 서사 양식에 대한 저항이라는 의미뿐이 아니라 지배적인 서사 양식의 암묵적인 전제들, 즉 단일한 정체성, 동일성, 규범, 권위 등에 대한 저항과 거부라는 의미를 내포하고 있다. 그런 관점에 볼 때 지배적 서사들에 동화하기를 거부하는 이러한 글쓰기가 탈식민화, 탈장소, 탈동일시의 조건들을 함축한다는 평가[4]는 타당성을 지닌다.

그러나 본고가 〈딕테〉를 연구대상으로 선택한 것은 이 작품이 이러한 글쓰기를 통하여 여성과 디아스포라라는 이중적 타자의 관점에서 역사 전유의 가장 전복적인 형태를 보여주고 있기 때문이다. 〈딕테〉는 기억과 망각, 개인과 국가, 과거와 현재, 역사와 전망, 순간과 영원과 같은 개념들 사이에서 사라지거나 억압되었던 것들을 발굴해냄으로써 기존의 역사를 해체하고 여성의 시간, 여성의 역사, 그리고 타자의 시간, 타자의 역사를 구성해내고 있다. 물론 노라 옥자 켈러의 〈종군위안부〉나 수잔 최의 〈외국인학생〉 등 다른 재미한인여성 소설 역시 재미 디아스포라라는 타자의 관점에서 역사를 재구성하고 있다. 그러나 그것이 기존의 역사를 해체하여 새롭게 구성하기보다는 기존의 역사가 누락해온, 한국의 트라우마적 역사에 희생된 존재들의 삶과 죽음을 복원해내고 있다는 점에서 〈딕테〉와 차이를 지닌다.[5] 〈딕테〉의 역사 전유가 취하고 있는 방향은 누락된 역사의 복원을 통한 다시 쓰기라기보다는 기존의 공식적인 역

---

4 태혜숙, 「아시아계 디아스포라 여성의 위치에서 '몸으로 글쓰기' : 〈여성전사〉와 〈딕테〉를 중심으로」, 『영미문학페미니즘』 11권 1호, 한국 영미문학페미니즘학회, 2003, 251면.

5 이에 대해서는 졸고, 「〈종군위안부〉의 역사 전유와 향수」, 『한국현대문학연구』 21, 한국현대문학회, 2007 참고.

사와 역사 기술의 관점을 해체하고 새로운 관점의 역사 구성의 방향을 제기하는 것이기 때문이다.

〈딕테〉에 대한 연구는 그간 미국과 한국 양국에서 활발하게 진행되어왔다. 한국에서는 주로 영문학계에서 이루어지다가 2002년에 번역본이 발간되고 국문학계에서 코리안 디아스포라 문학에 대한 연구가 활발하게 진행됨에 따라 국문학계에서도 연구가 축적되고 있는 상황이다. 양쪽 학계의 연구를 종합해볼 때 그 경향은 다음 세 가지 정도로 구분될 수 있다. 첫 번째는 〈딕테〉에서 나타나는 언어와 글쓰기에 대한 연구이다. 주로 〈딕테〉에 나타난 복수의 언어와 글쓰기 양상 등에 대한 분석을 통하여 페미니즘이나 탈식민주의적인 관점에서 디아스포라 혹은 여성 디아스포라의 글쓰기의 의미를 구명해내고 있다.[6] 두 번째로는 디아스포라, 혹은 디아스포라 여성의 정체성에 대한 연구이다.[7] 이러한 경향의 연구는 '한국인'도 '미국인'도 아닌 한인 디아스포라의 경계인적인 의식과 여성으로서의 의식이 결합되어 새로운 정체성을 만들어나가는 과정과 결과를

---

[6] 대표적인 연구는 다음과 같다.

고부응·유충현, 「차학경의 〈딕테〉 읽기」, 『인문학연구』 34, 중앙대 인문과학연구소, 2002.

김승환, 「〈딕테〉의 서사전략」, 『비교문학』 33, 한국비교문학회, 2004.

김승희, 「차학경의 텍스트 〈딕테〉 읽기」, 『인문논총』 13, 서강대 인문학연구소, 2000.

윤향기·이경영, 「〈딕테〉에 나타난 디아스포라의 언어 고찰」, 『비평문학』 29, 한국비평문학회, 2008.

정은숙, 「언어, 정체성, 장르의 경계 넘기: 차학경의 〈딕테〉」, 『영어영문학연구』 49권 3호, 한국영어영문학회, 2007.

[7] 대표적인 연구는 다음과 같다.

이덕화, 「〈딕테〉에 나타난 디아스포라 의식」, 『한국현대문예비평연구』 29, 한국현대문예비평학회, 2009.

임진희, 『한국계 미국 여성문학: 인종·성·국가의 미학』 86, 한국어문학회, 2004.

홍경표, 「차학경의 〈딕테〉에 나타난 정체성에 대하여 ─ 미주 이민문학과 관련하여」, 『어문학』 86, 한국어문학회, 2004.

밝히고 있다. 이 경향의 연구는 한국계, 혹은 아시아계 여성 디아스포라의 의식과 정체성을 분석하는 과정에서 언어의 문제와 기억의 서술이라는 문제를 다루고 있다는 점에서 첫 번째 경향의 연구와 중첩되는 경우가 많다. 마지막으로 〈딕테〉에서 나타나는 기억과 역사에 대한 연구이다.[8] 이러한 연구는 〈딕테〉에서 국가와 민족을 중심으로 하는 공식적인 역사 담론에 틈입하는 여성 디아스포라의 역사적 관점을 발견하고 그 중요성과 의미가 무엇인가를 밝히고 있다. 그러나 〈딕테〉에서 제시되고 있는 궁극적인 역사의식 혹은 역사관을 해명하는 데까지 나아가지는 못하고 있다는 점에서 아쉬움을 남긴다.

본고는 〈딕테〉에서 제시된 아홉 개의 이야기가 서로 다른 내용과 방식으로 이루어지고 있지만, 어떤 특정한 역사의식이 이 이야기들을 관통한다는 것을 전제로 한다. 그리고 역사의 전유와 역사 다시 쓰기를 통하여 궁극적으로 특정한 역사의식을 제시하고 있다는 점에 주목한다. 그리하여 이러한 특정한 역사 감각은 집단적 동일성으로서의 고국을 거부함으로써 민족주의적인 통합에서 벗어나고자 하는 〈딕테〉의 노스탤지어의 양상과 무관하지 않다는 점을 밝힐 것이다. 이를 통해 〈딕테〉가 궁극적으로 어떠한 역사 감각을 드러내고 있는가를 밝히고 그것이 지니는 현재적 의미가 무엇인가를 구명하고자 한다. 이를 위해서 두 가지 방향의 고찰을 수행할 것이다. 첫째는 우선 〈딕테〉의 역사 전유의 대상과 그에 대한 〈딕테〉의 태도에 대한 분석이고 둘째는 그와 관련된 노스탤지어의 성격에 대한 분석이다. 그리고 이러한 분석으로 토대로 하여 국가와 남성 중심의 공식적 역사를 거부하고 새로운 역사의 편린들로 역사를 구성하

---

8 김애주, 「사료편찬적 여성 메타픽션과 〈딕테〉」, 『영미문학 페미니즘』 11권 1호, 한국 영미문학페미니즘학회, 2003.

는, 〈딕테〉의 역사의식을 설명하고자 한다.

2. 상실된 것의 소환과 애도의 제의

〈딕테〉는 제우스가 기억의 여신 므네모시네(Mnemosyne)와 아홉 밤을 지낸 뒤 낳은 아홉 뮤즈에 대응되는 아홉 개의 장, 즉 클리오 역사, 칼리오페 서사시, 우라니아 천문학, 멜포메네 비극, 에라토 연애시, 엘리테레 서정시, 탈리아 희극, 텔프시코레 합창무용, 폴림니아 성시로 이루어져 있다. 여기서 먼저 주목해야 할 것은 이 아홉 개의 뮤즈의 탄생이 제우스와 기억의 여신에 의해서 이루어졌다는 것이며 〈딕테〉의 모든 부분이 '기억'을 화두로 하고 있다는 점이다. 우선 책을 펼쳤을 때 가장 먼저 보게 되는 속표지 사진부터 한 개인 혹은 한국 현대사의 가슴 아픈 기억을 떠올리게 한다. 일본 탄광의 한국인 합숙소에 있던 낙서를 찍은 사진으로 알려진 이 사진[9]에는 '어머니 보고 싶어, 배가 고파요, 고향에 가고 싶다'는 말이 새겨져 있다. 이 사진에 의해 불러일으켜진 기억은 개인적인 것일 수도 있고 역사적인 것일 수도 있지만 〈딕테〉가 기억의 소환을 통해서 시작된다는 점은 분명한다.

이 작품에서 기억의 문제는 주로 공식 역사 서술의 방식과 유사한 유사 역사 서술적인 성격을 지닌 부분이나 과거의 회상을 다룬 부분에서 나타나고 있다. 그러나 그렇지 않은 장에서도 기억에 대한 언술이나 사

---

9 이 사진의 낙서는 일제 치하 식민지 시대에 일본 탄광에 있던 한국인 노동자에 의해서 쓰여진 낙서라고 알려져 있으나 이 낙서가 해방 후의 한글문법규칙을 따르고 있기 때문에 해방 후에 쓰여진 것으로 보아야 한다는 반론도 있다. 이 낙서의 사실관계와 진정성에 대한 논란은 정은숙, 「상호텍스트성의 관점으로 차학경의 〈딕테〉 읽기」, 『비교문학』 42호, 한국비교문학회, 2007, 124면 각주 7번 참조.

진 등을 통해서 기억의 문제가 나타나고 있다. 예를 들어 '엘리테레 서정시' 와 '탈리아 희극' 을 채우고 있는 대부분의 시와 산문은 기억과 시간에 대한 사색적 언술들로 채워져 있다. 이러한 기억은 모두 '말하는 여자(diseuse)'[10]에 의하여 소환되며 이 말하는 여자는 한편으로는 기억을 소환하며 한 편으로는 기억이라는 것 자체에 대해서 말함으로써 역사를 구성해간다. 작가 차학경, 서술자, 주인공 등과 중첩되어 나타나고 있는 '말하는 여자' 는 이 작품 전체를 이끌어가는 가장 중요한 인물이다. 첫 번째 장에 해당하는 〈클리오 역사〉가 시작되기 전에 이 말하는 여자의 기도문이 먼저 제시되어 있다. 기도문의 내용은 제우스의 신인 아홉 뮤즈를 향한 것으로서 '모든 것' 을 '이야기해' 달라는 것이다. 말하는 여자는 아홉 뮤즈의 이야기를 듣고 그것을 말하고자 한다는 것을 알 수 있다. 말하는 여자는 '모든 것' 을 '이야기' 하고자 하는 것이다.[11] 그것이 바로 역사의 조각들을 소환하여 그것에 대하여 이야기하는 것을 의미한다는 점에서 볼 때 말하는 여자는 곧 역사를 구성하고 서술하는 역사가라고 할 수 있다. 〈딕테〉 전체가 말하는 여자가 구성해내는 역사인 것이다.

이 작품에서 〈딕테〉에 의해 새로 구성되는 역사에 가장 먼저 소환되는 인물은 유관순이다. 첫 번째 장인 '클리오 역사' 는 유관순의 사진과 출생, 사망 일자와 '그녀는 한 어머니와 한 아버지로부터 태어났다' 말로 구성된 짧은 연보, 그리고 女男이라고 적은 붓글씨로 시작된다. 말하는

---

10 한국어판의 각주에 따르면 diseuse는 diseur의 여성형이고 그 의미는 단순히 말하는 사람이 아니라 화술가, 운명을 말하는 사람이다.(차학경, 앞의 책, 194면, 각주 2번.)

11 〈딕테〉는 말하는 여자가 말하기 위해서 겪게 되는 고통스러운 과정을 설명하는 것으로부터 시작되는데 그 설명에 이어져 짧은 기도문이 제시되고 있다. 그리고 거의 동일한 내용의 기도문이 불어 받아쓰기 원고에 이어 한 번 더 제시되고 있다.(기도문이 제시된 부분은 차학경, 위의 책, 17/21면.)

여자는 1910년대의 역사적 상황에서 한 명의 여성이자 딸로서의 유관순의 모습, 그리고 1919년 3 · 1운동 당시의 유관순의 행위에 대한 묘사를 통하여 그녀를 '어린 혁명가 어린 애국자 여자 군인 민족의 구원자. 영원히 기억될 한 행위. 한 존재의 완성. 한 순교. 한 나라의 역사를 위한, 한 민족의' 라는 말로 기억해낸다. 어린 소녀의 몸으로 혁명의 지도자로 체포되어 고문을 받고 끝까지 저항하다 죽어간 유관순의 모습은 '역사 속의 어느 다른 여성 영웅들과 바꾸어도' 상관이 없는 여성 영웅의 모습이자 순교자의 모습이다. 그녀는 어린 혁명가로서 자신을 완성시키고 자신의 행동을 '불멸의 것' 으로 만들었다. 말하는 여자는 유관순에게서 결코 남성 중심의 민족주의적인 담론이나 애국적인 담론이 흡수해버릴 수 없고 흡수해버려서는 안 될 희생과 자기완성을 발견하고 이것이 불멸의 영원성을 지니고 있음을 명시한다.

> 그녀는 삶의 시간을 완성시킨다. 다른 사람들이 그들의 시간을 완성시켰듯이: 그들은 자신의 생애를 끊이지 않는 신화로 만들었고, 역사의 재고를 따라 자신의 행적이 거짓이나 진실 중 어느 것으로 판명될지 따져 볼 여유도 없이 그들의 행동을 불멸의 것으로 만들었다. (38면)

인용문에서 나타나듯이 말하는 여자는 유관순이 자신의 삶을 끊이지 않는 신화로, 불멸의 것으로 만들었다고 함으로써 유관순을 단지 '3 · 1운동의 열사' 로서가 아니라 죽었으되 결코 죽지 않는 영원성을 가진 존재로 규정한다. 유관순은 '여성 영웅' 이자 순교자가 됨으로써 잔 다르크와 동일하게 된다. 작품 속에서 유관순이 잔 다르크를 세 번 부르는 부분이 등장하는데 그러한 부름을 통하여 유관순은 잔 다르크를 소환하고 그녀에게 자신을 동일화한다. 그리고 이 작품의 다섯 번째 이야기인 '에라토 연애시' 에서는 유관순과 잔 다르크가 성 테레사와 동일화된다. 성 테레사는 갈멜 수도회의 가톨릭 수녀로서 아기 예수와 영혼 결혼을 올리고 예수만을 사랑하다가 24살에 세상을 떠난 성녀이다. '에라토 연애시'는 성 테레사의 자서전을 토대로 그녀의 신에 대한 사랑과 복종을 보여주고 있다. 그런데 그녀에 대한 이야기의 끝에는 잔 다르크를 보여주는 사진이 실려 있다. 이 사진은 칼 테오도르 드레이어(Carl Theodor Dreyer)가 1928년에 제작한 영화 〈잔 다르크의 수난(*La Passion De Jeanne arc*)〉에서 마리아 팔코네티(Maria Falconetti)가 잔 다르크로 분한 사진으로서 눈물을 머금고 있는 그녀가 클로즈업되어 있다. 유관순이 잔다르크를 부르는 행위를 통해서 유관순과 잔 다르크를 동일화시켰듯이 잔 다르크로 분한 배우의 사진은 잔 다르크를 소환하여 성 테레사와 연결시켜 준다. 실제로 성녀 테레사는 1947년에 잔 다르크와 함께 프랑스의 수호 성녀가 되었다. 이런 과정을 통해서 세 명의 여성이 선적인 역사의 체계에서 벗어나서 나란히 서게 된다.

국가와 민족의 차이나 역사적 시기의 차이에도 불구하고 이 세 명의 여성 영웅들이 서로 소환되어 나타나는 것은 그녀들의 삶이 보여주는 희생과 순교의 동일성 때문이다. 믿음을 위해서 죽음을 선택한 순교자들은 삶을 버리고 신념을 선택함으로써 자신의 신념에 대한 증인이 된다. 그리하여 현재 너머에 있는 진리와 정의에 대한 증인으로서 미래에 대한 희망을 웅변하고 자신의 꿈들이 살아 있게 만든다.[12] 그들의 신념은 지배 권력에 의해서 억압받았지만 순교자들은 죽음으로 그 억압에 저항함으로써 신념을 지키는 것이다. 그러나 승리자에게 감정 이입하는, 국가 중심의 공식적인 역사는 이러한 순교자들을 망각하거나 민족주의나 국가주의의 담론 속에서만 기억할 뿐이다. 종교의 역사에 있어서도 마찬가지다. 가톨릭과

---

12 테리 이글튼, 서정은 역, 『성스러운 테러』, 생각과나무, 2007, 170~173면.

기독교의 역사는 순교자를 성인화하여 기록하지만 결국 그들은 가톨릭과 기독교 담론 속으로 사라지고 만다. 그러한 역사 속에서는 순교자들에 대한 애도를 발견하기 어렵다.

〈딕테〉는 유관순이나 잔 다르크, 그리고 성 테레사와 같은 여성 순교자들을 현재로 소환하여 그녀들의 삶과 죽음을 기억하고 이야기함으로써 그녀들을 역사 속에서 해방시키고 더 이상 과거에 머물지 않게 한다. 그러나 〈딕테〉가 그녀들만으로, 그녀들을 영웅시하는 역사를 구성하는 것은 아니다. 〈딕테〉가 소환하는 것은 그녀들뿐만이 아니기 때문이다. 현재로 소환된 그녀들은 역사에서 누락되었던 또 다른 사람들을 소환하고 있다. 순교자라는 이름조차 부여받지도 못한, 그러나 죽음을 두려워하지 않고 신념을 지켰던 수많은 사람들과 공식적 역사에서 망각되고 사라졌던 타자들, 이들의 소환을 통하여 〈딕테〉는 기존의 역사에 파열구를 만들고 있다. '클리오 역사'의 마지막에 제시된 다음과 같은 부분은 〈딕테〉가 기억하고 대면하고자 하는 것이 무엇인가가 가장 잘 보여주고 있다.

> 기억과 정면으로 마주 대보면, 그것은 빠져 있다. 그것이 빠져 있다. 여전히. 시간은 어떠한가. 움직이지 않는다. 거기에 머물러 있다. 아무것도 빠뜨리지 않는다. 시간이 말이다. 나머지 모든 것. 모든 나머지 것들. 모든 다른 것은, 시간에 지배된다. 시간에 대답해야 한다. 다만. 사산된. 무산된. 겨우. 영아. 씨. 씨눈. 새싹. 그보다도 못한. 잠자고 있는. 정체되어 있는. 사라져 버린. 목이 잘려진 형상들. 낡은, 흥진, 이전의 형상의 과거의 기록. 현재의 형상은 정면으로 대면해 보면 빠진 것, 없는 것을 드러낸다. 나머지라고 말―해―질 기억. 그러나 나머지가 전부다. (47~48면)

위의 인용문은 〈딕테〉가 보여주고자 하는 것이 이 여성 영웅, 여성 순교자에 대한 기억뿐만이 아니라 그녀들이 환기하는 것, 그녀들을 통해서 드러나는 '빠져 있는 것', '없는 것', '나머지'라는 것을 말해준다. '칼리오페 서사시'에서 일제의 지배에 고향을 떠나 만주 용정에서 살아가며 고국에 대한 그리움과 일제의 강압에 고통스러워했던 어머니와 '멜포메네 비극'에서 4·19에 의해 희생된 오빠는 모두 역사에서 '빠져 있는 것', '없는 것'이자 '나머지'의 존재들이다. '나머지'의 존재는 여기에서 끝나지 않는다. '순교'는 계속되고 있기 때문이다. 저항의 역사에 생명을 바친 오빠의 존재는 4·19에 희생된 많은 학생들과 그 후로도 오랫동안 독재에 저항하고 희생당한 학생들을 환기시키고 드러낸다. '오빠는 남아 있는 모든 사람이고 다른 모든 사람은 곧 오빠'이기 때문이다.

이 점은 〈딕테〉에 제시된 사진에 대해서도 동일하게 나타난다. '현재의 형상은 정면으로 대해 보면 빠진 것, 없는 것을 드러낸다'고 말하고 있는 바, 의병의 총살 장면을 담은 사진(49면) 역시 '빠진 것, 없는 것'을 드러내는 것으로 볼 수 있다. '나머지라고 말―해―질 기억', 그러나 '전부'인 기억이란 이 사진에 드러나지 않는 무수한 의병들의 죽음과 나아가 지배 권력에 억압받고 저항했던 사람들일 것이다. 또한 일제 식민지 시대의 군중 사진(134면)[13]은 무엇인가를 바라보는 거대한 군중을 보여주고 있지만 동시에 군중들이 '바라보고 있는 것'을 소환해낸다. 그들이 바라보고 있는 것은 거대한 저항의 모습, 혹은 역사에 희생 당한 자의 모습이다. 그들이 바라보고 있는 것은 '실패하기로 순교당하기로, 피를 흘리기로, 표본이 되기로 선택되었으며, 저항했고 저항하기로 선택되었고, 순교를 위해 하나의 표본이 되기로 예정된 짐승'들인 것이다.

〈딕테〉는 이렇게 역사에 의하여 망각되고 매장되어 억눌려 있던 존재들

---

13 이 사진에 대하여 많은 연구사들이 1919년 3월 1일 시위행진을 하는 군중을 바라보는 시민들의 사진이라고 설명했으나 정은숙의 연구는 이 사진이 대전 국립묘지 현충원에 전시된 사진으로 명성황후의 장례식을 바라보는 군중들의 사진이라고 밝히고 있다.(정은숙, 앞의 글, 340면, 각주 8번)

을 '발굴' 하고 현재로 불러 세워 그 모습이 드러나게 한다. 말하는 여자 (diseuse)에 의하여 이루어지는 이러한 일련의 과정은 작품에서 말하고 있 듯이 충분한 애도도 받지 못한 채 사라져버린 존재들을 호명하고 발굴하 여 '오래 오래 다시 또다시 내려지는 저주를 깨뜨리' 는 과정이다. 일종의 제의와 같은 이러한 과정 속에서 말하는 여자는 점술가(Diseuse de bonne aventure)가 되어 그들에 대한 애도를 수행한다.[14] 프로이드에 따르면 애도 란 '보통 사랑하는 사람의 상실, 혹은 사랑하는 사람의 자리에 대신 들어 선 어떤 추상적인 것, 조국, 자유, 어떤 이상 등의 상실에 대한 반응' 이다. 우리는 애도를 통해서 상실을 인정하고 상실된 대상에게 집중되었던 리비 도를 이탈시키고 이동시키는 것이다.[15] 〈딕테〉에서는 이들을 발굴하고 소 환하여 드러내는 과정을 통하여 애도의 제의를 수행하고 이러한 제의를 통하여 상실된 존재의 현존을 드러낸다. '죽은 시간, 텅 빈 눌림에 매장' 되었던 '빠진 것', '없는 것' 이 존재의 의미를 얻고 역사의 조각들이 되는 것은 이러한 제의를 통해서이다. 〈딕테〉에서 말하는 여자가 말하는 모든 과정은 바로 이러한 애도의 과정이라고 할 수 있다. 그런 점에서 볼 때 〈딕 테〉의 역사 전유는 역사적인 동시에 종교적이다.

3. 구원을 향한 노스탤지어

〈딕테〉는 이렇게 공식적인 역사의 표면 아래 사라져버렸던 존재들, 순 교자들과 그 순교자들이 불러내는 수많은 억압된 타자들을 불러냄으로써

---

14 말하는 여자가 점술가로서 행하는 일련의 과정은 군중 사진 다음에 제시되어 있는데 '그 녀로 하여금 불러 내도록 하라' 라는 명령형으로 표현되고 있다.(차학경, 앞의 책, 135면.)
15 지그문트 프로이드, 윤희기 역, 「슬픔과 우울증」, 『무의식에 관하여』, 열린책들, 1998, 248~250면.

기존의 공식적인 역사를 전유하여 해체하고 있다. 〈딕테〉가 이러한 역사 전유 양상을 보여주고 있는 것은 작품의 심연에 〈딕테〉만의 고유한 노스탤지어가 놓여 있기 때문이다. 모든 디아스포라 문학이 각각의 방식으로 고국에 대한 노스탤지어를 드러내고 있다는 것에는 이견이 없을 것이다. 그러나 디아스포라에게 그리움의 대상이 되고 있는 고국이 그들이 떠나온, '현실에 실재하고 있는 나라'인가에 대해서는 좀 더 생각해볼 필요가 있다. 이 점은 서경식의 다음과 같은 말에서 확인할 수 있다.

> 디아스포라에게 '조국'은 향수 속에 있는 것이 아니다. '조국'이란 국경에 둘러싸인 영역이 아니다. '혈통'과 '문화'의 연속성이라는 관념으로 굳어버린 공동체가 아니다. 그것은 식민지배와 인종차별이 강요하는 모든 부조리가 일어나서는 안 되는 곳을 의미한다. 우리 디아스포라들은 근대 국민국가를 넘어선 저편에서 '진정한 조국'을 찾고 있는 것이다.[16]

인용문에서 알 수 있듯이 디아스포라에게 그리움의 대상이 되고 있는 고국이란 현실에 실재하고 있는 나라가 아니라 일종의 유토피아적 공간이다. 디아스포라를 타자화하는 모든 억압과 차별의 기제가 사라진 공간이란 언젠가는 도래할 것이라고 믿고 그것을 열망하며 나아가는 공간이기 때문이다. 그럼에도 불구하고 디아스포라의 노스탤지어는 우선 떠나온 고국을 그리워하는 것으로부터 시작되는 경우가 많다. 많은 디아스포라 문학, 특히 디아스포라 1세대 문학의 경우 직접적인 '이주'의 경험이 '고국에 대한 내적 상실'로 나타나면서 고국에 대한 강한 노스탤지어를 보여주고 있다. 한편 이러한 노스탤지어가 디아스포라 내지는 디아스포라 문학을 민족주의적인 담론 속에 통합시키는 매개가 될 위험성을 안고

---

16 서경식, 앞의 책, 7면.

있는 것도 사실이다. 그러나 세대가 거듭될수록 디아스포라 문학에 나타나는 노스탤지어의 대상은 떠나온 고국으로부터 언젠가 도래하기를 열망하는 유토피아로 변화해가고 있다. 더불어 민족주의적 담론으로 통합될 위험성으로부터도 벗어나고 있다.

〈딕테〉에 나타나는 노스탤지어는 디아스포라 문학에서 나타나는 이러한 변화를 보여주고 있다. 〈딕테〉에서 고국에 대한 노스탤지어의 문제를 가장 집약적으로 드러내고 있는 부분은 '칼리오페 서사시'와 '멜포메네 비극' 두 부분이다. 차학경의 어머니 허형순의 사진으로 시작되는 '칼리오페 서사시'는 만주, 용정에서 태어나 이제는 미국에서 살고 있는 어머니의 삶에 대하여 말하는 여자가 어머니를 '당신'이라 부르며 말하고 있다. 여기서 금지된 모국어, '울밑에선 봉선화'와 같은 금지된 노래, 그리고 금지된 태극기로 표상되는 고국은 결코 사라지지 않고 어머니의 마음에서 타오르고 있는 것으로 나타난다. 말하는 여자는 '당신은 떠났다는 걸 알고 고통스러워했'지만 '당신의 당신의 마—음, 영혼'은 절대로 떠나지 않는다는 것을 강조하고 있다.

그러나 父母라는 한자가 나오고 어머니에 대한 이야기가 디아스포라로서의 그녀에 대한 이야기로 이어지면서 어머니가 지니고 있던 노스탤지어가 직면한 현실이 나타난다. 미국여권을 가지게 된 어머니가 한국에 돌아갔을 때 '당신은 돌아가지만 그들 중의 하나가 아니고, 그들은 당신을 냉담하게 취급'하였다는 점이 제시되고 있다. 말하는 여자는 '신체의 구성은, 잉태로부터, 토양, 씨앗, 필요한 빛과 물의 양을 고려한다면, 족보입니다'라고 말하면서 '나는 당신을 압니다 나는 당신을 알아요, 나는 이토론 오랫동안 당신을 만나길 기다렸습니다'라는, 어머니가 고국에게 하는 이야기를 들려준다. 고국에 돌아갔지만 '신체의 구성', 즉 '족보'는 인정받지 못하고 오직 서류만이 인정된다. 제도는 신체와 분리된 채 존재하며 신체는 제도를 겉돌고 있다. 그리하여 어머니는 자신이 고국에 의하여 타자화되어 고국의 경계 밖으로 밀려나게 되는 현실을 목도하게 된다. 이러한 과정을 통해서 〈딕테〉는 고국에 대한 어머니의 사랑과 열망이 실재하는 한국에 의하여 거부되고 있다는 것을 드러낸다.

사랑과 열망의 대상으로서의 고국의 '상실'은 '멜포메네 비극'에서는 다른 방식으로 확인된다. 이 부분은 1962년에 떠났던 고국에 18년 만에 돌아와서 어머니에게 보낸 편지와 말하는 여자의 언술로 이루어져 있다. 18년이 지난 후에도 4·19 때와 동일한 항거와 탄압이 이루어지는 시위 현장을 보며 여자는 '아무것도 변한 것은 없고, 우리는 정지 상태'라고 말하고 있다. 한국은 '똑같은 군중, 똑같은 반란, 똑같은 항거' 속에 놓여 있다는 것이다. 그리고 나서 시위에 나선 학생들의 무리와 총을 숨겨 둔 군인의 무리들의 대조를 통해서 결코 동질적이지도 단일하지도 않는 고국, 결코 하나일 수 없는 민족, 결코 한 방향으로 나아갈 수 없는 애국을 보여준다.[17]

민주주의를 채택한다는 목적으로 그 누구보다도 그 자신의 것, 그녀를 계속 분산시키는 기계를 멈추어라. 멜포메네가 충분하다. 이 입으로부터 그 이름 그 낱말들 잘림의 기억을 씻어내어, 그녀를 한번 불러볼 수 있도록, 그리하여 이 부름의 행동, 이 행동 하나로 그녀가 즉시 입을 열어, 그녀를 한번 불러보도록, 별개의 말을 해야 되는 일 없이. (101면)

314

---

17 이와 관련하여 강현이는 〈딕테〉가 다층적으로 파편화된 한국의 역사, 한국인들에 대한 성찰과 되새김 속에서 그녀 자신에 대해 씀으로써, 변화하고 있는 한·미 경계 양측에서 또다시 뚜렷하게 민족 정체성을 확인하려는 역사주의자들의 배타적인 용어를 거부하고 있다고 설명한다.(강현이, 일레인 김·최정무 편저, 박은미 역, 「고국의 다시—기억하기(Re—membering Home)」, 『위험한 여성』, 삼인, 2005, 338면.)

인용문은 '민주주의'라는 이름 아래 분열되고 대립되어 있는 한국의 비극적인 모습을 말해주고 있다. '별개의 말을 해야 되는 일 없이' '그녀를 불러볼 수 있도록' 하기를 원하는 말하는 여자의 열망과 '그녀를 계속 분산시키는' 한국의 모습은 일치되지 못한 채 나타나고 있다. 노스탤지어의 대상이 '목적지'이며 '고향'이라고 한다면 〈딕테〉는 고국인 한국이 바로 그 목적지가 될 수 없음을 분명히 한다. 여러 개로 나누어져 다층화되어 버린 고국 가운데 어느 것이 그 '목적지'와 '고향'이 될 수 있을 것인가. 그녀가, 그리고 디아스포라가 열망하는 목적지, 고향은 그러한 비극적 분열과 대립과 저항이 존재하는 '전쟁'의 공간일 수 없다. 마침내 〈딕테〉는 귀환하고자 하는 '목적지', '고향'은 없다고 선언한다.[18] '목적지를 향한 여러 세대의 교체와 역사의 행로에는 많은 기만들이 있'을 뿐이기 때문이다.

'칼리오페 서사시'와 '멜포메네 비극'에서 나타나는 디아스포라로서의 의식과 고국의 비동일성에 대한 인식은 노스탤지어의 성격을 바꾸어 놓고 디아스포라가 가졌던 고국을 향한 시선을 변화시킨다. 노스탤지어의 대상으로서의 조국은 실재하고 있음에도 불구하고 디아스포라에게 그것은 '상실'되었기 때문이다. 이 '상실'이란 떠나온 고국에 대한 그리움이 전제했던 실재의 고국은 더 이상 노스탤지어의 대상이 되지 못한다는 것을 의미한다. 〈딕테〉의 노스탤지어에서 민족주의적인 성격을 찾아볼 수 없는 것은 이 때문이다. 이러한 과정을 거쳐서 〈딕테〉는 노스탤지어의 민족주의적인 통합을 거부하게 되는 것이다.

노스탤지어는 항상 과거를 향하고 있는 것은 아니다. 노스탤지어는 회

---

18 목적지는 없다. 또 다른 전쟁으로부터 또 다른 피난처를 향하는 것 외에는. 목적지를 향한 여러 세대의 교체와 역사의 행로에는 많은 기만들이 있다.(차학경, 앞의 책, 92면.)

고적일 수도 있지만 미래적일 수도 있다. 현재의 요구에 이루어진 과거에 대한 판타지들은 미래의 현실성에 대해서도 직접적인 영향을 주는 것이다.[19] 〈딕테〉의 노스탤지어는 더 이상 떠나온 고국이라는 과거를 향하지 않게 되며 미래를 향하게 된다. 새로운 방향의 노스탤지어는 성 테레사를 다룬 〈에라토 연애시〉 이후에 제시되는 시와 언술들에서 드러나고 있다. 그것은 한마디로 말해서 모든 민족과 국가, 과거와 역사, 현재와 미래, 그리고 신과 인간을 넘어선, 근원적인 구원에 대한 노스탤지어라고 할 수 있다. 그리고 그것은 9일 낮 9일 밤의 기다림과 기도와 고행의 끝에 완성되는 '10'을 향한 열망이라고 할 수 있다. 기독교적인 의미에서 '9'는 신성에 근접한 수로서, 인내심 혹은 어려움, 고통과 수난을 상징한다고 한다.[20] 〈딕테〉에서는 '9일 낮 9일 밤'의 기다림에 대한 표현이 반복적으로 등장하고 있는데, 이것은 '10'으로 표상되는 구원의 완성에 대한 열망의 표현이라고 할 수 있다. '탈리아 희극'의 마지막 부분은 구원의 완성을 통해서 다다르기를 열망하는 공간이 '그 지상(至上)의 통일성 안에 땅을 포함'한 '천국'이라는 것을 보여준다.

> 천국 이전. 태어나기 전과 그것의 전. 천국은 그 지상(至上)의 통일성 안에 땅을 포함한다. 천국은 그 지상의 관대함 속에 그 자체 내에, 땅을 포함한다. 땅이 없이는(그 자체 내에 없이는) 천국이 아니다. (163면)

인용문에서 '천국'은 '태어나기 전과 그것의 전'에 존재하는 가장 시원적인 공간이며 동시에 나아가 이르러야 할 궁극적인 공간으로 나타나며 하늘이 땅을, 즉 신이 '지상(至上)의 통일성과 관대함으로 인간을 포함하는

---

19 Svetlana Boym, *The Future of Nostalgia*, Basic Books, 2001, p. ⅩⅥ.
20 이덕화, 앞의 글, 68면.

공간으로 나타난다. 이를 통해서 〈딕테〉의 노스탤지어는 과거와 현재, 그리고 미래라는 시간 속에 존재하는 특정한 시공간을 향하고 있는 것이 아니라 무시간성과 영원성을 함축한 구원과 천국을 향해 있다는 것을 알 수 있다. 서경식이 말한 '근대국민국가를 넘어선 저편'으로서의 유토피아적 공간이 정치적인 해방의 공간이라면 〈딕테〉가 향하고 있는 유토피아적인 구원의 공간은 종교적인 해방과 구원의 공간이라고 할 수 있다.

4. 반복성과 영원성의 역사

〈딕테〉의 역사 전유는 이제까지의 역사주의적인 역사 서술과는 달리 과거의 역사 속에서 흩어져 있는 순교자와 억압당한 자들의 편린들을 발굴하여 그들을 애도하는 방식으로 나타나고 있다. 여기서 주목되는 것은 이러한 역사 전유를 통해서 〈딕테〉가 역사주의에 의해 이루어진 공식적인 역사를 부정하고 해체하며 새로운 역사의 구성을 모색하고 있다는 점이다. 역사주의는 보편사를 전제로 하고 역사란 서사될 수 있다는 생각에 기초하고 있을 뿐만 아니라 승리자에 대하여 감정을 이입하고 있다.[21] 〈딕테〉는 과거에서 현재, 그리고 미래로 이어지는 선적인 역사를 거부하고 있을 뿐만 아니라 그것을 파열시킴으로써 선적인 역사가 내포하고 있는 진보의 환상을 부정한다. 그리고 승리자의 관점에서 구성되는 국가 권력 중심의 지배적인 역사 역시 부정한다. 〈딕테〉가 그러한 해체를 통해서 채택하는 것의 과거, 현재, 미래라는 비동시적인 시간의 동시성, 즉 반복의 시간이다.

---

21 역사주의의 이러한 세 가지 요소에 대해서는 발터 벤야민, 최성만 역, 「'역사의 개념에 대하여' 관련 노트들」, 『발터벤야민 선집 5』, 도서출판 길, 2008, 370~371면 참조.

　　마침내. 전망. 이 전망. 그것은 결국 무엇인가./마침내. 보여진. 모두. 본. 마
침내. 다시/즉각적이다. 보여진. 모두. 언제나./반복에 반복. 다시 또 다시./보
이고 비워진. 전망 없음. (138면)

　　미래는 없다. 다만 시간의 몰려옴이 있을 뿐. 명세할 수 없고, 공허한 무형의
시간. 그녀는 그것을 향해 움직이도록 기대될 뿐이다. 앞쪽으로. 앞으로. 그리
고 어떻게든 현재를 지나쳐 버린다. 망각의 은총으로 스스로를 구제하고 있는
그 현재. 그녀는 그것을 어떻게 정당화시킬 수 있었을까. 현재의 가시성(可視
性)이 없이. (152면)

　　첫 번째 인용문에서 미래라고 할 수 있는 '전망' 은 과거라고 할 수 있
는 '보여진' 것이고 그것은 다시 현재에 반복되는 것으로 제시되고 있다.
결국 과거, 현재, 미래는 동시적인 것이 되고 이 동시성은 반복성으로 나
타나는 것이다. '미래는 없다' 는 선언으로 시작되는 두 번째 인용문에서
는 '앞쪽으로, 앞으로' 나아가며 '현재' 를 지나쳐버리는 역사를 비판하
고 있다. 역사의 진보라는 관점은 역사가 균질하고 공허한 시간을 관통하
여 진행한다는 생각과 분리될 수 없다. 때문에 진보라는 생각 속에서는
'지금시간(Jetztzeit)으로 충만된 시간' 은 고려될 수가 없다.[22] 인용문에서
제시된 '현재의 가시성(可視性)' 이란 벤야민이 말한 '지금시간으로 충만
된 시간' 이라 할 수 있을 것이다. 인용문은 그 시간의 중요성을 말하고
있다.
　　과거, 현재, 미래의 동시성이나 반복성을 중심으로 하는 역사의식은 크
리스테바가 말한 '여성의 시간' 을 연상시킨다. 크리스테바는 제임스 조
이스의 '아버지의 시간, 어머니의 종족' 을 이야기하면서 여성이라는 이

---

22 발터 벤야민, 「역사의 개념에 대하여」, 위의 책, 344~345면.

름은 시간이나 역사보다는 인간 종족을 잉태하고 형성한 공간과 연결되어 있다고 말한다. 그리고 여성의 시간의 특성을 반복성과 영원성에서 찾는다.[23] 그러나 〈딕테〉의 언술에서 나타나는 반복성의 시간에 대한 내용은 크리스테바가 말한 '여성의 시간'과 완전히 일치하지는 않는다. 크리스테바가 말한 '여성의 종족'은 여성이 전통적으로 점유해온 영역, 즉 인류를 생산한 공간, 코라 같은 공간을 환기하는 것이며 '여성의 시간'으로서의 반복성과 영원성은 그러한 공간이 시간화된 결과이다.[24] 반면 〈딕테〉에서 제시되고 있는 반복성은 '여성의 종족'의 반복성이라기보다는 '억압받는 자들의 전통', 즉 '예외상태'의 반복성[25]에 가깝기 때문이다. 〈딕테〉에서 가장 중요한 전유 대상인 순교자와 저항하는 사람들, 그리고 그들을 지켜보는 사람들은 억압받는 자들의 전통을 환기시키며 그러한 존재들이 지역과 시대를 초월하여 존재했음을 보여줌으로써 지배와 억압이라는 상태가 반복됨을 드러내기 때문이다.

이러한 〈딕테〉의 역사의식은 작품의 가장 말미에서 가장 명확하게 드러난다. '폴림니아 성시'가 끝난 뒤 일종의 에필로그 형식으로 이어져 있는 부분에서 〈딕테〉가, 또한 〈딕테〉의 말하는 여자가 역사를 보는 근본적인 관점이 암시된다. 여기에는 첫째 우주로부터 시작하여 열 가지 개념들을 열거되고 있는데, 이 중 가장 중요한 것은 열째의 것이다. '열째, 하나의 원(圓) 속에 하나의 원(圓), 동심원들의 한 연속'은 그 다음 쪽에서는 '열째, 하나의 원(圓) 속에 하나의 원(圓), 동심원들의 한 연속'으로 반복되는데, 여기서는 첫째부터 아홉째까지는 제시되지 않고 열째만 단독적으로

---

23 줄리아 크리스테바, 김성곤 역, 「여성의 시간」, 『현대문학비평론』, 한신문화사, 1995, 663~664면.
24 노엘 맥아피, 이부순 역, 『경계에 선 크리스테바』, 앨피, 2007, 177면.
25 이에 대해서는 발터 벤야민, 앞의 글, 336~337면 참조.

제시되고 있다. 반복적으로 제시된 부분에 있는 여백은 이 열째 부분이 말하는 여자가 가장 강조하고자 하는 부분임을 암시한다. 여기서 '동심원들의 한 연속'이 역사를 지칭하는 것이라고 볼 수 있는데, 이렇게 볼 때 이 부분은 역사가 수많은 원들의 반복으로 이루어지는 것임을 보여준다.

더불어 중요한 의미를 지니는 것은 연속되는 것, 반복되는 것이 바로 '원(圓)'이라는 점이다. 원은 어떤 결핍이나 과잉도 없이 이미 그 자체로 완결성을 지니는 개념이다. 〈딕테〉가 역사를 동심원들의 연속으로 본다는 것은 〈딕테〉가 발굴했던 '없는 것', '빠진 것', '나머지'의 존재와 사건들을 다시 역사의 편린으로서가 아니라 원과 같이 충만한 것으로서 자리매김하고 있다는 의미이다. 그 충만함이 곧 영원성이라고 할 수 있다. 〈딕테〉가 유관순에 대하여 말하면서 '영원의 시간'을 이야기한 것은 이러한 의미일 것이다. 유관순만이 아니라 〈딕테〉에서 소환하고 있는 억압된 자들, 타자들은 과거의 역사의 조각들이지만 이 조각들은 시간의 순간성만이 아니라 영원성을 함께 지니고 있는 것이다. 순간성과 영원성을 동시에 지닌 역사의 조각들. 〈딕테〉는 역사 아래에 있던 수많은 조각들, 그러나 원과 같이 순간성과 영원성을 동시에 지닌, 충만한 파편들을 불러내어 몽타쥬와 같이 불연속적이며 집합적인 조합을 만들어내고 있다. 이러한 과정을 통하여 〈딕테〉의 말하는 여자는 시간을 탈시간화하고 역사를 불연속적인 반복의 조합으로 만든다.[26]

〈딕테〉는 국가권력에 의해여 이루어진 공식적인 역사만이 아니라 역사주의적 역사 자체를 파열시키고 해체한다. 그리하여 역사라는 서사 위에서 부유하던 조각들을 건져 올리고 그것들이 지닌 충만함과 영원성을 말

---

26 〈딕테〉가 보여주고 있는 이러한 특징은 벤야민의 역사 인식과 유사한 측면을 지닌다.(이창남, 「역사의 천사─벤야민의 역사와 탈역사 개념에 관하여」, 『문학과사회』 18권 1호(통권 69호), 2005.2, 245면 참조.)

해주고 있다. 그리고 이러한 조각들은 시간과 공간의 차이를 무화시키며 반복되어 나타난다. 역사는 해체되고 그 자리는 반복성과 영원성을 기입한 수많은 단자들의 조합으로 채워지는 것이다. 물론 〈딕테〉가 구성해내고 있는 것을 역사라고 명명할 수 있는가의 문제는 남는다. 새로 구성된 역사는 역사라기보다는 탈역사에 가까운 것이기 때문이다. 그러나 중요한 것은 〈딕테〉가 수립한 것을 역사로 볼 수 있는가가 아니다. 〈딕테〉가 부정하고 전복하고자 하는 것이 무엇인가이다. 〈딕테〉는 진보를 향한 역사주의적 서사를 전복시켜 그것이 사라지게 만든 '나머지', '순교자', '억압 당하는 자들', 그리고 '타자들' 을 소환해내고 있다는 점에서 이미 충분히 역사적이며 〈딕테〉의 말하는 여자야말로 벤야민이 말했던 '역사의 천사' 라고 할 수 있다.[27]

5. 결론

이제까지 본고는 차학경의 〈딕테〉에 나타난 역사 전유의 양상과 노스탤지어를 고찰하여 그 역사의식을 구명하기 위하여 이 작품을 고찰하였다. 〈딕테〉는 아홉 뮤즈에 대응되는 아홉 개의 장은 서로 다른 내용과 글쓰기 방식으로 이루어지고 있지만, 작품 전체는 특정한 역사 감각에 의하여 결합되어 있다. 그러한 역사 감각이 어떠한 것인가를 밝히기 위하여 본고는 세 가지 방향에 작품을 분석 고찰하였다.

---

[27] 「역사의 개념에 대하여」(역사철학테제) 제9테제에서 벤야민은 파울 클레의 '새로운 천사' 라는 그림에 대해 말하면서 '역사의 천사 역시 머물고 싶어하고 죽은 자들을 불러일으키고 또 산산이 부서진 것을 모아서 다시 결합하고 싶어 한다' 고 말하고 있다. 〈딕테〉에서 행하는 죽은 것, 사라진 것을 호명하고 발굴하고 소환하여 애도하는 '말하는 여자' 의 모습에서 이러한 천사의 모습을 발견할 수 있다. (발터 벤야민, 앞의 글, 339면.)

　첫째는 역사 전유의 대상과 그에 대한 태도의 문제이다. 그간 〈딕테〉의 연구에서는 유관순, 잔 다르크, 성 테레사 등의 여성 영웅들이 강조되었지만 이 작품은 그녀들뿐만이 아니라 4·19의 희생자와 같은 역사의 '나머지', 즉 억압당한 자들과 타자들의 기억을 소환하고 있다. 작품에서 '말하는 여자'는 일종의 점술가로서 역사에서 사라진 자를 다시 불러일으켜서 애도의 제의를 주관한다. 이러한 애도의 제의에 의하여 그들의 상실이 현재화된다.

　둘째는 이 작품에서 나타나고 있는 노스탤지어의 문제이다. 디아스포라 문학에서 고국에 대한 노스탤지어는 당연시 되어 왔으나 이 작품에서는 고국 내부의 비동일성에 대한 인식과 디아스포라라는 타자로서의 자기 인식이 고국이라는 집단적 환상을 거부하게 만들고 있다. 그리하여 노스탤지어의 시선이 고국으로부터 벗어나 다른 방향을 향하게 된다. 그 방향은 '천국'으로 표상되는 영원한 구원의 시공간이다.

　이와 같은 고찰을 토대로 하여 마지막으로 〈딕테〉가 궁극적으로 어떠한 역사의식을 드러내고 있는가를 살펴보았다. 〈딕테〉는 국가와 남성을 중심으로 하는 공식적인 역사를 거부, 부정하고 있을 뿐만 아니라 진보를 전제하는 역사주의적인 역사를 해체하여 순간성과 영원성을 동시에 지니는 기억의 조각들로 불연속적인 반복의 역사를 구성한다. 그리하여 탈시간화된 시간과 탈역사화된 역사를 제시한다.

　〈딕테〉는 재미한인여성문학 가운데서도 미국과 한국 양국에서 가장 주목받는 작품이다. 많은 연구에서 〈딕테〉는 기존 서사 양식의 규범을 부정한 해체적 글쓰기를 통하여 타자적이며 혼성적인 디아스포라의 정체성을 보여주고 있는 작품으로 평가되어왔다. 본고는 더 나아가 〈딕테〉가 보여주고 있는 역사 전유가 어떠한 역사의식 아래서 이루어지고 있는가를 밝히고자 하였고 그 결과 〈딕테〉의 역사 전유가 순간성과 영원성을 통일시키는 탈시간적이고 탈역사적인 방향을 보여주고 있음을 밝혔다. 이러한 방향은 '역사의 나머지'에게 충만한 의미와 가치를 부여하는 방향이다. 〈딕테〉가 보여주는 이러한 역사전유의 방향은 디아스포라 여성으로서 작가가 지니고 있는 타자의 위치와 무관하지 않다. 그러나 이것은 타자의 위치 자체에서 자동적으로 나타나는 결과가 아니라 그에 대하여 가장 근원적인 지점까지 깊이 사유했을 때 나올 수 있는 결과일 것이다. 디아스포라 문학으로 〈딕테〉가 지니고 있는 의미는 바로 여기에서 찾을 수 있다. 〈딕테〉는 타자의 위치에서 기억하고 구성하는 역사가 어떤 모습일 수 있는가를 가장 전복적인 방식으로 말해주고 있는 작품이다.

제4장

제국의 타자와 재일(在日)의 아브젝트—양석일의 〈피와 뼈〉

1. 서론

자본의 세계화, 기업의 다국화 등과 더불어 노동 역시 세계화 되면서 외국인 노동자를 비롯하여 많은 사람들이 조국을 떠나 타국에서 삶을 꾸려가고 있다. 이는 민족—국가의 경계를 넘어서는 새로운 삶의 가능성을 보여주고 있다는 점에서 세계시민의 문제를 제기해주는 대목이기도 하다. 그러나 민족—국가가 본래부터 실재했던 것이 아니라 상상의 공동체를 기반으로 하는 것이라고 해도 그것이 하나의 경계로서 갖는 힘이 쉽게 약화되거나 사라질 수 있는 것은 아니다. 민족—국가의 경계를 허무는 것처럼 보이는 많은 시도에도 불구하고 결과적으로는 그것이 자기 민족—국가의 경계를 넓히려는 의도와 관련되는 일이 많은 것도 그 때문이다.

디아스포라의 존재는 긴 역사를 지니고 있지만 그것이 문학 내지 문화 담론에서 중요한 화두로 등장하게 된 것은 이러한 상황과 깊게 관련되어 있다. 디아스포라는 고국과 타국이라는 두 개의 민족—국가와 연결되어 있지만 동시에 이 두 개의 민족—국가로부터 배제되는 모순적인 상황에 처해 있다. 이러한 디아스포라의 위치는 난민의 위치와 유사하다. 난민은 인간과 시민의 동일성과, 출생과 국적의 동일성을 깨뜨림으로써 주권의 원초적인 허구/의제를 위기에 깨뜨린다. 그리하여 근대 주권의 근원적인 허구성을 문제 삼고 국가—국민—영토라는 낡은 삼위일체를 파괴함으로써 근대 국민—국가 질서의 불안정성을 대변한다. 디아스포라 역시 난민과 마찬가지로 출생—국민의 결합 관계에서 인간—시민의 결합 관계에 이르는 국가의 기초적인 본질들에 의문을 제기하는 존재이다. 오늘날 산업국들에 존재하는, 안정적으로 거주하는 대규모의 非시민들 역시 디아스포라의 난민적인 성격을 보여준다. 이들은 국적을 취득할 수도 본국으로 송환될 수도 없으며, 또한 그것을 바라지도 않는다.[1] 호미 바바의 '사이(in between)' 개념을 설명하지 않는다 하더라도 이들이 경계 상에 존재하는 타자로서 경계 자체에 대한 회의와 부정을 함축하고 있다는 점은 분명하다.

본고가 연구의 대상으로 삼고 있는 양석일의 〈피와 뼈〉는 이러한 경계 상의 주체로서 재일 디아스포라가 살아온 역사를 보여줌으로써 재일의 삶이 지니고 있는 의미를 문제 삼고 있다. 양석일은 유미리, 현월 등과 함께 재일 3세대 작가로 분류된다.[2] 1세대 문학이 조국 지향적 내셔널리즘

---

1 난민의 위치와 非시민들에 대해서는 조르조 아감벤, 김상운·양창렬 역, 『목적 없는 수단—정치에 관한 11개 노트』, 난장, 2009, 32~33면 참조.
2 양석일은 1936년에 출생했기 때문에 출생연도를 기준으로 하면 재일 2세대이지만, 45세가 되는 1980년에 시집 『夢魔의 저편으로』로 등단하고 소설 『택시 광조곡』을 발표하면서 작가로 활동하기 시작하였고 작품의 경향에서 2세대적인 특징보다는 3세대적인 특징이 더 두드러지게 나타난다는 점에서 일반적으로 3세대로 분류된다.(양석일의 생애와 등단과정에 대해서는 김응교, 「이방인, 자이니치 디아스포라 문학」, 『한국근대문학연구』 21호, 한국근대문학회, 2010, 147~148면 참조.)

을 추구하며 일본의 주류 문화에 대한 대항문화의 성격을 지니고 있었던 반면, 2세대 문학은 '재일'의 불우한 현실과 민족 정체성의 위기에 대한 고뇌를 바탕으로 '재일'의 의미를 물으면서도 그것을 인간 존재의 문제와 연결시켰다.[3] 이와는 달리 재일 3세대 문학은 한국과 일본 어디에도 자신의 자리를 확보하기 힘든 재일이라는 실존적 상황에서 오는 타자성의 문제를 재일이라는 상황을 초월한 보편적인 테마로 제시하고 있다.[4] 즉 이전 세대 재일 문학이 자신의 삶에 존재하고 있는 '조선적인 것' 혹은 '한국적인 것'의 과잉 혹은 결여, 그리고 그것이 '일본'이라는 사회에서 지니는 의미 등에 주목하고 있었다면, 3세대 재일 문학은 '지금―여기'의 삶의 문제에 좀 더 주목하면서 재일의 문제를 보편적인 실존의 문제와 연결시키고 있다.

이러한 3세대 문학의 성격을 보여주는 작품을 발표해온 양석일은 2008년 12월 NHK특집으로 4회에 걸쳐 '양석일 특집'이 방영되었을 정도로 일본에서는 주목받는 작가이지만[5] 한국에서는 그의 평판작인 〈피와 뼈〉조차 크게 주목받지 못하였다. 〈피와 뼈〉는 일본에서 1998년에 출간되어 '나오키상'과 '야마모토 슈고로상'을 수상하였다. 그리고 같은 해 한국에서 번역되어 출간되었지만 평단이나 독자들의 호응을 얻지 못하였다. 소설 〈피와 뼈〉가 새롭게 주목받게 되었던 것은 2004년에 기타노 다케시 주연, 최양일 감독의 영화 〈피와 뼈〉의 제작 상영이 이루어지면서이다. 그간 소설 〈피와 뼈〉에 대한 연구는 많지 않았으나 영화가 일본과 한국의 평단에서 모두 호평을 받자 영화 〈피와 뼈〉나 소설과 영화의 비교 연구가

---

3 재일 1세대와 2세대 문학의 특징에 대해서는 윤상인, 「'재일 문학'의 조건」, 『문학과 근대와 일본』, 문학과지성사, 2009, 316~318면 참조.
4 유숙자, 『재일한국인문학연구』, 월인, 2002, 151면.
5 김응교, 앞의 글, 135면.

활발하게 이루어지기 시작했다.[6]

소설 〈피와 뼈〉에 대한 연구는 주인공인 '김준평'이라는 인물에 대한 해석과 평가를 통해서 이 소설이 재일 디아스포라 문학으로서 지닌 의미를 밝히는 데 집중되어 왔는데 이 소설에 대한 평가는 두 가지로 대별된다. 하나는 김준평의 성적 욕망이나 극단적인 폭력과 광기 등은 식민주의의 폭력성을 모방한 결과로 보아야 하며 이 소설은 그러한 김준평의 모습을 통해서 차별이 발생하는 재일의 삶의 상황을 보여준다고 보는 관점이다.[7] 또 하나의 관점은 이 소설이 민족 차별과 식민주의에 대한 비판적 시점이 결락된 채 이루어지는 위악적인 자기 폭로를 통해서 오랫동안 일본의 주류 사회에서 암묵적으로 유통되고 있는, 재일 한국인에 대한 일본 오리엔탈리즘의 이미지를 충실하게 재현하고 있다고 보는 입장이다.[8] 첫 번째 관점이 재일 디아스포라의 삶의 재현 자체에 의미를 두고 있다면 두 번째 관점은 그것이 발생시킬 수 있는, 일본 오리엔탈리즘의 재생산이라

---

6 양석일의 소설 〈피와 뼈〉를 주요하게 다룬 연구로 대표적인 것은 다음과 같다.
  김영화, 「재일 제주인의 세계-양석일의 〈피와 뼈〉」, 『탐라문화』 19권, 제주대 탐라문화연구소, 1998.
  윤정화, 『재일한인작가의 디아스포라 글쓰기 연구』, 이화여대 박사학위논문, 2010.
  이한창, 「양석일의 다양한 문학세계」, 『한일민족문제연구』 9권, 한일민족문제학회, 2005.
  홍기삼, 「전환기의 재일 한국인 문학」, 『재일한국인문학』, 솔, 2001.
  최양일의 영화에 대한 연구나 소설과 영화를 비교 연구한 대표적인 것은 다음과 같다.
  강익모, 「최양일의 〈피와 뼈〉로 본 물신의 기표, '폭력'」, 『문학과 영상』 8권 3호, 문학과 영상학회, 2007.
  조경화, 「문학과 영화에 나타난 〈피와 뼈〉의 변주」, 건국대 교육대학원 석사논문, 2006.
7 홍기삼(위의 글, 91면.), 윤정화(위의 글, 184면.), 김응교(앞의 글, 149면.) 등의 연구에서 이러한 입장을 발견할 수 있다.
8 윤상인의 연구가 이러한 입장을 보이고 있는데, 윤상인은 양석일의 〈피와 뼈〉라는 작품 하나에 대해서가 아니라 양석일, 현월, 원수일과 같은 오사카 이쿠노 구 이카이노 출신 작가들의 작품 전체를 이렇게 평가하고 있다. (윤상인, 앞의 글, 326~327면.)

는 이데올로기적인 효과를 문제 삼고 있다고 할 수 있다.

기존 연구사가 보여준 이러한 평가들을 고려하면서 본고는 소설 〈피와 뼈〉에 나타난 남성 아브젝트(abject) 문제를 중심으로 제국과 식민지의 관계 속에 놓여 있는 재일 조선인의 모습을 조명하고자 한다. 동시에 재일의 여성성에 대해 살펴보고 이것이 괴물적인 남성성과 맺고 있는 관계를 밝히고자 한다. 이를 위해 본고는 세 가지 방향의 분석과 고찰을 수행할 것이다. 우선 이 소설에서 나타나는 재일의 상황이 어떠한 것인가를 고찰하고 재일의 상황에서 구성되는 조선인 의식의 문제를 논의할 것이다. 두 번째는 이 소설에서 위협과 공포를 불러일으키는 남성 아브젝트가 주조되는 과정을 고찰하고 이 괴물 남성성이 지니는 의미가 무엇인가를 논의할 것이다. 그리고 마지막으로 이 소설에 나타나는 재일 조선인 여성의 삶을 고찰하여 이 작품이 어떻게 남성과 여성의 관계로써 제국－식민지 관계를 재현하고 있는가를 논의할 것이다. 이러한 고찰과 분석의 결과를 바탕으로 〈피와 뼈〉를 통하여 작가 양석일이 보여주고 있는 '자기 고발' 의 궁극적인 의미가 무엇이며 그것에 대한 평가는 어떠해야 하는가를 밝히고자 한다.

2. 제국의 타자로서의 조선인 의식과 멜랑콜리

도일한 김준평의 일대기 형식을 취하고 있는 〈피와 뼈〉는 1920년대 중반 무렵부터 1980년대까지의 긴 시간을 배경으로 하고 있다. 소설에는 그 기간 동안 김준평과 그의 처가 된 영희, 그리고 김준평의 친구인 고신의를 비롯한 많은 사람들이 일본에서 살아가는 모습이 그려져 있다. 주로 제주도 출신이었던 이 사람들에게 도일의 가장 큰 계기는 경제적인 것이었다. 일제 식민지 시대인 1920년대 조선의 궁핍과 절망은 이미 많은 문학 작품들을 통해서 나타난 바 있다. 이러한 궁핍과 절망으로 당시 북쪽 지방 사람들은 만주로, 남쪽 지방 사람들은 일본으로 건너갔다는 것은 주지의 사실이다. 김준평의 경우도 원래 성격이 불량해서 고향에서 살기가 어려웠다는 언급이 있기는 하지만 살아갈 길이 막막해 서울을 떠돌다가 마침내 도일까지 하게 된 것으로 나타나고 있다. 고신의도 마찬가지여서 오사카에 가서 '새로운 운명'을 개척하고자 도일하였고 이영희의 경우는 싼값의 노동력을 구하는 일본 노동력 브로커의 말을 믿고 도일하였다. 일본에서 제주도로 일시 귀향하는 사람들의 손가락에 끼워진 '금반지'는 도일한 사람들의 부유함의 상징이었고 그에 대한 환상이 이들을 일본으로 이끌었던 것이다. 경작할 땅을 찾아 만주로 이주해갔던 북쪽 사람들처럼, 제주도인들 역시 돈을 찾아 일본으로 이주해갔다. 소설은 '금반지' 이야기를 통하여 이들의 도일이 '환상'에 의하여 이루어졌음을 암시하고 있다. 그 환상이란 조선과 일본의 '차이'가 존재할 것이라는 환상이다. 즉 그것은 궁핍과 빈곤 속에 놓여 식민지 지배를 받고 있는 조선과는 달리 식민지 지배를 하고 있는 제국은 강력한 부와 힘을 가지고 있을 것이라는 환상이라고 할 수 있다.

　그러나 재일조선인 형성사를 보면 이들의 도일을 '부'와 '힘'에 대한 환상에 의한 것으로 보는 것은 성급하게 느껴지기도 한다. 그것은 환상 때문이 아니라 극단적인 궁핍에서 벗어나고자 하는 생존의 본능에 의한 것이라고 보는 편이 타당하기 때문이다. 실제로 일제 식민지 시대에 재일 조선인의 수가 현저하게 증가한 것은 1917년경 이후부터다. 이 시기 조선 농민은 일제의 토지조사사업에 의해 토지를 수탈당하고, 이어서 산미증 산계획에 의해 궁핍에 몰렸고 농민들은 살기 위해 고향을 버리게 된다. 재일조선인은 1920년대 10년간 약 27만 명이 증가해 1930년에는 약 30만 명에 달했다. 조선의 병참기지화가 이루어진 이후에 도일하는 조선인의 숫자가 격증해서 1938년에는 약 80만 명이 되었는데 대부분 밑바닥 노동에 종사하면서 일본인의 약 2분의 1이라는 극단적 차별적 임금을 받았던 것이다.[9]

환상이 있었다 하더라도 그것은 일본에 도착하면 이내 사라지고 마는 것이었다. 경제적 능력도 없고 특별한 기술도 없는 조선인들을 기다리고 있는 삶은 제주도에서의 힘겨웠던 삶과 다르지 않은 것이었다. '차이'에 대한 환상은 오사카의 하늘 밑에서 부서졌고, 노동판을 떠돌던 김준평은 어묵공장 2층의 4평 넓이의 비좁고 더러운 방에서 여섯 명의 노동자와 함께 살아가게 된다. 김준평만이 아니었다. 이영희와 같은 조선인 여성 노동자들은 방직 공장에서 12시간에서 15시간까지 밥도 먹지 못하고 노예처럼 살아가다가 결국에는 임금도 받지 못하고 쫓겨났다. 그들이 기대했던 '다른', '더 나은' 삶은 어디에도 없었던 것이다. 결혼하고 아이를 낳고 조선인 연립주택의 작은 집을 얻어서 조금 안정된 삶을 살아가는 것만이 이들의 소망이었다. 그러나 그러한 삶 역시 돈이 있어야 유지될 수 있는 것이기에 직장에서 해고 되거나 막노동 자리를 얻지 못하면 사라져버릴, 허약하고 불안정한 기반에 불과했다. 조선인 시장 주변의 노름방과 유곽은 언제든지 그들을 불러내 그 허약한 기반마저도 무너뜨려버릴 준비가 되어 있었고, 그들 역시 술과 노름과 싸움 속에 자신을 탕진해버릴 준비가 되어 있었다.

일본에서 그들이 경험하게 되는 것은 조선인이기 때문에 받아야 하는 차별이었다. 조선인이기 때문에 어묵공장에서도, 방직공장에서도 일본인에 비하면 헐값에 해당하는 임금을 받아야 했다. 대공황의 여파로 대규모

---

9 서경식, 임성모 · 이규수 역, 『난민과 국민 사이—재일조선인 서경식의 사유와 성찰』, 돌베개, 2006, 120~122면.

어묵공장인 태평산업이 구조조정을 하게 되자 고신의를 비롯한 재일 조선인들은 모두 해고를 당해야 했다. 차별에 저항하는 행동에는 경찰이 나서서 보복을 해주었다. 일본의 국민이 아닌 이들은 경찰의 보호가 아니라 탄압을 받아야 했던 것이다. 식민지 조선 출신에게 가해지는 차별은 궁핍을 가속화했다. 더구나 차별에 대한 저항마저 실패로 돌아가자 그들은 조선인으로서의 피해 의식과 무력감에 빠지게 된다. 그들은 경제적으로나 정치적으로나 일본 사회로부터 점점 더 고립되어가고 있었지만 거기서 헤어 나올 수 있는 방법을 찾을 수가 없었다. 고신의를 제외하고는 대부분의 사람들이 문맹이어서 신문조차 읽을 수 없었고 신문을 읽을 수 있었던 고신의는 신문 기사의 내용을 제대로 이해할 수 없었다. 재일 조선인은 가난함과 무식함 속에 고착되어 스스로가 일본의 非국민이라는 사실만을 확인할 뿐이었다.

그럼에도 불구하고 이 소설 속에 등장하는 재일 조선인들에게 조선이라는 민족－국가의 일원으로서의 의식은 거의 나타나지 않고 있다. 그들은 자신들이 일본의 非국민임을 인식하면서도 스스로를 조선의 국민으로서 인식하지도 않는다. 조선옷을 입고 조선 시장에서 물건을 사서 된장국과 같은 조선 음식을 해 먹고 명절이나 잔칫날에는 돼지를 잡고 함께 모여 조선식의 의례를 치루지만 그것은 민족－국가와 관련되는 것이기보다는 일종의 풍속에 관련된 것이다. 창씨개명이 단행된 이후 조선어 사용이 금지되고 신사참배나 집회에 동원되어 황국신민선서를 하게 되었을 때 일본인이 되는 것에 대한 거부감이 드러나기는 한다. 그러나 '조선 옷을 입고 일장기를 흔들면 뭐가 뭔지 알 수 없게 돼' 라는 말에서 알 수 있듯이 그것은 조선인으로서의 의식이라기보다는 일종의 혼란에 가깝다. 그보다는 반복해서 집회에 동원되는 것에 대한 피로와 짜증이 더 선명하게 나타나고 있다.

도일 후의 힘겨운 삶에도 불구하고 일본으로 건너간 것에 대한 후회나 조선이나 제주도에 대한 노스탤지어가 나타나고 있지 않다는 것도 주목된다. 그들이 조선-제주도에서 어떠한 삶을 살았던가에 대해서는 구체적으로 언급되지 않지만, '노스탤지어'의 부재는 일차적으로 재일의 상황이 조선에서의 삶과 다르지 않다는 것을 보여주는 대목이다. '노스탤지어'는 단지 특정한 시공간에 대한 그리움만이 아니라 그 시공간 속에서 충만했던 자아에 대한 그리움이라고 할 수 있다.[10] 때문에 이 소설에서 노스탤지어가 나타나지 않는다는 것은 조선-제주도에서의 삶이 충만함에 대한 기억으로 남아있지 않았다는 것을 의미하는 것이다. 더 나아가 이것은 조선이라는 민족-국가의 일원, 국민으로서 건실하게 존재했던 경험과 기억의 부재를 나타낸다고 할 수 있다. 나라를 잃은 식민지 조선, 특히 제주도의 사람으로서 그들이 민족-국가와 관련된 충만한 경험을 하는 것은 불가능한 일이었을 것이다. 노스탤지어로 나타나는 과거에 대한 동경은 대안적 미래를 건설하려는 적극적인 시도를 낳기도 하고 현재를 비난하고 변화시키고자 하는 동력이 되기도 한다.[11] 노스탤지어가 나타나지 않는다는 것은 상상된 과거를 갖지 못한 재일 조선인들에게는 상상된 미래조차 존재하지 않으며 고통스러운 현재만이 지속되고 있다는 것을 보여준다.

〈피와 뼈〉에서 정치적인 이야기들이 소설 전체의 이야기 속에 녹아들

---

10 지젝은 노스탤지어적인 회상영화에 대해서 설명하면서 주체는 제시된 장면에 매혹되는 것이 아니라 대상 속에서 '보고 있는 스스로를 본다'는 사실에 매혹된다고 하면서 이를 라캉의 개념인 '자기-반사에 대한 환영'으로 규정한다.(슬라보예 지젝, 김소연·유재희 역, 『삐딱하게 보기』, 시각과언어, 1995, 229면.) 주체가 대상 속에서 그 자신의 응시를 봄으로써 매혹된다는 이러한 설명은 노스탤지어가 그 시공간 속에 존재했던 자기 자신의 충만한 응시를 봄으로써 매혹되는 것임을 시사한다.
11 리타 펠스키, 김영찬·심진경 역, 『근대성과 페미니즘』, 거름, 1999, 103면.

지 못한 채 이물스럽게 펼쳐지고 있는 것도 이 점과 무관하지 않다. 재일 조선인들은 해방이 되었음을 알았음에도 불구하고 조선에서는 살아가기가 더 힘들다고 판단하고 오사카에 머물게 된다. 이승만 정권의 남조선이나 김일성 장군의 북조선이 어떻게 이루어졌는가도 알지 못하며 알기 위해 적극적으로 노력하지 않는다. 언제나 목전에 와 있는 생존의 파탄 가능성이 그들의 목을 옥죄고 자기 자신과 가족들을 먹여 살리는 일이 온 마음과 육체를 사로잡고 있다. 터무니없는 제주도 뱃삯을 내리기 위하여 조선인 스스로 배를 띄우기 위해 마련된 동아통영조합은 빚더미에 올라앉게 되는데, 이것 역시 국민으로서의 의식이나 노스탤지어가 부재하다는 점과 연관된 결과이다.

　이런 점에서 〈피와 뼈〉에서 나타나는 조선인 의식의 특수성을 발견할 수 있다. 이 소설에서 조선인으로서의 의식이 나타나고 있기는 하지만 그것이 조국이라는 국가의 보호 속에 있었던 경험을 바탕으로 하는, 조선에 속한 국민으로서의 의식으로 나타나는 것은 아니다. 조선인으로서의 의식은 선재하고 있었던 것이 아니라 오히려 일본인과의 차이와 일본인으로부터 받은 억압과 차별에 의해서 구성되는 것이다. 조선인에 대한 차별과 멸시에 의해서 조국을 떠나왔다는 상실감이 형성되고 한 번도 가져 보지 못한 민족-국가에 대한 상실감이 조선이라는 민족-국가의 일원으로서 재일 조선인의 현존을 만들어내고 있다. 이는 지젝이 말한 멜랑콜리의 특성을 연상시킨다. 멜랑콜리는 결여를 상실로 이해하게 만드는데, 멜랑콜리가 혼란스럽게 만드는 것은 욕망의 대상이 어떤 공허/결여의 실정화일 뿐이라는 것이다. 결국 멜랑콜리는 한 번도 가져보지 못한 것에 대한 상실감에 고착되는 것을 의미한다.[12] 재일 조선인의 고국

---

12 슬라보예 지젝, 한보희 역, 『전체주의가 어쨌다구?』, 새물결, 2007, 220~222면.

에 대한 의식 역시 실제로는 한 번도 경험해보지 못했던 민족─국가에 대한 상실감을 기반으로 하고 있다는 점에서 멜랑콜리적이다. 그런데 무조건적이고 돌이킬 수 없는 상실 속에서 대상이 오히려 과잉 현존하는 것처럼 재일 조선인에게도 고국이 과잉 현존되고 민족─국가의 일원으로서의 조선인 의식 역시 과잉된 모습을 보이게 된다. 고신의와 태평산업 조선인 노동자들이 구조조정으로 조선인들만 해고를 당하게 되자 조선인 의식으로 연대하여 차별에 저항하는 모습에서 이 점을 발견할 수 있다. 김준평과 이영희의 사위인 한용인이 일제 식민지 시대에는 황국신민으로의 동화에 앞장 서는 협화회 일을 하다가 일본 패전 이후에는 재일조선인 정치조직에 가담하는 모습도 이들의 조선인 의식이 차별에 의해서 구성된 것이며 멜랑콜리적인 것이어서 오히려 과잉 현존하고 있다는 점을 드러내고 있다.

결국 〈피와 뼈〉는 조선과 일본에서의 삶이 '다르지 않은' 것이었다는 의식이 일본 사회나 국가에서 조선인이 일본인과 '동일하지 않' 은 위치로 살아가고 있다는 의식으로 변화할 때 조선이라는 민족─국가의 일원으로서의 상실감과 조선인 의식이 구성됨을 그려내고 있다. 그런 점에서 〈피와 뼈〉의 조선인 의식은 제국에 의해 억압받는 타자로서의 의식을 내포한다고 말할 수 있다. 그리고 이 점은 〈피와 뼈〉가 1세대 재일 조선인의 삶을 다루고 있음에도 불구하고 재일 1세대문학과 다른 지점에 서 있다는 것을 보여준다. 〈피와 뼈〉는 미리 조선 민족─국가의 존재를 전제하고 내셔널리즘의 시각에서 재일 조선인을 그려냈던 재일 1세대 문학과는 달리 일본의 국민도 조선의 국민도 아닌, 재일 조선인의 타자적인 위치를 조명하고 있는 것이다. 그것은 해방 후에도 변하지 않는 제국의 타자인 식민지인으로서의 자기 인식을 반영한다.

3. 재일(在日)의 괴물 남성성—아브젝트

재일 조선인은 조선이라는 국가—민족을 기준으로 보았을 때나 일본이
라는 국가—민족을 기준으로 했을 때나 배제됨으로써만 그 국가—민족에
포함되는 외부적인 존재이다. 때문에 이 재일 조선인은 국가—민족의 경
계를 가로지르는 '사이'에 위치해 있다고 할 수 있다. 조선이나 일본 어
디에도 진정으로 속하지 않은 것처럼 보이는 소설 속 인물들은 재일 조선
인의 이러한 위치를 잘 보여주고 있다. 〈피와 뼈〉에서 주인공인 김준평을
비롯하여 그의 친구 고신이나 그의 아내 이영희, 그리고 주변의 인물들과
그의 가족들은 동일한 재일의 상황에서 서로 다른 삶의 방식을 택하고 있
는 듯이 보이지만 모두 호모 사케르적인 성격을 보여주고 있다는 점에서
는 동일하다.[13] 그들의 본질적인 성격은 배제됨으로써 포함되며, 자연적
인 신체로서는 존재하지만 정치적 신체로서 나타날 수 없는, 호모 사케
르, 즉 헐벗은 생명인 것이다.[14]

그러나 〈피와 뼈〉의 중심인물인 김준평의 모습은 단지 호모 사케르라
는 개념만으로는 설명되기 어렵다. 그의 육체와 성욕, 폭력, 불가해한 행
위에 이르기까지 그의 모든 것은 '기괴함(uncanny)'을 형성시키는 괴물스
러움으로 나타나고 있다.

---

13 재일 디아스포라의 호모 사케르적인 성격에 대해서는 졸고, 「국가의 외부와 호모 사케르
　 로서의 디아스포라—현월의 〈그늘의 집〉 연구」, 『비평문학』 32호, 한국비평문학회, 2009,
　 18~22면 참조.
14 호모 사케르란 살해는 가능하되 희생물로 바쳐질 수는 없는 생명을 의미하는 것이다.(조
　 르조 아감벤, 박진우 역, 『호모 사케르—주권 권력과 벌거벗은 생명』, 새물결, 2008, 45
　 면.) 배제됨으로써만 인민에 포함될 수 있는 역설적 상황에 놓여 있는 이들은 '정치적 불
　 가능성'을 내포하고 있기 때문에 자연적인 신체, 생명으로서만이 의미를 지니고 있을 뿐
　 정치적인 의미의 생명과 신체를 가지지 못한다.

<blockquote>
김준평은 육척 장신에 체중이 100킬로그램 가까운 거구의 사내여서, 그가 작업장에 나타나면 그것만으로도 주위 사람들은 위압감을 느꼈다. 좁은 이마, 납작한 콧마루, 두툼한 입술, 억센 턱을 떠받치고 있는 굵은 목…… 그 우람한 풍채보다도 형형한 눈빛을 보면 아무도 감히 다가갈 엄두조차 내지 못했다. 세상의 풍파 속에서 산전수전 다 겪은 만만찮은 직공들도 김준평 앞에서는 찍소리도 못했다. 어쩌다 김준평의 내면에 한 발짝 들여놓았다가는, 무슨 일이든 당장 일어나고 만다. 다라서 긁어 부스럼을 만들지 않는 게 상책이었다.[15]
</blockquote>

거구의 사내인 김준평은 그 존재만으로도 주위 사람들에게 위압감을 주는 육체를 가지고 있다. 이러한 거구의 육체는 형형한 눈빛과 함께 김준평의 삶의 성격을 규정짓는 가장 중요한 것이다. 김준평의 폭력은 자신의 육체의 힘을 믿는 데에서 시작하며 김준평이 타인과 맺는 관계는 압도적인 육체의 힘을 바탕으로 한다. 그것은 주로 잔인한 폭력으로 상대방을 굴복시키는 양상으로 나타난다. 어묵공장 공장장을 비롯하여 많은 사람들과의 싸움에서 잔인한 폭력을 보여주었고 도박장에서 김준평을 따라온 도박장의 폭력배의 목을 꺾어버리는 등 수많은 예화들이 김준평의 육체가 지닌 압도적인 위력을 나타내고 있다.

이러한 김준평의 육체는 근대적으로 규율화된 신체가 아니라 일종의 동물적인 몸에 가까운 것이다. 그러한 육체를 계속 유지하기 위하여 김준평이 먹는 보신 음식은 이 위력적인 육체의 유지를 통한 삶의 보존에 그가 얼마나 몰두하고 있는가를 보여준다. 어묵공장인 조일산업을 운영하면서 그가 먹은 보신 음식은 그 극단적인 양상을 드러낸다. 김준평은 돼지고기를 얇게 썰어서 단지에 넣어 썩힌 다음에 구더기가 우글거리는 그

---

15 양석일, 김석희 역, 『피와 뼈 1 — 오사카 아리랑』, 자유포럼, 1998, 14~15면. 이후의 인용에 대해서는 권수와 면수만을 표기하기로 한다.

고기를 구더기와 함께 먹는다.[16] 결국 나중에 그 음식을 먹다가 이빨이 모두 빠지게 되고 오히려 그 음식이 육체의 쇄락의 계기가 되지만, 그것은 김준평의 육체에 대한 집착을 극단적으로 보여주는 것이다. 김준평이 보여주고 있는 식욕과 성욕 그리고 아들에 대한 집착으로 나타나는 번식욕 등은 모두 김준평이 동물적인 육체로서만 존재하고 있다는 것을 보여준다.

김준평은 이렇게 동물적인 육체로서만 존재할 뿐이다. 때문에 그에게는 한 국가의 국민이나 한 민족의 일원이라는 정치적 의미는 거의 발견되지 않는다. 그는 정치성 자체를 거부하고 있었다. 때문에 조선이라는 국가－민족이나 일본이라는 국가－민족의 문제는 동물적 육체에 짓눌린 채 의식의 표면 위로 솟아오르지 못하고 있었다.

조선이 남북으로 분단되고 전쟁이 일어난 것은 알고 있었다. 하지만 무엇 때문에 분단되고 전쟁이 일어났는지는 알 수 없었다. 김준평에게 그런 건 아무래도 상관없는 일이었다. 그에게 국가나 조국이라는 개념 따위는 존재하지 않았다. 고향인 제주도에 대한 애정은 있지만, 국가나 조국과 고향은 김준평에게는 전혀 다른 규범이었다. 한때 부산을 비롯하여 서울, 대전, 대구 등지를 5년 동안 떠돌아다닌 적이 있었다. 그때 김준평은 육지 사람들한테 업신여김과 차별을 당하고, 일도 제대로 못한 채 고생만 했다. 제주도 사투리를 쓰면 웃어대고, 심지어 돼지 울음소리를 내보라고 놀려대기까지 했다.

제주도는 돼지 특산지다. 물론 치고받는 싸움이 벌어졌다. 어떤 의미에서 김준평의 완력을 단련시킨 것은 그들이었는지도 모른다. (3권 44면)

---

16 음식물이 오염된 대상으로 나타날 때 이 음식물은 서로 다른 영역의 경계, 즉 자연과 문화, 인간계와 비인간계 상의 경계를 이루는 아브젝트한 것이 된다.(줄리아 크리스테바, 서민원 역, 『공포의 권력』, 동문선, 2001, 121면.) 김준평이 먹는 이러한 보신음식 역시 자연과 문화, 인간계와 비인간계 상의 경계를 교란시킨다는 점에서, 그리고 온전한 음식물로부터 떨어져 나와 더럽고 추한 것이 되었다는 점에서 아브젝트적인 성격을 지닌다고 할 수 있다.

인용문은 김준평이 육체의 완력을 삶의 기반으로 삼게 된 계기를 보여주고 있다. 제주도인으로 받은 멸시와 차별을 넘어서기 위한 방법이 바로 육체적 완력, 즉 폭력이었다. 그러나 그것이 차별을 극복하기 위한 정치적 선택이라고 보기는 어렵다. 싸움과 폭력을 통해서 지역이나 국가―민족에 의한 구별짓기가 통용되지 않는 세상으로 나아간 것이고 국가―민족의 보호가 아니라 자기 육체의 힘을 믿는 방식으로 나아간 것이기 때문이다. 유일한 친구라고 할 수 있는 고신의가 재일조선인으로서 여러 가지 정치적 활동을 했던 것과는 달리 김준평이 철저하리만큼 정치와는 무관하게 살아간다. 극단적으로 말해서 김준평은 정치성을 거부하고 자신의 육체를 기반으로 하는 자신만의 1인 왕국을 세움으로써 '국가―민족'의 규범과 가치를 무화시키거나 부정하고 있는 것이다.

그런 의미에서 김준평을 사회적 아브젝트, 혹은 국가적 아브젝트라고 명명할 수 있다. 본래 아브젝트(abject)는 우리가 혐오하고 거부하고, 거의 폭력적으로 배제했던 것을 의미한다.[17] 인체는 똥, 피, 오줌, 고름과 같은 배설물들을 내보냄으로써 삶을 유지하는데, 이런 배설물과 같은 아브젝트는 자기 자신에게로부터 나온 것인데 그것과의 분리와 그에 대한 배제를 통하여 삶이 유지될 수 있다. 아브젝트의 분리와 배제를 통하여 우리 자신의 삶은 매끄럽게 지속되지만 아브젝트가 억압된 것의 귀환, 즉 아브젝션을 통해서 나타남으로써 이 매끄러움을 위협당한다. 내 안에 존재했던 친숙한 것이었지만 억압되었다가 두려운 낯섦이 되어 귀환하는 아브젝트의 가장 대표적인 예는 시체이다.[18] 국가―민족 안에 존재하지만 국가―민족에 의해서 배제되고 억압되어 버려진 인물인 김준평은 육체와

---

17 노엘 맥아피, 이부순 역, 『경계에 선 줄리아 크리스테바』, 앨피, 2007, 92면.
18 크리스테바는 여성의 문제를 중심으로 아브젝트의 문제를 사유하고 있다. 크리스테바의

배설물처럼 국가—민족의 '똥'과 같은 의미를 지니는데, 제거되어야 할 이러한 인물의 현존은 국가—민족의 매끄러운 경계를 위협한다. 마치 시체가 삶 속에서 죽음을 들끓게 하는 것처럼.[19]

아브젝트가 되는 것은 부적절하거나 건강하지 않은 것이라기보다는 동일성이나 체계와 질서를 교란시키는 것에 더 가깝다.[20] 김준평은 국가—민족의 체계를 교란시키고 동시에 인간의 동일성이나 질서마저 교란시킨다. 그에게서 뿜어지는 두려운 낯섦은 이 점과 깊이 관련되어 있는데, 국가—민족의 경계를 위협하는 아브젝트적인 성격의 그의 존재는 인간의 경계마저 위협하며 인간에게 억압되어 있던 비인간을 귀환시킨다. 김준평의 그러한 성격은 소설 초반부터 소설 속 인물들을 공포에 질리게 만드는데, 그 점은 식인 상어 사건을 통해서 단적으로 드러난다. 어묵을 만들 상어의 배에서 사람의 다리 한 쪽이 나오자 김준평은 이 식인상어를 버리려 하는 공장장과 직공들에게 사람을 잡아먹은 상어의 기막힌 맛을 설명하며 그 상어를 어묵재료로 쓰자고 한다. 그리고 썩어문드러진 사람 다리는 생선뼈와 함께 돼지에게 주면 된다며 드럼통에 집어던진다. 이러한 모습은 소설 중반에서는 실제로 인육을 먹는 행위로까지 극단화되어 나타난다. 자신을 배신하고 다른 남자들과 정사를 벌인 첩, 미화를 용서하지 못하는 김준평은 '네 년을 회쳐 먹어주마!'라고 미화를 위협한다. 그리고는 회칼로 미화의 엉덩이살을 얇게 도려내서 그 저민 살을 먹어버린다.

아브젝트 이론을 바탕으로 공포 영화에 나타난 여성괴물의 형상을 연구한 크리드는 이를 모성적 육체와 연결시키고 있다. 어린 아이는 어머니와의 분리를 통해서 주체로 형성되게 되는데, 이 때 모성적 육체는 분리되고 배제되어야 할 아브젝트의 위치에 있게 되고 이 분리의 과정의 불안정성에서 여성괴물이 나타나게 된다는 것이다.(바바라 크리드, 손희정 역, 『여성괴물—억압과 위반 사이』, 여이연, 2008, 39~42면 참조.)

19 시체의 아브젝트적인 성격에 대해서는 줄리아 크리스테바, 앞의 책, 24~25면 참조.
20 위의 책, 25면.

인육을 먹는 김준평의 행위는 인간의 동일성마저 교란시키는 김준평의 아브젝트적인 성격을 극단적으로 보여준다.

인육마저 먹어버리는 김준평은 강간을 일삼는다거나 아내가 사는 집 또는 그 바로 근처에 첩을 두고 수없이 성적 배설을 반복함으로써 그 괴물성을 드러낸다. 가족에게 끊임없이 극단적인 폭력을 휘둘렀던 일, 뇌종양에 걸려 죽어가는 일본인 첩의 목을 꺾어 안락사 시킨 일, 사채업자로서 빌려준 돈을 갚게 하기 위하여 자기 팔을 베어 피가 나오게 하여 그것을 마시라고 협박한 일 등은 김준평다운 일이다. 때문에 김준평은 아들 김성한에게도 '아버지라기보다는 조선이라는 정신 풍토에 뿌리를 내리고 있는 정체불명의 괴물 같은 존재'로 인식된다.[21] 김준평의 아내 박영희나 아들 김성한이 그를 '악귀', '귀신', '불가해한 괴물' 등으로 명명하는 것은 김준평의 괴물 남성성, 즉 아브젝트적인 성격 때문이다. 김준평은 인간과 비인간의 경계를 교란시킴으로써 두려움과 공포를 불러일으키는 존재이다. '어차피 인간은 혼자'라고 생각하는 김준평에게 '세계는 자신이 소멸하면 함께 소멸'할 것에 불과하다. 자신은 곧 육체이고 그것이 곧 세계이기에 어떠한 금기도 규율도 의미를 지니지 못하는 것이다.

김준평이 아들과 돈에 집착하는 것도 자기 보존을 위한 것이라는 점에서 '자신이 곧 세계'라는 관점과 무관하지 않다. 이 소설은 조선무가(巫歌)에서 나온다는 '피는 어머니한테 받고 뼈는 아버지한테 받는다'는 구절을 인용하면서 이를 가부장제와 연결시키고 있다. 김준평에게도 아들

---

21 머리는 원숭이, 몸통은 너구리, 팔다리는 호랑이, 꼬리는 뱀, 목소리는 호랑지빠귀 비슷한 불가해한 괴물이다. (중략) 김준평은 아버지이자 남편이고 남자이며 힘의 상징이고, 이 세계에 대한 자기표현의 의지는 오로지 폭력으로만 관철할 수 있다고 믿고 있다.(3권, 124면.)

은 자신을 유지하고 재생산하는 수단으로 나타난다. 이는 김준평의 아내 이영희에게 자식이 지니는 의미와 비교된다. 이영희가 자식을 통해서 지금 현재의 삶의 의미와 보람을 얻고 자기를 확장시키고 있다면, 김준평은 자식의 몸을 통해서 죽음 이후에도 자신을 유지하고자 한다는 점에서 큰 차이를 보인다. 김준평이 보여주고 있는 아들에 대한 집착은 아들을 통해서 가계를 잇는다는 가부장적인 관점으로 인한 것이라기보다는 종족의 보존과 번식을 위해서 새끼를 낳는 동물적인 것에 더 가깝다. 돈 역시 자기 유지의 수단이다. 김준평은 어묵공장인 조일산업을 세우 큰돈을 벌었음에도 불구하고 돈을 쓰지 않는 내핍 생활을 하며 어묵공장 직공 시절에서부터 입었던 낡은 모피 반코트를 입고 다닌다. 돈도 아들과 마찬가지로 지금 현재의 삶의 풍요로움을 위한 것이 아니라 자기 세계의 보존을 위한 것이기 때문이다. 김준평의 말년의 모습은 이 점을 다시 한 번 확인시켜 준다. 김준평은 말년에 중풍으로 반신마비가 된다. 일본인 첩인 사다코마저 자기가 낳은 아이들마저 버려두고 돈만 가지고 도망을 친 뒤 아들 김성한과의 화해에도 실패한 김준평은 결국 아이들을 데리고 북조선으로 들어가게 된다. 그러나 김준평의 북조선행을 북조선이라는 국가를 선택한 정치적 결단으로 보기는 어렵다. 그가 북조선을 선택하기 전 친구인 고신의에게 물은 것은 북조선이 환자나 아이들을 잘 보살펴주는 것이 사실이냐는 것이었다. 그는 자신의 남은 재산을 털어 자신의 말년과 아이들을 의탁할 곳으로 북조선을 선택했기 때문에 그것 역시 자기 세계의 보존을 위한 것으로 보는 것이 타당할 것이다.

아브젝트로서의 김준평은 국가─민족의 경계와 인간의 경계를 교란시키는 공포스러우면서 역겨운 존재이다. 그러나 그러한 김준평의 삶이 한 번도 국가─민족의 일원으로서 인정받을 수 없었던 재일 조선인의 상황과 관련되어 있다는 점에서 그를 단지 공포스러운 형상으로 출몰한 '괴물'로만 바라볼 수는 없다. 김준평은 국가-민족의 일원으로서 자신을 정치적 주체로 세우려는 고신의와 전혀 다른 모습으로 나타나고 있지만 그들의 삶의 방식이 모두 재일 조선인이라는 타자로서의 위치에서 살아가기 위한 것이었다는 점에서는 동일하기 때문이다. 김준평이 보여주고 있는 괴물 남성성은 태생적인 것이기 보다는 제국의 타자로서 살아가는 삶을 통해서 주조된 것이다. 재일 조선인은 식민지 조선이 일본 제국으로부터 해방되었음에도 불구하고 일본 제국에서 타자로서 식민지인의 삶을 계속 살아가고 있었다. 제국에 의해서 그들에게 각인된 식민지성은 그들을 일본 제국에 의해 배제됨으로써만 그 국가에 포함될 수 있는 존재로 만들었다. 김준평은 여기서 더 극단적으로 나아가 정치성이 거세된 동물적 육체로서의 괴물 남성성을 보여주고 있다. 〈피와 뼈〉는 이러한 괴물 남성성이 주조되는 과정을 보여줌으로써 제국이 상상하고 주조했던 식민지 남성 타자의 표상이 어떠한 것인가를 폭로하고 있다. 그러나 이러한 의미에도 불구하고 이 괴물 남성성이 극단적으로 과장되고 비인간성과 잔인함이 지나치게 과장됨으로써 오히려 그러한 폭로의 의미가 약화되고 있다는 점이 지적될 필요가 있다. 더 나아가 이 남성 괴물, 즉 아브젝트의 모습은 제국이 식민지 남성에게 부과했던 이미지, 즉 문명화되지 못한, 위험하고 동물적이며 폭력적인 남성성의 표상을 재생산하는 것이기도 하다는 점 역시 간과될 수 없다. 이것이 이 소설에서 나타나는 괴물 남성성의 양가성이라고 할 것이다.

4. 여성을 통한 제국과 식민지 관계의 재현

식민지 남성 괴물인 김준평은 스스로를 남성적 육체로서 유지하고 지켜가기 위해서 여성성을 필요로 한다. 이 때 타자로서의 여성은 남성의 자기 동일성을 보증하는 거울로서 남성의 자기 동일성의 경제를 위해 언제나 타자의 자리, 주변화된 자리에 머물게 된다.[22] 〈피와 뼈〉에서는 이러한 여성의 성격이 섹슈얼리티와 모성이라는 극단적인 이분법으로 드러나고 있다. 그러나 〈피와 뼈〉에 나타나는 여성 인물의 성격이 섹슈얼리티에 집중되어 있든지, 모성에 집중되어 있든지 여성인물들이 모두 김준평의 괴물 남성성에 의해 지배되고 있다는 점에서는 동일하다. 요컨대 제국이 식민지를 억압하고 착취하듯이 김준평은 여성들을 억압, 착취하고 있는 것이다.

섹슈얼리티로서의 여성은 김준평이 사랑했지만 김준평을 배신했던 창녀 야예나 김준평의 일본인 첩인 기요코와 같은 여성에게서 극단화되어 나타난다. 김준평에게 성관계는 자신의 현존에 대한 보증이자 김준평에게 있어서 결여되거나 배제된 정치성의 대체물이다. 야예나 기요코 같은 여성들에 대한 김준평의 집착은 이로부터 기인한다. 그것은 제어할 수 없는 동물적 성욕의 발현이기도 하지만 한편으로는 김준평이 휘두르는 폭력처럼 자기 동일성의 기반이기도 한 것이다. 그러나 아이를 갖지 못하는 기요코의 불모성에서 나타나듯이 창녀나 첩 등 섹슈얼리티를 담당하고 있는 여성들에게는 결코 임신과 양육, 그리고 모성이 허락되지 않는다. 더구나 이러한 여성들에게 섹슈얼리티는 여성 욕망과 관련된 것이지만 결코 욕망 그 자체는 아니다. 왜냐하면 그녀들의 섹슈얼리티는 '생존을 위한 매춘'의 수단으로 나타나고 있기 때문이다.

김준평과 이 여성들의 관계는 남성=식민자=제국에 의해 대표되는 여성=피식민자=종속국이라는 식민지주의적인 심상지리를 재현하고 있다

---

22 임옥희, 여성문화이론연구소 정신분석세미나팀 저, 「기괴한: 친숙한 그러나 낯선」, 『페미니즘과 정신분석』, 여이연, 2003, 151면.

는 점에서 문제적이다. 제국과 식민지라는 비대칭적인 관계에 대한 담론에서 성차별적인 '남성'과 '여성'의 이미지가 재생산됨으로써 식민지는 '성적인 기대', '싫증나지 않는 관능성', '질리지 않는 욕망'을 도발하는 장소로 표상되어 왔다. 예를 들어 일본과 청 사이에 끼인 조선은 '득의양양하게 맘껏 욕구를 채우고도 지칠 줄 모르는 지나 남자'에게도 아양을 떠는 성적으로 방종한 '여자'로 비유되었던 것이다.[23] 소설에서 김준평은 지칠 줄 모르는 성욕을 지닌 야수같은 남자로 나타나고 있는데, 그가 성관계에서 취하는 강압적이고 폭력적인 태도에도 불구하고 야예와 기요코는 물론 아내인 영희조차도 지극한 성적 열락을 경험하고 있다. 또한 김준평의 여자들인 야예나 기요코 역시 '질리지 않는 욕망'을 도발하는 관능성을 지닌 여성으로 나타나고 있다. 이들과의 성관계와 폭력을 통해서 김준평은 스스로를 제국의 위치로 올려놓음과 동시에 여성들을 자신의 식민지로 만듦으로써 제국과 식민지의 관계를 재현하고 있는 것이다.

모성성으로서의 여성성은 김준평의 아내 영희의 삶을 통해서 나타나는데, 영희의 모습은 재일 여성의 삶이 남성보다 더 고단하고 힘겨운 삶이라는 것을 여실히 보여준다. 그녀는 12년 전 제주도에서 출가했다가 열 살이나 어린 남편과 시어머니의 구박을 견디다 못해 집을 나왔다. 그리고 '인신매매꾼'에게 속아 일본으로 건너가 방직공장에서 노예와 같은 노동을 견디어냈다. 그러던 중에 처자가 있는 남자인 줄도 모르고 조선인 작업반장의 아이를 임신하였지만 남자는 고향에 다녀온 뒤 결혼하자며 고향으로 갔다가 돌아오지 않았다. 그리고 혼자 아이를 낳은 영희는 방직공장에서도 쫓겨났다. 그리고 김준평을 만났을 때에는 순대를 파는 술집을 차려 술장사를 하며 여섯 살 난 여자아이를 키우고 있었다. 그러나 겨우 안정이 되었던

23 강상중, 이경덕 · 임성모 역, 『오리엔탈리즘을 넘어서』, 이산, 1997, 89~90면.

영희의 삶은 김준평을 만나 강압적인 결혼식을 치루면서 상상할 수 없는 파탄으로 치닫게 된다. 김준평은 강간하듯 영희를 범하고 아이를 갖게 하였지만, 영희가 벌어놓은 돈을 가지고 나가 탕진하는 삶을 반복하였고 아내와 아이들을 죽음 직전으로까지 내모는 폭력을 반복하였기 때문이다.

영희는 가부장제적인 굴레 속에서 억압받으며 폭력에 시달리면서도 자신이 낳은 아이들을 키우기 위하여 경제적인 것마저 떠안아야만 했다. 그녀는 자신의 육체를 생산도구로 삼아 돼지고기 장사, 순대 장사, 술장사 등을 하면서 아이들을 먹여 살린다. 아이를 살리기 위한 행위 속에서 결국 아이의 죽음을 맞게 되는 아이러니가 반복되면서 영희가 처한 상황은 그녀가 결코 죽지 않고 살아가도록 하는 근원적인 힘인 모성마저도 실현되기 어려운 상황이라는 점이 나타나고 있다. 그러나 영희의 이러한 모습은 재일 조선인 여성에게는 일본에의 정착이나 정주가 자신을 자식에게로 확장하는 것을 통해서만 가능하다는 것을 보여준다.

그러나 이 점은 재일의 특수성보다는 서발턴 여성 일반이 짊어지고 있는 이중의 억압과 모성의 문제와 연결될 때 더 잘 이해될 수 있다. 서발턴 여성은 이미 국가나 사회의 보호로부터 벗어나 있고 오직 국가와 남성의 강압으로부터 오는 억압만이 작용하는 존재이기 때문이다. 그녀들에게는 고국에서의 삶이나 재일의 삶이나 큰 차이가 없다. 서발턴 여성이 어디에 존재하든 국가와 가부장제라는 이중의 억압 속에서 침묵을 강요당하고 있다는 점은 동일하다. 이 여성들은 어머니가 되어가는 과정을 통해서 삶을 지속시키는 원동력으로서 모성을 체득하고 있다. 그리하여 이들에게 모성은 삶의 이유이자 자기 동일성의 근거가 된다.[24] 영희는 한편으로는 김

---

24 서발턴 여성에게 있어서의 모성의 의미는 졸고, 「이산문학으로서의 강경애 소설과 서발턴 여성」, 『민족문학사연구』 34호, 2007, 402면 참조.

준평의 폭력에 희생되면서도 다른 한 편으로는 아이들을 김준평의 폭력으로부터 보호하고 죽지 않고 살아가게 하기 위하여 분투했다. 그러나 결국 아랫도리에 피를 흘리며 자궁암 말기로 죽음을 맞이하게 되는 영희의 모습은 모든 폭력과 억압을 감당하며 살아갔던 서발턴 여성의 비극적인 최후를 상징적으로 보여준다.

어머니로서 영희가 보여주는 모습은 '아버지의 시간, 어머니의 종족'이라는 제임스 조이스의 말을 떠올리게 한다. 크리스테바는 제임스 조이스의 말을 인용하면서 여성이라는 이름과 그 운명을 떠올릴 때 우리는 시간이나 생성 또는 역사보다는 인간 종족을 잉태하고 형성한 공간에 대해서 더 많이 생각하게 된다고 서술한다. 그리고 시간에 있어서의 여성의 주체성은 문명의 역사를 통해 알려진 시간의 다양한 형식들 중에서 본질적으로 '반복성'과 '영원성'에 있다고 본다. 여성들에게는 주기, 잉태, 그리고 자연의 리듬에 순응하는 영원한 반복성이 있다는 것이다.[25] 여성은 이러한 반복성과 영원성의 시간을 순환하면서 어머니로서 종족의 영원성을 유지하게 만든다. 서발턴 여성인 영희가 보여주는 모성은 자식을 통하여 스스로를 확장시킴으로써 자신은 죽어도 사라지지 않는, '어머니의 종족'의 영원성을 지켜나가는 매개가 되고 있다.

그러나 이러한 모성적 어머니조차도 김준평과의 관계 속에서 제국—식민지의 관계를 재현하고 있다는 점에 주목할 필요가 있다. 김준평은 영희를 성적 쾌락의 대상으로 여겼을 뿐만 아니라가 순대와 술을 팔아 벌어모은 돈을 갈취하여 노름과 매춘으로 탕진하고 영희와 아이들에게 폭력을 행사함으로써 자신의 '증오'를 표현하였다. 영희는 김준평에게 성적

---

25 줄리아 크리스테바, 김성곤 역, 「여성의 시간」, 『현대문학비평론』, 한신문화사, 1995, 663~664면.

쾌락을 주고 아이를 낳아줄 뿐만 아니라 폭력의 대상이 되어주고 온 몸이 부서지는 듯한 노동을 통해 그가 탕진할 돈을 마련하는 존재가 되고 있는 것이다. 그러나 김준평은 어묵공장인 조일산업을 세우고 사채업을 하면서 큰돈을 벌었음에도 불구하고 영희와 아이들을 위해서는 일원 한 푼 쓰지 않고 자신을 위해서 돈을 모아두기만 한다. 식민지는 제국에게 경제적 수탈과 착취의 대상이고 그러한 경제적 수탈을 위하여 제국은 폭력과 정치적 억압을 동원한다. 김준평과 영희의 관계는 이러한 제국과 식민지의 관계를 재현하고 있으며 김준평은 영희의 모성마저도 착취하고 자식마저도 죽게 만드는 어떠한 제국보다도 잔인한 제국을 표상하고 있다.

〈피와 뼈〉에서는 여성성이 여성 인물들을 섹슈얼리티나 모성의 표상으로 극단적으로 분리되어 나타나고 있지만 어떤 경우이든 김준평이라는 괴물 남성성에 포획되어 있다는 점에서는 다르지 않다. 이 괴물적인 남성성은 식민지를 억압하는 제국의 이미지를 재현하며 여성을 성관계를 위한 육체나 자기재생산과 경제적 착취의 수단으로 대상화하고 있다. 재일의 삶 내부에서 이루어지는 이러한 제국과 식민지의 재현은 일본이나 조선 어느 쪽에서도 국가의 일원이 되지 못하는 재일 조선인의 위치와 밀접하게 연관되어 있다. 국가의 외부로서만 존재하는 제국의 타자로서 김준평은 괴물 남성성을 통하여 자신만의 왕국을 만들어 제국의 권력을 모방하고 있는 것이다.[26]

---

[26] 윤정화는 김준평이 내부자의 폭력적 존재를 '모방'함으로써 피식민자적 주체로서 정주지에서의 현존의 한 형태로서 모방의 조롱적 현존을 증명하게 되는 증거가 되고 있다고 보고 있다.(윤정화, 앞의 글, 185면.) 그러나 김준평이 폭력을 통해서 자신의 제국을 만들어 여성들을 식민지화하는 모습은 제국으로부터 배제된 타자의 괴물성이 극단화된 것이라는 점에서 '조롱'보다는 오히려 비극성을 내재한 것이라고 보는 것이 타당할 것이다.

5. 결론

본고는 소설 〈피와 뼈〉에 나타난 남성 괴물성의 문제를 중심으로 제국과 식민지의 관계 속에 놓여 있는 재일 조선인의 모습을 조명하고 재일의 남성성과 여성성이 맺고 있는 관계를 밝히고자 하였다. 이를 위해서 본고는 세 가지 방향의 분석을 수행하였다.

첫째, 이 소설에서 나타나는 재일의 상황이 어떠한 것인가를 고찰하고 재일의 상황에서 구성되는 조선인 의식이 어떠한 것인가를 논의하였다. 〈피와 뼈〉에서는 조선과 일본에서의 삶이 '다르지 않은' 것이었다는 의식이 일본 사회나 국가에서 조선인이 일본인과 '동일하지 않' 은 위치로 살아가고 있다는 의식으로 변화하는 과정을 보여준다. 이 때 멜랑콜리에 의해 상실된 것이 현존하듯이 조선이라는 민족－국가의 일원으로서의 상실감과 조선인의식이 구성됨을 그려내고 있다. 이러한 과정은 조선이라는 민족－국가의 일원으로서의 의식과 제국에 의해 억압받는 타자로서의 자기의식이 형성되는 과정이기도 하다. 〈피와 뼈〉에서 조선의 국민도 일본의 국민도 아닌 채로 살아가는 재일 조선인은 국가에 의해 배제된 채, 현재에도 제국의 타자로서 존재하고 있는 식민지인으로 나타나고 있다.

둘째, 이 소설에서 위협과 공포를 불러일으키는 괴물 남성성이 주조되는 과정을 고찰하고 이 괴물 남성성이 지니는 의미가 무엇인가를 논의하였다. 이를 통해서 가공할 만한 성욕, 번식욕, 그리고 폭력으로 특징지워지는 김준평은 국가－민족의 경계도 인간의 경계도 교란시키는 공포스러우면서 동시에 역겨운, 국가－민족의 아브젝트라는 점을 밝혔다. 그러나 김준평이 보여주고 있는 괴물 남성성은 단지 태생적인 것이 아니라 제국의 타자로서 살아가는 삶을 통해서 주조된 것이다. 재일 조선인에게 각인된 식민지성은 그들을 일본 제국에 의해 배제됨으로써만 그 국가에 포함

될 수 있는 존재로 만들었고 김준평은 정치성이 거세된 동물적 육체로서
괴물 남성성을 보여주고 있는 것이다.

　마지막으로 이 소설에 나타나는 재일 조선인 여성의 삶을 고찰하여 이
작품이 어떻게 제국−식민지 관계를 남성과 여성의 관계로써 재현하고
있는가를 논의하였다. 〈피와 뼈〉에서는 여성성이 섹슈얼리티나 모성의
표상으로 극단적으로 분리되어 나타나고 있지만 모두 김준평이라는 괴
물 남성성에 포획되어 있다는 점에서는 동일하다. 이 괴물적인 남성성은
식민지를 억압하는 제국의 이미지를 재현하며 여성을 성관계를 위한 육
체나 자기재생산과 경제적 착취의 수단으로 대상화하고 있다. 국가의 외
부로서만 존재하는 제국의 타자로서 김준평은 괴물 남성성을 통하여 자
신만의 왕국을 만들어 제국의 권력을 모방하고 있는 것이다.

　양석일의 〈피와 뼈〉는 주인공 김준평을 통해서 정치적 불가능성 속에
서 벌거벗은 생명으로 살아가는 재일 디아스포라의 가장 극단적인 모습을
제시하고 있다. 그것은 국가−민족이 배설해놓은 똥과 같은 존재, 즉 괴물
남성성을 함축한 아브젝트이다. 그리고 이러한 괴물 남성성에 포획된 여
성들의 존재를 통하여 거대한 성욕과 폭력과 착취 속에서 제국과 식민지
의 관계를 재현하면서 또 다른 제국을 만드는 과정을 주조한다. 이러한 과
정을 통하여 〈피와 뼈〉는 일본 제국의 타자로서 존재하는 재일 조선인이
왜, 그리고 어떻게 식민주의의 폭력성을 모방하고 자신의 타자들을 억압
하는가를 보여준다. 그리고 그를 통해 제국의 광기와 식민주의의 폭력성
을 폭로한다. 그러한 괴물적인 타자가 불가해하면서도 위협적이기보다는
비극적이고, 스스로를 소모해버리는 주체로서 인식되는 것도 그의 아브
젝트성의 기원이 국가−민족에 의한 배제에 있기 때문이다. 그러나 이러
한 폭로의 지점들이 극단화된 잔인함으로 나타나고 있을 뿐만 아니라, 제
국이 상상하는 식민지인, 즉 '잔혹', '참혹', '잔인', '거만', '더러움' 등

으로 표상되는 동물적이며 폭력적인 식민지 남성의 이미지를 비판적 의
식 없이 재생산하고 있다는 것은 반드시 지적되어야 할 부분이다.

자기 폭로의 지점이 바로 제국의 시선에 의해 포획된 지점이라는 것,
어쩌면 그것이 재일의 비극성이라고 할 수 있을 것이다. 〈피와 뼈〉가 바
로 이 지점을 포착하고 있다는 점에서 재일 디아스포라 소설로서의 의미
를 찾을 수 있다. 소설은 김준평의 아들 김성한을 통하여 이러한 세대와
의 결별과 새로운 세대의 가능성을 말함으로써 재일을 둘러싼 제국과 식
민지의 관계가 생산해낸 괴물적인 비극성을 청산하고자 한다. 실제로 양
석일의 다른 소설이나 유미리, 혹은 가네시로 가즈키의 소설을 통해서 이
전 세대의 청산과 재일에 대한 새로운 관점이 나타나고 있는 것이 사실이
다. 그러나 그것은 일거에 이루어질 수 있는 문제도 아니고 청산이냐 계
승이냐는 단순한 이분법으로 판단할 수 있는 문제도 아닐 것이다. 난민과
국민 사이에 존재하는 재일의 문제는 제국과 식민지, 그리고 국가와 개인
등 수많은 문제의 복합성 속에서 여전히 현재 진행되고 있는 문제이기 때
문이다.

1. 기본자료

강경애, 이상경 편, 『강경애 전집』, 소명출판, 2002.
노라 옥자 켈러, 박은미 역, 『종국위안부』, 밀알, 1997.
안함광, 이현식 · 김재용 편, 『인간과 문학』, 박이정, 1998.
양석일, 김석희 역, 『피와 뼈』(1~3), 자유포럼, 1998.
이태준, 〈해방전후〉, 『한국현대문학대계』 4, 민음사, 1994.
임　화, 김외곤 편, 『임화전집－문학사』, 박이정, 2001.
차학경, 김경년 역, 『딕테』, 어문각, 2004.
최인훈, 『광장/구운몽』, 문학과지성사, 1991.
______, 『구운몽』, 『현대한국문학전집 16』, 신구문화사, 1981.
______, 『회색인』, 문학과지성사, 1991.
______, 『서유기』, 문학과지성사, 1996.
______, 『총독의 소리』, 문학과지성사, 1994.
______, 『태풍』, 문학과지성사, 1995.
______, 『현대한국문학전집 16』, 신구문화사, 1981.
______, 『화두』, 문이재, 2002.
허준, 〈잔등〉, 『한국소설문학대계 23』, 동아출판사, 1995.
현월, 신은주 · 홍순애 역, 『그늘의 집』, 문학동네, 2000.

Cha, Theresa Hak Kyung, *Dictee, Berkely*;U of California P., 2002.
Nora Okja Keller, *Comfort Woman*, New York: Viking, 1997.

2. 연구논문

강영안, 「책임으로서의 윤리-레비나스의 윤리적 주체 개념」, 『철학』 81집, 한국철학
　　　회, 2004.

_____, 「최양일의 〈피와 뼈〉로 본 물신의 기표, '폭력'」, 『문학과 영상』 8권 3호, 문학
　　　과 영상학회, 2007.

강진구, 「반식민(Anti-Colonization)의 이중성을 넘어-최인훈의 〈태풍〉을 중심으로」,
　　　문학과비평연구회, 『탈식민의 텍스트, 저항과 해방의 담론』, 이회, 2004.

고부응 · 유충현, 「차학경의 〈딕테〉 읽기」, 『인문학연구』 34, 중앙대 인문과학연구소, 2002.

구은숙, 「여성의 몸, 국가 권력과 식민주의/민족주의: 노라 옥자 켈러의 〈종군위안부〉」,
　　　『영어영문학』 제47권 2호, 한국영어영문학회, 2001.

구재진, 「1930년대 안함광 문학론 연구」, 서울대 석사학위논문, 1989.

_____, 「1960년대 장편소설 연구-주체구성양상을 중심으로」, 서울대 박사학위논문,
　　　1999.

권보드래, 「최인훈론-양면: 자유와 독재」, 『자유라는 화두』, 삼인, 1999.

_____, 「최인훈의 『회색인』 연구」, 『민족문학사연구』 10, 민족문학사 연구소, 1997.

권성우, 「허준 소설의 미학적 현대성 연구」, 『한국학보』 19권 4호, 1993.

권영민, 「정치적인 문학과 문학의 정치성-〈총독의 소리〉를 중심으로」, 『작가세계』,
　　　1990.봄.

권택영, 「기억의 방식과 켈러의 〈종군위안부〉」, 『호손과미국소설연구』 12권 1호, 한국
　　　호손과미국소설학회, 2005.

김경일, 「좌절된 중용-일제하 지식 형성에서의 보편주의와 특수주의」, 『사회와 역사』
　　　51권, 한국사회사학회, 1997.

김민정, 「1930년대 후반기 모더니즘 소설 연구-최명익과 허준을 중심으로」, 서울대
　　　석사논문, 1994.

_____, 「강경애 문학에 나타난 지배담론의 영향과 여성적 정체성 형성에 관한 연구」,
　　　『어문학』 85집, 2004.

김승환, 「〈딕테〉의 서사전략」, 『비교문학』 33, 한국비교문학회, 2004.

김승희, 「차학경의 텍스트 〈딕테〉 읽기」, 『인문논총』 13, 서강대 인문학연구소, 2000.

김애주, 「사료편찬적 여성 메타픽션과 〈딕테〉」, 『영미문학 페미니즘』 11권 1호, 한국
　　　영미문학페미니즘학회, 2003.

김양선, 「강경애 후기 소설과 체험의 윤리학-이산과 모성 체험을 중심으로-」, 『여성 문학연구』 11호, 2004.

김양호, 「전후 실존주의 소설 연구」, 단국대 박사학위논문, 1992.

김영화, 「재일 제주인의 세계-양석일의 〈피와 뼈〉」, 『탐라문화』 19권, 제주대 탐라문화연구소, 1998.

김외곤, 「임화의 '신문학사' 와 오리엔탈리즘」, 『한국문화이론과 비평』 5집, 한국문학이론과 비평학회, 1999.

김우필, 「장용학 소설의 전위적 성격 연구」, 서울대 석사학위논문, 2001.

김유동, 「파괴, 구성 그리고 복원-발터 벤야민의 역사관과 그 현재성」, 『문학과사회』 19권 2호(통권74호), 문학과지성사, 2006.5.

김윤식, 「소설의 내적 형식으로서의 '길'」, 『근대 리얼리즘작가 연구』, 문학과지성사, 1988.

______, 「해방공간의 문학」, 『해방전후사의 인식』 2, 한길사, 1985.

김은정, 「이태준의 〈해방전후〉 연구」, 『배달말』 30권, 2002.

김응교, 「이방인, 자이니치 디아스포라 문학」, 『한국근대문학연구』 21호, 한국근대문학회, 2010.

김일환, 「〈태풍〉에 나타난 식민지 담론〉」, 『셰익스피어 비평』 30권, 한국셰익스피어학회, 1997.

김재용, 「민족주의와 관념적 국제주의를 넘어서-한국근대문학사에서 민족문학의 의미」, 『한국근대문학연구』 1호, 한국근대문학회, 2000.

김정화, 「최인훈 소설의 탈식민주의적 연구」, 서울대 석사학위논문, 2002.

김종욱, 「식민지 체험과 식민주의 의식의 극복-허준의 〈잔등〉 연구」, 『현대소설연구』 22, 한국현대소설학회, 2004.

김주언, 「우리 소설에서의 비국의 변용과 생성-최인훈의 〈회색인〉, 〈서유기〉를 중심으로」, 『비교문학』 28, 한국비교문학회, 2002.

김치수, 「자아와 현실의 변증법을 위하여」, 『문학사회학을 위하여』, 문학과지성사, 1979.

김태준, 「고향 , 근대의 심상공간」, 『한국문화연구』 31집, 2006.

김택현, 「'서발턴의 역사' 와 제3세계의 역사주체로서의 서발턴」, 『역사교육』 72집, 1999.

김혜영, 「허준 소설에 나타난 타자 인식의 서사적 기능과 의미 연구」, 『현대소설연구』 14, 한국현대소설학회, 1996.

김환기, 「현월(玄月) 문학의 실존적 글쓰기」, 『일본학보』 61권 2호, 한국일본학회, 2004.

노상래, 「해방기 자기고백 소설 연구(1)」, 『한민족어문학』 32집, 한민족어문학회, 1997.

도정일, 「무의식과 욕망−프로이트와 라깡의 경우」, 『문화과학』 3, 1993.봄.

류보선, 「안함광 문학론의 변모과정과 리얼리즘에 대한 인식」, 『관악어문연구』 15권, 서울대 국어국문학과, 1990.

문흥술, 「최인훈 『구운몽』에 나타난 욕망의 특질과 그 의의」, 『국어교육』 113, 국어교육학회, 2004.

박은태, 「최인훈 소설의 미로구조와 에세이 형식」. 『수련어문논집』 26 · 27권, 수련어문학회, 2001.

박주식, 「저항의 정치학: 탈식민주의 문학이론의 위상」, 『안과밖』 1권, 영미문학연구회, 1996.

박진숙, 「이태준문학연구: 텍스트와 내포독자를 중심으로」, 서울대 박사학위논문, 2003.

박진영, 「이산적 정체성과 한국 미국작가의 문학」, 『창작과비평』, 2004.봄.

박진임, 「포스토콜로니얼리즘과 여성−안수길의 〈새벽〉, 〈북간도〉, 〈원각촌〉을 중심으로」, 『한국현대문학연구』 17, 한국현대문학회, 2005.

박혜경, 「강경애 작품에 나타난 여성인식의 문제」, 『민족문학사연구』 23호, 민족문학사학회, 2003.

방민호, 「일제말기 이태준 소설의 '사소설' 양상」, 『상허학보』 14집, 상허학회, 2005.2.

배긍찬, 「인도네시아의 정치와 사회」, 『아세아연구』 32권 2호, 고려대 아세아문제연구소, 1989.

서광열, 「니체에 있어 신화적 사유를 통한 새로운 삶의 모색」, 『니체연구』 13집, 한국니체학회, 2008.

서은선, 「최인훈 소설 〈총독의 소리〉, 〈주석의 소리〉의 서술 형식 연구」, 『문창어문논집』 37권, 문창어문학회, 2000.

신광현, 「'텍스트의 무의식' : 프레드릭 제임슨의 경우」, 『안과밖(영미문학연구)』 19, 영미문학연구회, 2005.

신두원, 「계급문학, 민족문학, 세계문학」, 『민족문학사연구』 21권, 민족문학사학회, 2002.

신형기, 「허준과 윤리의 문제-〈잔등〉을 중심으로」, 『상허학보』 17, 상허학회, 2006.

신혜경, 「미장아빔(Mise en abyme)에 관한 소고」, 『미학예술학연구』 16집, 한국미학예술학회, 2002.

안남일, 「역사인식에 대한 응전의 한 양상-〈총독의 소리〉와 〈주석의 소리〉를 중심으로」, 『민족문화』 11권, 한성대 민족문화연구소, 2002.

양 인, 「최인훈 소설의 서사형식과 사회적 담론 연구」, 서강대 석사학위논문, 1996.

양윤모, 「최인훈의 〈서유기〉 연구: 환상의 의미 분석」, 『어문학 연구』 8권, 상명대 어문학연구소, 1998.

______, 「타자의 시선을 통한 현실의 이해- 최인훈의 『총독의 소리』 연구」, 『어문논집』 40권, 민족어문학회, 1999.

양현아, 「증언과 역사쓰기-한국인 '군 위안부' 의 주체성 재현」, 『사회와 역사』 60권, 한국사회사학회, 2001.12.

오민석, 「『정치적 무의식』의 정치적 무의식」, 『안과밖(영미문학연구)』 12, 영미문학연구회, 2002.

우한용, 「허구적 상상력으로 역사 읽기-〈태풍〉, 〈비명을 찾아서〉, 〈황제를 위하여〉의 경우」, 『문학정신』, 1992.

유순영, 「〈해방전후〉의 사소설적 성격 연구」, 『한민족문화연구』, 1997.

유인선, 「인도네시아의 역사와 문화」, 『아세아연구』 32권, 고려대 아세아문제연구소, 1989.

유종호 「소설과 정치적 함축」, 『세계의 문학』, 1979.가을.

유홍림·홍철기, 「조르지오 아감벤(Giorgio Agamben)의 포스토모던 정치철학: 주권, 헐벗은삶, 그리고 잠재성의 정치」, 『정치사상연구』 13집 2호, 한국정치사상학회, 2007.

유희석, 「한국계 미국작가들의 현주소」, 『창작과비평』, 창작과비평사, 2002.여름.

윤애경, 「해방기 삶의 탐색 태도와 그 의미-허준의 〈잔등〉론」, 『한국문학이론과 비평』 26, 한국문학이론과 비평학회, 2005.

윤정화, 「재일한인작가의 디아스포라 글쓰기 연구」, 이화여대 박사학위논문, 2010.

윤향기·이경영, 「〈딕테〉에 나타난 디아스포라의 언어 고찰」, 『비평문학』 29, 한국비평문학회, 2008.

이덕화, 「〈딕테〉에 나타난 디아스포라 의식」, 『한국현대문예비평연구』 29, 한국현대문예비평학회, 2009.

이병순, 「해방기 자기비판소설 연구」, 『국어국문학』 113권, 1995.

______, 「허준의 〈잔등〉 연구」, 『현대소설연구』 6, 한국현대소설학회, 1997.

이상갑, 「식민국과 식민지의 이분법을 넘어서」, 『작가연구』 14호, 깊은샘, 2002.

______, 「최인훈의 『총독의 소리론』—문학의 무력감과 '말'의 위력」, 『작가연구』 15호, 깊은샘, 2003.

이수미, 「〈종군위안부〉에 드러난 억압적 식민담론」, 『미국학논집』 35권 2호, 2003.가을.

이승은, 「에른스트 블로흐의 예술철학에 관한 연구」, 서울대학교 석사학위논문, 1998.

이영미, 「〈잔등〉의 서사 미학 고찰」, 『현대문학이론연구』 21, 현대문학이론학회, 2004.

이인숙, 「최인훈의 〈서유기〉, 그 패로디의 구조와 의미」, 『국제어문』 6·7권, 국제어문학회, 1986.

이준식, 「일제 강점기 제주도민의 오사카(大阪) 이주」, 『한일민족문제연구』 3호, 한일민족문제학회, 2002.

이창남, 「역사의 천사—벤야민의 역사와 탈역사 개념에 관하여」, 『문학과사회』, 18권 1호(통권69호), 2005.2.

이태동, 「'사랑과 시간' 그리고 고향」, 『현대문학』, 1993.3.

이한창, 「양석일의 다양한 문학세계」, 『한일민족문제연구』 9권, 한일민족문제학회, 2005.

이현식, 「1930년대 후반 안함광 문학론의 구조」, 『민족문학사연구』 5권, 민족문학사학회, 1994.

임병권, 「탈식민주의와 모더니즘」, 『민족문학사연구』 23권, 민족문학사학회, 2003.

임진수, 「정신분석 비평에 관한 한 연구」, 서울대 박사학위논문, 1994.

임헌영, 「증언과 예언」, 『문학과지성』, 문학과지성사, 1979.봄.

장사선, 「재미 한인소설에 나타난 폭거와 응전」, 『한국현대문학연구』 18집, 한국현대문학회, 2005.

정과리, 「개인과 세계의 대립적 인식」, 『문학과지성』, 문학과지성사, 1980.여름.

______, 「모르기, 모르려 하기, 모른체 하기—〈광장〉에서 〈태풍〉으로, 혹은 자발적 무지의 생존술」, 『시학과 언어학』 1권, 시학과 언어학회, 2001.

정은숙, 「상호텍스트성의 관점으로 차학경의 〈딕테〉 읽기」, 『비교문학』 42호, 한국비교문학회, 2007.

______, 「언어, 정체성, 장르의 경계 넘기: 차학경의 〈딕테〉」, 『영어영문학연구』 49권 3호, 한국영어영문학회, 2007.

정은주, 「최인훈의 〈구운몽〉, 〈서유기〉 연구: 창작기법과 상상력을 중심으로」, 고려대 석사논문, 1990.

정종현, 「근대문학에 나타난 '만주' 표상－'만주국' 건국 이후의 소설을 중심으로」, 『한국문화연구』 28집, 2005.

______, 「식민지 후반기(1937~1945) 한국문학에 나타난 동양론 연구」, 동국대 박사학위논문, 2005.

______, 상허학회 편, 「제국/민족 담론의 경계와 식민지적 주체」, 『이태준과 현대소설사』, 깊은샘, 2004.

______, 「해방기 소설에 나타난 '귀환'의 민족서사－'지리적' 귀환을 중심으로」, 『비교문학』 40호, 한국비교문학회, 2006.

정호웅, 「해방공간의 자기비판소설 연구」, 서울대 박사학위논문, 1993.

조경식, 「망각의 담론, 기능, 그리고 역사」, 『기억과 망각－문학과 문화학의 교차점』, 책세상, 2003.

조경화, 「문학과 영화에 나타난 〈피와 뼈〉의 변주」, 건국대 교육대학원 석사학위논문, 2006.

조보라미, 「최인훈 소설의 탈식민주의적 고찰」, 『관악어문연구』 25, 서울대 국어국문학과, 2000.

______, 「최인훈 소설의 환상성 연구」, 서울대 석사논문, 1999.

차승기, 「1930년대 후반 전통론 연구－시간－공간 의식을 중심으로」, 연세대 박사학위논문, 2002.

채호석, 「허준론」, 『한국학보』 15권 3호, 일지사, 1989.

최애순, 「최인훈 소설의 반복 구조 연구－『구운몽』, 『가면고』, 『회색인』의 연계성을 중심으로」, 『현대소설연구』 26, 현대소설학회, 2005.

최용석, 「이태준의 〈해방전후〉에 나타난 글쓰기 전략 고찰」, 『현대소설연구』 24권, 현대소설학회, 2004.

최원식, 「민족문학과 디아스포라」, 『창작과비평』, 2003.봄.

최정주, 「이태준의 〈해방전후〉 연구」, 『한국언어문학』 32집, 한국언어문학회, 1994.

최혜실, 「식민자/피식민자, 남성/여성, 부자/빈자－노라 옥자 켈러의 〈종군위안부〉를 중심으로」, 『여성문학연구』 7권, 한국여성문학회, 2002.

태혜숙, 「아시아계 디아스포라 여성의 위치에서 '몸으로 글쓰기' : 〈여성전사〉와 〈딕테〉를 중심으로」, 『영미문학페미니즘』 11권 1호, 한국영미문학페미니즘학회, 2003.

_____, 「탈식민주의 페미니즘-하위주체로서의 여성 개념을 중심으로」, 『한국여성학』 13권 1호, 한국여성학회, 1997.

_____, 「탈식민주의적 페미니스트 윤리를 위하여: 가야트리 스피박과 프랑스 페미니즘」, 『영어영문학』 43권 1호, 영어영문학회, 1997.

하상일, 「식민지 여성의 현실과 사회주의 여성서사」, 『비평문학』 22호, 한국비평문학회, 2006.

_____, 「1930년대 문학비평과 '이식' 논의」, 『한민족어문학』 42권, 한민족어문학회, 2003.

하정일, 「탈식민 서사와 식민지 무의식」, 『작가연구』, 깊은샘, 2002.하반기.

_____, 「한국 근대문학 연구와 탈식민」, 『민족문학사연구』 23권, 민족문학사학회, 2003.10.

한형구, 「분단 시대의 소설적 모험-최인훈론」, 『문학사상』, 문학사상사, 1989.4.

호테이 토시히로, 「일제말기 일본어 소설 연구」, 서울대 석사학위논문, 1996.

홍경표, 「차학경의 〈딕테〉에 나타난 정체성에 대하여-미주 이민문학과 관련하여」, 『어문학』 86, 한국어문학회, 2004.

홍혜준, 「허준 문학 연구」, 서울대 석사논문, 1998.

황봉모, 「현월 〈그늘의 집〉-서방이라는 인물」, 『일본연구』, 한국외국어대 일본연구소, 2004.

_____, 「현월 〈그늘의 집〉-욕망과 폭력」, 『일어일문학연구』 54권 2집, 한국일어일문학회, 2005.

_____, 「현월의 〈나쁜 소문〉-료이치의 변화과정 추적을 통한 읽기」, 『일어교육』 35권, 한국일본어교육학회, 2006.

Assmann, J., "Collective Memory and Cultural Memory"(J. Czplicka trans.), *New German Critique* 65.

Jody, Kim, "Haunting History: Violence, trauma, and the Politics of Memory in Nora Okja Keller's *Comfort Woman*", *A Journal of Asian American Cultural Criticism* 6.1, Fall 1999.

Kristeva, J., 김성곤 역, 「여성의 시간」, 『현대문학비평론』, 한신문화사, 1995.

Kun Jong, Lee, "Princess Pari in Nora Okja Keller's *Comfort Woman*", *Positions* 12:2, 2004.

Spivak, G. C., "Can the Subaltern Speak?", *Marxism and the Interpretation of Culture*, ed. by Nelson., C&Grossberg, L., U.of Illinois Press, 1988.

Sungran, "Adieu: The Ethics of Narrative Mourning—Reading Nora Okja Keller's *Comfort Woman*", 『현대영미소설』 10권 1호, 한국현대영미소설학회, 2003.

______, "The Power of Language: Trauma, Silences, and the Performative Speech Act—Reading Nora Okja Keller's *Comfort Woman*(2), Speaking Subjectivity of the Mother", 『미국학논집』 35권 3호, 한국아메리카학회, 2003.

3. 단행본

강영안, 『타인의 얼굴-레비나스의 철학』, 문학과지성사, 2005.

강정구, 『분단과 전쟁의 한국현대사』, 역사비평사, 1996.

고부응 편, 『탈식민주의 이론과 쟁점』, 문학과지성사, 2003.

______, 『초민족 시대의 민족 정체성: 식민주의 · 탈식민주의 · 민족』, 문학과지성사, 2002.

구인환 외, 『한국 현대 장편소설 연구』, 삼지원, 1989.

구재진, 『1960년대 한국소설의 주체와 담론』, 삼지원, 2002.

권영민, 『해방직후의 민족문학운동연구』, 서울대출판부, 1986.

______, 『한국현대문학사: 1945~1990』, 민음사, 1997.

김윤식 · 김 현, 『한국문학사』, 민음사, 1984.

김윤식 · 정호웅, 『한국소설사』, 예하, 1994.

김인호, 『해체와 저항의 서사: 최인훈과 그의 문학』, 문학과지성사, 2004.

김종회 편, 『한민족문화권의 문학: 미국, 일본, 중국, 러시아의 해외동포문학』, 국학자료원, 2003.

김치수, 김병익, 김주연, 김치수, 김현 편, 『현대 한국문학의 이론』, 민음사, 1972.

김 현, 『현대문학문학의 이론/사회와 윤리』(김현문학전집 2), 문학과지성사, 1991.

나병철, 『근대서사와 탈식민주의』, 문예출판사, 2003.

문학과 사상연구회, 『임화문학의 재인식』, 소명출판, 2004.

박선경, 『현대심리소설의 정신분석』, 계명문화사, 1996.

방기중, 『한국근현대사상사연구-1930 · 40 백남운의 학문과 정치경제사상』, 역사비평사, 1995.

백승영, 『니체, 디오니소스적 긍정의 철학』, 책세상, 2006.

신승엽, 『민족문학을 넘어서』, 소명출판, 2000.

신용하 편, 『아시아적 생산양식론』, 까치, 1986.

유선모, 『미국 소수민족 문학의 이해－한국계편』, 신아사, 2001.

______, 『한국계미국작가론』, 신아사, 2004.

유숙자, 『재일한국인문학연구』, 월인, 2002.

윤효녕 외, 『주체 개념 비판』, 서울대출판부, 1999.

이동하, 『집 없는 시대의 문학』, 정음사, 1989.

______, 『재미한인문학연구』, 월인, 2003.

이재선, 『현대한국소설사』, 민음사, 1991.

이진경 외, 『철학의 탈주』, 새길, 1995.

임진희, 『한국계 미국 여성문학』, 태학사, 2005.

정선태, 『근대의 어둠을 응시하는 고양이의 시선』, 소명출판, 2006.

정영훈, 『최인훈 소설의 주체성과 글쓰기』, 태학사, 2008.

조남현, 『한국현대소설의 해부』, 문예출판사, 1994.

조정환, 『민주주의 민족문학론과 자기비판』, 연구사, 1989.

최문규 외, 『기억과 망각: 문학과 문화학의 교차점』, 책세상, 2003.

최인훈, 『길에 관한 명상』, 청하, 1989.

태혜숙, 『탈식민주의 페미니즘』, 여이연, 2001.

홍기삼, 『재일한국인문학』, 솔, 2001.

황순재, 『한국관념소설의 세계』, 태학사, 1996.

4. 외국서

Agamben, J., 박진우 역, 『호모 사케르－주권 권력과 벌거벗은 생명』, 새물결, 2008.

________, 김상운·양창렬 역, 『목적 없는 수단－정치에 관한 11개 노트』, 난장, 2009.

Althusser, L., 김동수 역, 『아미엥에서의 주장』, 솔, 1991.

Ashcroft, B., 이석호 역, 『포스트콜로니얼문학이론』, 민음사, 1996.

Auge, M., 김수경 역, 『망각의 형태』, 동문선, 2003.

Benjamin, W., 반성완 역, 『발터 벤야민의 문예이론』, 민음사, 1983.

________, 최성만 역, 『역사의 개념에 대하여(발터벤야민 선집 5)』, 도서출판 길, 2008.

Bhabha, H. K., 나병철 역, 『문화의 위치: 탈식민주의 문화이론』, 소명출판, 2003.

Boym, S., *The Future of Nostalgia*, Basic Books, 2001.

Caruth, C., *Unclaimed Experience—Trauma, Narrative, and History*, The John Hopkins University, 1966.

Cixous, H., 박혜영 역, 『메두사의 웃음/출구』, 동문선, 2004.

Eagleton, T., 서정은 역, 『성스러운 테러』, 생각의 나무, 2007.

Fanon, F., 이석호 역, 『검은 피부, 하얀 가면』, 인간사랑, 1998.

________, 남경태 역, 『대지의 저주받은 사람들』, 그린비, 2004.

Freud, S., 임홍빈 · 홍혜경 역, 『정신분석강의』 상 · 하, 열린책들, 1997.

________, 정장진 역, 『창조적인 작가와 몽상』, 열린책들, 1997.

________, 박찬부 역, 『쾌락원칙을 넘어서』, 열린책들, 1997.

Gandhi, L., 이영욱 역, 『포스트식민주의란 무엇인가』, 현실문화연구, 2000.

Girard, L., 김진식 · 박무호 역, 『폭력과 성스러움』, 민음사, 2000.

Jacson, R., 서강여성문학연구회 역, 『환상성—전복의 문학』, 문학동네, 2004.

Jameson, F., *The Political Unconscious: Narrative as a Socially Symbolic Act*, Methuen, 1981.

Kant, I., 백종현 역, 『윤리형이상학 정초』, 아카넷, 2005.

______, 백종현 역, 『실천이성비판』, 아카넷, 2009.

Kristeva, J., 서민원 역, 『공포의 권력』, 동문선, 2001.

Lacan, J., 권택영 편, 『욕망 이론』, 문예출판사, 1994.

______, 이수련 · 맹정현 역, 『자크 라캉 세미나 11—정신분석의 네 가지 근본개념』, 새물결, 2008.

Lucacs, G., 홍승용 역, 『미학서설—미학범주로서의 특수성』, 실천문학사, 1987.

Moore—Gilbert, Bart, 이경원 역, 『탈식민주의! 저항에서 유희로』, 한길사, 2003.

Nietzsche, F. W., 김정현 역, 『선악의 저편 · 도덕의 계보』, 책세상, 2006.

Pelski, R., 김영찬 · 심진경 역, 『근대성과 페미니즘』, 거름, 1999.

Rey, R., *Trauma; a Genealogy*, The University of Chicago Press, 2000.

Simmel, G., 김덕영 역, 『근대 세계관의 역사』, 길, 2007.

Widmer, P., 홍준기 · 이승미 역, 『욕망의 전복』, 한울, 1998.

Žižek, S., 주은우 역, 『당신의 징후를 즐겨라: 할리우드의 정신분석』, 한나래, 1997.

________, 김소연, 유재희 역, 『삐딱하게 보기』, 시각과 언어, 1995.

________, 이수련 역, 『이데올로기라는 숭고한 대상』, 인간사랑, 2002.

________, 한보희 역, 『전체주의가 어쨌다구?』, 새물결, 2008.
Zupančič, A., 이성민 역, 『실재의 윤리』, 도서출판 b, 2004.
____________, 조창호 역, 『정오의 그림자』, 도서출판 b, 2005.

가라타니 고진, 송태욱 역, 『윤리 21』, 사회평론, 2001.
____________, 송태욱 역, 『트랜스크리틱−칸트와 마르크스 넘어서기』, 한길사, 2005.
강상중, 이경덕 · 임성모 역, 『오리엔탈리즘을 넘어서』, 이산, 1997.
강상중 · 요시미 순야, 임성모 · 김경원 역, 『세계화의 원근법−새로운 공공공간을 찾
    아서』, 이산, 2004.
고모리 요이치, 송태욱 역, 『포스트콜로니얼: 식민지 무의식과 식민주의적 의식』, 삼
    인, 2002.
고자카이 도시아키, 방광석 역, 『민족은 없다』, 뿌리와이파리, 2003.
김, 일레인 · 최정민 편, 『위험한 여성』, 삼인, 2005.
니시카와 나가오, 윤대석 역, 『국민이라는 괴물』, 소명출판, 2005.
서경식, 이규수 역, 『난민과 국민 사이−재일조선인 서경식의 사유와 성찰』, 돌베개,
    2006.
_____, 김혜선 역, 『디아스포라 기행−추방당한 자의 시선』, 돌베개, 2006.

저자 **구재진**(丘在珍)

서울대학교 국어국문학과를 졸업하고 동대학원에서 문학박사학위를 받았다. 미국 미시간대학교에서 박사후연구를 한 뒤, 한국기술교육대학교 교양학부 대우교수 및 국민대학교 교양과정부 비정년트랙 조교수를 역임했다. 현재 서울시립대학교 교양교직부 객원교수로 재직하고 있다.

논문으로는 「1930년대 안함광 문학론 연구」, 「1960년대 장편소설연구―주체구성 양상을 중심으로」, 「한국현대소설의 무의식과 욕망―1950년대 소설을 중심으로」 외 다수가 있으며, 저서로는 『1960년대 한국 소설의 주체와 담론』과 『조선적인 것의 형성과 근대문화담론』(공저)이 있다.

한국문학의 탈식민과 디아스포라

인쇄 2011년 3월 26일 | 발행 2011년 4월 6일

지은이 · 구재진
펴낸이 · 한봉숙
펴낸곳 · 푸른사상사

등록 제2―2876호
주소 서울시 중구 을지로3가 296―10 장양B/D 7층
대표전화 02) 2268―8706(7) 팩시밀리 02) 2268―8708
이메일 prun21c@yahoo.co.kr / prun21c@hanmail.net
홈페이지 www.prun21c.com
책임편집 지순이

ⓒ 2011, 구재진

ISBN 978―89―5640―814―9 93810
 값 26,000원